コニー・メイスン／著
中村 藤美／訳

偽りの誓いに心乱れて
A Breath of Scandal

JN283964

扶桑社ロマンス
1243

A BREATH OF SCANDAL
by Connie Mason

偽りの誓いに心乱れて

登場人物

ジュリアン・ソーントン ―――― マンスフィールド伯爵。英国政府の諜報員
ララ ―――― ロマの母親とイングランド貴族の父親とのあいだに生まれた娘
ピエトロ ―――― ララの祖父。ロマの一族の頭
ラモナ ―――― ララの祖母。ピエトロの妻
ロンド ―――― ロマの青年。ララの幼なじみ
スタンホープ伯爵 ―――― ララの父親
シンジン ―――― ジュリアンの弟。グレンモアの領主
クリスティ ―――― シンジンの妻。マクドナルド一族の氏族長
エマ ―――― ジュリアンとシンジンの妹
ルドルフ(ルディ) ―――― ブレイクリー子爵。シンジンの親友

1

フランスの沿岸、一七六五年

　ジュリアンは毛糸の縁《ふち》なし帽を目深にかぶり、荒涼とした浜に立ち並ぶ木の陰から忍び出た。浜では、寄せ集めの農夫たちが洞窟《どうくつ》の穴から極上ブランデーの樽《たる》を転がしてきたり、フレンチレースの入った収納箱を運んだりしている。彼はその一団に紛れこんだ。月のない空の下で、浜もその向こうの海も闇《やみ》と霧にのまれている。農夫も密輸人もいっしょになってせっせと立ち働き、密輸品を次々と岸に重ねていった。

　肌寒い夜明け前、顎《あご》ひげを生やして農夫になりすましたジュリアンは、目立たないようにみなと身を寄せ合っていた。海には白波が立ち、その向こうに船が錨《いかり》を降ろしている。その船から密輸品を回収するための雑用艇がさし向けられるのを今、待っているところだ。まわりにいる農夫たちは、この一晩の仕事で、彼らが一年かかっても稼げないような高い額の報酬を約束されている。

「そろそろ船から合図があるぞ」となりに立っている男が言った。田舎なまりのフランス語だったが、ジュリアンは正確に意味がとれた。「今晩の仕事でおらたち、たんまり銭をもらえるんだ」

うむ、とジュリアンは低い声で応じるにとどめた。

突如、長身にマントをひるがえしながら、ひとりの男が霧深い浜に現われた。彼が片腕を上げ、赤々と輝くランタンを前後に振ると、船のへさきに光が見えた。それが待っていた合図だとわかり、ジュリアンは気を引きしめた。最初の雑用艇が着くと、マントの男は襟《えり》を高く立て、誰《だれ》にも顔がわからないようにした。まさしくこの男だと、ジュリアンの勘が告げている。人呼んでジャッカル、英国政府が何年も追ってきた密輸人。そして、ジュリアンのいいなずけを死に至らしめた男。

ジュリアンはうなじの毛が逆立つのを感じた。なんとしてもこの男をとらえたい。そう思っただけで冷たい汗が吹き出る。ところが、ジャッカルの正体を暴く一歩手前まで来た今、不安がわき上がった。彼、マンスフィールド伯爵ジュリアン・ソーントンにはジャッカルが何者かそれなりの目星がついているが、ウィリアム・ランドールと英国政府に持ち帰るための確たる証拠はない。ただし、ひとつだけ、はっきりしていることがある。ジャッカルは要人だということだ。というのも、彼は常にこちらの手の内を読んでいるとしか思えないからだ。いつどこでランドールの諜報員《ちょうほういん》が襲ってくるのか、前もってわかっているようなのだ。

ジュリアンは身をこわばらせ、頭を低く下げて砂浜に樽を転がしながら待ち受ける雑用艇まで運んでいった。この積み荷がいつどこに送られるのかをつかむとすぐに、彼はその情報をランドールに届けるべく急使に託した。この情報はたしかだ。密輸船の乗組員からじかに聞いたのだから。金はいつだってものをいう。今度こそ、密輸人どもは驚くこと請け合いだ。コーンウォールのさびれた湾では諜報員らが待ち構えていることだろう。

はためくマントに身を包んだ男が注意深く見守るなか、密輸品は次々と雑用艇に積みこまれていく。ジュリアンは見とがめられないように頭をたれ、鋭い監視の目をかいくぐった。ジャッカルの顔を見届けたいのはやまやまだが、こちらの素性がばれてはまずい。密輸人どもが取り押さえられたあかつきには、これまでの苦労も報われよう。

雑用艇への荷積みがすむと、ジュリアンは思い切って肩越しに観察した。ジャッカルは密輸人のひとりと話をしている。

その密輸人がジュリアンを選び出し、手招きした。「そこのおまえ！　こっちに来い」

ジュリアンは聞こえないふりをし、今夜の報酬を支払われる農夫たちといっしょに浜辺にとどまった。

「おまえだ！　前に出ろ！」

ジュリアンは凍りついたが、あくまで村人を装ってこの場をしのぐことにした。

「おらですか、だんなさん《ムッシュー》」ジュリアンは村で聞きかじった田舎なまりを丸出しにして尋ねた。

「そう、おまえだ」密輸人はフランス語で言ったが、わかりにくい。「英語、話せるか？」

「いえ《ノン》、だんなさん《ムッシュー》。おらはしがない農民です。家のもんを養う銭がいただきたいだけで。田舎弁しか話せません」

「ばかなフランス野郎だ」密輸人は英語で言った。「舟に乗れ」

ジュリアンは厚手のセーターと毛糸の襟巻きの下で汗ばみ始めた。「おらは家に戻らにゃなりません。女房が待っていますんで」

「ジャッカルがおまえに乗れって言ってるんだ」密輸人は言った。

「ジャッカル？」

大股《おおまた》で離れていくマントの男を密輸人は指し示した。「ああ、ジャッカルだ。おれたちはそう呼んでる」

「その方がおらになんのご用で？」ジュリアンはききながら、罠《わな》にかかったうさぎの心境になってきた。ジャッカルに見破られたのだろうか?

　密輸人はにやりとし、ぼろぼろの歯をむきだした。「ジャッカルはおまえが政府の犬だと思ってるのさ」そう言って肩をすくめた。

「何かの間違いです、だんなさん《ムッシュー》。おらはスパイなんかじゃありません」ジュリアンはこびるように言った。「もう女房のところへ帰らせてもらえねえでしょうか?」

「舟に乗れ」密輸人は命じ、ジュリアンの背中に拳銃《けんじゅう》を突き立てた。

「おらがスパイなら、なんでジャッカルはじきじきにおとがめにならないんで?」ジュリアンは食い下がった。

「ジャッカルに理由をきくやつなどいない」密輸人が言う。「顔を拝めるのもかぎられた人間だけだ。間違ってもおまえはそのひとりじゃない。ジャッカルは手下を使っておまえを締め上げるそうだ」

　ジュリアンは死神の冷たい指に顔をなでられた気がした。尻尾《しっぽ》をつかまれまいと、あれほど用心に用心を重ねたというのに。裏の顔を隠すために念には念を入れたというのに。弟のシンジンでさえ、彼がどういう仕事をしているのか正確には知らないし、どんな名前で通っているのかも知らない。

　彼はスコルピオンの名で呼ばれ、その正体を知っているのは、ウィリアム・ランドールだけだ。スコルピオンは英国政府の命をおび、ブリテン諸島はもちろん、必要とあらばヨーロッパ大陸だろうがどこだろうがおもむく。

ここまで迫ったのだ、今度こそ、うまく行くと確信していた。どこでしくじったのだろう？　機密保持のために厳重にはりめぐらされた網に入りこんだのは誰だ？　わたしを消したがっているのは誰だ？

ジュリアンがわが身の不運を呪《のろ》っているあいだに密輸人が彼の体を探り、拳銃を見つけた。

「こいつはもらっておく」密輸人は武器を自分のベルトの内側に押しこむと、ジュリアンをこづき、舟のほうへ促した。あれに乗ったら死んだも同然だ。ただちに行動しなくては。舟に着く前に、ジュリアンは逃げ出した。

一発の弾が夜を貫き、ジュリアンの肩に命中した。体が一回転し、ぬれた砂に倒れこむ。それでも必死に痛みをこらえ、なおも逃げ続けようとする。だがたちまち、腕っ節の強い密輸人にふたりがかりで浜辺を引きずられ、舟に放りこまれた。

すぐさま舟が海に向かって押し出された。櫂《かい》が水を打つ音が聞こえ、舟が揺れるのを感じたが、あとはもう何もわからなくなった。


木製の梁《はり》がきしむ音、船体に寄せる静かな波の音、桁端《けたはし》の金属の輪が鳴る音でジュリアンは目が覚めた。帆が風にはためく音も聞こえている。甲板のうねりも感じることができる。彼は起き上がろうとしたが、肩に激痛が走り、むりだった。思わず口からうめき声がもれる。

目の前に影がさした。「やっと目が覚めたか?」

立ちはだかる男の影をジュリアンは無言で見つめた。

「ジャッカルの話じゃ、おまえはスパイなんだってな。ダンフリーズ近くの浜で荷を下ろししたらすぐに化けの皮をはがされるだろうよ」

船の行き先がジュリアンの頭に入るまでにしばらくかかった。「ダンフリーズ!あそこはスコットランドだ……」

「ああ、ジャッカルが行き先を変更したんだ。コーンウォールで諜報員どもが待ち伏せしているって情報が入ったんでな。船はソルウェー湾に向かっている。あそこの浜で合図がありしだい荷を下ろし、荷馬車が来たらロンドンとエディンバラに運ぶって寸法だ」

痛みのために集中するのがむずかしかったが、こういうことを船乗りがべらべら話すのは妙だとジュリアンは思った。むろん、ジャッカルに彼を生かしておくつもりがないなら別だが。

ジュリアンは狭い寝台の上で身じろぎした。それだけで強烈な痛みが次々と波のように広がり、またもうめき声が出そうになる。用心深く肩に触れてみると、驚いたことに、傷口に応急の手当てがしてある。

「おれがしてやったんだ」船乗りは自慢げに言った。「医者じゃないけどな。ひところはそうやってたくさんの船乗りを手当てしてやったもんだ」

「なぜわたしにかまう?」ジュリアンは力ない声できいた。

「ジャッカルがおまえを生かしておきたいと思っているからさ。おまえにききたいことがあるんだそうだ。スコルピオンって名の男について知りたいんだと。ずっと目の上のたんこぶだったその諜報員がおまえかどうかたしかめたがっている。おまえが吐いたらすぐに殺すとさ」

冗談じゃない。何ひとつジャッカルになど教えてやるものか。ジュリアンは胸のなかで誓った。「ソルウェー湾にはあとどれぐらいで着く?」

「四日だ。おまえはそれよりずっと長いこと気を失っていたけどな」

「喉《のど》が渇いた」

船乗りは柄杓《ひしゃく》を水の入った桶《おけ》に突っこんでから、ジュリアンに渡した。彼はなんとか半分飲んだが、桶をもっているのがつらくなって返した。

「みんなが腹いっぱいになったあとでまだ何か食い物が残っていたら持ってきてやる」船乗りは扉に向かった。「それと、逃げようなんて考えるなよ。どこにも行くところはないからな。あるのは海ばっかりだ」

ジュリアンは、閉まった扉を見つめるうちに、意識が遠のいていくような気がした。あと四日。四日のうちに脱出計画を練らなくてはならない。生き残れる可能性を心静かに考えた。傷を負い、失血して衰弱している。熱もある。助けは見こめない。

やはり、死んだも同然だ。

四日後、ジュリアンは衰弱し、熱もあり、うまく行きそうな脱出計画もまだ思いついていなかった。薄汚れた寝台から船窓まで足を引きずっていき、闇のなかをのぞきこむ。船は入り江に錨を降ろしている。岸まで数百ヤードはありそうだ。視界がかぎられているので、甲板で何が行われているのかはわからない。だが、聞こえてくる音から判断して、下の海で待つ雑用艇に密輸品が移されているらしい。

ジュリアンは寝台に戻った。いやでも向き合うことになる試練に備え、体力をとっておかなくてはならない。待つのは長く苦しい、と考えていると、牢《ろう》の扉がさっと開いた。

船乗りが戸口に現われた。「歩けるか？」

「まあなんとか」ジュリアンはけわしい顔で答えた。ぎこちなく立ち上がり、足を引きずって前へ進む。

とてもむりだと思ったが、なんとか狭い通路を行き、はしごで甲板まで上がった。

とたんに冷たく湿った空気が張り手のように襲い、活を入れてくれた。それこそ、今もっとも必要なことだ。

欄干のほうへ足を向けると、背中のまんなかに銃口が押し当てられるのを感じた。

「ここでじっとしていろ。準備ができたら岸に連れていく」船乗りが言った。

ジュリアンはただちに周囲を見渡した。いずれも屈強そうな男たちがあれこれ作業につき、脇目《わき》もふらずに甲板を動きまわっている。やるなら今だ。ジュリアンは決死の脱出に向けて身構えた。もう時間がない。やってみたところでどうせ死ぬかもしれないが、おとなしく死を受け入れるのは性に合わない。それに、たとえ死んだとしても、スコルピオンが自分であることを知られずにすめば、家族にジャッカルの魔の手が及ぶことはない。

エマ。わたしの美しい妹。あっという間《ま》に大きくなって、手に負えなくなってきた。そして、シンジン。放蕩三昧《ほうとうざんまい》の生き方を捨てても惜しくないほど愛する女性についにめぐりあえた。シンジンの息子が伯爵位をりっぱに継いでくれるだろう。いずれにせよ、ジュリアンは跡取りをもうけるつもりがなかった。ダイアナ亡きあと、一生結婚はしないと心に誓ったのだ。ほかのどんな女性も子供も、自分のために死なせるわけにはいかない。

ジュリアンは船の下の様子に興味を引かれたふりをして、少しずつ欄干に近づいていった。見張りがあとをついてきて、何がそんなに気になるのか見ようとした。ジュリアンは深く息を吸いこむと、欄干をつかんで飛び越え、下の雑用艇から離れたところへと身を投げた。体が落ちていく。下へ……下へ……暗く渦巻く海へと。

たちまち欄干に船乗りたちが駆け寄ったのが感じられた。夜のしじまに銃声がとどろく。まわりの海に銃弾が突き刺さり、しぶきが顔にはねる。そのとき一発の弾が体にめりこみ、痛みが炸裂《さくれつ》した。水をかく腕が思うように動かなくなり、体が沈んでいく。海が頭からかぶさり、ジュリアンをのみこんだ。

2

スコットランドの沿岸

色鮮やかなロマのスカートが強い海風にあおられ、あらわになったララの長い脚のまわりで奔放にはためく。今、彼女は入り江の崖《がけ》に立ち、引いていく波を見ていた。ロンドンに戻ってまた父親と暮らすようになったら、この生まれ故郷の荒野がどんなにか恋しくなることだろう。

ララは重たくため息をついた。舞踏会、大夜会、堅苦しい晩餐《ばんさん》会など大きらいだ。けれども父親はロンドンの社交界に彼女を送り出したがっている。二十歳ならもうその時期も終わっていいはずだったが、彼女はずっと拒んできた。十三になるまでロマの野営地でロマの母親に育てられ、父親が生きていることさえ知らなかった。ララの母親は肺病で死の床につきながら父親の名前を明かしたのだ。実父がイングランドの貴族だと知ったとき、ララは大変な衝撃を受けた。

父親のことを知らないなら知らないでもよかった。ロマの人々との暮らしが大好きだったし、祖母のラモナ、祖父のピエトロのことも慕っていた。ところが母親のセレナは、自分が死んだらララを父親のもとに連れていくようにと、ラモナとピエトロに頼んだ。そして、ララの父親も両腕を広げて娘を歓迎したというわけだった。

新しい人生でララがみじめにならずにすんだのは、父親が心の広い、愛情豊かな人だったからだ。父親は、ララが毎夏スコットランドとロマの野営地に戻って祖父母と過ごすことも許してくれた。だが、それも今年の夏が最後ではないかとララは恐れていた。まるで人生の大部分が終わりに近づいているような気さえしていた。

荒れる海をララは見下ろした。潮が引いて現われた三日月形の浜が、彼女のなかの自由なロマの心に訴える。自然の申し子のように元気よく、ララは浜に続く小道を駆け下りた。気楽でなんの束縛もない人生を、あと二、三週間は楽しめるのだ。彼女の黒い瞳《ひとみ》はそんな喜びに輝いていた。

ララは波打ちぎわを走った。ぬれた砂に小さな裸足の足跡が点々とついていく。暖かな日差しに顔を上げると、こんな上天気の日に生きていられる喜びが心からわいてきて、ララは声を立てて笑った。

「ララ！　ラモナが捜しているよ。そろそろ出発する時間だ」

ララは肩越しに目をやり、上の崖からこちらを見下ろしている幼なじみのロンドにほほ笑み返した。彼も二十三歳の美青年になった。

「もう出発しないといけないの?」ララは不満げに言った。

「ピエトロが大きな市《いち》に間に合うようにロッカビーに着きたいんだってさ。あそこならおいらたちの馬もきっとよく売れるよ」

ララはうなずき、最後にもう一度だけ、浜とその向こうの海を見やり、砂と水、そそり立つ崖の美しい自然を全身で感じ取ろうとした。するとそのとき、好奇心に満ちた目が何かをとらえた。浜に打ち上げられたぼろ布のかたまりらしい。興味をかき立てられ、ララはそちらへと歩き出した。

「ララ、どこへ行くんだ?」

「浜に何かあるの」

ロンドはじれったそうな声をもらした。「ほっとけよ。どうせごみだよ」

いいえ、あれはごみなんかじゃない。ララはそう感じた。呼び寄せる運命の声が聞こえるようだった。彼女はそのかたまりのそばにひざまずき、驚きに息をのんだ。

人だわ!

仰向けにしてみた。男性だ。だが顔は蒼白《そうはく》、唇も青くて血の気がない。手首に触れると、弱々しいものの脈はあった。

「ロンド、早く来て! 人がいるわ」

ロンドはあわてて小道を下った。「生きているのか?」

「そう思うけど」

彼はララを押しのけた。「見せてごらん」

なぜかララはこの男性のそばを離れがたい気持ちになった。この人はわたしを必要としている。心のなかの何かがそうささやく。ララが息をひそめて見守るなか、ロンドは脈をとり、ぴくりとも動かない胸に耳を押し当てた。

「うん、生きている。かろうじてだけどね」

「なんとかしてあげて。死なせるわけにはいかないわ」

「どうしてだよ。このあたりの海に出没する密輸船の男かもしれないじゃないか。農夫か平水夫みたいな身なりだ」

「そんな薄情なことを言わないで、ロンド。さあ、水を吐かせましょう」

ぶつくさ言いながらも、ロンドは男をうつぶせにして上からまたがると、ぐっと背中を押し始めた。

「だめだ」ロンドは言った。

「続けて」ララは促した。なぜなのかはわからないが、この男性に生きていてもらいたいと思った。

ロンドは水を吐かせようとふたたび背中を押した。今度はその甲斐《かい》あって、男の口から水が吹き出た。喉《のど》がつまって咳《せ》きこんだが、目は閉じたまま荒い息をしている。

ララはおろおろした声で言った。「この人をラモナのところに連れていきましょうよ。ラモナならどうすればいいかわかるわ」

「一日も生きられそうにない人間を崖の上まで運ぶって？　どうしてそこまでしてやらなきゃならないんだ」ロンドは不満そうに言った。「この男は非ロマ《ガッジョ》だぞ」

「ロンド、お願いよ。同じ人間じゃないの」

「おまえに頼まれたらおいらがいやとは言えないのはわかっているだろう」ロンドは言いながら、男を肩にかついだ。

「血が出ているわ！」男性のだらりとした手を伝って血がしたたり落ちている。ララは叫んだ。「急いで！」

ララが先を行き、ときおり振り向いては、ロンドがついてきているかどうかたしかめた。ようやく崖の上にたどり着くと、ララは手負いのガッジョを自分の馬車に連れていくよう、ロンドに指示した。

「それはまずいよ」ロンドは強く反対した。「おまえは生娘だ」

「いいからわたしの言うとおりにして、ロンド。わたしはラモナを連れてくるわ」にぎやかな色に塗られた祖父母の馬車に着く前に、ピエトロに呼び止められた。「どうしたんだね、ひよっこ？」

「けがした男の人を浜で見つけたのよ、おじいさん。ロンドがわたしの馬車まで運んでくれたわ。おばあさんに傷を見てもらいたいの」

「どういう傷かね？」

「わからないわ。血が出ているけど、どこをけがしているのかは。お願い、おばあさんを呼んできて。治療の道具と薬草も持ってくるように言ってね」

孫娘のただならぬ様子を見て、ピエトロは頼まれたことをしに急いだ。ララはそこからまっすぐ自分の馬車に駆け戻った。

「具合はどう？」彼女は馬車のなかに飛びこんできいた。

ロンドは意識不明の男をざっと調べ終わったところだった。「重傷だよ。何発か銃で撃たれている。誰《だれ》か、こいつを殺したがってるやつがいるってことだ。このガッジョはおいらたちには疫病神にしかならないよ、ララ。死なせるのがいちばんだ」

「死なせるのが何だとね？」

ラモナが馬車のなかに入ってきた。ロンドを押しのけ、孫娘の寝台に横たわる男を見る。ラモナの顔には深いしわが刻まれ、髪には灰色の筋が入っているが、それでもなぜか年齢不詳に見える。肉づきのいい体にまとった服は、孫娘のものに負けず劣らず色鮮やかで華やかだ。

「誰なのかい、この人は？」

「身元がわかるものは何もないんだ」ロンドが答えた。「ほら、粗末な服と古ぼけたブーツは農民のものだよ」

「救ってあげられるかしら、おばあさん？」ララは不安そうにきいた。

ラモナの茶色い目は、ラモナにしか見えない何かを、ララの向こうに見ているようだ。

「この人はガッジョだね」ラモナはそっけなく言った。

「わたしも半分はガッジョよ」ララは言った。

ラモナは眉《まゆ》を寄せて孫娘をしげしげと見て、それから視線をけが人に向けた。

「できるだけのことはするよ。ロンドはここにいて服をはがすのを手伝っとくれ。でも、おまえは出ていくんだよ。まだうぶなんだから」

ララは言い返したかったが、ラモナにはかなわないので文句を言わずに馬車を出た。外にはピエトロがいて、ふさふさとした灰色の眉を心配そうにひそめていた。

「何者かね？」

「それがわからないのよ、おじいさん。でも、もう少しで殺されるところだったみたい」

ピエトロは急に怯《おび》えた顔になった。「いかんよ、ララ。その男のせいでわしらの一族が面倒なことになるかもしれん。男の敵が捜しに来たらどうする？」

「さあ」ララは自分の汚れた爪先《つまさき》を見下ろした。「そんな先のことまで考えていなかったから。助かりっこないとロンドは思っているみたい。そうなったら面倒なことにはならないでしょうけど」

ピエトロが両腕を広げ、ララはそのなかに飛びこんでいった。「なぜ、その男のことをそこまで気遣うんだ？」

ララには答えられなかった。震えないように唇をかみ、頭を振るばかりだ。こぼれんばかりの黒いつややかな巻き毛が肩で揺れた。

「ああ、ひよっこ。おまえはこんなにきれいであどけない。そして生命力にあふれている」ピエトロは孫の飛び跳ねた巻き毛をなで上げた。「そして、火のように激しくて野性的だ。おまえの母さんにそっくりだな。活きがよくてせっかちで。ときどきおまえのことが心配になるよ。おまえの父さんがふさわしい相手を捜してくれるといいんだが」

「わたしは一生、結婚しないかもしれないわ、おじいさん」ララは思い切って言った。

「愛のない結婚をするつもりはないの」

「おまえならきっと愛する男を見つけるだろうよ、ひよっこ」

ララは馬車のほうに目をやった。「どうしてこんなに時間がかかるのかしら」

「手負いのガッジョを治せるものがいるとしたら、それはおまえのばあさんだ。もうちょっと辛抱しなさい」

　辛抱。ララは思った。昔からそれが足りなかったわ。そのとき急に馬車の扉が開き、ロンドがよろけながら出てきた。顔は真っ青で、今にも胃のなかのものを戻しそうだ。

「ロンド！　どんな具合なの？」

「今、ラモナがあいつの背中から弾をほじくり出している。肩から抜いたのは腐りかけていた。まいったよ」

「やっぱり弾はひとつじゃなかったのね？」ララはきいた。

「ふたつあった。肩を撃たれ、そのあと背中もやられたんだ。感染症を起こしているから、ラモナの治療の腕でもむりかもしれないいな」

「わたし、ラモナのところに行くわ」ララはそう言い、つかつかと馬車のほうに向かった。

「ララ、あいつは裸だぞ」ロンドが彼女の腕をつかんで言った。

　その手をララは振りほどいた。「誰かがラモナを手伝わないといけないでしょう。あなたにはその度胸がないようだし」

　ロンドがまた彼女の腕をつかもうとすると、ピエトロが押しとどめた。「行かせてやれ。ララがこうと決めたら、誰にもとめられんよ。おまえにはまだわからんのか？」

ララは扉を開け、馬車のなかに入った。寝台に目をやると、ララが浜で見つけた男性の上に、ラモナがかがみこんでいる。男性はぴくりとも動かない。

「消毒の瓶をとって」ラモナがてきぱきと言った。「手伝いに来たんなら、せいぜい役に立っておくれ」

ララは寝台のわきのテーブルに消毒の瓶があるのを見つけ、ラモナに渡した。「どんな具合？」

「まだ生きてはいるよ」

ララの目が寝台に横たわる男性に引き寄せられた。腰に布をかぶせただけであとは裸だ。ララは視線をそらせなくなった。この男性は農民でも平水夫でもないとララは思った。ゲール人の顔立ちではないし、スコットランド人でもなさそうだ。すらりとして引きしまった体も農民の出にしてはあまりにも品がよく、顎《あご》ひげの下の整った顔は貴族のものだ。

胸板は広く、腕の筋肉も盛り上がっている。腰をおおう布の下に何があるのか、ララには見当もつかない。けれども、そこもほかの部分と同じようにりっぱなのだろう。ララの目はしかし、彼の顔に何度も戻っていった。いちばん興味を引かれるのは唇だ。ふっくらとなまめかしくて、いけない想像ばかりしたくなる。まつげは男性のものにしては不埒《ふらち》なほど長く、髪と同じくらい黒い眉は優雅な弧を描いている。反対に、角張った顎はとても男らしく、がっしりしている。瞳の色を思い描こうとしたが、すぐにあきらめた。

「今、何をしているの?」ララはラモナに視線を戻してきいた。

「感染症の手当てだよ。たいしたことはできないけれどね。背中の弾は取り出すのが大変だった。肺に近くて冷や冷やしたよ。針と糸をおくれ。縫い合わせるから。あとは待つだけさ。もっと上のお方に生死をゆだねるしかない」

「わたしが付き添っているわ、おばあさん」ララはそう言って、寝台のそばに椅子《いす》を引き寄せた。

ラモナは傷口を縫い終えると、男性の上に毛布をかぶせた。ララの顔を探るように見てからうなずく。「また戻ってくるからね」

「おばあさん」ララは問いかけた。「おじいさんに言っておいて。おばあさんの患者が旅のできる体になるまで、ロッカビーに行くのは待ってほしいって。あそこまでの道はでこぼこでしょう。馬車に揺られるだけでもこの人には命取りだわ」

「ピエトロに話してみるよ」ラモナはそう言って外に出た。

ララは手負いのガッジョのそばに座り、彼が目を開けるのを待った。あれこれ尋ねたくてうずうずする。知りたいことは山ほどあった。どこから来たのか。誰に殺されかかったのか。ララのなかで小さくささやく声がした。この男性には見た目以上の何かがあると。ラモナもそう感じたに違いない。ララの祖母は誰も知らないことを知っているようなところがある。人の手のひらを見て予言をすることもできる。その能力があるふりをしているだけのロマもいるけれど。

二時間後、ララがときのたつのも忘れているうちにラモナが戻ってきた。「様子はどうだい？」

「変わりないわ」

ラモナは男性の額に手を当てた。「もうすぐ熱が出そうだね。海から冷たい水をくんでくるようにロンドに言っておいたよ。おまえはみんなといっしょに食事をしておいで。わたしがここにいてあげるから」

ララは離れがたく、渋々と祖母の言葉に従った。

扉のところでふと、足をとめた。「あと数日、ここにいられるかどうかおじいさんにきいてくれた？」

「ああ。一日か二日なら出発を遅らせてもいいってさ。そのころにはもう、このガッジョは死んでいるか、回復の兆しを見せているかだろうからね」

ララは不安げに言った。「おばあさん、この人を死なせたりしないでしょう？」

「神さまにお任せするしかないよ」ガッジョの顔を熱心に見ながら、ラモナは答えた。

「さあ、お行き。早く冷たい水をくんでくるように、ロンドをせかしたほうがいいかもしれないね」

ララが出ていったあともずっと、ラモナはガッジョを見つめていた。ララはこのガッジョにすっかり夢中だが、どうしてなのだろう。男の心の苦しみがラモナには感じ取れた。彼を取り巻く不穏な気配も伝わってくる。それがこの男から出ているのか、命をねらう何者かから来ているのかはわからない。ララにどんな影響を及ぼすのかも。わかるのはただ、運命の働きかけがあるということだけだ。

ラモナはガッジョの手に視線を移した。毛布の上にだらりと置かれた手の指は無防備に開いている。運命をもてあそんではならないと警告するかのように全身の神経がざわついているが、それを無視してラモナは男の手を両手にすくった。自分の敏感な指でなぞりながら、男の親指の柔らかなふくらみや手のひらに広がる深い線を探っていく。ラモナは急に悲鳴をもらし、やけどでもしたように男の手を放した。

目を閉じ、ラモナは呪文《じゅもん》をつぶやいた。つきまとう危険に苦しめられる男の姿が見えた。そして、このガッジョの敵が、愛する孫娘を脅かすことになることがラモナには勘でわかった。それを防ぐすべが自分にはないということも。

ぼんやりとした頭のどこか奥底で、ジュリアンは人の気配を感じた。危険は感じなかったが、痛みと熱が耐えがたいほどだった。しばらくすると、また眠りへと引き戻されていった。

「ロンドがお水を持ってきたわ、おばあさん」ララが声をかけた。ロンドのために馬車の扉は開けておく。

「それを床に置いたら、ふたりとも出ておいき」ラモナは命じた。

「わたしに手伝わせて」ララは頼みこんだ。

「だめだ」ロンドが反対した。「おまえはここにいちゃいけない。ラモナに人手がいるなら、おいらが亭主持ちの女をひとり呼んでくる」

「誰もいらないよ」ラモナは答えた。「さあ行って、ふたりとも」

ララが外へ向かうと、ロンドもそれにならった。「おまえ、あのガッジョに気があるんだろう」つっかかるように言う。

「あの人にはわたしの助けが必要なの。それだけよ」巻き毛をひと振りし、ララは友達が集まっているほうへ歩き去った。

ロマの人たちがたき火を囲んで座り、夜の食事や噂《うわさ》話をしているところへラモナがやってきた。

「あのガッジョは生き延びるかね?」ピエトロがきいた。

「生き延びるよ。しぶとい男だから。なかなか魂を手放そうとしないよ」

「食事をして、おばあさん」ララは勧めた。「おばあさんが休んでいるあいだ、わたしがあの人に付き添うわ」

「熱があるから気をつけるんだよ、ララ。峠《とうげ》はこれからだからね。わたしが必要なときは呼ぶんだよ」

ララは自分の馬車に駆けこみ、寝台のほうへ椅子を寄せた。ろうそくの金色の火の下でも、このガッジョの顔は青白い。目の下の繊細な肌は紫色の陰をおびている。ときどき彼はうめき、体を震わせた。ララは首まで毛布を引き上げてやり、ロマ語でそっといたわった。

いつしか寝台の端に頭をもたせて眠りこんでしまったが、それでもひとりではないことをわからせるかのように彼の手を握っていた。

騒々しい声でララは目が覚めた。カーテンをかけた窓から朝日がもれている。馬車の扉がいきなり内側に開き、彼女はびくっとして背を起こした。

「入り江に船が泊まっている」ロンドが言った。「その船から雑用艇が出て、今、浜に向かっているところだ」

ララの頭のなかで警鐘が鳴った。「ピエトロはなんと言っているの?」

「心配だって。ラモナもそうだ。きのうのうちにここを発っときゃよかったんだ」

ララは手負いのガッジョのほうを見て、それからロンドに視線を戻した。「おじいさんたちと話をしなきゃ」

ガッジョが落ち着きなく身じろぎし、うめいた。

「意識が戻ったのか?」

「いいえ、一晩中こんな感じだったわ」

ララはロンドといっしょに馬車を離れた。野営地全体が興奮状態にある。ロマの人々がララの祖父母のまわりに集まっていた。ララは急いでそのなかに加わった。

「あの船が何か問題なの? おじいさん」

「わからんよ、ひよっこ。ひとまず様子を見てみて、ロマをよく思っていない連中ならこっちも自衛しないといけない。ガッジョはどうしているかね?」

「変わりなしよ。ほとんど意識がなくて、熱も高いわ。船からやってくる男たちがあの人を殺そうとしたのかしら? あの人を捜しに来たのだったらどうしたらいい?」

ラモナの黒い瞳が輝いた。「わたしらは乗り越えるよ」謎《なぞ》めいたことを言う。

「どうか、あの人を見殺しにしないで」ララは訴えた。

ラモナがその問いに答える間《ま》もなく、武装した男たちが十人以上、野営地に乗りこんできた。

「おまえたちを取って食おうってわけじゃない」体格のいい船乗りがわめいた。「このあたりの岸に男がひとり流れついたかもしれないんで、そいつを捜しているんだ。見たものはいないか？」

　ピエトロの次の返事にララは胸をなで下ろした。「いいや、ひとりも見ちゃいないね」

「ほんとうだな？　大事なことなんだ。そいつが生きているか死んでいるか、どうしても知る必要がある」

「ほかを捜しておくれ、ガッジョ」ラモナが言った。「わたしらのあいだによそ者はひとりもいないよ」

「こいつらの言うことを信じるな、クロケット」背後の船乗りが言った。彼は前へ出て、脅すようなしぐさで拳銃《けんじゅう》をちらつかせた。「異教徒のロマなど信じられるか」ピエトロの顔の前で銃を振ってみせる。「ほんとうのことを吐くまで、この老いぼれを叩《たた》きのめしてやろうぜ」

「別のやり方もある」クロケットが言い、野営地に散らばる馬車を見まわした。「あの馬車をひとつ残らず、隅から隅まで調べるんだ。みんな、かかれ」

　ララは愕然《がくぜん》とした。この男たちは敵だ。急いで何か手を打たないと、手負いのガッジョはいずれ見つかって殺されてしまうだろう。

　船乗りたちが馬車のほうへ行くあいだ、クロケットはロマの人々に銃口を向けていた。ひとりの船乗りがララの馬車に向かっている。それを見てララは思わずロマの一団から飛び出し、自分の馬車まで駆けていくと、扉の前で立ちふさがった。

「どけ、このあま」船乗りが言った。

ララは一歩も譲らなかった。「なかに入っちゃいけないわ」

船乗りは手首をつかみ、ララをはねのけた。「いい子にしてな。これがすんだら、銀貨一枚やるからおれを楽しませろ」

「わたしに触らないで」ララは叫んだ。

「なんでだ？　ロマの女は好色だと誰もが知っているぜ」

「どうした？」ララの馬車の外で持ち上がった騒ぎに気づき、クロケットがきいた。

「このあばずれがなかに入れようとしないんだ」船乗りが怒鳴った。

クロケットが大股《おおまた》でやってきた。「なかに入れないだと？　それはどうかな」

彼はララを押しのけ、扉を押し開けた。ピエトロとラモナが孫娘のもとへ駆けつける。ロマの人々もあとに続いた。

ララとその祖父母をクロケットがにらみつけた。「おいおい、これはどういうことだ？　おまえたち、誰をかばおうとしているんだ？」

ララは頭に浮かんだ最初の言葉を口にした。「ドラゴ。わたしの夫よ。病でふせっているの」馬車の外に集まったロマの人々から驚いたようなつぶやき声があがる。

「病だと。ほんとうにおまえの夫なのか？」

「ええ、なかにいるのはわたしの夫よ」

ララの耳元でたしなめる声がしたが、もう引っこみはつかない。

クロケットは扉を開け、馬車のなかに首を突っこんだ。「ようし、見てやろう」

ララは寝台の上でじっと動かないものに目をやり、ガッジョの顔が毛布でほとんど隠れているのを見てほっとした。しかし、ガッジョの白い肌を見たらすぐにロマではないことがばれてしまう。ララはラモナに無言ですがった。

「この男はおまえの夫だと言ったな？」クロケットがまたもきいた。

「ええ、ドラゴよ。わたしの夫」ララは同じ言葉をこれで三度、繰り返した。

ラモナがララの横に来て手をさしのべると、ララはその手を握りしめた。

「そいつを起こせ」クロケットが命じた。

「こんなに弱っているのに。目を覚ますかどうかわからないわ」

クロケットは毛布の下で身じろぎもしない男に銃を突き立てた。

「撃たないで！」ララは叫び、寝台に駆け寄った。「わたしが起こすわ」

クロケットが一歩、寝台に近寄った。その腕にラモナが手をかけて押しとどめた。

「おやめ！　ドラゴは天然痘にかかっているんだ。近づかないほうがいい。どうなってもわたしゃ知らないよ」

クロケットの顔から血の気が引いた。「天然痘？　そんな話が信じられるか」

「だったら、自分の目でたしかめるんだね」

クロケットはためらった。見るからに怯えている。彼は後ずさってララをねめつけた。

「おまえが起こせ。そいつにききたいことがある」

ララは下唇をかんで震えまいとしながら、そっとガッジョを揺さぶった。反応がないので、もう少し強く揺さぶる。彼がうめき、目を開けた。


一対の魅惑的な黒い瞳をジュリアンはのぞきこんだ。自分がどこにいるのか、なぜこんなに体が痛むのか、さっぱりわからない。わかるのはただ、きっとここは天国に違いないということだ。黒い瞳をした天使。こんな天使はまたといないだろう。奥深い情熱と生気にあふれている。黒い巻き毛、きらりと光る黒い瞳の奔放な天使。すばらしい。

「ドラゴ、聞こえるかしら？」

その声の心地よい響きが、不幸の底から彼を引っぱり上げた。

「ドラゴ、返事をして。わたしよ、ララよ」

ドラゴ？　ドラゴとは誰のことだ？　まあ、この女性のつくり話に付き合っても害にはなるまい。彼女の名前はララと言ったか。
「ああ」ジュリアンはくぐもった声で言った。自分の声なのか？　そうとは思えない。
「まだ続けないといけないの？」近くに誰か立っているらしく、その人間に向かって
ララがきいている。
「起きているようだな。今から二、三尋ねる」その誰かが言い、ジュリアンに呼びか
けた。「ドラゴ！　聞こえるか？」
「ああ」
「この女が、おまえは自分の夫だと言っている。ほんとうか？」
その元気さえあれば、ジュリアンは大声で笑っていただろう。夫か。これは愉快だ。
結婚しようと思ったことさえないのに、誰の夫でもあるわけがない。だがジュリアン
は、熱心なまなざしを注いでいるララを喜ばせたくなった。
「ああ、わたしはララの夫だ」
少し舌がもつれたが、言葉ははっきりしていた。開いた扉の外に立っている人々が
いっせいにざわついたが、ラモナが目にものを言わせて黙らせた。
「おまえは天然痘にかかっているのか、ドラゴ？」クロケットは容赦なく問いつめた。
天然痘。その可能性はあるとジュリアンは思った。天然痘にかかっていてもおかし
くないくらい具合が悪いことはたしかだ。細々とした意識の糸にしがみついている今

は、何をきかれてもそうだと答えていただろう。とにかく、ほんとうに天然痘にかかっているのかもしれない。

「ああ」

クロケットという物騒な男を小さな馬車から追い払うには、そのひと言で充分だった。恐ろしい病から逃れるために、彼は仲間ともどもも急いで立ち去った。

「自分のしたことはわかっているね、ララ」ラモナが優しくきいた。

「ええ、おばあさん、わかっているわ。しかたがなかったのよ。この人を救うにはあするしか方法がなかったの。邪魔しないでくれてありがとう」

「おまえが踏み出した道は容易な道じゃないよ、ひよっこ。おまえの未来に運命が手を貸したんだ、もうとめようはない。見ず知らずのよそ者とおまえは夫婦になった。証人たちのいる前で三度、このガッジョが自分の夫だと宣言したんだからね。そして、この男もそうだと認めた。わたしらの決まりごとはわかっているだろう？　おまえはこのガッジョと結婚したことになるんだ。神さま、この子をお守りください」

ええ、神さま、わたしをお守りください。ララは心の内で祈りながら、ドラゴという名前でしか知らない男性を見た。

3

痛みのせいでジュリアンは目を覚ました。しかし、目を覚ました瞬間、生きている喜びを感じた。どこにいるのかはわからないが、今、横たわっている寝台が自分のものでないことはたしかだ。密輸船に連れ戻されたのか？　最初に浮かんだ考えはそれだった。いや、甘いにおいのするきれいなシーツからしてそうではないと、すぐに思い直した。

記憶を掘り起こそうとしたがむりだった。体を動かしてみたが、大きな間違いだということがすぐわかった。焼けつくような痛みが肩から背中にかけて走り、体のすみずみへと広がったのだ。その痛さときたら、死んだほうがましなほどだった。つばをのみこもうとするが、口のなかが砂漠のように乾いている。水がほしくてたまらない。声に出して言ったのだろうか？　きっとそうだ。すぐに誰《だれ》かが冷たい水の入ったコップを唇にあてがってくれた。喉《のど》の渇きがおさまったところで、この情け深い天使に目の焦点を合わせようとした。

視界がゆっくりと晴れるにつれ、夢のなかでうっすらと見た覚えがある魅惑的な光景が目の前に広がった。彼は手を伸ばし、天使の顔に触れようとした。だが、それだけの力がなく、手はむなしく寝台に戻った。

「きみは現実なのか？」ジュリアンは尋ねた。

彼女はかすれた声で笑った。ジュリアンはその声にうっとりし、記憶を波のようにかき立てられた。「ええ、現実よ。生きている世界へようこそ。あなたがみなといっしょにいられることはもうないのかと、しばらくのあいだは思っていたわ」

「みな？　わたしはどこにいるんだ？」

「ロマの野営地。わたしはララ、ここはわたしの馬車よ」

ジュリアンは眉《まゆ》を寄せ、大事な何かを思い出そうとした。この女性の名前にはぼんやりとだが聞き覚えがある。「わたしがここに来てどのくらいになる？　わたしの体はどうなってるんだ？」

「覚えていないの？」

「全部は。思い出させてくれないか」

「わたしが浜であなたを見つけて、この野営地に連れてきたのよ。もう数日になるわ。わたしの祖母があなたの背中から弾を取り出したの。肩にもうひとつ入っていて、あなたは感染症をおこして生死のあいだをさまよっていた。祖母の治療の腕がなければ、助からなかったでしょうね」

ジュリアンの記憶はまだぼやけていた。「弾？」

「ええ。あなたは二発、撃たれたの。肩と背中。誰に撃たれたのかわかってるの？」

頭のなかのもやが晴れると、誰がなぜ撃ったのか、ジュリアンははっきりと思い出した。だが、この不思議なロマの娘に話を聞かせるわけにはいかない。彼の名前も何もかも。命を救ってくれた人々に迷惑をかけることだけはしたくないからだ。

「話せない」ジュリアンは弱々しく拒んだ。「きみは何も知らないのがいちばんだ。きみの仲間に危害が及ばないように」

ララは彼の言葉をかみしめた。「名前も教えられないの？」

「何でもきみの好きな名で呼んでくれ」

「あなたがここにいるあいだは、ドラゴと呼ぶようにするわ」

ジュリアンの眉がぐいと引き寄せられた。どこかで聞いたことがある名前だ。うっすらと記憶にある……だめだ、思い出せない。

「あなたを探しに追っ手がここまで来たのよ」

「誰が？」

「あなたを殺したがっている男たち」

ジュリアンは身をこわばらせた。「それでどうなった？」

「あなたは天然痘にかかっているとラモナが男たちに告げたの。わたしはあなたがドラゴだと言い張ったわ。わたしたちの仲間だと」

ジュリアンは目を閉じ、ララが語ったことをすべて反芻《はんすう》した。密輸船から入り江に飛びこむ場面もよみがえった。海一面に弾が刺さっていた。その一発が背中に命中したあとのことはほとんど覚えていない。どうやって岸にたどり着いたかとなると、さっぱりだ。

「申し訳ない。きみたちには大変な面倒をかけてしまった。動けるようになったら、すぐに出ていくよ」

「元気になるまでは、出ていこうなんて思わないで。わたしたちのところにいれば安心よ。ご自分のことは何も話すつもりがないの？」

「きみときみの仲間は、わたしのことを知らなければ知らないほどいいんだ」ジュリアンは答えた。身動きしようとしてたじろぐ。

「痛むのね」ララが言った。「おばあさんを呼んでくるわ。何をすればいいか、祖母ならわかるから」

彼女が出ていくのをジュリアンは見守った。色とりどりのスカートの下でくびれた腰が揺れるさまに感心したり、襟《えり》ぐりの深い農婦ふうのブラウスから誘惑的にのぞくこがね色のすばらしい肩に気づいたりできるのだから、この体もそれほど弱っているわけではないのだ。ジュリアンはため息をもらした。あのロマ娘はとびきりの美人だ。彼女の愛を得る果報者はどんな男だろうか。

ララが祖母を連れて戻ってくるころには、痛みが体中を襲っていた。ララはまず、ジュリアンに祖母ラモナを紹介した。ジュリアンの顔をひと目見るなり、ラモナはたっぷりとしたスカートのポケットから瓶を取り出した。その中身を少量、グラスにつぎ、彼の口元に持っていく。ジュリアンはためらった。

「お飲み、ドラゴ」ラモナが促す。「ただのアヘンチンキだよ。痛みがやわらいで、眠たくなる。心配ない、ララが見ていてくれるから」

ラモナの最後の言葉でジュリアンは苦い液を飲む気になった。ララが見ていてくれると思うと気分がいい。

「ララの話では、あなたが命を救ってくれたとか。ありがとう」

「その話はあとで」ラモナは腰を上げながら言った。「スープをつくって、ロンドに届けさせようね。ララに手伝ってもらって、たんと飲んでおくれ。その体には水分が必要だからね」

ラモナが出ていくが早いか、ジュリアンはすっと眠りに落ちた。目が覚めたとき、ララはまだそこにいてくれた。彼女がほほ笑んだ。そこへ、ラモナがつくったスープを持ってロマの若者が現われた。

ロンドが椀《わん》と匙《さじ》をララに渡すと、彼女は言った。「こちらがロンドよ」

彼が男前であることにジュリアンはすぐさま気づいた。ロンドはララの夫か……愛人なのだろうか。

ロンドが見守るなか、ララは温かいスープをジュリアンの口に運んだ。

「こいつは名を名乗ったのかい？」ロンドがきいた。

「この人の名前はドラゴよ」ララは答えた。

「自分が結婚した男の名前も知らないっていうのか？　ララ、いったいどうしたっていうんだ？　あの非ロマ《ガッジョ》に引き渡しとけばよかったんだよ」ロンドは皮肉たっぷりに言った。

ジュリアンは話を聞いていたが、わけがわからなかった。ララと結婚した？　まさか、わたしが？　ばかな。ジュリアンは笑えるものならそうしていただろう。

「もういい」ジュリアンは匙を押しやった。胃がこれ以上スープを受けつけなかった。早くも眠気が襲ってきた。そこへ、ロンドがこう言うのが聞こえてきた。「このガッジョは自分がおまえの夫だと知っているのか？」

「この人は今、それどころじゃないのよ。とにかく、あなたも知っているでしょう。結婚といっても、これはロマの伝統に従ってのこと。この人にとってはなんの意味もないわ」

「けど、おいらたちにとっては大ありだ」

ロンドは食い下がった。「みなの前でおまえは宣言したんだからな。もうおまえは亭主持ちだ」

ララは腹立たしげに頭を振った。「この人の命を救うためにしたことよ。そうでしょう？　もう行って、ロンド。ドラゴを休ませてあげないと」

ジュリアンはアヘンチンキの影響が残っていて頭が重たかったが、それでもララとロンドのやりとりをひと言ももらさず聞いていた。こっちの耳がおかしくなったのだろうか？　聞けば聞くほど信じがたい話だ。さまざまな疑問を抱えたまま、彼はまどろんだ。眠りにつくときは、こがね色の肌をしたくびれた腰が頭のなかで躍っていた。


三日後、ジュリアンは頭がすっきりした状態で目を覚ました。ララに手伝ってもらい、寝台に起き直ることもできた。固形物も少しなら食べられた。回復したとはとても言えないが、少なくとも頭は働くようになったようだ。

ララは彼の夕食を持って馬車にやってきた。ジュリアンは笑顔で迎えた。「命を救ってもらったお礼を、わたしはきみやみんなにきちんと言っただろうか？」

「そんなことはいいのよ。さあ、口を開けて」

「この先、必要以上にご厄介にはならないつもりだ」ジュリアンはそう言うと、口を開けてシチューをひと口もらった。

「ばかなことを言わないで。今のところは、ここにいれば安全よ。あの男たちがあなたのことをあきらめるとは思えないけど。あなたに死んでほしいようだったから……どうしても」

彼の表情がけわしくなった。「ああ、たしかにそうだ。きみの仲間が反対しなければだが、体力がつくまでここに置いてもらえるとありがたい」

ララはほっとした様子だった。「ラモナが言っていたけど、あなたの肌をくるみ油で濃くしたらどうかって。そうすればわたしたちのなかにいても目立たないから」

「まずは立てるかどうか試してみたい。でも……その……服を着ていないようなんだが」黒い眉を持ち上げる。「きみが脱がせてくれたのか?」

ララの首筋から上へと、赤みがゆっくりと広がった。「ラモナとロンドが脱がせて、服は焼いたそうよ。何か着るものを見つけてくるわ。あなたの新しい身分に合う服を」

ジュリアンはむずがゆさを感じて顎《あご》ひげを指でいじった。「かみそりを貸してもらえないだろうか。手に入るようならば」

ララはうなずいた。「わたしに任せて」

彼が手を伸ばし、ララの頬《ほお》に触れた。「きみはとてもよくしてくれるね、ララ。ご主人が嫉妬《しっと》しないかな?　ロンドはきみの夫なのか?」

ララは無言で彼を見つめた。彼女の口が重い理由はジュリアンにも察しがついた。ロンドは彼女の夫ではなく、愛人なのだろう。ロマの女性は気が多いとの評判だ。

「あなたが着るものを取ってくるわ」ララは背を向け、急いで扉の外に出た。

彼女がいなくなると、ジュリアンは寝台の端からそっと足を下ろした。急に痛みが走ったが、耐えられないほどではない。用心深く立ち上がったつもりだったが体がふらつき、寝台につかまった。安定したところで、一歩踏み出す。次にもう一歩。そうして馬車の幅いっぱいを歩いてみた。自分の回復ぶりに満足すると、寝台に引き返して座り、腰に毛布をかけてララの帰りを待った。

そのあいだに馬車のなかを興味深く観察した。馬車は、長い馬車用寝台をもとにつくられ、側面と天井にも板が張ってある。天井は彼がちょうど立てる高さだ。こぢんまりしてむだのない空間には色鮮やかなクッションや腰かけ、長椅子《ながいす》、かご類がところ狭しと置かれている。火のおこしていない火鉢が片隅にあり、低い天井から帯状の布がかかって心地よく親密な雰囲気をかもしている。ひとつきりの窓からかすかに光が差しこんでいた。

ジュリアンがまだ馬車のなかをながめているところへ、ララが戻ってきた。男物の服を腕に抱えている。「ロンドのものと、ピエトロおじいさんのものを持ってきてみたの」ララは説明した。「ピエトロにはまだ会っていないわね。でも、すぐに会えるわ。ひげそり道具を持ってきてくれるから」

　ジュリアンは服をあらため、あや織りのゆったりしたズボンと白いシャツ、胴巻き、それに合う赤いチョッキを選んだ。

「手伝ってほしい？」ララはきいた。

「ひとりでなんとかなりそうだ」

　ジュリアンは立ち上がった。毛布が腰からずり落ちたが、別に気にしなかった。ローマの女性には羞恥心《しゅうちしん》がないと聞いている。イングランドの良家の貴婦人よりも男女のことがらに詳しく、男の体にも慣れているということだ。


　ララは目をそむけようとしてもできなかった。ドラゴの体は前にも見ているが、そのときの彼は深手を負い、自分では何もできない状態だった。今は違って見える。ララは上半身だけに目を向け、できるだけ顔に焦点を合わせた。黒くて豊かな髪。山なりの眉は気品がある。濃いまつげの下の瞳《ひとみ》は真夜中の空の色だ。ひげの伸びた頬や顎に視線が行くと、あれをそったらどんな感じだろうと思った。

　ララの目はいつしか下へさまよい、広い肩や胸をなぞっていた。黒い胸毛が平たい乳首を取り巻き、逆三角形を描いて筋の入った腹部を伝い……そこでララははっと息をのんだ。ドラゴの世話をしているときに、男性自身が目に触れたことはある。ところが、目にしているそれは、急に生命力を持ったようだ。猛っているわけではないが、命が通っている。

ララはあわてて目を上げ、信じられないほど黒い瞳を見やった。彼女のまごつく様子や赤くほてった頬にドラゴが気づいていないのは幸いだった。

「わたしのブーツはまだはけるだろうか?」ジュリアンはズボンをはきながらきいた。

「大したしろものではないが、足にはまあまあ合っていた」

ララはそのはき物を手に取った。「きれいにして乾かしておいたわ。まだはけそうよ」

彼女が向き直ると、ほっとしたことにドラゴはシャツを着て、細い胴に胴巻きを巻いていた。ララはブーツを置き、彼がチョッキを着るのを手伝った。

「これでロマらしく見えるわ。肌を濃く塗ったら、わたしたちの仲間じゃないとは誰も思わないでしょうね」

扉を叩《たた》く音がし、ピエトロが入ってきた。

「こちらはピエトロ、わたしの祖父よ」ララが紹介した。彼女の声や、ピエトロを見るまなざしには誇りがあふれていた。「あんたは運のいい男だのう、ドラゴ。ララが見つけなければ、間違いなくのたれ死んでいたところだ」

「このご恩は一生忘れません」ジュリアンは言った。

「わしはララの選んだ道を手放しでは喜べないがね。だが、この子が非ロマ《ガッジョ》を気に入ったのなら、どうこう言う筋合いではなかろうよ。ララの話では、ひげをそりたいそうだな」ドラゴの返事を待たずに言う。「座りなさい。わしがやってあげよう」持ってきたひげそり道具を広げた。

ララはドラゴの肩に布をかけてあげた。ドラゴの戸惑った表情からすると、ピエトロの言葉をどう解釈していいのかわからないようだ。

「おまえはラモナを手伝ってくるみ油の染料を用意しておいで、ひよっこ」ピエトロはララを追いやるようにして言った。

ララは不安なまなざしを祖父に投げ、ついでドラゴにも同じような目を向けて出ていった。ピエトロがドラゴとふたりきりで話したがっているのは彼女にもわかっていた。何を言うつもりなのかもおおよそ見当がつく。だから心配なのだ。ロマの女を妻にしたことがわかったら、ドラゴはどうするだろう？


ピエトロにひげをそってもらうあいだ、ジュリアンはぎこちなく座っていた。この老人は何か言いたげで、彼が切り出すのを待つのがもどかしい。立ち去ってほしいと言うつもりだろうか？　だとしても文句は言えない。ピエトロは彼の素性も何も知らないのだ。ララが彼を見つけた経緯も不明だし、自分をここに置いておけば、どんな危険がみなに降りかかるかわからない。ピエトロは鋭い勘でそれを感じているのだろう。

ジュリアンが我慢の限界に達しそうになったとき、ピエトロがついに切り出した。「孫娘の選んだ道をわしは喜んではおらんよ。だが、あの子が決めたことなのだから、それを尊重するつもりだ」

なんのことかジュリアンにはさっぱりわからなかった。ララが彼を岸に置き去りにして死なせたほうがよかったという意味だろうか。

「ラモナが言うには、これは神さまのご意志だそうだ」ピエトロは話を続けた。「わしにはそこまでの確信はないがね。ララがガッジョを夫に持つ運命なら、もっとふさわしい相手を選んでもよさそうなものだ。あんたのことは何ひとつわかっていない。誰かが殺したがっていることぐらいしか。わしの孫娘にとって不名誉になるような何かにかかわっているのかね?」

ジュリアンはまばたきした。わが耳を疑いたくなってくる。ピエトロの話では、ララは彼の妻だという。自分の知らないうちに結婚式が執り行われたのか? どうやって? なぜ? わけがわからない。

ピエトロが鋭い刃で喉のあたりのひげをそり終えるまで待って、ジュリアンは切り出した。「あなたは誤解なさっているようですね、ピエトロ。わたしは結婚などした覚えがない。ララと、いや、どんな女性とも結婚するつもりもありません。何年も前に結婚する意志を捨てたのです」

ジュリアンの顎の下にある刃がぴたりと動きをとめた。「ララは証人たちのいる前で、あんたのことを、夫だと三度宣言した。ロマの結婚はそれだけで成り立つ」

ジュリアンはまたもまばたきした。「なぜ彼女がそんなことを?」

「あんたを痛めつけたがっている連中から守るためだよ。ロマの目には、あんたとララは夫婦だ。結婚を否定してララに恥をかかせてもらっては困る」

警告なのかどうかは、聞けばわかる。「ララがわたしのためにしてくれたことには感謝します。彼女を傷つけるようなことは決してしない。ただ、おわかりでしょうが、わたしは回復したらここを去らねばならない。わたしの人生はロンドンにあるのです」

ピエトロは謎《なぞ》めいた笑みを浮かべた。「わしらは駒《こま》に過ぎん。神さまのご意志に従うだけだ」

ピエトロの言葉に何やら寒気を覚え、ジュリアンは落ち着きなく身じろぎした。ララがラモナといっしょに戻ってきたときは大いにほっとした。

「さあ終わった」ジュリアンのひげかすをきれいにふき取りながら、ピエトロが言った。

「まあ」ララは叫んだ。

ジュリアンの目が彼女のほうに行く。なぜララはじっとこちらを見ているのだろう。ひげがないほうがいいと思っている？　まあ、どうでもいいことだと彼は自分に言い聞かせた。それよりもララとふたりで、結婚のことについて話をするのが先決だ。

「くるみ油の染料を持ってきたかね？」ピエトロがきいた。

「ああ」ラモナが答えた。「ここから先はララとわたしに任せておくれ」

ピエトロは狭苦しい馬車から出ていった。ラモナとララがくるみ油を肌にぬりたくるあいだ、ジュリアンはおとなしくしていた。ぬり終わると、ララが鏡を貸してくれた。鏡のなかから黒髪の浅黒い男がこちらを見返している。これならすんなりロマとして通るだろう。自分とは思えないくらいだ。

ジュリアンは窓の外にあこがれのまなざしを向けた。「外を歩いてみたいな」

「ララに手を貸してもらうといい」ラモナはそう言うと、くるみ油の染料の残りを手に取った。「だけど、疲れてきたらすぐに馬車に戻ると約束しておくれ。初めて寝床から出るんだからね」

ジュリアンはそうすると言ったが、彼の考えは違っていた。体力を取り戻すには、体を鍛える必要がある。ラモナがいなくなるとすぐに立ち上がり、ララに腕をさしのべた。「では、行こうか？」

地面まで階段を三段下りるときになって、ジュリアンはいかに自分の体が弱っているか思い知った。ララの支えがなければ、そのたった三段が下りられなかっただろう。

「野営地をまわってみる？」ララがきいた。

「まずはそのくらいにしておこうか」この訓練を甘く見ていたと思いながら、一歩一歩、前に踏み出すことに集中した。痛みもかなりあったが、気丈に耐えた。

「ララ、ご主人が動けるようになってよかったね」通りがかりの若い女性が言った。

「お幸せに。子供をたくさん授かりますように」と、もうひとりの女性が声をかけてきた。

ジュリアンは歯をくいしばって、何も言わなかった。横目でララを見ると、彼女はうろたえたような目で見返してきた。

「わたしを見つけた場所まで連れていってくれないか」ジュリアンは言った。

「遠すぎるわ」

「頼む。疲れてきたら休むから」

「それならいいけれど。こっちよ」

ララは彼をゆっくりと入り江のほうに案内した。

「ここはどこなのかな？」ジュリアンはきいた。「美しいところだ」

「ダンフリーズの近くよ。野営しているの。わたしはここ、スコットランドの生まれなのよ」

「スコットランドのロマか」ジュリアンはつぶやいた。「わたしの弟はハイランドに住んでいるよ。マクドナルド一族の氏族長と結婚したんだ」

「ほんとう?」ララは興味深げに彼を見た。「ご家族のことを聞かせて」

ジュリアンは顎をこわばらせた。「もう必要以上に話してしまったよ。あとどのくらいで着くかな? 海のにおいがする」

「もうすぐよ。休みたい?」

ララの腕にすっかり体重をあずけている状態であっても、ジュリアンは足をとめる気になれなかった。「いや」

生い茂るハリエニシダに行く手をさえぎられながらも、ジュリアンはふらつく足で先へ進んだ。上り坂になると、さすがに立ち止まって息を継いだ。見ると、驚くばかりの景色だ。山が遠くにせり上がり、あふれんばかりのヒースがまわりの低い丘をおおっている。空気は陽光と花の香りに満ちて、どこまでも見通せるくらいに澄んでいる。

ようやく崖《がけ》の上に着き、浜を見下ろすことができた。今は引き潮だ。ララが、彼を見つけたという砂浜の一角を示してくれた。あそこで彼は命を終えるところだったのだ。ララには一生かかっても返せない借りができた。だからといって結婚するわけにはいかない。ジュリアンは平たい岩を見つけて座り、ララもそばに座らせた。

「体力を使い果たしたのね。そうなると思っていたわ。ロンドを呼んで、帰り道はおぶっていってもらいましょうか?」

「少し休めば大丈夫だ。それに、ちょっと話をしたいことがある」

ララがたじろいだ。次に来ることを恐れているかのように。

「ピエトロが妙なことを言っていたが」ジュリアンは切り出した。「どう考えればいいのかわからなくてね」

ララは彼の視線を避け、スカートのしわを伸ばしている。

「ララ、あれは事実なのか? わたしたちのことをきみの仲間は夫婦だと思っているのか? どうしてそうなったんだ、式を挙げた記憶もないのに」

ララは彼を見上げた。「ええ。わたしたちは夫婦になったのよ。あなたの命を救うにはそうするしかなかったの。ごめんなさい。あの男たちがあなたを殺すつもりでなければ、あなたのことをわたしの夫だなんて言わなかったわ」

「夫婦だと言ったからって、夫婦になるわけじゃない」

「ロマの場合はそうなるの。わたしは、みなの前で三度、あなたのことを夫だと宣言した。あなたもそれを認めた。ふたりが夫婦になる意思を公にしたら、正式な式を挙げなくてもいいの」

ジュリアンはララを見つめた。「わたしはロマではない。もうすぐ去らなくてはならないことはわかっているだろう。この結婚とやらはまやかしだ」

「ドラゴ、どうか考え直して。あなたの命がかかっているのよ。敵が戻ってきたらどうするの？」

ジュリアンは考え直した。死にたくはなかった。ロマの女性とほんとうに結婚するつもりはないが、人並みに芝居は打てる。仕事柄、その道の経験は積んでいるので、むしろ得意なほうだ。

「そうだな、きみの言うとおりかもしれない。きみたちのところに厄介になっているあいだは夫のふりをしていよう」

「ふりなんかしなくていいわ」ララが答えた。「実際に夫婦なんだから」そう言って急に立ち上がった。「もう戻りましょうか？」

ジュリアンはれんがの壁にぶつかったような気分だった。どうしてこんなことになったんだ？　だが、ララの言うところの結婚は、イングランドの法律では認められない。ロンドンに戻ったらいっさいを忘れ、なんのやましさもなく生きていけるはずだ。

野営地に戻るころには、ジュリアンのわずかな体力も尽きていて、馬車の踏み段も上れそうになかった。幸い、ピエトロが彼の様子に気づいて、寝台にたどり着くまで支えてくれた。

「傷がまた悪化しないといいのだけれど。あなたは長いこと、生死の境をさまよっていた体なのよ」

ララの妻らしい気遣いにジュリアンは思わずほほ笑んだ。ダイアナとまだ見ぬわが子を失ったあと、情婦がいたことはあったものの、心を捧《ささ》げた女性はいなかった。もう妻にも跡取りにも興味はない。ジャッカルに正当な裁きを受けさせることだけを考えて生きてきたのだ。

「夕食の支度を手伝ってくるから、ひと休みしていてね」ララは言い、彼を毛布でくるんだ。「お腹が空いているといいけど」

「すぐにでも食べられるよ」ジュリアンはそう言ってから、久しぶりに空腹なことに気づいてわれながら驚いた。

ララが馬車を出たあと、ジュリアンは物思いにふけった。ララのあのしなやかな体を奪ったらどんな感じだろう。あきれたことに、そんな思いがわいてくる。ロマの女性で生娘はめったにいないらしいから、ララもうぶではないはずだ。彼女ははつらつとして生気にあふれ、美しくて男の心を惑わす女性だ。どんな男も抗し切れないような、自然ななまめかしさがある。わたしの口や手の下で彼女は炎と化すのだろうか？　わたしの体を情熱で焦がすのか？

彼女のなかに深く入ったときの心地を想像し、ジュリアンは硬くなった。あの甘美な体に向かって自分を駆り立てたらどうなるだろう？　体力不足かもしれないが、この体は死んではいないのだ。

ララはシチューをかき混ぜ、ラモナはせっせと食事の支度をしていた。いきなりラモナが言った。「ご亭主はおまえと寝床をともにしてもいいくらいに元気になったようだね」

ララは、驚きに満ちたまなざしを祖母に向けた。「ドラゴは妻をほしがってはいないのよ、おばあさん。この結婚が正当なものとも思っていないわ」

「結婚する前にそういうことを考えておくんだったね」

「ドラゴを夫に選んだのは間違いなのかしら、おばあさん」

「わたしがどうこう言えることじゃないよ」ラモナははぐらかした。「ときにわたしらの理解を超えた運命の働きがあるのさ。ドラゴには不穏な気配を感じる。それに、苦しみを抱えた男だ。手のひらには秘密と矛盾を抱えていることが表われていたよ」

ラモナがドラゴの手相を見たとしても、ララはさほど意外ではなかった。「ほかにも何か見えた？」

「危険」ラモナはつぶやいた。「おまえのことが心配だよ、ララ。おまえの人生はもう、ドラゴの人生と絡み合っている。あの男が好もうと好むまいとね。ああ、ドラゴは去っていくよ。だけどまたおまえに会って、おまえはあの男を取り巻く陰謀に引きずりこまれる。これはおまえのために言っておくほうがいいと思ってね」そこで間《ま》を置いた。「まだほかにもあるんだよ」

「何なの？　話して」

「ドラゴの人生にはひとりの女がいるか、前にいたかだよ。結婚を拒むのもその女が理由なのさ。おまえがその女を追い出せるほど、ドラゴの心に深く入りこめるかどうか」

　このロマ式の結婚がドラゴにとってはなんの意味もないことは、ララにも最初からわかっていた。けれども残念ながら、心の奥底に生まれた気持ちを自分ではとめようがなかった。ララの勘では、ドラゴはただ者ではない。あの話し方も物腰も平民にしては洗練されすぎている。彼が誰なのか、何者なのか、もしかしたら一生わからないままかもしれない。それでもドラゴをいとおしく思う気持ちを消すことはできなかった。

「ドラゴにはなんの約束もさせないつもりよ」きっぱりとした口調でララは言った。「わたしたちはどうせ離れ離れになるのだから。それに、お父さまはもうすぐわたしが帰ってくると思っている。がっかりさせるわけにはいかないわ」

　ラモナは、黒い瞳にけわしい表情を浮かべ、ざらついたささやき声で言った。「おまえとドラゴはいずれまた出会うだろう。あの男は見た目とは違う。計り知れない面を持つ男だよ」

「ええ、わたしもそう思っているわ、おばあさん。ドラゴはほんとうの名前も教えてくれないの。また出会っても、きっとわたしには挨拶《あいさつ》もしないでしょうね。さて、そろそろドラゴに夕食を持っていくわ」

「お待ち、ララ。おまえたちの寝床のことだけど……」

ララは口を開け、ひと言も言わずにまた閉じた。ラモナはわたしにどうしてほしいのだろう?

「おまえは亭主持ちなんだよ」

「おばあさん！　わたしは……ドラゴが受け入れるはずないわ」

「おまえはみなの見ている前で宣言したんだよ、ひよっこ。ドラゴとは夫婦だ。何をしようとおまえたちの自由だよ。枕《まくら》をともにするかどうかは本人同士の問題だからね。だけど、ドラゴはもうわたしらの一員だ。肌の色も濃くして、ロマの名前を授けた。また敵が戻ってきたら、わたしらは全員であの男を守るよ。ただそれも、おまえがみなの目にドラゴの妻と映るようになったらの話だ。結婚の祝いをやろうと、みんな騒いでいるよ」

「でも、おばあさん、それは賢明なことかしら?」

「それがロマのやり方なのさ」

「だったらいいわ、おばあさん。ドラゴが無事でいられるなら、何でもおばあさんの望むとおりにするわ」

「わたしを信じておくれ、ひよっこ」

「信じなかったことなんてないじゃない。そうでしょう?」


ジュリアンはひと眠りしようとしたが、先ほどのララとのやりとりが気になって眠れずにいた。ララも本気で彼の妻だと思っているわけではないだろう。彼は伯爵だ。伯爵がロマの娘をめとることはない。伯爵の妻となるのは、家柄がよく同等の身分の女性だ。ようやくまぶたが重たくなったとき、馬車のなかで物音がした。見る前からララの気配を感じていた。ジュリアンはまばたきして目を開けた。

「起きていたのね」ララは言った。「お腹は空いている?」

「飢え死にしそうだよ」ジュリアンは答えた。痛みにおそわれないようゆっくりと体を動かし、寝台の端に座る。「いいにおいだ。きみもいっしょにどうかな?」

「わたしはいつもほかの人たちと外で食べているの。でも、そうしてほしければ寝台の横に腰かけを移すけど。たっぷりふたり分持ってきたのよ」

「いいね」ジュリアンが言う。「もっと元気になったら、わたしも外でみなとごいっしょしよう」

ララは寝台のそばに腰かけを引き寄せ、食べ物を置いた。次に自分が座る椅子を引いてきて、食事をともにした。たまに料理の感想を言うくらいで、ふたりはほとんど黙って食べた。どちらも食べ終えると、ララが汚れた皿を外に運び、水の入ったたらいを抱えて戻ってきた。

「洗面用のお水を持ってきたわ」黒い瞳が彼の顔を探るように見る。「疲れ切っているようね。ひと眠りできたの？」

「いや。だが、今ならきっと眠れるよ」

「寝支度ができるように、わたしは外に出ているわね」

床につく用意をしながらもジュリアンはまだ思いにふけっていた。ララはどこで寝ているのだろう。そんな疑問がぼんやりと浮かんだ。ありがたいことに、この結婚やらを彼女は真剣に受け止めていないようだ。だが、寝床をともにするのはいい考えではない。間違いなくララは心そそる女性であり、彼は聖人ではない。ララの温かな体がとなりで丸くなっていたら、自分が紳士であることを忘れてしまうだろう。

ジュリアンは服を脱ぎ、ララが用意してくれた水とタオル、手ぬぐいで全身をくまなく洗った。寝台に這《は》い上がると、あっという間に眠りに落ちた。

しばらくたったころ、何やら温かくて柔らかなものがまとわりついてきて、はっと目が覚めた。女らしい体から甘いにおいが立ち上り、彼はたちどころに興奮した。

ララ。

彼女が寝つくまで、ジュリアンは身動きする勇気がなかった。これはどういうことだ？　わたしに抱かれたいのか？　喜んで応じたいところだが、体が言うことをきくか自信がない。ララの規則正しい息の音を聞き、ジュリアンは失望すると同時に安堵《あんど》を覚えた。だが、彼女に触れたいという衝動が急にわき上がり、抗し切れなかった。愛し合うことはむりだとしても、触れるだけならできる。ジュリアンは慎重に横向きになり、彼女のしなやかな胴に片腕をまわして、手のひらで胸をすくった。

内なる声がジュリアンにささやく。ララはいてほしいと思う場所にいてくれて、かゆいところに手が届くように世話を焼いてくれる。そんな心なごむ思いとともに、彼は眠りに引きこまれていった。

4

ララはゆっくりと目を覚ました。ぬくもりと、何やら別のものにぼんやりと意識が行く。急に体が刺激され、うずき出した。ララの口元を笑みがよぎり、またふいに消えた。いっしょの寝床にいるのを思い出したのだ……夫と。ドラゴの片方の手が胸を包んでいる。ほんの少し首をめぐらし、顔をのぞきこむと、ほっとしたことに、ドラゴはまだ眠っている。

この親密な触れ合いに彼は気づいているのかしら？　女性を寝床に迎え慣れていて、手がひとりでに親密な部分を求めるの？　ドラゴのかたわらに横たわるのは正しい気がしたけれど、彼はこのロマ式の結婚には従わないだろう。ララは用心深く彼の手を体からどかし、急いで寝台から下りた。

物音を立てないように着替えをし、タオルと石鹸《せっけん》、きれいな衣類を手に扉から出た。ちょうど東の空に日がのぼろうとしていた。ララは女性の一行に加わり、入り江からの戻り水でできた浅い水だまりにつかりに行った。女同士の雑談を聞くでもなく、ララの思いはいつしかロンドンに向いていた。

父親はララに社交生活を送ってほしいと望んでいる。しかし彼女はそれを心待ちにしているわけではなかった。競い合わなくてはならないイングランドの未婚女性たちに比べ、肌の色が白くないせいもある。髪も奔放なまでの巻き毛で、金髪ではなく真っ黒だ。まなじりが上がった目はあまりにも異国ふうで、上品とは言えないだろう。

ロンドン郊外の父親のカントリーハウスで過ごした数年間はおおむね楽しかったが、ロンドンの社交生活は不安でたまらない。ロマの血が半分流れていることは隠しようもないし、隠す気もなかった。けれども、あんなに子煩悩な父親に向かって、このロマの血のせいで期待には添えないと言うのは忍びない。自分が魅力的なことはララにもわかっていたが、エキゾチックな風貌《ふうぼう》は多くの噂《うわさ》や憶測を呼ぶに違いない。田舎で暮らすほうが幸せだと父親を納得させられないのが残念だ。

「ララ、あんたたちの結婚のお祝いはいつになるの？」ロクシーという名の若い女性がきいた。「きのう、あんたがご亭主といっしょに歩いているのを見たわよ。命が危なかったのに、その割には元気そうね」

「お祝いももうすぐできるようになるわ」ララは約束した。「あと数日よ。あの人が楽しめるだけの体力がついたら」

「結婚のお祝いなんてほんと久しぶり」別の若い女性がいくぶんうらやましげに言っ

た。「楽しみだわ」

「あたしもよ」ロクシーは興奮気味に相槌《あいづち》を打った。「そういや、さっきピエトロがうちの父さんに言ってたわ。市《いち》の初日に間《ま》に合うようにロッカビーに行きたいなら、早くここを発ったほうがいいって」

水につかりながら、ララは来るべき結婚の祝いのことを思った。ごちそうがふるまわれ乾杯したあと、この結婚はひとつの事実になる……たとえドラゴとララの実父が認めようとしなくても。ララはため息をついた。父親のもとに戻ったが最後、ドラゴとの結婚はロマの同胞と彼女自身以外、誰《だれ》も本物とは思わないのだ。

ララはみなといっしょに野営地に戻り、祖母を手伝って朝食の用意をした。ゆで卵とパンを皿に山盛りにし、お茶といっしょに自分の馬車まで運んでいくと、息もとまるような笑顔でドラゴが迎えた。

「どこに行っていた？」

「女だけで水浴びに行っていたの。あとで場所を教えてあげるわ」

「それはいいね」

「朝食を持ってきたのよ。ゆで卵とパンとお茶だけど、いいかしら」

「充分だ」

「ベーコンもレバーもコーヒーもなくてごめんなさい」

彼はにやりとしてみせた。「きみのせいでよだれが出そうだよ」

ララは腰かけに盆を置いた。見上げると、ドラゴがまたほほ笑みかけている。「どうかしたの？」

「昨夜、きみはわたしと寝床をともにしただろう？　それとも、あれは夢だったのかな」

ララの首筋から熱い血が上っていき、頰《ほお》を赤く染めた。「夢じゃないわよ。でも、わたしたちはいっしょに寝るものと思われているからそうしただけなの。わたしがよそで眠るほうがよければ、そうするけれど」

ロンドの腕のなかで眠るララの姿が浮かぶ。胸の悪くなるような想像に、ジュリアンの胃がきしんだ。「いや。もっとも、昨夜はロンドがきみを恋しがっただろうね」その言葉が口から出た瞬間、引っこめたくなった。まったく、どうしたんだ？　ララの無節操をとがめる立場にはないというのに。

「申し訳ない」彼女の返事を待たずにジュリアンは謝った。「言ってはいけないことを言った。失礼だった」

「朝食のお邪魔はしないわ」ララは唇をかんで言い、馬車から逃げ出した。

「まったく」ジュリアンはつぶやき、食べ物に向かって眉《まゆ》をひそめた。この世でいちばん傷つけたくない人間がララだというのに。

ジュリアンは、ほとんど味もわからぬままに朝食をかきこんだ。ララをあんな打ちひしがれた顔にした自分を胸のなかで罵倒《ばとう》する。だが、ララが別の男といる場面や、ロマの女性はそうするという話だが、市で身を売る場面を思い浮かべただけで、猛烈な怒りがこみ上げてくるのだった。

朝食がすむと、ジュリアンは自分がひとりで外に出られるほど元気になったはずだと決めこんだ。早く回復すればするほど、ララのきらりと光る黒い瞳《ひとみ》やみずみずしい唇を早く忘れることができるはずだ。ジュリアンが馬車を出たあと、彼の気づかないうちにラモナがこっそりなかに入っていった。もし彼がそこにいたなら、カップのなかのお茶の葉を調べるラモナの姿を見ることになっただろう。

なぜ、昨夜、ララは寝床に入ってきたのだろうかとジュリアンは思った。今夜も来るのだろうか？　彼女が身を捧《ささ》げようとしているのは明らかだ。今夜もララが寝台にもぐりこんできたら、彼女の誘いを受けられるだけの体力はあるだろうか？　いや、疑わしい。だが、あとひと息だ。よく考えてからジュリアンは決断した。もし、ララが気のあるそぶりを少しでも見せたなら、炎のようなロマの女性の体を愛でても別に悪くはないはずだ。

馬車を出るとすぐに、ジュリアンは挨拶《あいさつ》責めにあった。

「ドラゴ、あんたが外に出て自分の足で歩いているのをかみさんは知っているのかい?」誰かが声をかけてきた。

「結婚の祝いはいつやろうか、ドラゴ?」別の男がきいた。「ごちそうや踊りをみんな、楽しみにしているんだ。ララの踊りを楽しみにしてろよ。すごいからな」

手を振るだけのものもいた。みなの友情を受け止め、ジュリアンは手を振り返した。この人たちは彼を仲間のひとりだと思ってくれている。なんとしても自分の敵から守ってやらねば。みなの安全を確実にする方法はただひとつ、旅ができるほど回復したら、すぐに出ていくことだ。そのころには肌も元の色に戻っているだろう。

野営地を見てまわるうちに、たくさんの馬が集められた囲いにたどり着いた。なかには駄馬もいるが、ほとんどがりっぱな馬ばかりだ。これだけの馬なら田舎のどの市でも、いや、タターソールズの競《せ》り市でさえ高値がつくだろう。こんないい馬をロマはどこで手に入れてくるのだろう。盗んだわけではあるまいが。

「気に入った馬がいるかい?」ロンドが寄ってきてジュリアンに尋ねた。

「見たこともないような最高の馬もいる。実にすばらしい。盗んできたのかな?」

その言葉が口から出たとたん、ジュリアンは自分を蹴《け》りたくなった。すべてのロマが盗人なわけではない。侮辱されたと思ったのか、ロンドはむっとして顎《あご》を突き出した。

「種馬と三頭の純血種の母馬をくれたのは……いや、あんたの知ったことじゃない。

この馬はどれも、おいらたちが産ませて育てた。成果はごらんのとおりさ。持ち主はピエトロだ。仲間が共同で世話して、市で売れたら、儲《もう》けを全員で分け合うんだ」

この話を信じていいものかどうか。何しろ、りっぱな馬ばかりだ。これほどの馬をつくれる親馬をぽんとくれてやる人間などいるとは思えない。

「誰が世話をしているんだ?」

「おいらがしている。ほかの連中もときどき手伝ってくれるけどな」

「わたしも助けになるかもしれない。馬の扱いは昔から得意だったのでね」

「あんたが? 密輸人のくせに」ロンドはばかにしたように言った。「あんたになんか、おいらの犬一匹、任せられないね」

ジュリアンは驚いた顔で彼を見つめた。「どうしてわたしが密輸人だと思うんだ?」

「わかりきったことじゃないか。あんたを捜しにきた男どもは荒っぽい船乗りだった。この入り江に入ってきた船はあの密輸船だけだ。前にも見かけたけど、おいらたちは誰かに言いつけたりはしない。よけいなお世話だからな。けどなんで連中はあんたを殺したがるんだ?」

「わたしは密輸人じゃない。きみたちを危険にさらすことになるので、それ以上は明かせないが」

「あんたは何者だ？　誰なんだ？」

「言うわけにはいかない。しかし、これだけは信じてくれ。きみたちを守るために精一杯のことをするよ」

「ララのことはどうなる？　あんたは彼女の亭主だ。ララをどうするつもりなんだ？」

ジュリアンは落ち着かなげに身じろぎした。「ララは命の恩人だ。一生感謝するよ。だが、ロマの儀式はイングランドの裁判所では認められない。それは互いにわかっていることだ。わたしとララのあいだに交わされるものにはなんら、法的な拘束力がない。わたしがここを去ったら、きみは自由にララとよりを戻していいんだ。では、これで。訓練の途中なものでね」

ジュリアンは離れていきながらも、たぎるようなロンドの視線を感じていた。彼を責めることなどできない。ジュリアンは容易によそ者を受け入れない人々のなかに入りこんだ侵入者だ。ララがいなければ、間違いなく彼はあの岸で死んでいた。

ジュリアンはゆっくりと野営地に引き返していった。疲れていたし、傷口も死ぬほどうずいていた。それでも動きまわるくらいはできる。日に日に体力もついてきた。もう少ししたら、ロンドンに戻って密偵を続けられるようになるだろう。

その日、ララの姿はほとんど見かけなかった。ほかの女性たちといっしょに近くの村まで出て、ロッカビー行きに備えて買い物をしていたのだ。午後遅くにラモナが包帯を取り換えにきてくれた。そのあとジュリアンは精根尽きてすぐに眠ってしまい、目を覚ましたのは、ララが夕食の知らせに馬車に戻ってきたときだった。

「今夜はわたしたちといっしょに過ごせそう?」ララはきいた。「いっしょに食事をしてくれたら、わたしの家族も喜ぶわ」

「ぜひ、そうさせてもらうよ」ジュリアンは答えた。「ピエトロに相談したいことがあるんだ。馬の世話を手伝わせてもらえないかと思ってね。今夜、食事のときに話してみるよ」

「ほんとうにそこまで元気になったの?」ララは不安そうにきいた。「傷が悪化しないといいけど」

「心配は無用だよ、ララ。自分の限度はよくわかっている。水浴び場への行き方を教えてくれないか? 食事の前にひと浴びしたい」

ララは道順を教えると、馬車を出て、ラモナが料理の仕上げにかかっているのを手伝いにいった。

ジュリアンが水浴びから戻り、みなの輪のなかに入っていくと、ラモナもピエトロもうれしそうな顔をした。

「おまえさんには家族はいるの? どこかで心配しているんじゃないのかい?」ラモ

ナが尋ねた。「ひと言、無事を知らせたいだろうね」

「妹は、わたしが長く家を空けるのには慣れていますから大丈夫でしょう。弟は自分の家族とハイランドに住んでいますよ。あいつは心配する理由もないでしょうし」

ラモナとピエトロは意味ありげに目配せし合った。「だから言ったでしょうが、ドラゴに奥さんはいないって」ラモナは夫にそっと耳打ちした。「ここに運びこまれたときに、手相を見たのさ。カップのなかのお茶の葉も、あいだを空けて二度調べたよ」

ロマの夫婦は何やらひそひそ話をしていたが、ジュリアンはララのほうに興味をそそられていた。今夜はひときわ美しい。漆黒の乱れた巻き毛は月光を受けて赤みがかった色に輝き、揺らめくたき火の明かりに、なめらかな肌は金箔《きんぱく》を施したようだ。まなじりの上がったエキゾチックな黒い瞳の中心に、熱しやすい気性を物語るように小さな光の斑点《はんてん》が躍っている。この魅惑的なロマ娘はすべてがすばらしい。だが、彼女はジュリアンのものにはならないのだ。

「踊ってくれよ、ララ！」誰かが叫んだ。

ロマの生き生きとした旋律があたりにあふれた。すぐにタンバリンが鳴らされ、フィドルが力強く加わって、みなが手拍子をとり足を踏みならし始めた。

「踊って、ララ！」促す声がいっせいにあがった。

ロンドがララの前でお辞儀をし、手をさし出すと、ジュリアンは眉をひそめた。ララは彼に一瞥《いちべつ》を送ってからロンドの手を取った。すぐさまロンドはララを引きこみ、彼女をくるくるとまわす。スカートがひるがえり、形のいい脚があらわになる。ふたりの体がともに揺れたりくねったりする姿は、熱に浮かされた男女が交わす昔ながらの儀式のようだ。ジュリアンの目はララのしなやかな体に釘《くぎ》付けになった。彼女は風に舞う羽のごとくロンドの腕のなかに下りてくる。これほど優雅でなまめかしく奔放な踊りをジュリアンは見たことがなかった。これほど何かに魅了されたこともない。

これほど嫉妬《しっと》に駆られたことも。

ジュリアンは今にも腰を上げてふたりの踊り手を引き離しに行きたくて、こぶしを握りしめ、歯をきしらせた。ロンドとララが愛人同士かどうかは、もう疑う余地はない。親密な仲でなければ、あんなふうに踊れるはずがない。

ちらつくララの太ももや上下する胸をそれ以上見ていられなくなり、彼は静かに立ち上がって馬車に戻った。ろうそくを灯し、服を脱ぎ捨て、寝台に突っ伏す。外の音楽は永遠に続くかのようだった。ジュリアンは枕《まくら》の下に顔をうずめて音を聞くまいとした。なぜ耳につくのか、自分でもわからない。だが、いやでたまらなかった。

ジュリアンは弟のシンジンとはまったく違う。今までに何度、シンジンの不埒《ふらち》なふるまいを叱《しか》ったことか。彼はそういうしっかり者の分別くさい兄なのだ。決まりごとをつくり、それに従う男。シンジンにはおもしろみがないと言われ、妹のエマにはきびしすぎると言われる。あのふたりが今の彼を見たらきっと目を疑うだろう。ふしだらなロマの女がほしくて悶々《もんもん》としているのだから。われながら信じられないくらいだ。

　彼の父親が選んだいいなずけ、ダイアナのことは心から大切に思っていた。彼女が生きていたら、なんの不満も持たずに一生を添い遂げただろう。ダイアナは結婚前にジュリアンに身を捧げ、命を失ったときは彼の子を宿していた。ジュリアンはまだダイアナの死から立ち直ってはいなかった。ダイアナが死んだのは結婚式の二日前だった。あれが単なる事故ではなかったことを、あとになって突き止めた。彼を亡き者にするために仕組まれたことだと。運命の日、ダイアナひとりが馬車に乗っていたのをジャッカルは知らなかったのだ。

　思い出すだけでもいまだに胸が痛む。ダイアナに手を下した男はまだ見つかっていない。だが、ジュリアンは少しずつその男の正体に迫りつつあった。

　音楽がやむと、ジュリアンは安堵《あんど》のため息をもらした。だが、ほっとしたのもつかの間、ララが馬車の扉を開けて入ってきた。

　彼女は寝台のほうにやってきた。「気分がよくないの？　早くに引きあげたのね」

「大丈夫だ」ジュリアンはうなるように言った。「きみとロンドの踊りはとても息が合っていたな」

「子供のころからいっしょに踊っているんですもの」

衣擦れの音が聞こえ、ジュリアンは身をこわばらせた。「何をしている?」

「寝る支度よ」

「ロンドのことはどうするんだ?」

「彼がどうかしたの?」

「今夜はきみにいてほしいのではないかな? きみがあんなふうに太ももをちらつかせたり、抱きついたりしたからには。今夜、きみはあの男のところに行くものと思っていたよ。彼がきみをほしがっているのは誰の目にも明らかだ」

ララはけわしい表情をジュリアンに向けた。「ロンドとわたしは小さいころからの友達なのよ。踊りのことは、わたしの血のせい。音楽に合わせて体が動くのを、自分でもどうしようもないの」ララはふと思いついてそれを言わずにいられないかのように目をすぼめた。「あなたはわたしがほしいの? ドラゴ」

「今夜はうまく応じられるかどうか自信がないが」ジュリアンは苦笑しながら言った。「ああ、ほしいとも。だが、むりな以上、別の男に……」

「ひどい人ね、ドラゴ!」ララは怒りをあらわにした。「あなたの体のことがあるから、どんなことを言われても耐えてきた。でももう、あなたの侮辱には耐えられない。わたしにはロマの血が入っている。それは変えられないのよ。本心はどうあれ、せめてここにいるあいだは、わたしやみんなをばかにしていないふりをしてちょうだい。あなたと寝床をともにするのは、そうするのが当然と思われているからよ。非ロマ《ガッジョ》に何かをねだったりするものですか」

ああ、たしかに彼女はすごい。ジュリアンは見とれながら思った。魅惑的に上下する胸から目が離せない。やっとのことでそこから視線を外し、怒れる黒い瞳《ひとみ》や表情豊かな顔に移した。彼女を寝台に引き入れ、嵐《あらし》のように愛し合えたらどんなにいいか。

ジュリアンは残念そうにため息をついた。「申し訳ない、ララ。わたしの態度はひどかった。しかし、きみたちを軽んじているわけではない。わたしはただ、きみが寝床に来てくれても何もできないのがつらいんだ」

その言葉も焼け石に水だったらしい。ララは背を向けて扉から飛び出していった。

わたしを売春婦か何かだと思っているのね。ララは消えかけたたき火まで行き、腰かけに座りこんだ。節操のないロマの女性もいることはいる。けれども、彼女は違う。愛していない男性に身を捧げたりしない。ドラゴが自分のことを何とも思っていないことも、この結婚を真剣に考えていないこともわかっている。ドラゴはいずれ去っていく。それはどうしようもないことだ。そして、ララがロンドンにいる父親のもとに行くこともすでに決まっている。

ララは火のそばに座り直し、膝《ひざ》を抱えて夜の冷えこみをしのごうとした。やがて薪は燃え尽きて灰になった。ララはぎこちなく立ち上がり、馬車に戻った。ろうそくの火は根元まで来ていたが、ドラゴの寝顔が見えるくらいの明るさを投げかけていた。ララは火を吹き消すと、服を脱いでシュミーズ一枚になり、寝床にそっと入った。ドラゴのため息が聞こえたかと思うと、抱き寄せられていた。ドラゴが目を覚ますのを恐れて、腕をほどくことはせず、ララはひたすら眠ろうとした。

翌朝は、ドラゴより先に目覚め、寝床から出て着替えをしたあと、静かに馬車を離れた。外に出るとピエトロが早起きして火をおこしていた。ラモナは朝食の用意を始めようと急いで馬車から出てきたところだ。

「おまえも早いね、ひよっこ」ピエトロが笑顔で言った。「ドラゴはどんな具合だ？」

「日に日に体力が戻ってきてるみたい」ララは答えた。すっかり回復したらすぐにドラゴは出ていくだろう。お互い口に出して言ったことはないが、ときが来れば彼のほうから去っていくと、ピエトロにもわかっているようだった。

ほどなく野営地が活気づいてきた。ララは水浴びをしにいった。水が冷たいので、すばやく体を洗って野営地に戻った。ラモナを手伝っているとき、ロンドやその他の男たちとともに水浴びに向かうドラゴの姿を見かけた。

「いつになったら出ていくんだい？」ロンドがジュリアンににじり寄ってきいた。

ジュリアンは彼を見つめた。「わたしを早く厄介払いしたいのか？」

「あんたがうろついていると危険なんだ」

「何が言いたい？」

「あんたはララのことがわかっちゃいない。あいつの何を知ってる？　あいつは自分のことを話したか？」

ジュリアンは戸惑ったように髪に指をかき入れた。「何を知ればいいというんだ？　心配するな、わたしはきみの競争相手にはならないよ、ロンド。わたしが去ったあと、もとの生活を続けようとどうしようとララの自由だ」

「ばかなやつだな、ガッジョ。ララはあんたにもおいらにも高嶺《たかね》の花なんだよ」

なんのことやらジュリアンにはさっぱりだったが、詳しく話すつもりはないのか、ロンドはすたすたと歩き去った。ジュリアンは包帯がぬれないようにさっと水につかり、野営地に戻った。ラモナが皿とカップをくれたので、みんなのあいだに腰を下ろした。

たき火のまわりで立ち働くララを見ながら、ジュリアンは昨夜、音楽に合わせて身をくねらせていた彼女の姿を思い出した。ララは解き放たれたように奔放に舞い、女らしさとなまめかしさが溶け合っていた。あのちらつく太ももや上下する胸にそそられた男はわたしだけなのか？　そうではあるまい。ララの踊りを見ているだけで、ジュリアンの胸は高鳴り、熱く血がほとばしって体のなかを駆けめぐった。

ピエトロに話しかけられて、ジュリアンははっと現実に戻った。

「食べていないようだな、ドラゴ。口に合わんかね？」

ジュリアンはいいにおいのする揚げパンをひと口、かじった。「おいしくいただいていますよ、ピエトロ。心ここにあらずのように見えたのなら申し訳ない」

ピエトロは目をくるりとさせた。「ほう、そうか。何に気が散っていたかわしにもわからないではないが」

ジュリアンは自分の皿に注意を向けた。ピエトロは人の心が読めるのだろうか。そうでないことを願いたい。

ジュリアンは黙々と食べた。お茶を飲み終えようとしたとき、叫び声が聞こえた。驚いて顔を上げると、ひとりの若者がこちらに走ってくるのが見えた。わめきながら両腕を振りまわし、ひどく興奮した様子だ。「ピエトロ！　馬に乗った男たちがやってくるよ」

おしゃべりをしていた人々が急に口をつぐむ。みな、指示を仰ぐようにピエトロのほうを見た。ピエトロはジュリアンを見て眉を寄せた。「敵が戻ってくるとは、おまえさんはよっぽど重要な人物なんだな」

ジュリアンは皿を置いた。「わたしを目当てにやってきたんでしょうか」

「ああ、おまえさんが目当てだよ」ラモナが答えた。「大丈夫、わたしらは疑いを招くようなことはなんにもしやしない。ララ、こっちに来てご亭主のとなりにお座り」

ララはお茶をいれるやかんを火のそばに置き、急いでジュリアンのもとに来た。

「わたしは隠れたほうがいいのでは？」ジュリアンは言ってみた。

「もう遅い」ピエトロが言う。「心配するな。おまえさんはわしらの仲間だ。すべて手は打ってある」

ピエトロの言葉で安心したのか、ロマの人々は食事と雑談に戻った。だが、ジュリアンはピエトロの最後のひと言にまだ戸惑っていた。武装した六人組が野営地に乗りこんでくると、彼の心臓は激しく鼓動した。先頭の男の顔には見覚えがある。クロケットという名の密輸人だ。

ピエトロが立ち上がり、馬上の男たちが手綱を引くのを待った。

「おまえがここの頭《かしら》だな？」クロケットは馬から下りながらきいた。

「ピエトロと言いますが、なんのご用で？」

「おれたちの捜している男がここに現われなかったか？　最近、岸に流れついた死体はないか？」

「この野営地ではよそ者はひとりも見かけません」ピエトロはそう請け合い、次にジュリアンがびっくりするようなことを言った。「そうそう、だんな衆が最初にやってきてから間もなくのこと、海で死人を見つけまして」

クロケットの目が鋭くなった。「死人だと？　死体はどこにある？」

「もちろん、埋めました」

皿越しに自分のほうをうかがっている面々をクロケットが順ぐりにじっくりと見ていった。その視線がジュリアンの上にとまる。目を上げる勇気もなく、ジュリアンは息をつめた。今は、ひげもなく、ロマの服を着ている彼にクロケットは気づくだろうか？　どうやら気づかなかったらしい。クロケットはララに好色な目を向けた。ジュリアンは思わず立ち上がってララをかばいたくなったが、自制を働かせた。彼自身が注意を引けばおしまいだ。こうしてかくまってくれる人々に面倒が降りかかるに違いない。

「その死人だが、どんな様子だった？」

ピエトロは肩をすくめた。「何とも言いがたいですな。長いこと水につかっていたらしい。背が高くて髪は黒く、銃で撃たれたようでした」

クロケットのぎらつく両目がすぼまった。「墓まで案内しろ」

ジュリアンはうめきたいのをこらえた。ますますまずいことになってきた。それなのに自分たちの身を守る武器ひとつないのだ。

「ついてきなされ」ピエトロは言った。

ジュリアンは驚愕《きようがく》の表情でララを見た。立ち上がろうとすると、ララが肩に手を置いて押しとどめた。

「墓がどこにあるというんだ」ジュリアンは小声で言った。

「ピエトロに任せて」ララはささやき返した。「おじいさんにぬかりはないわ」

ピエトロとクロケットは小さな丘の向こうに消えた。ジュリアンは息を殺して待った。墓がないことにクロケットが気づけば、あの老人の命はないだろう。ふたりが戻ってくるのを見てやっと、ジュリアンはふたたび息がつけるようになった。クロケットはもう何も言わず、そそくさと馬に乗り手下たちを引き連れて走り去った。

「どうなったんです？　墓などないのに」ピエトロがたき火のそばの自分の場所に戻ったとき、ジュリアンはきいた。

「安心しなさい。墓はある」ピエトロは答えた。「きみの敵が戻ってくることをラモナが予言して、墓穴を掘らせたんだよ。そこに石を埋めて、わしらが見つけたときにきみが着ていた服をその上に並べておいたんだ。きみの敵はろくに見ようともしなかった。それを当てにしていたんだがね」

ジュリアンはこのしたたかなロマの夫婦に深い感謝の念を覚えた。ふたりにしても、みなにしても、敵に彼を売り渡して報酬をもらうこともできたのだ。「ここの誰もあなたを裏切ったりしないわ」彼の心を読んだかのように、ララが言った。「あなたはわたしの夫だから。みな、身内には忠実なのよ」

ジュリアンは、たとえ一時的にでもララの夫になるのがどういうことか悟った。そして漠とした疑問にとらわれた。自分がここを去り、ロンドンでの生活に戻ったら、どうなるのだろう？　この人たちはララにどんな態度をとるのだろうか。夫に捨てられたといって彼女を非難する？　それとも、ロマらしい運命論から、ただ肩をすくめるだけなのか。

「あの連中は戻ってこないよ」ラモナが自信ありげに言った。「おまえさんたちの結婚を祝うときが来たようだね。あす、夜中まで祝おうじゃないの。ロッカビーに発つ前に。ごちそうを食べて、昼も夜も休んで、それから市に出発だよ」

みなの興奮がジュリアンにも伝わってくる。自分たちの世界でしか通用しない結婚をここにいるロマ全員が喜んで祝おうとしている。

朝食のあと、ジュリアンは馬の世話を手伝ってもいいかとピエトロにきいた。少しでもみなの役に立ちたかった。命を救ってもらった感謝の気持ちを何かで返したかったのだ。ピエトロが許してくれたので、朝からさっそく始めた。

重傷を負ったあと、ジュリアンが一日たっぷり働いたのはその日が初めてだった。疲れ果て、水浴びをすませると、夕食も取らずに寝台に倒れこんだ。全身が痛い。普段は体を最高の状態に保っているし、よく動かしているのだが。もっとも、フェンシングに乗馬、クラブでたまに拳闘《けんとう》をやるくらいで、その日のような仕事とは無縁だった。家では馬丁や馬手を雇ってやらせていたからだ。彼はすぐに寝入ってしまい、ララが馬車に入ってきて添い寝したのにも気づかなかった。

ララはドラゴのとなりに横たわった。彼がぐっすり寝ていてくれてよかった。温かくがっしりとした体の感触を、こっそり楽しめるから。ドラゴの腕のなかで眠るのがどれほどの喜びになっているか、彼に教えるつもりはなかった。まるで心からいつくしむようにドラゴは硬い体をララに巻きつけてくる。ドラゴとこうしていられる時間も残りわずかだ。実家に戻ったとたん、すべては一変する。夏をロマの家族と過ごせるのもこれが最後であることが彼女には直感でわかっていた。

近いうちに父親は貴族たちに彼女を引き合わせるだろう。ララは社交界が求める清純な乙女のふりをすることになるのだ。もちろんまだ生娘ではあるけれど、ロマの人たちと夏を過ごすうちにいっそう自分の体を意識するようになり、女としての自覚も生まれていた。人の体についてのララの知識は、イングランドの同世代の女性をぞっとさせるに違いない。男と女の交わりは自然なことであり、人の幸せに必要なことだとロマは信じている。そんなことを考えながら、ララは眠りについた。


翌朝もララは早起きして朝食の準備を手伝った。ドラゴもすぐに起きてきて、朝食をとるが早いか、馬の囲いに向かった。ララはドラゴを追いかけた。

「あなたは働き過ぎよ」彼をつかまえるとたしなめた。「今夜のお祝いのためにも体を休めたほうがいいわ」

「わたしが力尽きて夜の床に戻るのを幸運と思ったほうがいい」ドラゴの声には背筋がぞくっとするような何かがあった。「毎晩、となりで眠るきみに手を触れないでいられるのも、この肉体労働のおかげだ」彼は背を向けたが、またくるりと振り返ってララに向き直った。口の端には笑みが浮かんでいる。「それとも、きみはこういうさりげないやり方でわたしの愛を乞《こ》うているのか？」

ララは青ざめ、腹立たしげに息を吐き出した。「あなたが望みもしないことをわたしが強いるわけないでしょう」身をひるがえし、憤然と歩き去った。

男の人に愛を乞うくらいなら死んだほうがましだ。本名さえ知らないドラゴに対してはなおのことだ。犯罪者だという可能性だってあるのだから。

たぶん、スパイか何かだろう。ほんとうは奥さんがいて、子供も数人いるのかもしれない。ああ、わたしは何てことをしてしまったの？
なぜ彼は自分のことを正直に話してくれないのだろうか。

5

今夜予定されているお祝いは、ジュリアンにとって楽しみではなかった。ララの魅惑的な体を拒むのがますますむずかしくなってきたのだ。男としての力がまだ抑えられていることを切に願ったが、そういう状態ではなくなってきている。ララを見るたびに彼の股間《こかん》は落ち着きなくうごめき、劣情にのまれそうになる。

熟慮の末、ジュリアンは結論を出した。自分もララもその気があるなら、やせ我慢をする理由はひとつもない。夫と妻は契りを結ぶものだ。もっとも、この結婚を真剣に受け止めているのはララだけだが。もし彼女が生娘なら、寝床をともにすることなど考えもしなかっただろう。だが、ロンドと繰り広げたあの甘美で刺激的な踊りからして、そうでないのは明らかだ。

豚の丸焼きの香ばしいにおいが夜風に乗ってジュリアンのもとまで漂ってきた。女たちは一日がかりでごちそうをつくり、男たちはそれぞれの楽器の微調整をしていた。祝いのお膳《ぜん》立ては整った。それでもまだジュリアンは気乗りがしなかった。

その夜は水浴びのあと、ララがこの前、村に出たついでに買ってきた新しい服を身につけた。ロマにすれば優雅な衣装なのだろうが、裕福な貴族がまとうべききちんとした服とはほど遠い。だが、ララが選んだ白いシャツ、色鮮やかな錦《にしき》織りのチョッキ、緑の上着とそれに合う胴巻き、ぴっちりとした黒の半ズボン《ブリーチズ》にジュリアンは満足した。彼女は新しいブーツまで買ってくれた。質のいい革製で、驚くほど足にぴったりだった。

今は新品の衣類の代金を払う金がないが、家に帰りしだい、ララの心づくしに報いるつもりだ。命を救ってくれた彼女とロマの人たちには礼をたっぷり届けさせよう。

ジュリアンが野営地に戻ると、そこは活気にあふれていた。誰《だれ》もが最高にめかしこんでいる。裾《すそ》に鈴のついた明るい色のスカートで跳ねまわる女性たち。大きな輪の形の耳飾りをつけ、指には宝石をはめこんだ指輪が光っている。

男たちが派手に着飾った姿は、気取り屋のクジャクさながらだ。女性同様、金の耳飾りをつけ、首には重たげな金の鎖をかけている。ララを捜してあたりを見まわすと、彼女は自分の馬車のそばに立っていた。ジュリアンの視線に気づいたのか、彼女はこちらに目を上げ、ほほ笑んだ。

まわりがどれだけにぎやかだろうと、今はこの世にふたりきりと言ってよかった。ジュリアンの目に映っているのは、大胆に見返してきて彼の五感をかき立てる女性の姿だけだ。すると急に体のなかに熱いものが走り、彼はおののいた。ふたりのあいだの空気は悩ましく張りつめ、それ自体が震えているかのようだった。

ジュリアンのたぎる視線がララの体を上から下へすべっていく。襟《えり》が大きく開いたブラウスのなかにおさまり切らないほどふくよかな胸。小さな袖《そで》が二の腕をほんの少し被っているだけで、こがね色の肩から胸の上あたりまであらわになっている。素肌とブラウスのあいだに何もないのは明らかだ。ブラウスの裾は目にも鮮やかな多色使いのスカートのなかにたくしこまれている。鈴つきのスカートの裾からのぞく赤いフリルのペチコートが彼女の身につけている唯一の下着だと気づき、ジュリアンのなかを興奮が走った。

たちまち体が硬くなる。ズボンのなかがさらにこわばり、ふくらんで、股間を包む生地が張りつめた。彼は身なりを整え直し、上着の前端を引き寄せてみた。ララがこちらにやってくると、喉《のど》からうめき声がもれた。柔らかく揺れる腰に合わせ、スカートの鈴が軽やかに鳴っている。彼女をつかまえてどこかに連れ去ってしまいたい。ララは大地だ。光だ。目をくらませる妖婦《ようふ》で、無邪気に誘惑する女だ。そのすべてがひとつに合わさった体を奪いたいと、どんな男も思うだろう。

彼女がほしい。ジュリアンは戸惑いながら思った。これほど女性をほしいと思ったのは初めてだった。

ララと違って、ダイアナは繊細で優美だった。薄桃色のつややかな肌、金髪とはにかむような笑顔の可憐《かれん》な天使。彼女は生まれがよく、申し分のない作法を身につけ、何よりもレディで、妻として願ったりかなったりの女性だった。ジュリアンが体を重ねたくなって求めたときも拒まなかったが、彼の情熱にはなじめなかったようだ。ジュリアンには初めからわかっていたことだが、ダイアナが欲望に応えてくれたのはただ、彼を純粋に愛していたからだ。情熱を超える愛。ジュリアンは、彼女の清らかな心と、自分のような人間を愛してくれることに胸を打たれたものだ。

ダイアナを一生忘れはしない。一生、彼女とそのなかに宿っていた子供の死を悼むだろう。ふたりの命を奪った犯人を見つけ出すまで安息は訪れない。そしてもう二度と、ひとりの女性に深い気持ちを抱いたり、身ごもらせたりはしない。また失うのはあまりにもつらすぎる。

ジュリアンは気を静めるために息を吸いこみ、ゆっくりと吐いた。ララがそばに来た。彼のなかの欲望は獅子《しし》のごとく猛っている。

「お祝いの席に着きましょうか？　女性たちが食べ物と飲み物を運び出しているわ」

彼女の声に、ジュリアンは背筋がぞくっとした。低くかすれた声は、夜の熱い交わりを思わせる。ララは奔放さとまぶしい美しさを兼ね備えた素朴な女性だ。手をつければ燃え盛りそうな情熱がたぎっている。彼女のなかに入っていくことを考えただけで、額に汗が噴き出た。

ジュリアンは急いで汗をぬぐい、ララが今言った言葉を思い出そうとした。

彼の居心地の悪さなどつゆ知らず、ララはその手をつかむと料理のテーブルが用意されている場所まで案内した。それから皿を一枚取ってさし出した。

「わたしたちが最初にいただくことになっているの。そのあとみなも食べるのよ」

ジュリアンはかろうじて落ち着きを取り戻し、両手で皿を受け取ったが、料理を取るあいだも心ここにあらずのままだった。なんのためらいもなくララに導かれるまま、大きなたき火のまわりにできた空席の上座に着く。

エールの入ったカップを誰かがくれたので、ジュリアンはあおるように飲んだ。すぐにお代わりがつがれると、一杯目と同じようにひと息で空にした。ついで料理にかぶりつき、味も何もわからないままのみこんだ。料理を食べるララの唇を見たときは、思わずうめきそうになった。唇についた食べ物のかけらをなめている舌。彼は魂を奪われていた。高潔で、まじめで、退屈なマンスフィールド伯爵ジュリアン・ソーントンがロマの女性のとりこになっている。

それが何を意味するのか考えたくなかった。そうこうするうちに乾杯が始まった。ふたりの結婚を祝って、そして、健康と子宝、幸運を願ってカップが掲げられる。乾杯が終わるころには、ジュリアンはめまいがしていた。

男たちが楽器を手にする。太鼓が打ち鳴らされ、扇情的な調べに乗せて女たちが身をくねらせ、舞い踊る。ジュリアンはララを横目で見た。彼女の瞳《ひとみ》は星のように輝き、しなやかな体がフィドルの旋律に合わせて揺れている。

ララにキスしたい。そう思うのは酔っているせいだろうか？　たぶんそうだ。自分でも驚いたことに、ジュリアンは彼女の肩をつかんで引き寄せていた。ララのなまめかしい唇が開き、誘惑するかのようにぬれている。ジュリアンは彼女の顎《あご》に指先を添えて、軽く唇を寄せた。彼女はエールと神々の食べ物の味がする。罪深くいたずらな味、みだらな喜びの味だ。

彼はもっとほしくなった。

ふたたび唇を奪う。今度はこまやかでもなく、彼女の味とにおいで五感を満たそうとするような口づけだった。初めは、ララもためらっていた。まるで生娘のように。だが、彼がキスを深め、口のなかに舌を入れると火がついた。ジュリアンが思っていたとおりだ。ララはキスに応え、体をのけぞらせて押しつけ、彼の豊かな髪に両手をかき入れた。彼女のうめき声をジュリアンは口に含み、同じようなうめき声をもらした。ララの反応に励まされ、その舌を吸った。

そのまま行き着くところまで行っていたかもしれない。だが拍手と感嘆の声が聞こえ、注目の的になっていることに気づいた。ジュリアンはキスをやめ、照れ笑いをした。

ララは体がぞくぞくし、肌が燃えるように熱く、頭もくらくらしていた。ドラゴのキスを受けた喜びにめまいがする。永遠にキスを続けていてもよかった。ロンドやほかにもひとりかふたりにキスされたことはある。けれどもドラゴのキスに比べたら、どれも子供の遊びみたいなものだった。

「馬車に戻ろう」

ドラゴの声には悩ましい響きがあった。ララは痛いくらいに心が動いたが、それでも首を横に振った。「まだ早すぎるわ。お祝いは始まったばかりよ」

ドラゴの不機嫌な顔を見て見ぬ振りをし、ララは音楽にひたった。そのリズムに合わせて体を揺らし、手拍子をとる。踊りは彼女の血のなかに入っている。母親のセレナは踊りの名手で、スコットランドやイングランドの裕福な貴族の家に幾度となく招待されて踊った。そういう席でセレナはララの父親と出会ったのだ。

「踊ってくれよ、ララ」ロンドが促した。ほかのみなも後押しする。

ジュリアンが非難がましく眉《まゆ》をひそめたのには気づかず、ララはさっと立ち上がった。音楽に魅せられ、夢中になっていた。柔らかな体がくるくるとまわり、たき火の揺らめきを受けて、この世のものとは思えないような光と影に包まれる。ララは奔放に舞いながらジュリアンの前で体をくねらせ、瞳を輝かせてあからさまに誘惑した。

ララが手をさしのべた。

ジュリアンはその手を見つめてひと呼吸すると自分の手を添えた。ララは手を引いて彼を立たせ、人の輪のまんなかに連れていった。

「わたしは踊れない」ジュリアンは低い声で言った。

ララは気にもとめなかった。すべてララに任せて、彼はそこに立っていればいいのだ。彼女はジュリアンのまわりをバレエのように爪先旋回《つまさき》したり、音楽に合わせて腰をくねらせ、じらすように身を寄せては体が触れ合う寸前で離れたりした。


ララのように踊る女をジュリアンはこれまで見たことがなかった。ロマのじゃじゃ馬娘が彼のために踊っているのは本能でわかった。ますます彼女がほしくなる。ララはその目やうねる体でジュリアンをたきつけようとしたかと思うと、くるくる舞いながら遠ざかり、彼が手を伸ばしても空をつかむことになる。なんといまいましい！

彼女は母なる大地であり、イブだ。デリラであり、クレオパトラだ。世に知られるすべての妖婦がひとつになったかのような魅惑の体からは官能がしたたっている。

彼女は……ララだ。

ララの腰が揺れながら前に突き出され、彼の股間とこすれ合う。ジュリアンは歯をくいしばり、小声で悪態をついた。わたしが石でできているとでも思っているのか？　彼の目のなかに汗のしずくが入ってくる。ララが仕掛けるこの責め苦はいつまで続くのだ？　ララが彼の首にスカーフを巻きつけ、そっと引き寄せる。彼女はこういうゲームの達人だと、ジュリアンは思わずにいられなかった。今までに何人の男を誘惑の網に絡め取ったのか。ララがまた爪先旋回をしながら離れていくと、ジュリアンはこらえ切れなくなった。今度ばかりは彼のほうがすばやかった。

さっと伸ばした腕がララの腰にうまくかかった。ジュリアンは決然と体をこわばらせ、彼女を荒々しく抱き寄せた。ララの顔はほてり、黒い瞳は輝き、鈴を転がすような笑い声は媚薬《びやく》と同じだ。これは度を越えている。彼女は羽目を外しすぎている。ジュリアンの体は今にもはち切れそうだった。どうしても彼女がほしい。

治りかけた傷が痛むのもかまわず、ジュリアンはララを両腕にすくい上げ、たき火から離れていった。わけ知り顔でうなずき合う人々が道を開けると、ジュリアンはそこを突き抜けた。笑い声や大きな歓声があとを追ってくる。

「ドラゴ、まだ引き上げてはだめよ」

「知るものか」ジュリアンはうなるように言い、彼女を抱える手に力をこめた。「男の我慢にも限度がある。だが、それも承知の上なんだろう？　きみはずっとこれをせがんできた。まさにきみの望むものをこれから与えよう」

「ドラゴ！　そういうことじゃないの……わかっていないのね……わたしは踊り出すと、抑えがきかなくなるの。この体に誰かが乗り移ったみたいになって。自分でも何をしているのかわからないときがあるのよ」

「きみが何をしているか、わたしにはわかっていた」ジュリアンは荒々しくきしむような声で言うと、扉を蹴《け》り開けて、彼女を馬車のなかに運びこんだ。「今夜、きみを見ていた男たちもみなそうだ。ああいうみだらなふるまいで何人の男を寝床におびき寄せた？」

「下ろして！」ララは憤慨した。「わたしの身持ちをよくとやかく言えるわね！」

「とやかく言ってなどいない」ジュリアンは自分の体の上をすべらせるように、ララを床に下ろした。ララが驚きの目を向けて後ずさると、彼は口元をほころばせた。硬くなりすぎた欲望が体をつついたことにララも気づいたはずだ。

「感じてくれ。きみのせいでわたしがどれだけ硬くなっているか」ジュリアンは彼女の手首をつかみ、自分のズボンの前に手を当てた。「きみがこの寝床に初めてもぐりこんできた夜からずっと求めていたものを、今ならたっぷり与えてやれる」

ララは手を引っこめようとしたが、ジュリアンは両腕で彼女の体を引き寄せ、自分のふくらみから手を離させまいとした。

「これがわたしたちの初夜になる」ジュリアンは念を押すように言った。これから彼女にすることを思っただけで口のなかが砂漠のように乾いた。

「わたしたちはほんとうに結婚したわけではないわ。あなたもそう言ったでしょう」

ジュリアンは彼女の顔を探った。「結婚しているときみは思うのか？」

「ロマはロマの掟《おきて》に従うのよ。みなはこの結婚が正式なものだと考えているわ」

「わたしがきいたのはそういうことじゃない」ジュリアンはうなるように言った。

「結婚しているときみが信じるかどうかだ」

沈黙が流れた。

「ララ、答えてくれ」

「ええ」ララはささやいた。

「わたしは間《ま》もなく去らねばならない。ふたりのあいだにあるものは何ひとつ続かない。そうとわかっていても信じるのか？」

「ええ、そうよ！　もう答えたのだから、離して」

「いや。これからきみを愛するよ、わたしの奔放なロマのじゃじゃ馬娘。あの踊りの情熱が寝床にまで持ちこまれるのなら、今夜は楽しみだ。報われることの多い長い夜になるだろう」

ドラゴの決然とした表情を見つめ、ララは悟った。彼をとめる気持ちが自分にはないことを。この暗く端整な顔の奥には危険な男性がひそんでいる。彼を取り巻く謎《なぞ》や、彼を愛したために陥るかもしれない落とし穴もララにはよくわかっていた。そして、迫り来る危険も。彼は並の男性ではない。頭がよくて得体が知れず、怖くなるほど秘密を抱えている。そんな男性と恋に落ちるなんて、どうかしている、とララは思った。相手の名前さえ知らないというのに。

「ララ、考えるのはやめるんだ。ただ、感じればいい。わたしを信用できないと思っているんだろう。だが、今夜、わたしはきみを幸せにすると誓うよ。今までに愛を交わした男のことは考えないでくれ。わたしはきみの初めての愛人だ。そういうふりをしてくれ」

ふいに彼は黙りこみ、奇妙な目つきでララの顔を探り見た。「きみの夫はわたしひとりなんだろう?」

ララは不安な気分で身じろぎした。「結婚したことは一度もないわ」

彼が安堵《あんど》するのを感じ、ララはいぶかしんだ。ドラゴはいずれにせよ、去っていくのだから、夫がいようといまいと気にならないはずだ。彼はわたしがきらいではないのだろう。魅力さえ感じているのかもしれない。けれども、せいぜいそこまでのことだ。

ララの物思いはそこで途切れた。ドラゴが両腕をきつくまわし、唇を強く重ねてきたのだ。舌を差しこまれると、驚くほどの興奮に襲われ、ララは震えながら目を閉じた。もうすでに彼女はおぼれていた。深くおぼれ切っていた。爪先立ちになって彼の首に両腕を巻きつけ、キスを返す。口だけなく、全身全霊で。

ドラゴのうめき声は低くざらついていた。その唇はララを、自分のものだといわんばかりに激しく求めた。その手はララのくびれた体の線を敢然とたどっている。ララはもっと彼がほしくて、もっとそばに引き寄せたくて身もだえた。ドラゴの硬い胸で自分の胸を押しつぶし、両手で彼の肩をつかんでいた。

「脱いでくれ」ジュリアンはうなるように言った。こぼれんばかりの巻き毛を両手で払いのけ、ブラウスを結び合わせている紐《ひも》をほどく。

ララが肩をすくめると、ブラウスがウエストまで落ちた。その下には何もつけていない。彼は声をつまらせて悪態をつき、口を下げてくすんだ胸の頂を奪った。

ララはあえぎ、彼の口に向かって体をのけぞらせた。甘く酔いしれるような興奮に体を揺さぶられ、彼にしがみつく。舌でなぶられるたびに、暗い波が押し寄せ、砕け散ってゆく。体がおののき始め、甘美な喜びが腹部の奥や太もものあいだに熱く刺さり、その激しさにララは驚いた。もっとほしい。強烈な欲求で膝《ひざ》が折れそうになる。ララの切ない思いに気づいたのか、ドラゴは両腕で彼女をすくい上げると、寝台に下ろした。

「これも邪魔だ」ドラゴはきしむような声で、スカートをひとつかみに引っぱった。

スカートとペチコートがララの腰から、太ももからすべり落ちる。彼はそれを床にほうった。ララのとなりに腰を下ろすとかがみこみ、たぎる息でララの肌を焦がしながら、腹部に舌を押し当てた。ララの全身が何かを切望している。けれどもそれが何なのかララには見当もつかない。ドラゴが両脚を開かせ、太もものあいだの湿った境界に指を差し入れると、彼女の息が乱れた。突き刺さるような熱いまなざしを感じ、ララは目を上げて彼の瞳をのぞきこんだ。息を弾ませ、すがるような思いで次の動きを待つ。

指が上下にすべる感覚に衝撃が走る。指が奥深く入りこむと、ララはその感覚に圧倒された。口が指に取って代わったときは、驚きの悲鳴を抑えることができなかった。ララは打ち震えながらドラゴに向かって体をのけぞらせ、彼の髪に指を深く差し入れた
「ドラゴ！　やめて！」これほどの親密な行為はつつしむべきことに違いない。

彼はララに笑みを向けた。「きみの愛人たちは誰もこういうふうにしなかったのか？」返事を待たずに太もものあいだに顔をうずめた。柔らかな肉を味わい、異国のごちそうを味わうかのように激しく舌を繰り出す。

「こんな……ああ……どうか……ああ……やめて！」

ドラゴが顔を起こした。「やめろと？」

「度を超しているわ」

「そうかもしれないな。こんなふうにたわむれる余裕もないほど、わたしたちは熱く燃えている。これはあとまわしにしたほうがよさそうだ」

ララには彼が何を言っているのかわからなかった。わかるのは、妖《あや》しい喜びに自分の体が生々しく脈打っていることだけだ。こんな行為がまっとうであるわけがない。

彼が寝台から立ち上がり、乱暴に服を脱ぎ始めた。ボタンが飛び散るさまをララは呆然《ぼうぜん》と見守った。たちまち彼は一糸まとわぬ姿となり、ララの前に立った。りっぱな体に包帯の白さが目立つ。彼女の視線は下に向かい、怒張したものをとらえた。黒く弾力のある巻き毛のあいだにそそり立つそれは、あまりにも太く、力がみなぎっている。

ララは思わず口を開けた。あんなにふくれ上がった硬いものがわたしのなかにおさまり切るはずがない。体が引き裂かれてしまう。恐怖に襲われ、寝返りを打って離れようとした。だが、ドラゴの体の重みで押し戻された。彼がララの脚を広げ、自身の体を太もものあいだに入れる。ララはキスされて一瞬、恐怖を忘れた。とっさにキスを返すと彼の舌が絡みつき、あとはもうわれを忘れていた。気がつくと、彼の硬いものが太もものあいだを探っている。ララは身をこわばらせ、あわてて目を開けた。

むきだしの欲望が熱く重たくうずき、そのせいでジュリアンはララが恐怖を抱いた様子にも気づかなかった。容赦なく前へ、奥へと突き進みながらも、時間をかけてこの喜びを長引かせようとした。彼を迎えるためにララのなかが張りつめるのを感じ、腰を引きしめてさらに奥へと突き立てた。これほど硬くこわばり、これほど切ない気持ちになったことがかつてあっただろうか。今は欲望にのまれ、ララの緊張も、情熱に輝いていた瞳に恐怖の色が浮かんでいることにも気づかなかった。

ララがすすり泣き、ジュリアンは当惑顔で彼女を見下ろした。

「痛いのか？　ほかの愛人のものより大きすぎるのか？」

「ほかの愛人なんていないわ」

ジュリアンは笑った。「嘘《うそ》だ。ロマの娘で十三を過ぎて純潔を保っているものがいるものか。ロマは多情という話だ」

「ロマの女を何人知っているの？」ララは切り返した。

一本取られた。たしかにロマの女性のことはほとんど知らない。噂《うわさ》話を聞きかじっただけだ。しかし、真実をこの体で知るときが間もなくやってくる。あとは腰を引きしめ……。

ジュリアンはひと思いに無垢《むく》の盾を突き破った。そこで凍りつき、信じられないというように彼女を見下ろす。

「初めてなのか?」ジュリアンはうれしいというより、むしろ腹立たしかった。生娘を誘惑するのは彼の流儀ではなかった。

ララの瞳は涙でうるみ、まぶしくきらめいている。「もう違うわ」泣き声で言った。そのあわれな声がジュリアンの良心をさいなみ、それだけにいっそう怒りが鋭さをおびた。「悔やんでも遅すぎる。望まないことなら、そう言えばよかったんだ」

彼女が顎をそらした。「わたしたちは結婚しているのよ。夫と妻はこうするものだとわかっているわ」

しだいに自制心を失い、ジュリアンは張りつめた声で言った。「きみのいう結婚はわたしの世界では通用しないんだ。きみが無垢だと知っていれば、愛し合ったりしなかった。だが、もうすでにわたしはきみのなかにいる。互いに満足な結果になるように先を続けよう。きみを喜ばせると約束したあの言葉はほんとうだ。まだ痛いか?」

「少し。あなたが大きすぎるから」

「力を抜いて」ジュリアンはさらに深く入ってから引いた。「こすれ合う感じがわかるか?」ララがうなずく。「よかった」彼はまた突いた。「これに集中して感覚が高まるに任せるんだ」

ジュリアンは自分自身をさらに奥へ押しこみ、一度、二度、三度と繰り返した。ララが震えながら息を吸いこむ音が聞こえ、彼女の体からいくぶん硬さがとれてきた。ジュリアンは額に汗を浮かべながら、腰の動きを徐々に速めた。ララがためらいがちにではあるが初めて反応すると、ジュリアンは神に感謝した。残っていたわずかな自制心もあっという間に失せそうだ。そのときララに火がついた。熱心に腰を浮かせ、彼の動きに合わせている。ジュリアンは彼女のなかへ力強く突き入れては引いた。

ララは痛みが薄らぐのを感じた。内側でドラゴが動くと、痛みよりもむしろ心地いい感覚が襲ってくる。彼はとても大きい。それでもララの体はドラゴに合わせて伸び広がり、さらに彼を包みこもうとする。彼が生み出す甘美なこすれ合い、ふくらむ緊張、体を貫く興奮にララは意識を集中させた。誰かがうめく声が聞こえると、驚いたことに、自分の声だった。ドラゴにも聞こえただろうか。目を上げてたしかめると、彼はララに向かって顔をしかめている。

ドラゴはふたたび突こうとして途中でやめた。「きみは……大丈夫か?」

「あなたは……とても……大きいのね」ささやき声でララは応じた。

ドラゴは目を閉じ、ののしり言葉をつぶやいた。

「わたしのせいで痛いの?」ララはきいた。「声が苦しそうだわ」

「痛いかって?　それどころか死にそうだ!　あとどれだけ持つかわからない」

わけもわからずよけいなことをきいたせいか、ドラゴのうなり声はいっそう大きく太くなった。彼は両手をララの腰の下にすべらせて持ち上げ、激しくいっきに貫いた。ララの体に震えが走った。もう一度ドラゴが深く身を沈めると、ついに全身がとめようもなくわななないた。だが、ドラゴはますます強く彼女を抱きしめ、さらに深くうずもれていく。もうふたりのあいだには何もない。あるのは熱くぬれた肌だけだ。

彼が口元でささやく声が聞こえた。ララのかわいらしさと情熱をたたえ、励ましと慰めの言葉をかけている。ふたりの体が溶け合うにつれてララは熱をおび、性急な思いが増していく。ドラゴはますます深く入りこみ、速く激しく突いてくる。今やララはこみ上げる声を抑えることができなかった。それを抑えようともしなかった。体はもう自分のものではないかのようだった。ドラゴが彼女の魂と意思までも奪い、今まで夢見たことしかない場所へ連れ去ろうとしている。ララはおののき、彼のまわりでとろけた。

ふいに体が引きつり始めた。喜びの熱い波が押し寄せる。ドラゴをきつく締めつけながら、その肩に指を食いこませて、彼のさらなる動きに合わせた。快感がララをがんじがらめにする。体が焼けつくように熱くなり、ララは腰をさらに高くせり上げ、体のなかでうねり責め立てるうずきをやわらげようとした。

「ドラゴ！　お願い！　なんとかして」何を頼んでいるのか自分でもわからなかった。

ただ、ドラゴだけがそれを与えられると本能で知っていた。今すぐ彼がくれなければ、死んでしまいそうだった。

「いいとも、わたしの奔放なロマのじゃじゃ馬娘」ドラゴが彼女の口元であえいだ。「さあ、おいで」なおも深く突く。「わたしはすっかりきみのなかにいる」

ララの頭が左右に激しく動き、息が荒く弾んだ。今、ララの意識にあるのは、彼の硬さが自分の柔らかさのなかにしっとりと吸いこまれていく感覚だけだった。ドラゴが勢いよく突くたびに、それに合わせてララも無我夢中で突き返した。ふいにララは目を見開いた。甲高い声が喉を震わせる。彼女の体は白い閃光《せんこう》となってはじけ飛んだ。息をのむ一瞬、ララの魂は体を離れ、強烈に満ち足りた何かに、初めて知った至福の喜びに包まれた。


ジュリアンは歯をくいしばり、解き放ちたいという欲求に耐えながら思った。性の営みでこれほどわれを忘れたことがあっただろうか。熱い血が音を立てて流れ、こめかみで鳴り響くような気がする。ララは期待したとおりの、いや、それ以上の女性だ。汚《けが》れなき体が彼の下で炎と燃え、情熱で応えている。

ララを奪ったのは不名誉なことだ。あらゆる本能がそう警告している。だが、情熱のかたまりのようなあの小さな体のなかに、無垢な乙女がひそんでいようとは予想だにしていなかった。彼女もロマのふしだらな女のひとりだと思っていた。己のきびしい道徳観念をゆるめてはならなかったのだ。弟のシンジンに説教してきたのとまったく同じことをしているではないか。しかし、今となっては手遅れだ。欲望がふくれ上がり、今にも破裂しそうになっている。喜びに達することしか今は考えられない。

あと一、二回、突くだけでいい……彼は腰を引きしめ、根元まで深く突き立てた。二回目は必要なかった。ジュリアンは大きな震えとともに絶頂にのまれた。頭をもたげ、静けさを破る叫び声をあげながら自分の精をララのなかに注ぎこんだ。

「大丈夫かい、かわいい人《スウィーティング》？」ようやく声が出るようになると、彼はきいた。

「大丈夫どころじゃないわ」ララは夢見心地で答えた。「あんな……想像もつかないことがあるなんて……」

ジュリアンは身をほどきながらも、まだしっかりとララのなかにうずもれていた。

「きみが初めてだというのも想像のつかないことだったよ。すまないことをした。ここまですべきではなかった」

ララはじっと動かなくなった。「後悔しているの？」

「わたしがもうすぐ出ていかなくてはならないことはお互いにわかっているだろう。きみを連れていけないことも。きみはわたしの世界の人間ではない。わたしもきみの世界の人間ではない。わたしにはイングランドでの責務があるし、きみの家族はここにいる。わたしは一度、婚約していたことがあるんだ。その女性はもうこの世にいない。わたしにはとても大切な人だった。彼女亡きあと、一生結婚しないと心に誓ったんだ」

その言葉にララは傷ついた。「あなたの約束など何も求めていないわ」彼の下で腰をずらし、体にかかる重みをやわらげようとした。

ジュリアンははっと息をのんだ。「だめだ、動かないで」ララのなかでまたもや体がこわばり、どんどん硬く太くなってくる。

ララは驚きの表情で彼を見上げ、信じられないというように目を大きく見開いた。

「あなたはまだ……そんなに……どうして？」

「まだきみがほしいんだ」ジュリアンは腰に力を入れ、さらに深く入った。「もう一度、受け入れてくれるかい？」

もう一度どころか、何度でも、あなたが好きなだけ。そう思いながら、ララは恥じらいもなく彼に応えた。ドラゴが自分のなかにもまわりにも上にもいるのが自然なことのように思われる。今度はララも何を期待すればいいかわかっていた。それを夢中でつかもうとした。自らを駆り立てるようにしてふたたび、はじけ散る絶頂へのぼりつめた。

ララの体がまだ喜びに震えているあいだにドラゴも達し、彼女から身を引き抜いた。ララはすっかり満たされ、至福の波にさらわれた。精根尽き果て、彼が水にひたした布で太ももから血と自分の精をふき取るのにもなんら抵抗を感じなかった。ドラゴが寝床に戻ったとき、ララは幸せな吐息をもらし、彼の腕のなかに身を寄せた。

あけぼのの光が地平線を染めるころ、心地よいうずきを感じてララは急に目が覚めた。まぶたを開けると、すぐ目の前にドラゴの黒い頭があった。胸の頂を引っぱられるような感覚に襲われ、ドラゴがそこを吸っていることに気づいた。ララはうめき、背中をのけぞらせて彼の熱い口へとわが身をさらに押しつけた。ララが起きていることを知っているのか、彼はそっと胸の頂をかみ、それからざらついた舌で痛みをやわらげた。

ララは腕を巻きつけて彼の体を引き上げ、自分に重ねた。「ドラゴ！　お願い！」

「きみのそういう反応が大好きだ」彼はざらついた声でささやいた。「きみは愛されるためにこの世にいる。ロマの女性は情熱的だと昔から聞いていたが、そのとおりだ」

ララの返事は彼のキスでくぐもった。そのときにはもう、彼女は火がついていた。ドラゴはまた彼女を愛し、それからふたりして日が高くのぼるまで眠っていた。

次にララが目を覚ましたとき、ドラゴの姿はなかった。自分の体のなかに今まであることも知らなかったところがあちこち痛む。やっとのことで寝台から下りようとしたとき、一度だけノックの音がして、ラモナが入ってきた。寝台に歩み寄り、ララをじっと見下ろす。その目は心配そうに陰っていた。

「大丈夫なのかい、ひよっこ?」

「ああ、おばあさん、わたしはなんてことをしたのかしら」ララは思わず泣きついた。「お父さまがどう思うか。あれほどわたしに期待をかけていたのに。お父さまになんと言えばいいの? わたしは名前さえ知らない人と結婚したのよ。秘密だらけで自分のことは何ひとつ話してくれないような男性と。これからどうしたらいいの?」

「ドラゴは陰謀のなかで生きる男だよ、孫娘や」

「おばあさんに言えるのはそれだけなの? お互い、別々の道を行かなくてはならないことはわかっているの。でも、またあの人に会えるかしら?」

「おまえの手を見せてごらん、ひよっこ」

ララは手のひらを上に向けてさし出した。ラモナが自分のほうから将来を読み取ろうとすることに驚いていた。今までは頼まれて渋々そうしていたのに。「何かわかった?」

ラモナはララの手のひらを熱心に見ながら深く眉根を寄せた。「危険が迫っている」

「危険ってどんな？」

ララの手のひらをきつく握りしめると、ラモナはうつろな目になった。「おまえは、自分が大切に思う男とこれから先、深くかかわることになるだろう」

ラモナはただ手相を見ているのではない。自分の霊力を深く掘り下げてララの将来を予言しているのだ。

「その男性はドラゴなの？　わたしたちはロンドンで出会うの？」

「ロンドンではドラゴという男には出会わないだろう」

6

ロンドンではドラゴという男には出会わないだろう。ラモナのその言葉はララの心に深い穴を開けた。ドラゴのいない世界でどうやって生きていけばいいの？　彼と愛し合うのは、これまでの何よりも心が浮き立つ刺激的なことだった。ドラゴには謎《なぞ》がつきまとっている。彼は誰《だれ》なのか。別の女性に愛されているのか。ここを出たら、わたしのことなど忘れてしまうのではないか。ふたりが結婚したとき、彼は重傷を負っていて、自分が何をしているのかもわからないほどだった。そしてララは、ふたりのあいだにもっと何かが生まれるのを期待するほど愚かだった。

この結婚がドラゴに対してなんら法的な拘束力も持たないのはわかっている。今、彼のためにできるのは、過去のことは問わずに、残されているふたりきりの時間を精一杯楽しむことだけだ。怪しげな過去を持ち、なんの未来もない男との結婚をララの父親は決して許さないだろう。ロマ式の結婚も認めないに決まっている。

ララは重いため息をついた。今にも心が砕けてしまいそうだ。何て愚かなのだろう。

わたしのことがほんとうに大切なら、ドラゴはいっしょに連れていこうとするはずよ。ところがあんなにもあっさりと、ふたりは別れる定めだと決めつけた。

でも、それならそれでもいい。ときが来たら、傷心の痛みを見せることなく彼を行かせよう。今のララに残っているのは誇りだけだった。

ジュリアンはさっと水浴びをしてから野営地に戻り、ラモナの料理鍋《なべ》で湯気を立てている粥《かゆ》を自分で皿についだ。ララはまだ馬車から出てこない。ラモナとピエトロの姿もなかった。昨夜の祝いのあと、早起きするものは少ないのだ。

食事をすませると、ぶらぶらと囲いまで行き、ロンドを手伝って馬の手入れをした。あす、市《いち》に向けて発つので、ピエトロは馬を見栄えよくしたいだろう。

ロンドはろくに挨拶《あいさつ》もしてくれない。嫉妬《しっと》しているのだろうかと、ジュリアンは勘ぐらざるを得なかった。昨夜のことに思いが戻っていく。どんなふうにララと果てしなく愛し合ったか。いくらか酔っていたのは認めるが、自分のしていることはわかっていた。ララとの愛をどれだけ楽しんだか、今もありありと覚えている。彼女が無垢《むく》だと知ったときは愕然《がくぜん》としたが。このあと誰が愛人になるのかと考えずにはいられない。

その疑問が浮かぶと、ジュリアンは顔をしかめた。ほんとうはどうでもいいことだが、ララが別の男の下に横たわると思っただけで気にくわない。ララの新しい愛人はほぼ間違いなくロンドだろう。そう考えるとなおさらいやな気分になった。といって、この青年には悪いところがあるわけでもなく、ララのことを心から思いやっているようだ。

「まったく」ジュリアンは小さく悪態をついた。いろいろと思いめぐらすだけで頭がどうにかなりそうだ。彼には使命がある。殺し屋を捜し出し、政府の大事な資金源を横取りしている密輸組織をつぶす、これが使命であり任務だ。こうした任務を抱えている以上、心惑わすロマの娘に気を取られている余裕はないのだ。

ロンドがきつい目でにらみつけているのに気づいたが、ジュリアンは知らん顔を決めこんだ。ただでさえ悩みが多いというのに、嫉妬深い次の愛人候補ともめることはない。そして、ここの人たちにはとても大きな恩がある。反感を買ってせっかくの関係を損ねたくない。

ジュリアンが野営地に戻ったのは夕食どきになってからだった。食事の皿を受け取ってみなに加わると、すぐにララが彼のとなりに来て座った。

「一日中どこに行っていたの？」彼女はきいた。

「馬の世話をしていたんだ」

伏せたまぶたの下からララの顔をうかがう。甘美な線を描く唇。まなじりが上がったエキゾチックな瞳《ひとみ》。ジュリアンは身じろぎし、股間《こかん》がふくらむのを抑えようとした。彼女を見ているだけで体が硬くなる。彼女のことを考えるだけでも。あのふっくらとしたみずみずしい唇、丸みをおびた小さな体、あの情熱を。昨夜、彼はララのなかにある奔放な、野性的な何かを解き放ったのだ。

ジュリアンは前かがみになってささやいた。「きみは大丈夫なのか？　昨夜はかなり手荒なことをしてしまったが」

なめらかなこがね色の肌の下でララの頬《ほお》がくすんだばら色に染まった。「大丈夫」彼女は声をひそめて答えた。「あなたは優しい男性よ、ドラゴ。初めての女にとって、これほどすばらしい愛人は望めないわ」

ジュリアンは急に食欲が失せた。口のなかが乾き切り、ズボンの下のふくらみがさらに目立ってきた。彼は慎重に皿を置いた。

「馬車に引き上げようか？」

こちらを見つめるララの瞳が光っている。わずかなためらいを感じ取り、ジュリアンははたと考えた。断られるのではないか？

「熱心すぎるとしたら許してくれ」物憂げに言う。「昨夜で疲れ切ったのなら、そう言ってくれればいい」

頬のばら色を深めながら、ララは口もつけていない皿を彼の皿のとなりに置いた。

「疲れてはいるけど、それほどじゃないわ、ドラゴ。早めに引き上げるほうがお互いのためかもしれないわね」

ジュリアンの口元が苦笑に震えた。エキゾチックな瞳の奥には誘うような色がある。かわいいロマのじゃじゃ馬娘は彼の望みがよくわかっているらしい。それどころか彼女も同じだけ強く求めているのだ。ジュリアンは立ち上がり、手をさしのべた。ララがつかむと、その手を引いて立たせた。手に手を取ってふたりは馬車に向かった。幸いにも、ひとりの男の暗いまなざしがそのあとを追っていることには気づかなかった。

「きみが恋しかった」ジュリアンはほんとうにそうだと気づいてわれながら驚いた。「昨夜の愛は何も体に障らなかったと言うんだね。では今夜も受けてくれるかな？」

「ええ」ララはささやき、彼の腕のなかに入っていった。

ジュリアンの腕がきつくまわされる。彼女がシャツをズボンから出し、両手をその下に忍びこませた。ジュリアンが唇を強く重ねると、ふたりはむさぼり合った。抑え切れない欲望がこみ上げる。彼はキスを深めながら、ララの肩からブラウスを下げ、胸をあらわにした。両の手にあふれる胸の先端を指先でこねる。彼の手のひらの下で胸の頂が硬くなるのを感じ、ジュリアンの喉《のど》から太いうめき声がこぼれた。くすんだ色の果実を味わいたい。そこを吸ってかみたい。彼女が慈悲を乞《こ》うようになるまで。

だが、ララには別の考えがあった。

彼から口を引きはがすと、シャツの前を開けて喉元に唇を添える。それから舌で筋肉質な胸をたどり、硬い男の乳首をくわえた。

どうしてそうなったのかはわからない。すぐさまふたりともあらわな姿で寝台に横たわっていた。ろうそくの金色の明かりにひたされながら、どちらの体も汗にまみれていた。一度だけ寝返りを打ち、ジュリアンはララを自分の上に重ねた。脚を開かせ、彼女のなかに押し入る。ララは彼のまわりでとろけた。

「わたしに乗ってくれ、いたずら娘」彼が促し、腰を引きしめて下から深く突いた。

ララは彼のすべてを受け入れた。その硬さを体のなかに満たそうとして伸び広がる。どうしてほしいか教えるために、彼はララのお尻《しり》をつかみ、自分の怒張した矢に添って上下させた。ララは喜んで応じた。次にジュリアンはララのなかにふくらみの先端だけを残して引き抜いた。

ララは震える息を彼の頬に吹きかけながら誘いに応じ、雄々しい馬に乗るかのように動いた。やがて、ララが大きな彼自身の上で尽き果てると、今度はジュリアンが欲求に駆り立てられた。小さな馬車の壁を震わせて彼の絶頂の声がとどろいた。

ふたりは眠り、また愛し合った。ほとんど言葉は交わさなかった。互いに見出したものは消える運命にあると、どちらにもわかっていた。違う世界から来た、あまりにも似つかわしくないふたりの人間が、ともに幸せを見つける権利はないのだと。

翌朝、ロマの馬車隊はロッカビーへと旅立った。ジュリアンは列の後方で馬の群を率いるのを手伝った。市はあさってから始まる。初日に臨めるようにたどり着きたいというのがピエトロの希望だった。

夕暮れには馬車をとめ、その夜は川の近くの安全な谷で野営した。ララと馬車のなかに消えてまた愛し合うときが待ち遠しかった。布で飾られた馬車のなかだけは、ジュリアンのもろもろの悩みも遠い過去のものでしかない。ソーントン家の家長としての責任も大切なものとは思えなくなる。政府のための任務も、ララが腕のなかにいるときだけは頭の片隅に追いやられた。ダイアナの思い出さえも、ララとともに過ごす快適な隠れ家のなかまでは入りこんでこなかった。

次の日、夜明けとともに馬車隊は出発した。ジュリアンは馬上にあっても、ララのことばかり考えていた。昨夜、彼女の情熱は尽きることがなく、激しかった。ふたりがいっしょにいられる時間も残りわずかだと感じているのだろうか？　くるみ油で染めた肌も徐々に色が薄れてきている。市が終わるころにはすっかり消えているはずだ。

市の始まる前夜に一行はロッカビーに到着した。ピエトロは会場からさほど遠くないところに野営地を選んだ。間《ま》もなく野営地は活気づいてきた。市の日に何があるのからラは説明した。女たちはささやかな装身具を売ったり、占いをしたりして過ごす。ラモナは自分のテントを持ち、銀貨一枚と引き替えに、水晶の球をのぞきこんでお客の未来を予言する。ピエトロをはじめ、歌や踊りの担当ではない男たちは馬を売る。

　ジュリアンはなるべく人目につかないようにしていることにした。万が一、友人やあるいは敵が市に来て、彼だと見破るかもしれないからだ。任務上、いくら注意してもしすぎることはなかった。

　その晩、野営地は早じまいした。みながそれぞれの馬車に引きあげる前に、ピエトロは、市が始まる時間には馬の群を所定の場所に集め、それぞれに準備をしておいてほしいと各家族に伝えた。市で稼いだお金を貯めておき、冬の数カ月をそれで乗り切るのだ。市が終わったらララを父親のもとに返し、父親の田舎の領地で冬のあいだ野営する予定だった。ララの父親は娘との縁から、いつでも好きなときに領地で野営していいという寛大な許可をピエトロのロマの一団に与えていた。

　ジュリアンはその夜、時間をかけてララと甘い愛を交わし、二度、砕けんばかりの絶頂へ彼女を導いた。ララがうとうとして寝入る前に、翌日の市で彼女は何をするつもりなのかときいてみた。

「わたしはたいがいラモナのテントの外にいて、占いのお客集めをしているわ」眠たげな声でララは教えた。「ほかの女性たちと違って、ひとりで市をうろつくのをピエトロが許してくれないのよ」

大きな安堵《あんど》の波がジュリアンに押し寄せた。ロマの女性が市で体を売り、かもの客と茂みのなかに消えたりするのを見聞きしていたからだ。戻ってきたとき男たちはたいがい、宝石などの貴重品や財布をなくしている。ララが体を売るはずないのはわかっているが、どこかの粗野な男が彼女をそういう女と誤解して無理強いするのではないかと恐れていたのだ。

「よかった」ジュリアンはあくびをしながら言った。「これでひとつ、心配の種が減ったよ。きみがほかの女性とほっつき歩くつもりなら、わたしが許さなかったところだ。きみを守れるほど近くにはいられないだろうからね。市のあいだは馬のそばにいるつもりだ」

「ピエトロがいつもわたしに目を配ってくれるの。だから安心よ」

満足の面持ちでジュリアンは自分の体にララをぴったり寄り添わせ、眠りが訪れるに任せた。


翌日の朝は野営地全体が興奮に包まれていた。朝食をとり、市の準備も整った。まだ日ものぼり切らないうちにピエトロとその一行は市の会場に向かった。ジュリアンはそのあとを馬とともについていった。

ララはラモナ、ピエトロといっしょに行き、ジュリアンは馬の群を大ざっぱな柵《さく》のなかに入れる手伝いをした。馬を買いに来た客たちがそこに集まり、品定めをしてできるだけ値切るのだ。ほどなく、近くや遠くの町から市目当ての人々が続々とやってきた。ピエトロの馬はたちまち人気を博した。

人目につかないようにとジュリアンが選んだ場所が、逆に人目を集めることになってしまった。日がな一日、馬のまわりには人だかりができていた。話がまとまると、馬たちは新しい主人に引かれていく。翌日の客足を確保するために、上等な馬は何頭か取っておかれた。

ジュリアンが野営地に戻る準備をしていると、誰かが背中を叩《たた》いた。「なあ、きみ、そのまだらの葦毛《あしげ》はよさそうだね。もっと近くで見てもいいかい?」

ジュリアンは身を硬くした。この声! 自分の声と同じくらいによく知っている。まずい! シンジンのやつ、家から遠く離れたこんなところで何をしている? ジュリアンはゆっくりと振り向き、弟の男前な顔をのぞきこんだ。

感心なことに、シンジンはジュリアンの素性を暴くようなことは何もしなかった。ただ、口を開けてじっと見ているだけだ。その目が信じられないというようにすぼまった。

「なんてことだ、ジュリアン、まさか、兄上がこんなところで見つかるとは。しかも、ロマのような格好をして。ちゃんと説明がつくことなんでしょうね。エマは心配のあまり、取り乱していますよ。ロリーとぼくは兄上の行方を捜すためにロンドンに向かうところでした。そしたらこの市のことを耳にはさんだものでね。大して遠回りにもならないので、寄り道して馬を見てみることにしたんです」

「では、おまえはもうロンドンへ行かなくてもいい」ジュリアンは言った。「この市が終わったら、わたしはロンドンへ戻るつもりだ」

シンジンが今度は傷ついたほうの肩を叩いたので、ジュリアンはたじろいだ。傷は治ったものの、まだ触ると痛い。

「ジュリアン、どうしたんです？」返事はない。「どこか痛めたんですね！　まったく、何があったんですか？」

「何でもないよ、シンジン」ジュリアンは安心させようとして言った。「おまえはクリスティと子供たちのところへ戻るんだ。エマはわたしがなだめておく」

「何やらただごとじゃなさそうですね、ジュリアン。どうもそんな感じだ。なぜロマのような格好を？　今までどこにいたんです？　ぼくで役に立てることは？」

ジュリアンの顎《あご》がこわばった。「話せないんだ。今のところ、おまえにできることは何もない。助けがほしいときは真っ先に知らせるよ」

近づいてくるララの姿が目の隅に映り、ジュリアンはシンジンを追いやろうとした。

だが、そうはいかなかった。

「ドラゴ！　野営地に戻る準備はできたかしら？」

「ドラゴ？」シンジンがおうむ返しに言い、片方の眉《まゆ》をもの問いたげに持ち上げた。

「何も言うな」ジュリアンは小声でたしなめた。

「みな、帰るところよ」ララは言い、ジュリアンに甘くほほ笑みかけた。「あなたも来る？」

「先に行っててくれ、ララ。すぐ追いかけるよ」ジュリアンは言い、シンジンが彼の身元を明かさないことを祈った。「この紳士と商談をしていたところでね」

　ララはひとしきりシンジンを見つめてから、ジュリアンに向かってあいまいな笑みを浮かべた。「いいわ。あまり遅くならないで」野営地に戻ろうとしているひとかたまりの女性たちのところへと急いだ。

シンジンは低く口笛を吹いた。「なんてきれいな娘だ。彼女のことも話してくれないんですか？」

「それはまたあらためて」ジュリアンはララの後ろ姿を目で追いながら言った。腰の優しい揺れ具合を見ただけで熱い血が股間に突き上げる。視線を引きはがして弟に注意を戻すのは容易ではなかった。

「なるほど、そういうことか」シンジンはわけ知り顔で含み笑いをした。「兄上が口マの女に惚《ほ》れこむとは思ってもみなかったな。あのジュリアンが、あの品行方正で退屈極まりないぼくの兄がね」

「もういい、シンジン」ジュリアンは警告した。「家に戻るんだ。ごらんのとおり、わたしは元気にしている」

「あのロマの愛人を連れていくつもりですか？」

「ばかな！」ジュリアンは語気を強めた。「ロンドンにはララは合わない。それより、まだらの葦毛がほしいのかどうなんだ？」

「値段は？」

ジュリアンはピエトロが喜びそうな値をつけた。シンジンは馬をあらため、言い値を受け入れた。金を受け取ると、ジュリアンはシンジンに手綱を渡した。

「ほんとうに大丈夫なんですね？」シンジンが念を押す。

「ほんとうもほんとうだ」

「そうじゃなきゃ困る」シンジンはつぶやいた。「従者のロリーがそのあたりにいます。彼を呼んでグレンモアに戻るとしましょう。連絡をくださいよ、いいですね？」

ジュリアンはシンジンの肩を叩いた。「ああ、約束だ」

シンジンは馬を引いて立ち去り、ジュリアンは野営地に向かった……ララのもとへと。ふたりきりの馬車のなかでふたたび愛し合うのが今から待ち遠しかった。そこでふと、シンジンの言葉を思った。あいつはわたしがララにうつつを抜かしていると思っているらしい。恋に落ちたとさえ言いたげだった。だが、そういうわけにはいかないのだ。思ってもみなかったほどララに心を奪われたのはたしかだった。だが、情熱的なロマの女に夢中になるあまり、肝心の任務を怠ってはならない。

その夜、食事がすむとすぐにジュリアンはララを連れて馬車に引き上げた。何も語らずとも、ふたりにはわかっていた。いっしょにいられる時間もいよいよ終わりに近づいていると。愛の営みはいつもながらに激しかったが、この世に永遠なものは何もないことを痛切に思い出させる一夜となった。

市も終わり、幸運に恵まれた一週間をロマの一行は祝った。その夜、野営地はごちそうと酒であふれ、にぎやかなお祭り騒ぎとなった。馬はほぼ完売したし、市に集う人々は占いにも目がなかった。装身具を売り歩いた女たちでさえ、いい商売ができて喜んでいた。

誰もがお祝い気分だった。ジュリアンとララをのぞいては。ジュリアンはロマとの旅を切り上げる決心をしていた。祝宴が始まる前にピエトロを捜し、ふたりだけで話をした。

「おいとまするときが来ました、ピエトロ」

「きみにとっていちばんいいことをするしかあるまい」ピエトロは応えて言った。

「あなたやみなさんにしていただいたことは決して忘れません。あなた方は命の恩人だ。向こう数週間、どこにいるのか教えてください。きちんとお礼を届けさせます」

ピエトロは首を振った。「きみから何ももらうつもりはないよ、ドラゴ。わしらロマの一団は恵まれている。これからもこんなふうに栄えていくだろう。早く目的地に着けるようにうちの馬のどれかに乗っていくといい」

「ありがとうございます。でも、今後のことはわかりませんよ。いつか、わたしたちの道がふたたび交わることもあるかもしれません」

「わしはただ、孫娘となごやかに別れてほしいだけだ。きみが出ていくのは、あの子にとってつらいことだからな」

罪の意識に駆られ、ジュリアンは目をそらした。「ピエトロ、この結婚ですが……どう説明したらいいのか。わたしはイングランド人です。ララとの結婚は裁判所では認められません。ララは……」

「……ロマだ」ピエトロは少々の非難をこめて言った。「きみとは身分が違いすぎるというんだろう」

ジュリアンは鋭い目で見返した。「爵位のことは誰にも話さなかったはずですが」

「きくまでもないことだ。きみが平民じゃないことはひと目でわかった。それでも、きみの命を救えてみな喜んでいる。自分の夫だとララが言い張らなければ、今ごろきみは生きていなかったはずだ。夫が妻にするように、きみはあの子に手をつけた。ララのことではきみの良心に従ってもらいたい」

「おいとまする決心をしたのは良心とは関係ありません」ジュリアンは訴えた。「ララは最初からわたしの気持ちがよくわかっていました。薄情な男だと思われたくはありませんが、ララはどんな男にもふさわしい女性です。わたしは一生結婚する気はない。過去のある出来事のせいで、結婚を断念したのです」

ピエトロは彼の顔を探るように見た。「きみは悩める男だ、ドラゴ。自分では変えようのない出来事に取り憑《つ》かれているとはな。わしの孫娘に手をつけたことできみを責めるつもりはない。きみがわしらのところへ来たのは神のご意志だと、ラモナがくどいほど言うのでな。ララの将来にきみが存在しないのなら、それはそれでしかたのないことだ。心安らかに行くがいい、ドラゴ。いつの日か、わしらはまた出会うかもしれない」

「ララのことを頼みます」ジュリアンは言った。「知り合って間《ま》もないとはいえ、彼女をいとしく思うようになりました……」

ジュリアンはそこまで言うと背を向け、ピエトロの返事も待たずに離れていった。

ピエトロは考え深げな顔で彼の後ろ姿を見送った。ほどなくラモナがそばに来たので、その肩に腕をまわした。

「ドラゴは出ていくんだね」ラモナが言う。なんの疑問もない口調だった。

「ああ。あすだ」

ラモナの目が野営地を動きまわる孫娘の姿をとらえた。「あのふたりはこれで終わりじゃないよ」

「ドラゴもそう言っているがね」

「ふん！　ドラゴに何がわかるっていうんだい」ラモナは節くれだった夫の手を握りしめた。「孫娘のことが心配だよ、おまえさん」

ピエトロはしわだらけの妻の頬にキスした。「あの子の父親が守ってくれると信じるしかあるまい、ラモナ。運命がドラゴとララをロンドンで引き合わせるなら、あとは本人たちが道を切り開くだろうよ」


ドラゴがピエトロと話しているのを見て、ララはなんの話かすぐにぴんときた。ドラゴは出ていくつもりなのだ。この日が来るのはわかっていた。覚悟もできているつもりだった。ドラゴとはいっしょになれない定めだと頭ではわかっている。ところが、心はその声を聞こうとしなかった。

ドラゴは心とは関係なくララと寝床をともにしてきた。その気持ちもない相手に愛情を強いることはできない。間違いなくドラゴはふたりの交わりを楽しんでいたが、早くロマの一団のもとを去って自分の人生を歩みたがっているのもたしかだ。それをララにはとめられない。もっとも、彼女がいちばん恐れているのは、ロマの馬車隊という安全地帯を去ったが最後、ドラゴは敵に見つかってしまうのではないかということだった。

ドラゴがピエトロから遠ざかるのを見るや、ララは彼のもとへ駆けていった。「出ていくのね」その言葉はドラゴの痛いところを突いたようだった。

彼は苦しげな、追いつめられた顔になった。まるでふたつに引き裂かれるかのように。「話があるんだ、ララ。馬車のなかに入ろう」

ララはまだドラゴの別れの言葉を聞く気になれなかった。「待てないの?」

「ああ」彼は手をさしのべた。「おいで」

ララは彼の手のなかに自分の手を置き、ふたりの馬車までついていった。ドラゴは扉を後ろ手に閉め、彼女を寝台に導いた。「座って」

彼のつらい言葉を聞く心の準備をしながら、ララは寝台の端に腰かけた。

ドラゴは馬車のなかを行きつ戻りつした。何度も。

「やめて!」ララは声をあげた。「言いたいことがあるなら早く言って終わりにして」

　ふいにドラゴは足をとめ、彼女の前にひざまずいて両手を取った。「わたしが自分のことを何も話さずにいたのは、きみとロマのみなをわたしの敵から守りたい一心だったからだよ。わたしについて知らなければ知らないほど、きみたちは安全だ」

「そういう話だったわね」ララは辛辣《しんらつ》に言葉を返した。

「それは今も変わらない。ロマ式の結婚についても話し合ったとおりだよ。わたしの立場はわかっているね」

　ララの顎がこわばった。「わたしは何もあなたに求めなかったわ」父親のもとへ戻ったら、ドラゴの名は決して口にしない。この痛みを知るのは自分の心だけだ。

「きみが無垢《むく》かもしれないとちらっとでも思ったら、奪おうなどとは考えもしなかっただろう」ドラゴは話を続けた。「わたしはほんとうにどうかしていた。だが、きみはとてもその気のようだったし……」

「その気だったわ」

　ドラゴはぐいと頭をもたげた。「わたしは経験者だ。そうと知るべきだった。きみのことは一生忘れないよ、ララ。事情が違っていれば……」

「わたしがロマでなければ違っていたかもしれないわね」ララは責めた。「だけど、自分を変えることはできないのよ」

「そう、わたしも自分を変えることはできない」

「いつ発つの?」

「あす。くるみ油の色が少しくらい残っていても、夏の日焼けで通るだろう。わたしには責務があって……」

「その話は聞きたくないわ。どうしても行かなくてはならないなら、そうして。わたしは引き止めない。ロマにも誇りはあるのよ」

今のドラゴほど葛藤《かっとう》に苦しんでいる人は見たことがないと、ララは思った。

「わたしを憎まないでくれ、かわいい人《スウィーティング》。わたしも別れるのはつらい。きみとのひときは、わたしの人生ののどかな一時期として生涯、心に残るだろう。人生がこれほど素朴で楽しかったことはない」

あなたに言えるのはそれだけなの? ララの心は叫んでいた。

「今夜もきみと愛を交わしたいんだ、ララ。だが、いやならやめておくよ」

いやなら? そうしたくてたまらない。そうしないではいられない。「いやなものですか、ドラゴ。ただ、ひとつだけ教えて。あなたの人生に別の女性はいるの?」

彼の瞳の陰りが濃くなった。「いや、もういない」

ララはそれだけ知れば充分だった。明らかにドラゴは一度だけ、深く誰かを愛する男性なのだ。どんな女性も、彼が失った女性の代わりにはなれない。

ララは顔を起こした。「キスして、ドラゴ。今夜、あなたはわたしのものよ。わたしの顔を見て言えるなら言って。わたしと愛し合うとき、別の女性のことを考えていると」

ドラゴは寝台の彼女のそばに来た。「きみ以外、誰のことも考えないよ、わがロマのじゃじゃ馬娘。きみのにおい、味、ただきみだけが耐えがたいほどにわたしをかき立てる」

彼の力強い手がララの顔をはさみ、ふたりの唇が重なり合う。ドラゴはゆっくりとキスをした。そのあふれんばかりの情熱と優しさに、ララの瞳は涙でうるんだ。ドラゴのいない世界でどう生きていけばいいの？　彼がキスを深めた。舌が差しこまれると、ララは何も考えられなくなった。

ジュリアンのなかで稲妻のように熱く激しい興奮が逆巻いていた。このロマのじゃじゃ馬娘ほど彼の体をかき鳴らし、血をわき立たせる女性はいない。ララにキスをするのは喜びそのもの。ララをいつくしむのは忘我そのもの、ララのもとを離れるのは苦しみそのものだ。ジャッカルをとらえるという大事な使命さえなければ、世間体もかなぐり捨ててララをロンドンに連れていくのに。そうしたら、あの品行方正なマンスフィールド伯爵が乱心したかと思われるかもしれないが、それでも間違いなく貴族仲間の羨望《せんぼう》の的になるだろう。

シャツの端からララが指を忍びこませると、ジュリアンはそれ以上何も考えられなくなった。彼の胸をまさぐる手は温かく、どこまでも刺激的だ。ジュリアンがどうにかズボンの前を開け、シャツのボタンを外すあいだも、ララの手は胸の上をさまよい、腹部を伝って彼の……。

喜びがうめき声となってジュリアンの喉からほとばしった。ララの指が彼に巻きついたのだ。ジュリアンは彼女をあらわにしようとあせるあまり、ブラウスを引き裂いた。服が裂け、互いに唇をむさぼり、手でまさぐり合う。硬くとがった胸の先をジュリアンは親指でさすり、頭を下げて歯のあいだにくわえた。ララがあえいだ。彼女の震えが感じられる。ジュリアンと同じだけ高ぶっているのだ。ララは彼の頭をつかみ、自分の胸に押さえこんでいる。彼は胸の頂を吸い、ララの喉からこぼれる小さなうめき声を楽しんだ。悲しいことに、今夜を最後に、二度とこの声を聞くことはないのだ。

ララの手がふたたび下に伸びて、彼のものを包みこむ。ジュリアンはその手に種をこぼしそうになり、必死に自分を抑えた。ふたりの最後の夜に恥をかきたくはない。体が欲するままにすぐさまララを奪おうかと一瞬思ったが、その考えも捨てた。ジュリアンはララをうつぶせにし、上体を起こさせた。

ララが驚きの声をあげた。「何をしているの?」

「馬の交尾を見たことがあるかな?」

「もちろん、あるわ。でも、それとこれとなんの関係が……」

ジュリアンは彼女の膝《ひざ》を広げて、背後につくと首筋を優しくかみながら、太もものあいだをなで、指でもてあそんだ。たちまち手にしずくがあふれる。やけどしそうなほどにララは熱い。ジュリアンは彼女を開かせ、奥深くまでうずもれた。この交わりがあまりにも早く終わってしまわないように、ララのなかでじっと動かなかった。それは、息づまるような長い一瞬だった。

「ドラゴ、お願い。この責め苦を終わらせて」

切ない訴えがジュリアンの抑制を解き放った。彼はララの腰をつかんで押さえつけ、前方に突き立てた。歯をくいしばり、頭をのけぞらせ、胸の底からうなり声をとどろかせる。ふいに、はじけ飛ぶような荒々しい結末を迎えた。ふたり同時に、身も心もひとつになって絶頂に達する。だが、星まわりの悪い恋人同士として、これ以上ないほど離れ離れになった気がした。


ふたりの息づかいがおさまるまで、ララはドラゴの腕のなかで静かに横たわっていた。今夜が永遠に続けばいいのにと思う。けれども東の空に夜明けは必ずやってくる。そのあとに昼間がやってくるように。ここにいて、とドラゴに頼んだりはしない。いっしょに連れていってとも頼まない。お互いにどうすることもできないのだから。彼には責務があるという。ララには待っている父親がいる。それでもドラゴが振り向きもしないで去っていくと思うと、傷ついた心がうずいた。

急に、ぞっとするような予感がした。「わたしたちはもう一度会うわ、ドラゴ」彼女はつぶやいた。「あなたに危険が忍び寄るとき、わたしはきっとあなたのそばにいる」

「それはどうかな」ドラゴが答えた。「わたしとしては、きみがスコットランドのどこか人里離れた場所でみなと無事に暮らしていると思っていたいね。陰謀渦巻くロンドンなど、きみはまっぴらだろう」

「あなたはそこに行くの？　ロンドンに？　ロンドンに家があるの？」

ドラゴの長すぎる沈黙から、私事に立ち入りすぎたことがわかった。「ごめんなさい。今のどの質問にも答えなくていいわ。自分の話はしたくないんでしょう。許して」

「わたしたちに残された時間はあとわずかだ、かわいい人《スウィーティング》。話以外にもっとしたいことがある」

「ええ」ララはささやき、彼の首に両腕をまわした。いっしょにいられる夜もこれが最後なら、特別なものにしたかった。

ふたりはふたたび愛し合った。腕も脚も絡ませ、体を強く押し当て、熱に浮かされたようになり、最初の交わりでは触れなかった部分を口と手でまさぐった。そして眠った。翌朝、ララが目を覚ますと、ドラゴはすでに立ち去っていた。

ララの心を道連れにして。

7

ジュリアンはロンドンへの旅を続ける前に、田舎の所領にしばし立ち寄ることにした。ロマの服を着た姿を妹のエマにも貴族仲間にも見られたくなかったのだ。あのロマたちの世話になったことを知る人間が少なければ少ないほど、彼らの安全をはかれるからだ。ソーントン・ホールの執事、ピーターズがドアを開けた。

「物乞《ものご》いは裏口へまわるように」ピーターズがジュリアンに長い鼻を向けてふんとばかりに言った。ドアはジュリアンの面前で閉まりそうになった。

「こら、ピーターズ。わたしだ」ジュリアンは言い、驚く執事を押しのけてなかに入った。「雇い主の顔もわからないのか?」

いつもは眉《まゆ》ひとつ動かさない執事もさすがに仰天している。「いえ……これは、だんなさま、そうとは気がつきませんで。お許しください。だんなさまがそのような……みすぼらしいお姿をなさっているのを見慣れておりませんもので」

「もういい、ピーターズ。お湯を張ってくれ。急いで。ミセス・ハワードに言って、何か腹にたまるものをつくってもらってくれ。人前に出られる姿になりしだい、わたしはロンドンに向かう」

「かしこまりました、だんなさま」ピーターズは言った。「ただちにご用意いたします」

一時間後、湯浴みとひげそりをすませてさっぱりしたジュリアンは、一分の隙《すき》もないいつもの服装で食卓についた。ミセス・ハワードの手料理は栄養たっぷりだ。このところ口にしていたロマのつましい食べ物に比べれば、美食とも言える。それでもなぜか、ララやその身内とともにした素朴な食事ほどには楽しめなかった。

ララ。わたしのロマの妻。ほんとうの妻ではないが。

家路をたどるあいだもずっとララのことが頭から離れなかった。ふたりの最後の夜を忘れるのは簡単ではなさそうだ。ララと分かち合った情熱を記憶から消したいかどうかはともかく、ダイアナを殺した男を追うあいだは胸の奥深くにしまっておかなくてはならない。

罪の意識が今もジュリアンをさいなんでいた。ララをあんなふうに置いてきたのは心ないことだ。彼女を傷つけるつもりはなかった。ララがそうと言ってくれていたら、決して純潔を奪ったりはしなかっただろう。あの最初の交わりのあとは、ララと愛し合わずにいることなどできなかった。ララの前ではいつもの自分ではなくなり、放蕩《ほうとう》者だったころの弟シンジンと同じふるまいをしている。ジュリアンはそんな自分を責めた。だが、彼女の情熱の味は病みつきになる。ララを求めるのは、満たされない飢えのようなものだ。なすすべもなく、あの甘い体にそそられる。この先、ララのいない人生をどうにかして生きていかなくてはならない。それはきっと容易なことではないだろう。

その夜遅く、ジュリアンはロンドンにたどり着いた。鍵《かぎ》がないので、鉄のノッカーを鳴らしてわが家に入るしかない。

いらだたしく感じるほどに長い間《ま》があって、執事のファージンゲールがドアを開けた。灰色の髪に寝帽をななめにかぶり、ナイトシャツの下から細いくるぶしをのぞかせている。

「マンスフィールド卿《きょう》。お、お帰りなさいまし、だんなさま」

「口が開いているぞ、ファージンゲール」ジュリアンはしどろもどろの執事の横を突き進んだ。「ここの鍵をなくしたんだ。エマとアマンダおばは今晩、出かけているのか?」

「はい、だんなさま。レディ・マーシャルの音楽会へ。ブレイクリー子爵がお供をなさっています」

「ブレイクリー？　シンジンの悪友だろう？」

「さようでございます、だんなさま。ブレイクリー卿はだんなさまがお留守中のあいだしょっちゅうここにいらっしゃっていました」

　ジュリアンは顔をしかめた。どうも気に入らない。ブレイクリーはシンジンがクリスティと身を落ち着ける前となんら変わらない放蕩者だ。彼との付き合いのことでは、なるべく早くエマにひと言言っておかねばなるまい。

「だんなさまの側仕えを呼びましょうか？」ファージンゲールがきいた。早く床に戻りたがっているのは明らかだ。

「いや、エイムズは休ませておこう。着替えは自分でできる。わたしもくたくただ。お休み、ファージンゲール」

「お休みなさいませ、だんなさま」

　ジュリアンは階段を上って自室に行った。骨の随まで疲れていた。今回の捜査で長らく家を離れていたが、結局、ロンドンに舞い戻ることになった。政府の高官の誰《だれ》かがジャッカルであることは間違いない。その男こそ、密輸組織の黒幕であり、ジュリアンをあの世に送りたがっている男だ。そして、ダイアナの命を奪った犯人。まあ、ロンドンに戻ってひとつよかったこともある。エマに目を光らせていられることだ。ブレイクリーとちょくちょく会っているようなら、あの子も処置なしだが。

ジュリアンは服を脱ぎ、寝台に倒れこんだ。ララの面影が浮かんだだけで、必ず体は興奮する。だが、今夜はあまりにも疲れすぎて、その前に早々と眠りに落ちていた。

「ジュリアン！　起きて！　居場所も知らせないで、よくもこんなに長いあいだ留守にしていられたわね。ジュリアン！　聞こえてるの？　起きて」

ジュリアンは乱暴に揺り起こされた。どんよりした目を片方開けると、エマが腰に手を当てて、復讐《ふくしゅう》の天使のように立ちはだかっていた。もどかしげに片足で床を鳴らし、紫色の目は怒りに燃えている。

「よさないか、エマ。なんの騒ぎだ？」

「どこに行ってらしたの？」エマは問いつめた。

「そんなことはどうでもいい。もう家にいるのだからな。朝食の間で待っていてくれないか。すぐ下りていく」

「いいわ。でも、今度ばかりはうさんくさい言い訳で妹をなだめられるなんて思わないでね。あまりにも心配だから、シンジンを呼びにやったのよ。大兄さまが生きているかどうかもわからなかったんですもの」

「ごらんのとおり、わたしはぴんぴんしているよ。出ていくついでに、呼び鈴を鳴らしてエイムズを呼んでくれないか」

エマは頭を振り立て、身をひるがえして大股《おおまた》で離れていった。足音高く部屋を出ていく前に、呼び鈴を思い切り引っぱった。

ほどなくエイムズが、お茶のセットと見事な焼き加減のパン一切れを盆にのせて現われた。側仕えは盆を慎重に寝台の横のテーブルに置くと、クリームとお茶をカップについでジュリアンにほほ笑んだ。「お帰りになられて何よりです、だんなさま。お湯を張りましょうか？」

「うん」ジュリアンはあくびしながら答えた。「その前にお茶を一、二杯とトーストをいただこう。けさ、エマは大変な剣幕だった。あんなふうに耳元でがんがん言われたら、朝食も喉《のど》を通らなくなるだろうからな」

こくのあるクリーム入りの濃いお茶を二杯飲むと、元気になった。トーストさえもおいしく感じられる。はるかに気分がよくなったところで、熱い湯桶《ゆおけ》に身を沈めた。湯浴みがすむと、エイムズが彼のひげをそり、着替えを手伝った。ぴっちりとした黒の半ズボン《ブリーチズ》、ひだ飾りつきの白シャツ、黒の上着、磨きこまれた長靴《ヘシアンブーツ》を身につける。ジュリアンは自分の姿を鏡で見た。この身だしなみからは、ロマのドラゴを思い出させるようなものはひとつもない。

朝食の間では、エマがいつもの席について待っていた。深い紫色の瞳《ひとみ》を際立たせる薄紫色のデイドレスを魅力的にまとっているる。胸元がわずかに盛り上がっているのを見て、エマもすっかりおとなになったのだとジュリアンはあらためて思った。彼は妹の頭のてっぺんにキスをした。「おはよう、エマ。アマンダおばさまはけさはどちらにおられる?」

「おはよう」エマの声に温かみはない。「アマンダおばさまはまだお休みよ。そのほうが好都合だわ。この話を聞かれたくないもの。さあ、どう申し開きをなさるの、ジュリアン? 何週間も姿をくらましたうえ、なんの音沙汰《おとさた》もないなんて、妹としてはどう考えればいいのかしら?」

とがめられて当然だ。それでもエマの言葉は胸にこたえた。妹は彼が姿を消していたことを気にかけている。だが、政府の任務を離れないかぎり、ジュリアンにはどうすることもできないのだ。それにまだ、その任務から足を洗うつもりはない。

「答えて、ジュリアン」エマは迫った。「シンジンにはなんと言うつもりなの? もうすぐロンドンに着くのよ」

「シンジンはロンドンにはこない」ジュリアンは教えてやった。「ほんの一週間前、あいつに会って、グレンモアに帰したんだ」

「シンジンに会ったの? どこで?」

「それは……ロッカビーの市《いち》で出くわした。珍しくいい馬が市に出ているという話を聞きこんで、少し寄り道して見に来たということだった」

きれいな弧を描くエマの眉がはね上がった。「大兄さまは市で何をしていらしたの?」

「さて、知りたがりの妹よ、おまえにはどうでもいいことだ」

ジュリアンはサイドボードに並ぶ料理を自分でとってきて、いつものようにテーブルの上座についた。「アマンダおばさまはどんなご様子かな?」

「お元気よ。ほんとうにお優しいおばさま。大兄さまにもシンジンにも見捨てられたわたしは、おばさまがいなかったらどうしていたかわからなかったくらいだわ」

ジュリアンは鋭い視線を向けた。「おまえは見捨てられたわけではないよ。今度はわたしも無期限にロンドンにいるつもりだ。いつも手の届くところにいて、おまえとアマンダおばさまのお供をして、レディに人気の催しにどこへなりと出向こう」

「そんなに骨を折っていただかなくてもけっこうよ」エマはいきり立った。「ブレイクリー子爵という申し分ないお供がいますからね。大兄さまが留守のあいだ、ルディはすばらしいお相手になってくれたわ」

ジュリアンのいらだちが増した。「ブレイクリー卿はわたしがおまえのお供に選びたくなるような相手ではないよ、かわいいエマ。道楽者で女たらしという評判にはたしかな裏づけがある。あの男がシンジンといっしょになって羽目を外していたのを忘れたのか? おまえの兄は心を入れ替えたが、ブレイクリーは悪癖をあらためる気配もない」

「ルディは紳士以外の何物でもないわ」エマはなおも反発した。

「それでもわたしがこうして家にいる以上、ブレイクリーには訪問を控えてもらわなければな」

エマは急に立ち上がり、ナプキンを皿の上にほうった。「わたしは子供じゃないわ、ジュリアン。どうしてそんな鬼みたいなことをしなければいけないの？　大兄さま自身の人生が人の優しさや親しいお相手と無縁だからって、わたしの人生までそうなってほしいというの？」エマは地団駄を踏んだ。「わたしはいやよ、ジュリアン！　これからもルディと会いますからね。とめたってむだよ」

エマが憤然と部屋を出ていくのを見て、ジュリアンは開いた口がふさがらなかった。わたしの留守中にいったい何があったのだ？　ブレイクリーはどうやってあそこまでエマと親しくなった？　あのふたりの関係はどこに向かおうとしているのだろう？

ブレイクリーが妹を傷物にしたのなら、やつの首をはねて皿にのせてやる。

アマンダおばが軽やかに朝食の間に入ってくると、ジュリアンのけわしい表情がやわらいだ。

「ジュリアン、よく帰ってきてくれました。あなたが戻ったとエマが教えてくれたのよ。あの子をあんなに怒らせるなんて、あなた、何を言ったの？」

「ブレイクリー子爵と付き合うなと言ったんです。おばさまはお元気そうですね」たくみに話題を変えてジュリアンは言った。「わたしのはねっ返りの妹に手を焼かれたのでなければいいのですが」

「とんでもない！　エマは優しくて愛らしいレディですよ。おかげでわたしも若返った気分だわ」アマンダはそこで間を置いた。「ブレイクリー子爵のどこが気に入らないの？　わたしたちには親切できっぷのいい青年ですよ。あなたの留守中、お供をしてくれてとてもありがたかったわ。シンジンが彼に頼んだのだそうよ。あなたがロンドンを離れているあいだ、エマをしっかり見守ってほしいと。あのかわいい好青年はそのとおりにしてくれましたよ」

「同じブレイクリー卿の話をしているんでしょうか？」ジュリアンはあきれ顔で尋ねた。「ブレイクリーとシンジンは似た者同士です」

「シンジンは心を入れかえたじゃありませんか。ルディがそうなってもおかしくありませんよ」アマンダは言葉を返した。

「ですが、わたしが家にいる今は、ブレイクリーのお供はいりません」

「はいはい、何でも仰せのとおりにいたしましょう、ジュリアン」アマンダは無邪気に目をしばたたかせた。

ジュリアンが朝食をすませるあいだ、アマンダは他愛ないことを話していた。ジュリアンは話半分に聞きながら、ウィリアム・ランドールと話し合うべきことを考えていた。今回の捜査について、のちほど報告に行くつもりだった。

ジュリアンは朝食の間を出ると、まっすぐ書斎に向かった。ソーントン・ホールの領地管理人が提出した報告書をじっくり見ていく。あそこは何もかもきちんとしているようだ。ほかの領地もよくやっている。株式報告書にも目を通し、投資が儲《もう》けを出しているとわかってうれしかった。おしなべてソーントン家の財産は順調に増えている。

昼食後に馬車を用意させ、ランドールへの報告に出向いた。しばらく待たされたあと、ランドールの執務室に通された。

「マンスフィールド卿」ランドールは温かく迎えた。「きみに何かあったのではないかと危ぶみ始めていたところだよ。座りたまえ。きみの報告をぜひ聞きたいものだ。ブランデーでもどうかな?」

ジュリアンはうなずいた。ランドールはふたつのグラスにブランデーをつぎ、ひとつをジュリアンに渡した。ジュリアンは琥珀《こはく》色の液体をグラスのなかで揺らし、それからいっきに飲みほした。こうして元気づけをしたあと、報告に入った。

「密輸人たちは極秘情報に近づけるんですよ、閣下。密偵の潜入を見越していましたからね。わたしは村人たちと密輸品の荷積みをしているときに気づかれ、つかまって、船に連れていかれたんです。ジャッカルはあの場にいました。その姿をわたしも見たのですが、はっきり誰とは突き止められなかった。しかし、これだけはわかっています。あの男は政府の要人です。われわれの計画にも通じています」

ランドールは座ったまま、身を乗り出した。「ジャッカルが誰だかわからなかったと言うんだな？」

「あたりは暗く、あの男の顔は影になっていましたからね。わたしは逃げようとして傷を負い、意識を失ったまま乗船させられた。ジャッカルはあそこにわたしがいることを知っていたのです。密輸団をコーンウォールで待ち伏せしているものたちがいることも。連中はいつもの引き渡し場所を迂回《うかい》し、スコットランドのダンフリーズの近くにあるさびれた浜で密輸品を下ろしました」

「よくぞ生き延びて報告に来てくれた。しかし、どうやって脱出したんだね？　それに、この数週間どこにいた？」

「船の積み荷を陸揚げし終える前、わたしはソルウェー湾に飛びこんだのです。そのとき、弾を一、二発、食らいました。あとのことはよく覚えていませんが、気がつくとロマの馬車のなかにいました」

「ロマの馬車」ランドールはいかにも好奇心たっぷりにその言葉を繰り返した。

「ええ。ロマの女性のひとりが浜でわたしを見つけて、野営地まで運んでくれたのです。そこにいた老女が傷の手当てをしてくれました。彼女は命の恩人ですよ。わたしは傷が癒えるまでロマの人たちのところにいました」

「ジャッカルはきみが海の藻屑《もくず》と消えたと思っているだろうか？」

「わかりません。ロマの野営地に手下を送りこんでわたしを捜させましたが、ロマの人たちがわたしをかくまってくれました。こうしてロンドンに戻った以上は、われわれのなかにひそむ裏切り者を見つけ出すつもりです。政府が手にすべき正当な利益を横取りし、大儲けしている男を」

　世界最大の貿易国になることが英国の目指すべき道だとランドールは信じている。わが国がその目標を達成するまで何物にも邪魔されたくないはずだ。そのあたりを強調すれば、捜査の続行を許可してくれるだろうと、ジュリアンは期待をかけていた。

「スコルピオンの正体が知られたか」ランドールは考え深げにつぶやいた。「このまま捜査を続ければ、きみの命が大変な危険にさらされる。ジャッカルの件は別の人間に当たらせよう」

「いいえ！」ジュリアンは反論した。「わたしの身に起きたことをご存じでしょう、閣下。ジャッカルはわたしのいいなずけを殺しました。あの馬車の事故で死ぬことになっていたのはこのわたしです。ジャッカルがわたしの正体に気づいているのは間違いありませんが、だからこそ、わたしが捜査を続けるべきです。今後はいっそう用心します。ロンドンにわたしがいれば、ジャッカルを隠れ家からおびき出せるでしょう」

「どうかな」ランドールは疑わしげに言った。「そのやり方はあまりにも危険すぎる。きみのことがますます気に入ってきたところなんだよ、ジュリアン」

「わたしは死ぬつもりなどありません」ジュリアンはそっけなく言った。「しかし、ジャッカルをとらえることのほうがこの命より大事です。そこで、計画があります。わたしはどんな催しにも出るつもりです。公私を問わずあらゆる行事に。要するにおとりになるわけです。ジャッカルはもう一度、わたしの命をねらいに来るでしょう。今度はわたしも心の準備ができている。傷つくいいなずけもいない。妹ならいますが、あの子はスコットランドのシンジンのもとにあずけることもできます」

　ランドールは顎《あご》をなでながらじっと考えこんでいる。ジュリアンは椅子《いす》の端に腰かけ、ランドールの決断を待った。

「ジャッカルをとめなくてはな」ランドールはきっぱりと言った。「きみの当初の調べで、政府に入る税金をかすめ取る計画が明らかになったものの、密輸組織の実体にはそのときから少しも近づいていない」

「ええ、閣下、まったく同感です。捜査を続ける許可をいただけますか?」

「よろしい。これほど不承不承出す許可もあるまいがね。われわれのなかに裏切り者がいると信じているのなら、きみがここでわたしと連絡を取るのはまずい。会う必要があるときは、わたしの家のほうに伝言をよこしてくれたまえ」

ジュリアンは立ち上がった。「かしこまりました、閣下。神のご加護があれば、今度お会いするときは、わたしがジャッカルの首根っこを押さえていますよ」

ジュリアンは考えに沈みながら家に戻った。この捜査を続けるために、今晩からずっとエマに付き添い、恒例の社交場めぐりをするのが得策かどうか。ジュリアンが客間に入っていくと、驚いたことに、エマとアマンダおばがブレイクリー子爵とお茶を飲んでいた。

「マンスフィールド卿」ルディは立ち上がってジュリアンに挨拶《あいさつ》した。「あなたがお戻りになったと、エマが今話してくれたところです。シンジンにも会われたそうですね。グレンモアの領主はどんな様子ですか?」

「シンジンは元気そうだ」ジュリアンはエマに目をやった。「ところで、レディ・エマをしばらくのあいだ、スコットランドに行かせようかと思っている」

「ジュリアン!」エマが声をあげた。「この時期に? それはどうかしら。数カ月後にシンジンとクリスティを訪ねるのなら、喜んで行かせてもらうけど、今は遠慮させていただきたいわ」

「考えておこう」ジュリアンは言葉をにごした。

彼は空いている椅子に座った。エマがお茶をつぎ、カップをさし出して言う。「ルディが今夜、ウェクシンガム邸の大夜会にお供してくれることになっているの。かまわないでしょう?」

「ブレイクリー卿のお供は必要ない」エマのことで決心がつき、ジュリアンは固い口調で言った。「わたしがここにいるのだから、社交の催しにはすべてわたしが付き添う」

エマが不満そうな視線を送ってきたが、ジュリアンはあっさり無視した。

「会場でお会いしましょうね、ルディ」エマは言った。

「ええ、必ず」ルディが応じた。

ジュリアンはいきなり立ち上がった。「わたしの書斎で少し話したいんだが、よろしいかな? ブレイクリー」

ルディは聞いただけで命令かどうかの区別ができる男のようだ。「もちろんです、マンスフィールド卿」

「ジュリアンがルディに失礼なことを言わなければいいけど」ふたりの男性が廊下の先に消えると、エマはアマンダおばにつぶやいた。「ルディはほんとうに優しくて親切な方よ。改心する前のシンジンは懲りないならず者だったけど、ルディは全然違うわ」

「ブレイクリー卿はあなたに求婚しているの？　エマ」アマンダはきいた。「わたしにはそんなふうに見えるけれども、もちろん、あの青年の求婚を許すかどうか、最後に決めるのはジュリアンですからね」

エマは頰《ほお》を染め、目をそらした。「わたしは……ルディを憎からず思っているわ、おばさま。彼もわたしを好いてくれていると思うの。だからって、ふたりに将来があるかどうかとか、そういう話はひと言もしていないけど。ルディは歳が上すぎるとジュリアンは言うでしょうね。でも、六つも離れていないのよ。ルディはお父さまの爵位とかなりの財産を継ぐことになっているのだし、反対されるような人じゃないのに」

「それはジュリアンが決めることですよ」アマンダは答えた。


エマの求婚者になるかもしれない男性は今、ブランデーグラス越しにジュリアンと向き合っていた。ジュリアンもグラスの縁《ふち》越しに彼を見ていた。ブレイクリーのどこが若い娘を振り向かせるのか、一目瞭然《りょうぜん》だ。美男で人好きがするし、礼儀作法も申し分ない。だが、ブレイクリーが女たらしで大酒飲みで博打好きだということを、必ずしもその順番どおりではないにせよ、ジュリアンはよく知っていた。エマをブレイクリーのやくざな魅力のえじきにさせるわけにはいかない。

「はっきり言ってくれ、わたしの妹をどうするつもりだ?」ジュリアンはずばり核心を突いて問いただした。

ブレイクリーは茶色い目を見開き、もう少しでグラスを手から落とすところだった。

「レディ・エマに不品行を働いているとおっしゃるんですか? マンスフィールド卿」

「きみの評判はよく知っているよ、ブレイクリー。エマは汚《け》れ《が》を知らない娘だ。あの子を守るのがわたしの務めなのでね」

「レディ・エマをぼくから守る必要はありませんよ、閣下。あの方を心から慕っています。求婚の許しをいただけないでしょうか」

「絶対にだめだ」ジュリアンはかみつかんばかりに言った。「きみはわたしの留守中にあの子にうまく取り入ったようだが、このままにしておくつもりはない。きみの注目を喜ぶレディはきっとほかにもいるだろう」

「そうだとしても、閣下、ぼくが求婚したい女性はエマだけです」

「許しは出さないでおこう」ジュリアンの声はきつくなった。「では、よければこれで。用事がある」

ルディはジュリアンを冷たい目でにらみつけ、ぎこちなく立ち上がった。「ぼくはあなたに負けないほど意志の強い男ですよ、マンスフィールド卿。シンジンは変わりました。どうしてぼくが変われないと思うんですか?」

ジュリアンが返事を思いつかないうちに彼は去っていた。

ブレイクリーが閉めて出ていったドアをジュリアンはひとしきり、考え深げに見つめていた。エマはいやがるだろうが、あの無鉄砲な性格がもたらす危険から彼女を守ってやらなくては。きびしすぎる、頑固すぎると妹に思われていることは承知の上だ。心というものがないと一度ならず責められたこともある。ある意味ではそのとおりだ。

心ある人間なら、自分が純潔を奪うまで男を知らなかった女性を置き去りにするだろうか? いや、そんなことはしない。ララは未経験だった。それなのにわたしは欲望に駆られ、なりふりかまわず愛し合った。毎晩、毎晩、彼女を抱き、癒されることのない飢えを満たそうとした。今でもララがほしい。彼女を手放したのは、ダイアナを失ったときと同じくらいに苦しかった。

ときどき、ふとしたおりに思うことがある。ダイアナとは幸せな結婚生活を送れただろうかと。彼女ならりっぱな伯爵夫人になったはずだ。しとやかで気品があり、彼が妻に望むものをすべて備えている。伯爵の妻にふさわしい女性だ。

ジュリアンが女性の情熱を知ったのは、ひとりの美しいロマの女と出会い、寝床をともにするようになってからだ。ダイアナ亡きあと、愛人を持つこともあったが、彼の情熱をあれほどかき立てる女性はひとりもいなかった。みな、体の欲求を満たすためのはけ口でしかなく、ことがすめば、すぐに忘れた。一方、ララの情熱は偽りではなく、それを彼女は惜しげもなく自分に捧《ささ》げてくれた。

しかし、ララはロマだ。ジュリアンは自分に念を押した。伯爵の妻の座にはおさまり切れない。いくら美しく、魅力的であろうと。社交界は彼女を受け入れないだろう。村八分にされた伯爵夫人として、ララはみじめな思いをすることになる。上流社会のしきたりに縛られ、あの自由気ままな精神もかれ果ててしまうに違いない。

奔放に踊るララの姿を思い出すと、心が揺さぶられた。血をたぎらせ、目を奪うほどの情熱にあふれ、ロマの旋律に合わせて踊るこがね色のしなやかな体が今も生き生きと浮かんでくる。ララが別の男のものになると思っただけでジュリアンは耐えられなかった。しかし残念ながら、家族と国に対する責任がある以上、ララ自身の贈り物をいつまでも受け取ることはできないのだ。

エマがノックもせずにドアから飛びこんできて、ジュリアンの物思いをさえぎった。

「ルディに何を言ったの？　困った様子でここを出ていったわ。言っておきますけどね、ジュリアン、大兄さまのせいで彼とのことがだめになったら、一生許さないわよ」

ジュリアンは疲れたため息をもらした。人生とはややこしいものだ。一家の長である彼の責任は大きい。多くの人たちから当てにされている。もう一度ドラゴになってロマの素朴な生活に戻りたいくらいだ。

「おまえはまだ若いんだ、エマ。ブレイクリーよりもっといい相手を貴族のなかから選べるだろう。では、夕食の席でまた」それ以上取り合わない言い方をした。

エマがドアを勢いよく閉める音が聞こえたとき、ジュリアンはすでに帳簿の山と格闘していた。

その夜は気まずい夕食になった。エマは頭から湯気が出そうなほど腹を立て、アマンダおばはジュリアンの横暴なやり方を無言で責めている。どちらの態度もジュリアンの神経を逆なでした。彼はデザートを待たずに席を外した。自室をうろつくうちに、今夜の社交行事に備えて着替えをする時間になった。

結局、大夜会はジュリアンにとって退屈なうえ、時間のむだでしかないとわかった。同輩のなかから裏切り者を嗅《か》ぎ出そうとしているあいだに、エマはルディとともに庭園のなかへ消えてしまった。その夜はなんの収穫もなく、命をねらわれるようなこともなかった。すぐに何かが起こると期待するほうが間違いなのかもしれない。ジュリアンはいらだった。エマの扱い方を完全に間違えていることもわかっていたが、それを正そうにも、ブレイクリーの求婚を認める以外になんの手立ても思いつかない。

次の数週間は社交行事で忙しく過ごした。ジュリアンは有力な容疑者とおぼしき面々と旧交を温める一方で、エマにも目を光らせていた。驚いたことに、エマはルディ・ブレイクリーに本気で夢中になっているようだった。

ジュリアンは愛人をつくろうかとも思ったが、すぐにその考えを捨てた。今の状態では愛人に注ぐ時間も元気もない。しかも、ララのあと、別の相手と寝床をともにする気にはなれない。あのロマ娘のせいで、ほかの女性との機会も失われてしまったわけだ。彼女にかけられた魔法を解くことはできそうになかった。


ジュリアンがロンドンに戻って一カ月が過ぎたころ、エマが朝食の席で、その夜に出かける舞踏会でスタンホープ伯爵の娘が社交界入りするという話をした。

「スタンホープ卿のご令嬢をよく知っているのか？」ジュリアンは朝刊を読みながら質問した。

「お会いしたことはないの。スタンホープ卿にお嬢さんがいることさえ、ほとんどの人が知らなかったんですもの。今回、お披露目の舞踏会に貴族が招待されて初めてわかったようなものよ。今まで田舎のお屋敷にいたんじゃないかしら」

「ふうん」ジュリアンはつぶやいた。退屈な夜になりそうだが、観念して出向くしかなさそうだ。つくり笑いを浮かべた若い女性と、鵜《う》の目鷹《たか》の目で自分の娘にふさわしい夫を捜そうとしている母親がうようよしていることだろう。スタンホープ伯爵の娘とやらも、きっと似たようなものに違いない。

豪奢《ごうしゃ》なスタンホープ邸はハイドパークのパークレーン側にある。ジュリアンは屋敷の舞踏室に入っていった。名士の客たちを順番に下ろす馬車の列が続いたため、ジュリアンが到着したころには舞踏室は人であふれていた。

スタンホープ卿とは面識があるが、人混みのなかに彼の姿は見当たらない。ジュリアンはさらに奥へ進み、貴族仲間に加わった。エマとアマンダは女性の知り合いがいるほうへ歩いていった。つまらない会話にうんざりして、ジュリアンは気晴らしを探しに行った。一組の男女を大勢の人が取り囲んでいる。興味を引かれ、そちらに足を向けた。人垣の端に立ち、首を伸ばしたとき、ふと奇妙な興奮に体がざわめいた。

スタンホープ卿が人の輪のまんなかにたたずみ、となりにいる女性に喜びにあふれた視線を向けている。ジュリアンから女性の顔は見えなかったが、曲線美の小柄な体にまとった銀色のまばゆいドレスが、黒みがかった髪とこがね色の肌を引き立てている。ジュリアンはぞくっとしてうなじの毛が逆立った。その若い女性は顔を上げ、取り巻きのひとりに笑顔を向けた。ジュリアンは思わずあえいだ。誰かにみぞおちを殴られた気分だった。それも、したたかに。

ララ。運命の手に引かれたかのように、ララは大勢の人の輪の外にいる彼を見つけた。ふたりの視線がぶつかり、絡み合う。ここで会うとは思っていなかったのだろう。ララの顔から血の気が引き、目がこれ以上はないほど大きく見開かれた。

いったいララはこんなところで何をしているんだ？　スタンホープ卿といっしょに。ジュリアンはいぶかり、軽蔑《けいべつ》まじりに考えた。炎のようなロマのいたずら娘はロンドンまで彼を追ってきて、パトロンをひとり見つけたようだ。男やもめのスタンホープ卿はいいかもだったのだろう。卿の亡くなった夫人を覚えているものすらいないし、その夫人とのあいだに生まれた娘は、いちばん高い値をつけた相手に間もなく売りに出される。

ああ、なんたることだ！　よくもこんな！　ララが寝床から寝床に移るのに時間はかからなかったらしい。情熱を教えたのはわたしだ。ララはその教えをよく身につけた。それにしてもなぜロンドンまで来て別の愛人を捜したのか？　ロンドはいい相手ではなかったのか？

ララの膝《ひざ》は震えていた。父親の支えがなければ、いちばん近くの出口へと走り出していただろう。この世界の大仰さと虚飾がいやでたまらない。男性が彼女の注意を引こうとするのは好奇心からで、自分の妻にと考えているのではない。扇の陰で母親たちが交わすひそひそ話は、浅黒い肌や風変わりな目のことを話題にしているに違いない。ララと同世代の若いレディたちでさえ、足元のほこりか何かを見るような目つきでこちらを見ている。

夫を得られるだけの持参金が自分にたっぷりあることはララにもわかっていた。けれどもララに求婚するのは、ロマの血が半分入った妻をめとるしかないほどお金に困っている男性だけだ。かわいそうなお父さま。ララは胸のうちで嘆いた。わたしという娘にこんなに高い望みをかけて。ここにいる気取り屋のひとりと結婚しなければ、さぞがっかりするだろう。でも、わたしの決心は変わらない。ドラゴ以外、誰もほしくない。

ドレスを褒めてくれたデンビー卿にララは礼儀正しい笑みを向けた。まわりの人たちがみんな消えてしまえばいいのに。むなしいお世辞はしらけるだけだ。

ふと、背中に一筋の不安が這《は》い上がり、集まった花婿候補者の顔を恐る恐る見まわした。その目が暗く謎《なぞ》めいた瞳をとらえた。二度と会うことはないとあきらめていた男性の瞳。そのまなざしの強さにララはまたも足がなえそうになり、思わず父親の腕にすがった。

「ララ、具合でも悪いのかね？」もたれかかるララの体を支えながらスタンホープ卿がきいた。

「人いきれでちょっとふらついただけよ、お父さま」ララはささやいた。「化粧室に行かせてもらってもいいかしら？」

「もちろんだよ。わたしがついていってあげよう」

スタンホープ卿はたくみにその場を辞し、舞踏室と取り巻きの群から離れていった。

「大人気じゃないか、ララ」スタンホープ卿は満足そうに言った。「若い男たちはみな、おまえの足元にひれ伏さんばかりだ。わたしも大いに楽しみだよ、娘や。社交界はおまえを喜んで迎えるだろう」

社交界などどうでもいいのに、とララは思った。父親を失望させるのはつらいが、あの若い賛美者たちの頭に結婚の二文字はない。妻ではなく愛人にどうかと興味本位で見ていることがわからないほど、彼女は世間知らずではなかった。そのことが、どうして父にはわからないのだろう。

取り巻きの頭越しにドラゴと視線がぶつかったとき、ララは板壁のなかにもぐりこみたくなった。彼は驚きと怒りの表情を浮かべていたが、ララに腹を立てる筋合いではないはずだ。彼がなんの後ろめたさも悔いもなく出ていったあと、苦しんだのはこちらのほうなのだから。

けれどもあのりりしい姿から目をそらすのは一苦労だった。ドラゴは高価な仕立物の夜会服を着ていた。薄い青のサテンの上着、銀色のチョッキ、灰色のズボン、白い長靴下。革靴の留め具にはダイヤとおぼしき石がたっぷり散りばめられていた。ドラゴを思い出させるものは何ひとつなかった。真夜中の空の色をしたあのまぶしい瞳以外には。

「わたしはここで待っていよう」化粧室に着くと、スタンホープ卿は言った。

「いいえ、お父さま、先にお客さまたちのところに戻って。わたしはひと息ついてから お父さまを捜すわ。少し落ち着いてから。だって何もかも初めてなんですもの」

スタンホープ卿は娘の額にキスをした。「娘や、おまえが誇らしいよ。美しかったおまえの母親に生き写しだ。おまえがいると知っていれば、セレナと結婚しておまえたちふたりといっしょに暮らしたものを。おまえの母親が亡くなる前に正しいことができなかったわたしをどうか許しておくれ」

「お母さんとの暮らしは楽しかったし、なんの不自由もなかったわ。わたしが十三になるまでお父さまが知らずにいたのは、お母さんのせいでもあるのだから、そんなに自分を責めないで」

スタンホープ卿はほほ笑んだ。「今までの償いを全部させてもらうよ。おまえにうっとりしているあの若者たちのなかに、きっとふさわしい相手がいるはずだ。あまり長く待たせないように。みなが寂しがるからね」

ララは化粧室にそっと入っていった。ほっとしたことに、なかには誰もいない。彼女から見れば、ふさわしい男性はただひとり、ドラゴだけだ。その彼はララを求めていない。

化粧室にこれ以上はむりだというほど長く隠れていてから、ララはそろりとドアを開け、廊下に出た。

「そろそろだと思ったよ」聞き覚えのある声が物憂げに言った。「話がある」

「ドラゴ」

「ああ、わたしの奔放なロマ娘」彼はララの腕をつかみ、廊下の反対側のフランスドアまで引っぱっていった。開け放たれたドアを出て庭にララを連れ出すと、甘く香る花々のあいだを通り、生け垣の迷路を抜けていく。月光を浴びているあずまやに着くとようやく足をとめた。

ジュリアンは荒々しくララを自分のほうに向かせた。「いったいロンドンで何をしている？　わたしをここまで追ってきたのか？」

ララは自分の耳が信じられなかった。彼の言いがかりに怒りがこみ上げる。わたしを見捨てたくせに、どうしてそんなに腹を立てるの？　目で人が殺せるものなら、ドラゴはすでにあの世に行っていただろう。

8

「よくもこんな乱暴を！」ララは大声で言った。

「まだ手ぬるいくらいだ」ジュリアンはうなるように言った。「なぜロンドンまで追ってくるような愚かなまねをした？　だが新しいパトロンを見つけるのに時間はかからなかったようだな」

ララは開いた口がふさがらなかった。ドラゴの言いがかりに、怒りが爆発しそうになる。ララは彼の手を振りほどき、歩き去ろうとした。だが、そうはいかなかった。またもやドラゴに腕をつかまれ、ぐいと引き寄せられてしまったのだ。

「スタンホープは年輩だ。きみは枯れたほうが好みなのか？」

「なんて無礼な人」ララはかっとなって言い返した。ドラゴを舞踏会で見つけただけでも充分な衝撃だというのに、品のない娼婦《しょうふ》でもあるかのように侮辱されるとは。彼は何者なの？　なぜここにいるの？　どうやって招待状を手に入れたの？　りっぱな貴族のなりをして、この人はばかなふるまいばかりしている。

もう我慢できない。ララは腕を振り上げ、ドラゴの顔を平手打ちにした。

「あっちに行って、ドラゴ。わたしのことなど何も知らないくせに。どうしようとわたしの勝手でしょう？　あなたはわたしを置き去りにしたのよ。別れたあとの数週間、わたしのことを一度でも考えたことがあったの？　あなたが何者なのか、どうやってスタンホープ卿《きょう》の催しの招待状を手に入れたのか知らないけれど、おとなしく帰ったほうが身のためよ。でないと従僕を呼んであなたを追い出させるわよ」

ララの手がしびれていることからして、さっきの一発はこたえたはずだが、ドラゴは顎《あご》を少し引きつらせている以外、痛そうなそぶりすら見せなかった。

「もう二度とこんなことはするんじゃない」ジュリアンは歯ぎしりするように言った。「ララ、いったい何があったんだ？　わたしが去ったとき、きみはふしだらな女ではなかった。寝床に男なしではいられなくなったのか？　きみがロンドになびかなかったとは驚きだ」彼の目がすぼまった。「それともなびいたのか？　あるいは、欲が出てもっと上をねらうことにしたのか？　スタンホープは裕福な男やもめということだが、きみとは結婚しないだろうよ、じゃじゃ馬娘。伯爵は対等な身分の妻を捜すものだ」

「あきれてものが言えないわ、ドラゴ。わたしに謝るべきよ」

正気を疑うような目でドラゴがじっと見ている。「何を謝らなくてはいけない？」

「たくさんありすぎて並べられないくらいよ。ひとつは、わたしを娼婦呼ばわりしたこと。もうひとつはあなたを追ってロンドンまで来たという言いがかりよ。わたしのことを気にもかけていない男を追いかけようなんて、思いもしなかったわ」

「では、ロンドンで何をしているのか言ってくれ」

「こんな話はもううんざりだわ。横柄で思い上がった頑固者を上流社会から閉め出す法律があればいいのに。では、失礼するわ。早く舞踏室に戻らないと、スタンホープ卿がわたしを捜しに来るわ」

「だったら捜させておけばいい」ドラゴはうなるように言い、ララにまわした腕に力をこめた。「わたしたちのあいだがどうだったか思い出させてやろうか？　本物の男とのキスがどんなものか、ここで少し味わいたくないか？」

動揺のあまりララの体が震えた。ドラゴにキスされたら、それだけで終わりにする意志が自分にないのはわかっている。それにあのドラゴなら、キスだけで終わらせはしないだろう。優雅な身なりのこの紳士は見知らぬ男だ。ドラゴに似ていても、肝心なところが少しもドラゴらしくない。この人のふるまいは彼女が知っているドラゴよりも高飛車で横暴だ。

「キスしてくれ、ララ」

「いやよ！　知らない人になんか」

彼は獣めいた笑みを浮かべた。「知っているじゃないか、ララ。わたしのキスも知っているはずだ。わたしはきみにそそられ、理性も何も働かなくなる」

彼の唇が乱暴に重なった。むごいとも言えるほどに激しいキスだ。まるで、ロンドンに現われて人生をややこしくするララを罰するかのように。キスは果てしなく続いた。やがてララの口が彼の下でやわらぐと、優しく説き伏せるキスに変わった。ロマの野営地にいたあのドラゴをまさに思わせるような。彼の片手がララの胸を探った。そっとつかみ、親指の腹で頂をいたぶる。ララの口からうめき声がもれた。唐突に彼は口を離し、胸から手を引っこめた。そしてララを腕の長さいっぱいに遠ざけ、体が溶けそうなほど熱心なまなざしを注いだ。

「自分の仲間のところへ戻るんだ、ララ」彼は強い口調になった。「きみにかまっている時間はない」

「あなたを追ってロンドンに来たんじゃないのよ、ドラゴ。だから安心して。あなたがロマの女を妻にしたがらないのははっきりわかっているから。ところで、ロンドンではどんな名前を使っているの？　わたしがつけた名前じゃないでしょうね。ドラゴはロマの名前よ。今のあなたはどう見てもロマらしくないわ。どんな悪事に巻きこまれているの？　敵にはまだ見つかっていないの？」

「何も言うつもりはないよ、ララ。ロンドンを去るように頼む以外には」

「わたしは自分の好きなようにするわ」ララは言い返した。

「すると、スタンホープの愛人でいるつもりなのか？」

「地獄に行くといいわ、ドラゴ！」

黒い瞳《ひとみ》に怒りをたぎらせ、くるりと身をひるがえすと、ララはドラゴを闇《やみ》のなかに置き去りにした。なぜ彼は、あんなにわたしを傷つけることばかり言わなくてはならないの？　今夜、初めてドラゴを見かけたとき、ララの胸は興奮に高鳴った。それなのに、愛する男性からこういう反応が返ってくるとは思いもしなかった。


ジュリアンは馬に踏みつけられたような気分だった。レディらしい装いで社交界に溶けこんでいるララを見たときは度胆を抜かれた。戸惑い、まごついた。銀色に輝く姿が今も目の前でちらつく。ジュリアンは首を振り、その残像を消そうとした。優美な髪型やドレスの貴婦人は彼の知るララではない。

彼女の新しい姿よりも、思い出に残る姿のほうがいい。こがね色の長い手足で森の妖精《ようせい》のように踊り、奔放な愛を交わすじゃじゃ馬娘のほうが。記憶にあるララは炎と誘惑のかたまりだった。聖人をもそそのかすあの体には、無垢《むく》な乙女と妖婦《ようふ》の魅力が両方隠れている。スタンホープ卿から彼女を引き離し、自分だけのものにしたい。だが、重要な任務がある以上、女性に深入りしてはいられないのだ。

ジュリアンは大股《おおまた》で屋敷のなかに戻った。一晩でこれだけ驚かされれば充分だ。エマとアマンダおばを見つけしだい、帰ることにしよう。だが、舞踏室に入ったとたん、その予定が狂った。部屋の向こう側からスタンホープ卿に呼び止められたのだ。

「おや、マンスフィールド、今夜はよく来てくださった。わたしの娘にはまだ会っておられないだろう。さっきまでここにいたんだが」彼はジュリアンの腕に手をかけた。

「ぜひご紹介したい。この人混みのどこかにいるはずだ」

ジュリアンは愛想よくしながら、心のなかでののしりの言葉をつぶやいた。スタンホープの気分を害したくはないが、年頃《としごろ》の令嬢に会いたいとは思わない。頭の空っぽな青白いお嬢さん方を彼はもう充分見てきた。結婚の意志がない以上、今さらなんの興味もわかない。とはいえ、無礼なまねは彼の流儀に反するので、スタンホープに導かれるままに、卿の娘に会うことにした。

「おお、あそこにいた」スタンホープは顔を輝かせ、若い男女が集まっているあたりをあいまいに示した。

ララがその一団のそばに立っているのを見て、ジュリアンはげんなりした。また顔を合わせるのはごめんだ。まして、スタンホープがそばにいるときは。この男がララと寝床をともにしていると思うと、わけもなく荒々しい嫉妬《しっと》がこみ上げる。ロマの人たちのところにいるあいだにララと分かち合った情熱はそのときかぎりのもので、生涯の結びつきではなかったのだから、お門違いな感情だとわかってはいるのだが。

ジュリアンの目がララに釘《くぎ》付けになっているあいだに、スタンホープはララのもとへと彼を連れていってしまった。

「ララ、マンスフィールド伯爵ジュリアン・ソーントンを紹介しよう。こちらがレディ・ララ、わたしの美しい娘だよ」

スタンホープの言葉がジュリアンの頭のなかではじけた。わたしのロマの愛人が伯爵の娘？　まさか！　伯爵令嬢を汚《けが》してしまったのか？　ララが唖然《あぜん》とした表情でこちらを見ているが、自分もきっとララと同じくらい唖然とした顔をしているに違いない。なぜ伯爵令嬢がロマの人たちと暮らしていたのだろう？　わけがわからないことだらけだったが、ジュリアンはようやくいつもの申し分ない礼儀正しさを取り戻し、ララの繊細な手をとって頭を下げ、適当な挨拶《あいさつ》の言葉をつぶやいた。

ジュリアンの目には、ララ以外、ほかの誰《だれ》も見えなくなっていた。自分はこの女性を寝床に連れていき、そして置き去りにした。伯爵の娘がそういう仕打ちをされていいわけがない。ジュリアンの胸に無念さがこみ上げた。なぜララは自分のほんとうの身分を話さなかったのだろう？　いや、自分も同じような隠し事をしていたではないか。彼女を非難することはできない。だが、そうせずにはいられなかった。

ジュリアンが人生に課してきた厳格な道徳律がここで醜い鎌首《かまくび》をもたげ、己の義務がどこにあるかを思い出させた。伯爵の娘を汚して、それですますことはできない。何をなすべきかはわかっている。進んでその犠牲を払わなければならない。

ララの取り巻きのひとりが彼女の手を引き、立食のテーブルに連れていった。残されたジュリアンは世の中が崩れ去ったばかりのような気分になっていた。

「すばらしい子だろう?」スタンホープが自慢した。「数年前、ララの祖父母が連れてくるまでは、自分に娘がいることも知らなかったのだよ。あの子の母親はロマだ。この世のものとも思えないほど美しい女性だった。知り合って間《ま》もなく、彼女はわたしの前から姿を消してしまって、以来一度も会うことはなかったよ」彼はため息をついた。「そののちに、わたしも結婚はしたが、妻とのあいだには子供がひとりもできなかった。妻が亡くなったあと、ララがわたしのもとへ来てくれて、急に人生が新しい意味を持つようになったというわけなんだよ」

「幸運でしたね」ジュリアンは乾いた口調で言った。

「そう、とても運がよかった。今はぜひとも、あの子に良縁をと考えているところでね」ジュリアンを品定めの目で見た。「きみは数年前、いいなずけを亡くされたとか。お気の毒なことだ。もう充分喪に服されたことだろう。身を固めて跡取りをもうけようと思ったことはないのかね?」

スタンホープのわかりやすいほのめかしはジュリアンにも伝わった。娘を彼に投げてよこそうとする親はこの伯爵が初めてではない。しかし、今回は事情が違う。今回の相手は知りすぎているほどよく知っている娘だ。スタンホープの誘いを無視するわけにはいかない。

「お許し願えるのであれば、あすの午後、レディ・ララをお訪ねしたいのですが。公園を馬車でひと走りするのに付き合ってくださるかもしれない。二時ではいかがですか？」

「大いにけっこう、マンスフィールド、大いにけっこう」スタンホープの顔は喜びに輝いている。「きみが来ることをララに伝えておこう」

その場を離れながらも、ジュリアンの頭のなかは混乱していた。ロンドンでララと再会し、しかも彼女が伯爵令嬢だと知って、狐《きつね》につままれたような気分だった。まさか伯爵令嬢のお披露目の舞踏会でロマの愛人と出会うことになるとは思ってもみなかった。

「これはマンスフィールド、またお会いできて何よりですよ。さすらいの日々はもうおしまいですか？」

顔見知りのハーリー子爵だった。ジュリアンはおざなりにほほ笑んだ。「わたしも会えて何よりだ、ハーリー。しばらくはこのあたりにいるつもりだよ」

「スタンホープのロマ娘と話していたようですね。すごいべっぴんでしょう？　何年か前に正式な娘にしたということですよ」

「ふむ、そうか」ジュリアンはわざと無表情を保って言った。

「ハリー・リスターとも話していたんですけどね」ハーリーは友人を手招きした。

「持参金はたっぷりあるそうです。しかし、ポケットのなかがいくら空っぽでも、結婚を申しこむ男がいるかどうか、まったくのところ疑問だな」

「ごきげんよう、マンスフィールド」エイボンデール侯爵ハリー・リスターが挨拶した。「いやはや、大変な混みようだね。シンジンからは便りがあるかい？　あの男がスコットランドで田舎暮らしをしている姿なんて、想像もつかないな」

「ハイランドに家族と落ち着いてからは、シンジンはまるで別人だよ」

「今、レディ・ララの話をしていたところなんだ」ハーリーがエイボンデールに耳打ちした。

エイボンデールの口の端が好色そうにゆがんだ。「うん、色っぽいロマ娘だ。今夜の舞踏会に来ている男の半分が愛人にほしいと思い、あとの半分があのこがね色の肌や異国ふうの目、真っ黒な巻き毛におじけづいている。あそこまで毛色が違うと、とてもこの世界には溶けこめまいね」

「寝床にいてくれる分にはかまわないけどな」ハーリーが認めた。声を落としてさらに言う。「ロマの女がどういうふうか話に聞くじゃないか。男好きだとか」

「言葉が過ぎるぞ、ハーリー」ジュリアンは注意した。

「あの娘をかばうわけじゃないでしょうね、マンスフィールド。さては逢《あ》い引きの話でも持ち上がっているのかな。あなたは愛人を持たなくなってかなりたつでしょう。彼女にお熱なら、われわれは遠慮しますよ。あんな生きのいいのはエイボンデールやぼくごときには手に負えないでしょうから。娘を愛人にほしいとき、どうやって親の伯爵に持ちかけるのか教えてくださいよ」

エイボンデールとハーリーはふたりして笑っている。ジュリアンは内心、煮えくり返る思いだった。ララを侮辱するとは！　たしかに彼女はほかとは違うが、今夜ここにいるどの女性よりも美しく生き生きと輝いている。あの黒い瞳の女神に青白い弱さはどこにもない。それに、彼を夫と呼んだ女性でもあるのだ。

「よせ、ハーリー」ジュリアンはわざと手短に言った。「娘を侮辱する言葉がスタンホープ卿の耳に入ったらきみの命はないぞ。いやらしい考えは自分の胸にだけしまっておくんだな。さて、紳士諸君、わたしはこれで失礼させてもらう」

抑え切れないほどの怒りに駆られ、ジュリアンは大股で離れていった。ララがあんなふうに中傷をされるいわれはない。あの男たちに彼女のあら探しをする権利はないのだ。

ジュリアンはエマの姿を捜したが、どこにも見当たらない。アマンダおばは年輩の婦人たちと談笑中だ。そちらのほうへ行きかけたとき、目の隅に青く輝くものが映った。エマが今夜の外出のために選んだドレスの色だ。ジュリアンが振り向いたとき、ちょうどエマは開いたフランスドアから出ていくところだった。いっしょにいるのはブレイクリー子爵らしい。

ののしり言葉を吐き、ジュリアンは急いでふたりのあとを追った。ドアから出ていこうとして、ララと鉢合わせしそうになった。取り巻きのひとりが彼女を庭におびき出して誘惑したのではないかと、ジュリアンは心の隅で思った。ララは世の中のことに関してはうぶだ。男の遊び心を真剣な興味と誤解するかもしれない。ハーリーやエイボンデールと交わした話や、そこここから聞こえる会話の端々からしても、ララが甘い言葉につられ、あとで後悔するようなことになる恐れは充分にある。

「新鮮な空気を吸いに外に出られたのかな、マイ・レディ?」ジュリアンは丁重にきいた。

ララは冷ややかな威厳のある目で見返した。「そうだとしても、閣下にはなんの関係もないと思いますが」

「今夜ここにいる不届きな男のひとりと密会しようなどと考えているのなら、わたしが黙ってはいない。きみは男女の駆け引きのことなど何も知らないだろう」

「そうかしら、閣下?　あなたに会ってからというもの、そういうことについてはずいぶん勉強させていただきましたわ」

　人目を引くのを恐れて、ジュリアンは彼女の腕をつかんでドアの外に押し出した。

「たしかにわたしたちは駆け引きをしていたようだ、ララ」そう言いながら、道の先の蔦《つた》が絡まる茂みの奥に連れていった。「どちらもお互いの肝心な情報を伏せていた。わたしはきみの一族を守るためにしたことだ。きみにはどんな言い訳がある?」

「よく知りもしない男性に自分のことを明かすのは利口ではないからよ。あなたは密輸人かもしれないし、スパイ、諜報員《ちょうほういん》、または……」彼女の目がすぼまり、はっとしたように見開かれた。「そうなのね?　あなたは諜報員なんだわ!」

「静かに、声が大きい。自分で何を言っているのかわかっていないんだろう。お父上の許しを得て、あすきみを訪ねることにした。わたしの馬車で二時に迎えに行く」

「それはどうかしら、閣下。あなたとはどこにも行くつもりがありませんわ。父は、わたしの夫となる人を捜しているのよ。わたしも本気で考えているわ。だからあなたは候補にも入っていません、閣下」

　ジュリアンは容赦ない口調で言った。「わたしはきみを傷物にしたんだ、じゃじゃ馬娘。わたしを候補として考えてもらわなければ」

「そこにいるのはジュリアンなの?」

　ジュリアンはげんなりした。この暗がりでどうしてわかったのか、エマとブレイクリー子爵が彼を見つけ、足早にこちらにやってくる。ジュリアンはララの腕をつかんで逃がさないようにし、振り向いて妹を迎えた。

「おまえを捜していたんだよ、エマ。帰る時間だ」

「あら、ジュリアン、もう?」エマは不満げに言った。「伯爵のお嬢さまにもまだお会いしていないのに」

消え入るような声でララが言った。「ご紹介していただけないかしら、閣下。……お友達を」

ジュリアンはそうするほかなかった。「わたしの妹、レディ・エマをご紹介しよう。エマ、こちらはレディ・ララ、スタンホープ伯爵のご令嬢だ。そしてこちらは」ブレイクリーのほうを示した。「ルドルフ・ブレイクリー子爵」

丁重な挨拶が交わされたあと、ジュリアンは言った。「ブレイクリー、きみはエマをなかに連れていって、レディ・アマンダにそろそろおいとますると知らせてもらえないか?　わたしもすぐ行く」

エマは何か言いたそうな顔をしたが、ジュリアンのきびしい表情にそれだけの説得力があったのだろう。ララに礼儀正しく頭を下げ、ブレイクリーについて屋敷に入っていった。

「すてきな恋人同士ね」ララはあこがれるように言った。「とてもお似合いだわ」

「あのふたりは恋人同士ではない」ジュリアンは強い口調で言った。「ブレイクリー卿はわたしの弟の友人、ただそれだけのことだ。エマはあの男にはもったいない」

「あなたがわたしにはもったいないように？」ララは責めた。「貴族たちになんと言われているか、わたしが知らないとでも思っているの？　目も耳もそれほど不自由じゃないわ。この肌の色や、風変わりな形の目のことでみなが陰口を言っている。わたしは愛人にはちょうどいいけれど、妻にするわけにはいかないと。わたしをロンドンに連れてきて社交生活を送らせるのは間違いだといくら言っても、父はわかってくれなかった。わたしは田舎のほうがずっと楽しいのに。でなければ祖父母といっしょにいるほうが」

自分がララには過ぎた相手だとうぬぼれる男の首をジュリアンはひねってやりたくなったが、自分も同じことを考えていたのを思い出した。

「ララ、もう失礼させてもらうよ。ブレイクリーがエマにまとわりついている。わたしがやめさせないといけない。あす、話をしよう」

「妹さんは自分で物事を決められるくらいのおとなに見えるけれど」ララはエマをかばった。「あなたの目には映らない何かをブレイクリー卿に見て取っているのかもしれないわ」

「おお、そこにいたのか、ララ。おまえがひと息入れにドアから出ていくのを見たのだよ。どうして戻ってこないのかと思ってね」

「お父さま」ララはいとおしげな笑みを向けた。「なかに戻ろうとしたら、ちょうどマンスフィールド卿とばったりお会いして。失礼してもよろしいかしら、閣下」

「どうぞ、マイ・レディ。では、あした」ジュリアンは答えた。

ララが父親の腕に手を添えてドアの向こうに消えるのを見守るあいだ、彼の内側は熱くたぎっていた。もう一度ララにキスしたかった。エマとブレイクリーが邪魔しなければ、そうしていただろう。ララを見ただけでほしくなる。あそこにいる男もみな、同じ気持ちに違いない。そう思うと、はらわたが煮えくり返るようだった。

ジュリアンはエマとアマンダおばを表ドアの外に追い立て、待っている馬車まで行った。そこへブレイクリーがやってきた。

「自分の馬車はないのか、ブレイクリー」ぶっきらぼうにジュリアンはきいた。

「はい、今夜は」ルディはエマに笑顔を向けながら答えた。「途中で下ろしていただけるとありがたいんですが」

「きみの家でか、それともきみの大好きな賭博場《とばくじょう》のひとつでか?」

「ジュリアン、失礼でしょう」エマがたしなめた。「もちろん、家までお送りするわ、ルディ」彼が座れるように席を空けた。ジュリアンが口をはさめないうちにルディはエマのとなりにすべりこんだ。

ジュリアンはぶつくさ言ってからルディの自宅への道順を御者に告げ、アマンダおばのとなりに腰を下ろした。

「わたしの書斎で話したことを覚えているな、ブレイクリー」ジュリアンはぞんざいな口調で言った。

「ええ、もちろん」エマから目を離さずにブレイクリーは答えた。

「大兄さま」ジュリアンの不機嫌な態度が目にあまるようになると、エマが切り出した。「レディ・ララとは前にお会いしたことがあるの？　とても親しそうにお見受けしたけど。何て美しい方。長年、田舎に隠しておくなんて、スタンホープ卿の気が知れないわ」

ジュリアンはひと言も口をきかず、窓の外をにらんでいた。

「彼女はずいぶんひどい陰口を叩《たた》かれていましたね」ルディが話に加わった。「あまりにもエキゾチックな容姿なので、まっとうな女性ではないと思われているようです。男たちは彼女の境遇をいやがり、婦人方は彼女の美しさをねたむ。彼女はロマの血が半分流れているそうですよ」

「そんなひどい噂《うわさ》の的になるなんて恐ろしいことだわ」エマは同情した。「誰か見る目のある人が求婚するといいわね」

「そういうおまえはどうなんだ？　エマ」ジュリアンは妹に矛先を向けた。「何人の求婚を断った？」

「ジュリアン、エマのことで気をもむのはおやめなさい」アマンダが叱《しか》った。「ぴったりの男性が見つかれば、この子が自分で選びますよ」

エマが恥じらうような笑みをブレイクリーに向けると、ジュリアンは気分が悪くなった。ブレイクリーを自宅で下ろしたときは、はためにもわかるほどほっとした顔になっていた。

「では、またあした、レディ・エマ」ジュリアンの冷たい視線もどこ吹く風で、ルディは言った。「新しい馬車に乗ってうかがいますから、公園をひと走りしましょう」

「言わせてもらうと、エマはあす忙しいんだ」ジュリアンは口出しせずにいられなかった。

「いいえ、ちっとも」エマはジュリアンのしかめ面を無視して言った。

「エマ、そんなふうにわたしに逆らわないでもらいたいな」ジュリアンはとがめた。

「大兄さまは堅物すぎるのよ」今度はエマがとがめる。「その場の思いつきで何かをやるってことはないの？　どうしていつもわたしのすることにいちいち目くじらを立てるの？　楽しいから何かをするってこともあるのよ。でも、大兄さまは人生の喜びなんて少しもおわかりにならないのよね？」

エマはわたしのことをほんとうにそんな目で見ているのかとジュリアンはいぶかっ

た。心になんの喜びもなく、きびしいだけの監督者だと思っているのだろうか？　彼にも楽しいときはあったのだ。ダイアナとまだ見ぬわが子が不慮の死を遂げる前は。だが、そのときでさえ、ジュリアンは厳格な親代わりだった。ソーントン家の長として、自分の責任を真剣に受け止めてきた。シンジンがあのとおりの役立たずだったから、一家のことは彼の双肩に重たくのしかかっていたのだ。

ランドール卿がジュリアンを諜報員として雇ったのは、十年も前のことだ。刺激に満ちた諜報活動は若い彼にとって魅力があった。だが、その結果、罪もないふたりの人間が命を奪われた。ふたりの不条理な死のあと、ジュリアンは自分に誓いを立てた。ダイアナを殺した男をとらえたら、もう二度と、愛するものたちの命を危険にさらすまいと。

翌日、ジュリアンはスタンホープ邸訪問に向けて念入りに身繕いした。もみ革色の半ズボン《ブリーチズ》と上着、純白のリネンのシャツ、磨きこまれた長靴《ヘシアンブーツ》といういでたちは、どこから見ても品のいい貴族そのものだ。一時四十五分きっかりに家を出ると、ドアの外で馬車が待っていた。ジュリアンは慣れた手つきで手綱をとり、二頭のそっくりな葦毛《あしげ》の馬を自分で御した。二時ちょうどにスタンホープ邸の私道に着いた。もう一台、馬車が戸口の前でとまっている。ジュリアンは顔をしかめた。ララの出自について陰口を叩いていた青二才のひとりが来ているのでなければいいが。

ジュリアンがドアを叩くと、落ち着き払った執事にすぐに客間へ案内された。ララはソファに座り、読書にふけっていたが、彼が部屋に入っていくと、不快感がはっきりうかがえる顔を上げた。ジュリアンは伏せたまつげの下から彼女を観察した。疲れているのか、目の下の繊細な肌に薄紫色のくまができている。口元もかつて見たことがないほどこわばっている。

ジュリアンは部屋を見まわし、訪問者がほかにいないと知って喜んだ。あの馬車はスタンホープ卿の客のものに違いない。

「馬車でまいりましたよ、レディ・ララ」ジュリアンは言った。「お疲れのようだ。公園を馬車でひと走りすればいい気晴らしになる。ごいっしょしていただけますね？」

長く黒いまつげのせいでララの気分を読み取るのはむずかしいが、彼に会っても少しもうれしくない様子だ。

「どこであろうとあなたと出かけるつもりはありません、マンスフィールド卿」ララは冷ややかに答えた。

「ララ、今マンスフィールドを追い払うようなことを言わなかったかね？」スタンホープ卿がきいた。部屋に入ってくるときに、ジュリアンの誘いに対するララの返事が聞こえたらしい。「それはあまりに無礼というものだよ、ララ。具合でも悪いのかい？」

「いいえ、そうではないの、お父さま。ほんとうよ」ララは言った。「ただ、きょうは公園を馬車で走る気分じゃないの」

「わたしがマンスフィールドの訪問を許したのだよ。馬車で出かけるのに付き合うくらいはしてあげなさい。きょうはすばらしい天気だ。外の空気を吸っておいで。その前にマンスフィールドにちょっと話がある。おまえはおるものを取っておいで」

ララはうらめしそうな目でジュリアンを一瞥《いちべつ》してから部屋を出ていった。スタンホープ卿は戸惑った表情でその姿を見送り、顔を曇らせていた。

「あの子の気持ちがわからんよ、マンスフィールド。きみのことがきらいになったらしい」

「そのようですね」ジュリアンは物憂げに言った。

「ララのことが心配だ」スタンホープは打ち明けた。「わたしはあの子がかわいくてしょうがないんだよ、マンスフィールド。それでもこの目は節穴じゃない。ララが昨夜、貴族連中にどんな扱いを受けたかはわかっている。あの子はみなと違いすぎるものだから、まわりは認めてくれない。まったく世の男は宝石が目の前にぶらさがっていてもそうと気づかないらしい。こがね色の肌と異国的な目の向こうにあるものが見えないのだよ」

「お嬢さんの真価がわかるものは必ずいます」ジュリアンはあえて言った。

「きみが訪問の許しを求めたときはうれしかったよ。何せ、訪問の許しを求めてきたのはきみだけだからねえ。ほかの男たちは物欲しそうに見るだけで、ろくなことを考えていない」

「それは思い過ごしでしょう、スタンホープ卿」ジュリアンは気休めを言った。だが、彼の面前でララをばかにしたり、よからぬ了見から言い寄ってくる男がいれば、そいつの生皮をはいでやるつもりだった。

「時間がたてばわかることだろうがね」スタンホープはため息をついた。「さて、わたしは失礼して、お客のところに戻らないと。きみが来たとシムズが知らせてくれたので、席を外してきたのだよ。政府の所用があったのだがね」

ジュリアンは急に興味をかき立てられたが、残念なことに、相手はそれ以上語らなかった。スタンホープはランドールとそれほど親しいわけではないので、疑わしく思う理由は何もない。ただ、彼は議会では有力な人物だ。

「どうぞ、ご遠慮なく。わたしはここでレディ・ララを待たせていただきます。長くはお連れしませんので」

スタンホープは部屋を出ていった。ジュリアンがドアのほうに行き、ひそかに目で追うと、スタンホープは廊下を半分行ったところにある部屋に入っていった。ララはまだ下りてこない。召使いたちも控えていない。一か八かでジュリアンはこっそりと廊下を行き、スタンホープが入っていったドアの前で立ち止まった。

羽目板越しに声がもれてくる。くぐもってはいるが、聞き取れないほどではない。スタンホープの声が言った。

「スコルピオンだと？　許されないな……」スタンホープの声が低くなり、あとのほうはよく聞こえなかった。また声が大きくなると、話の続きが聞こえてきた。「目と耳をよく働かせておこう。そんな危険な男に通りをうろつかれては困るからな」

相手が何か答えたが、低くて耳障りな声であることはわかったものの、誰のものかは不明だった。ジュリアンはそれ以上ここにいる勇気はなかった。スタンホープは密輸人たちとかかわりがあるのだろうか？　どうもそんな感じだ。しかし、結論を早まってはいけない。これからどのような展開になるか様子を見たほうがいい。彼は急いで客間に引き返した。すぐにララがはおりものを手に戻ってきた。

ジュリアンは彼女からケープを受け取り、肩にまわしかけた。

「父はどこかしら？」ララがきいた。

「書斎にお戻りになった。お客さまだそうだ。ちなみにどなたなのか、きみは知っているかな？」ジュリアンは何げなく尋ねた。

「いいえ。お客さまがいらしたとき、わたしは上にいたから」ジュリアンに鋭い視線を向けた。「どうして？　何をたくらんでらっしゃるの？　諜報員のお仕事？　父とは関係ないでしょう？」

「きみは誤解しているよ、ララ」彼女の疑念をやわらげようとしてジュリアンは答えた。「では、行こうか」

「ほんとうにあなたとはどこにも行きたくありません。でも、どうしてもとおっしゃるなら、公園でいっしょに馬車に乗るくらいなら我慢できると思うわ」

ジュリアンは手を貸して彼女を馬車に乗せ、となりの御者席に乗りこんだ。鞭《むち》をひと振りし、馬車を出す。

「わたしたちのあいだでこんな他人行儀はおかしいよ」ララが頑固に前を見つめるわきで、ジュリアンは言った。

ララの暗いまなざしが彼に突き刺さる。「そうかしら？　わたしを置いていったのはあなたでしょう、閣下。わたしをさんざん侮辱したのもあなた。ご自分はロマの女にはもったいないと思ったのでしょう」

顔を赤らめるくらいの羞恥心《しゅうちしん》はジュリアンにもあった。「きみがほんとうのことを話してくれないからだ。ほかにどう考えればよかった？」

「わたしを信じてくれたらよかったのよ。伯爵ならそう言えばよかったのに。ひと言詫《わ》びてくださってもいいのではないかしら」

ジュリアンは歯をかみしめた。たしかに詫びてしかるべきだ。「申し訳ない、ララ。数々の無礼を許してほしい」

「そう簡単に許せるものですか、閣下」ララはつれない言い方をした。「ときがたてば許せるかもしれないけれど。教えて、どうして秘密ばかりなの？　誰があなたの命をねらっているの？」

もしかしたら、それはきみの父親かもしれない、とジュリアンは心のうちでつぶやいた。「誰にも話せないことがあるんだ。自分の家族にさえも」

ララは消え入りそうな笑い声をあげた。「わたしはあなたに愛を捧《ささ》げたわ。純潔も真心も。あなたはそれを受け取った。でも、何も返してはくれなかった。むなしい情熱以外はね」

「むなしい情熱ではないよ、ララ。決してそうじゃない。女性のなかでただきみだけが……」言葉が途切れた。気持ちが入り乱れている今、こういう告白はすべきではない。自分の義務のことなら心得ているが。

「嘘《うそ》はつかないで、ドラゴ。あなたはわたしを見捨てたのよ。わたしが身ごもっていたらどうするつもりだったの？　そこまで考えたことがあった？」

ジュリアンは苦悩の表情を浮かべた。「何だって！　わたしもうかつだった」彼女の顔を探るように見た。「お腹にわたしの子がいるのか？」

「いいえ、幸いなことに。でも、もしそうなら何かが違ってくるとでもいうのかしら？　いいえ、答えないで。わかっているから。何も違いはしない。伯爵は身分が同等の相手と結婚するんですものね」

「事情は変わった。わたしは恥を知る男だ。きみは信じないかもしれないが。伯爵令嬢を汚《けが》した以上、その償いはしなくてはならないと思っている」

ララは目を見張った。「あなたが言おうとしていることは、わたしが思っていることと同じなのかしら。前は妻をほしがらなかったのに、なぜ今になってほしがるの？」

「言ったじゃないか。きみのことを誤解して――」

「ロマだと思っていた、と。でも、この肌の色は変わらないわ。目の形も」

「どうするのがきみにとっていちばんいいか、わたしに判断させてくれ」ジュリアンはさとすように言った。

「何ておこがましい人なの、ドラゴ。わたしは自分で自分の運命に従うわ。あなたは亡くなったいいなずけをまだ愛している。あなたにとって第二の女になるのはいやなのよ」

ジュリアンはけわしい表情になり、馬車を公園に乗り入れた。「わたしの話をきいてくれないか」

「いやよ。どうして銃で二発撃たれてあの浜に流れつくことになったのか、そのわけを話すというなら別だけど」

「話せば長くなる」

「時間はあるわ」

「きみの身の安全を思うと何も言いたくないんだが。わたしにはいろんな顔がある。むろん、マンスフィールド伯爵ではあるが、政府の仕事もしていて、ある重要な任務についているんだ。裏切り者を追っていたが、正体を突き止めないうちに相手に気づかれてしまった。命をねらわれたことは前にもある。ダイアナが命を落としたのもそのせいだ」ジュリアンは間を置き、遠くに目をやった。「犯人を見つけるまでは、わたしは死んでも死に切れない」

激しく息を吸いこんだ様子から、ララがこの打ち明け話に衝撃を受けたのがわかった。

「やはりそうだったのね。あなたは政府の諜報員なんだわ」

「ああ、それもとびきり優秀な。わたしの身元を誰かが暴くまではそうだった」

「ダイアナのことはお気の毒だわ……。だけど、あなたが命を失っても彼女は戻ってはこないのよ。その裏切り者はどんなことをしたの？」

「それは言えない。今話したことも忘れてくれるのがいちばんだ。わたしたちの求婚期間中は二度とこの話はしないよ」

重い沈黙があった。「わたしたちの何ですって？」

「正式にきみに求婚し、貴族連中をうならせるような盛大な式を挙げると言っているんだ」

「わたしたちはすでに結婚したのかと思っていたけど」

「あの結婚は法にのっとったものではない」ジュリアンは反論した。ララはどうしてほしいのだろう？　結婚を申しこみ、世間が求めることをしているではないか。彼女を傷物にしたからには、ジュリアンは進んでその過ちを正すつもりだった。

「それはよかったわ」ララの声が一段と大きくなった。「あなたと結婚などしたくないから。あなたは秘密やら苦しみやら、怒りやらたくさん抱えすぎていて、わたしに愛を与えてくれない。あなたの心には復讐《ふくしゅう》しか入りこむすきがないんだわ。申し訳ありませんけれど、わたしは愛なくしては生きてはいけないの」

ジュリアンは顔をしかめた。「なぜ愛がそんなに大切なんだ？　敬意も名前も何かも、わたしの力の及ぶかぎり、きみに捧《ささ》げよう。わたしたちにはいつもながらの情熱もある。こればかりは誰にも奪えない。そういうことではだめなのか？　ララ」

「ええ、だめよ。結婚の話をするのは、わたしを愛していると言ってからにして」

9

公園の馬車乗りはジュリアンの期待どおりにはならなかった。ララは彼の求婚をあくまでも拒もうとしている。彼女が愛にこだわっている以上、ぜひともジュリアンと結婚する必要があると説得するのはむりだった。彼以外、ほかに求婚者はいないかもしれないとも言ってみた。するとますます頑なにララはこの縁談をはねつけた。

ジュリアンは公園内ではわざとゆっくり馬車で通り、そぞろ歩く人々が見て勝手な思いこみをするに任せた。馬や馬車で通るものたちはそれをとめて、ふたりをまじまじと見つめる。ジュリアンの横に来て言葉を交わすものもいた。クローフォード侯爵の次男、ダンバー子爵も馬をとめて声をかけた。彼はランドールの側近のひとりだ。かつてジュリアンがダンバーの忠誠心を疑ったとき、ランドールは請け合った。ダンバーはスコルピオンが何者かについてはまったく知らないと。スコルピオンのことはランドールとジュリアンだけの秘密だった。

「マンスフィールド卿《きょう》」ダンバーは愛想よく挨拶《あいさつ》した。「ロンドンではみなが恋しがっていましたよ。所用で海外にでも？」

「まあそんなところです」ジュリアンは答えた。「レディ・ララにお会いになったことは？」

「スタンホープのご令嬢でしょう？」ダンバーはララにほほ笑みかけた。「昨夜の舞踏会でも少しお話しさせていただきました。あなたは引っ張りだこでしたから、ご記憶にないでしょうが。もっとも、あなたのお宅でお目にかかってはいるんですよ。お父上のところを訪れたおりにね」

「もちろん覚えております、閣下」ララは言った。「またお会いできてよかったわ」

ジュリアンは眉《まゆ》をひそめた。なぜか、ダンバーは彼の神経を逆なでする。なかなか好感の持てる人物だが、細長い顔やとがった顎《あご》、強い光を放つ茶色の瞳《ひとみ》といい、イタチを思わせる。ジュリアンとは社交場の知り合いであり、仕事上の付き合いはなかった。

ふと疑念がわき、ジュリアンは今までとは違う目でダンバーを見ていた。ダンバーはランドールと近しい。あのとらえどころのないジャッカルは彼なのかもしれない。ジュリアンの極秘捜査については何も知らないふりをしているが。

「馬車乗りを楽しんでください」ダンバーはそう言って去っていった。

ジュリアンはその後ろ姿を見つめながら、忙しく頭を働かせた。「ダンバーはきみのお宅をよく訪れているのかな？」馬たちを前へ進めながら聞いた。

ララは眉を寄せた。「父を訪ねてきたときに、一、二度お会いしたけど。トリバー伯爵も何かの議案をいっしょに提出するとかでよく打ち合わせをしにいらしているわ」

トリバー伯爵クレイ・メリットもランドールの腹心であることをジュリアンは思い出した。トリバー、ダンバー、スタンホープの三人のなかに裏切り者がいるのだろうか。あるいは三人全員が？　いずれにしろ突き止めなくてはならない。心配なのは、危険人物のそばにララがいることだ。彼女がピエトロの野営地にいたあのロマ娘だとわかったらどうなるか、考えたくもない。ジュリアンを助けたというだけでララの命が危うくなるのだ。

「閣下、何を考えていらっしゃるの？」彼の沈黙が重苦しくなり、ララはきいた。

「また隠し事でもしているようだわ」

「わたしの名はジュリアンだよ、ララ。このくらい親しければ、名前で呼び合ってもいいんじゃないかな。何しろ、きみはもうすぐわたしの妻になる女性なのだから」そう言いながらジュリアンは思った。ララはとんでもない立場に置かれている。今のところ、父親も容疑者のひとりだということを考えると、彼女を守るためには早くあの屋敷から連れ出さなくては。

ララは物悲しい笑みを浮かべた。「ドラゴなら知っていたけど、マンスフィールド伯爵はわたしにとって赤の他人だわ」

ふと気づけば、いつのまにかジュリアンは馬車を人気《ひとけ》のない道に乗り入れていた。ほかの馬車の音はもう聞こえない。両側の木立は深くなる一方で、日差しをさえぎるほどの緑の天蓋《てんがい》が道をおおっている。

「ここはどこなの？」ララはきいた。

「まだ公園のなかだが、この道を使うものはめったにいない」ジュリアンが答える。そのあいだにも馬車は道からそれ、濃い茂みの奥に入っていった。道行く人がいても、ここからは何も見えない。

ララの心臓が胸を大きく打ち鳴らした。「なぜ馬車をとめるの？」

「こうできるように」ジュリアンは荒々しく彼女を抱き寄せた。「これも」唇を重ね、ララの息だけでなく意志までも確実に奪おうとしている。

ジュリアンは舌を彼女の口のなかに突き入れ、深々とキスをした。ララは彼特有のにおいを吸いこんだ。このにおいに五感をかき立てられ、めまいがするほどだ。ララは熱に浮かされたようにキスを返していた。体の奥に火がつき、甘美でみだらな何かが生まれる。彼の肩をつかみ、ララは身をのけぞらせた。意志の力が薄れていく。それに代わって、つらすぎて思い出すこともなかった記憶が、あまりにも打ち砕かれてよみがえることもなかった夢が押し寄せてきた。

ララのことをただのロマだと思っていたとき、ジュリアンは彼女を妻にしたがらなかった。今さら求婚されても、ララには値しない男性だ。愛してはくれないから。彼はまだ、亡きいいなずけへの思いに強くとらわれている。情欲だけでは足りない、すべてがほしい。けれどもジュリアンは彼女が望むものを与えようとはしない。

ララはもがくようにして彼の腕から逃れ、そのまま寄せつけなかった。「やめて、ジュリアン。なぜこんなことをするの？」

「きかなくてもわかるだろう？　わたしたちのあいだには理性を吹き飛ばすほどの激しい何かがあるんだ」

「劣情がね」声にさげすみをこめてララは言った。

「ああ、そうだ」

「わたしはそれではいやなの。閣下、家に連れて帰っていただけません？」

ジュリアンはララをふたたび腕に抱き寄せた。「わたしは結婚を申しこんでいるんだ、ララ。なぜ拒む？」

「あなたとは結婚したくないから……もう二度と」意味ありげにその言葉を添えた。

「わたしはきみを辱めた。伯爵令嬢のきみを。その償いをさせてもらいたいんだ。きみを守りたい」

ララは皮肉っぽく言った。「それはご親切に。でも、けっこうよ、閣下。わたしは誰《だれ》かに守ってもらわなくてもいいわ」

「これもいらないと言うのか」ジュリアンはうなるように言い、両の手のひらに彼女の顎をはさみ、唇を重ねた。

されるままになっていてはいけない。ララの心は叫んだ。けれども体はすでにとろけそうになり、彼の味を奥深くで味わおうとしている。ジュリアンの手が気ままにさまよい始めると、ララは身もだえた。なぜこの男性だけを愛してしまうのだろう。暗《あん》澹《たん》とした気持ちでララは思った。ジュリアンに比べると、ほかの男性がみな貧弱に思えるのはなぜだろう。

彼の手が背中に感じられた。温かな手のひらが背筋に火のあとを残していく。ララは絶望のため息をついた。なじみ深くいとおしい手が彼女の意志をこなごなに吹き飛ばす。急に胸が空気にさらされた。彼が胴着の紐《ひも》をほどき、胸をあらわにすると、彼の口は迷わず胸の頂へと向かった。両手で乳房を持ち上げ、コルセットの固い縛りから解放した。ララは彼を押しやろうとした。だが、彼の唇が硬いふたつのつぼみの上を自由に行き来してなめては吸うと、拒む力もどこかに吹き飛んだ。

ほとんど息を継ぐ間《ま》もなく、ララは新たな刺激を感じた。興奮が体を突き抜ける。ジュリアンはスカートの裾《すそ》を持ち上げ、ももの内側を片手でなでていた。ララはわざと太ももをとじ合わせたが、彼は含み笑いをするだけで、もろい壁を押し開いた。するとそこに彼の手があった。触れてほしくてうずいている箇所に。彼の指はそのたぎる中心で踊っている。

「閣下！」

「ジュリアンだ」

「ジュリアン、どうか」

「わたしのために熱くぬれているね、ララ。きみはいつもわたしを熱く求めていた。そうだろう？　男を知らなかったときから、わたしをほしがっていた。わたしがきみをほしがるのと同じくらいに」

「ジュリアン……だめよ……」

「だめなものか。わたしのためならできるだろう、いとしい人。さあ」ジュリアンは彼女のなかに指を押しこみ、ゆっくりと出し入れした。

　ジュリアンはうめき、ララの手をつかんで自分の興奮したものに押し当てた。「きみのせいでわたしがどうなるか感じてくれ。ああ、きみを奪わずにはいられない。前は女性に対してこんなふうになることはなかった。自制心の強さを誇る男だったのに。だが、それほどの自制心もきみの前ではひとたまりもない」

　ジュリアンの言葉もほとんど聞き取れないほど、ララの体は打ち震えていた。体の感覚がすべて彼の手に集中してしまう。たくみな指に攻められて、ララの奥深くからさざ波が広がって肌をうずかせる。白熱の炎に焼かれるようだった。何かたしかなものにすがりつきたくて、彼の肩に爪《つめ》を食いこませる。すると、世界がララのまわりで弾け散った。

ララはゆっくりとわれに返った。ジュリアンが上からのぞいている。彼は決然とした表情でララを座席に横たえると、彼女のなかに入った。力強く動きながら、苦しげな息を肺から吐き出す。ララのなかの何かがふたたび目覚めた。気持ちが高まり、五感がまた新たな輝きを放ってよみがえった。炎が体のすみずみまで広がり、まぶしい光が体のなかで炸裂《さくれつ》し、ふたりの体はそれとひとつになった。

ジュリアンの体がこわばるのを感じた。彼の熱い種がほとばしり、叫び声が聞こえたあとはもう何もわからなくなった。ララの体は砕け散り、どこかへと飛んでいったような気がした。やがてため息をつき、目を開けた。自分の名前を呼ぶ声がぼんやりと聞こえてくる。

「ララ、起きて、かわいい人《スウィーティング》。誰かが道をやってくる」

「ああ、わたしたちはなんてことをしたのかしら」

「愛し合ったんだよ。さあ、起こしてあげよう」

分別のかけらをかき集め、ララはジュリアンの手を借りて起き直ると、ドレスの前をとめた。ジュリアンはすでに身繕いを整え、公園に向かう前とひとつも変わらず、非の打ち所のない装いをしている。

「なんの権利があるっていうの！　あなたを決して許さないわ。これを見て。ひどい姿だわ」

「愛らしい姿だ。夫婦になれば、気が向いたときにいつでも愛し合えるようになるよ」

　ララは髪をなでつけ、帽子の下に押しこんだ。「わたしはあなたの妻だったわ。今でもそうよ。でも、あなたはわたしを妻として見てくれなかった。もう二度とあなたに拒まれるつもりはありませんからそのおつもりで、閣下」

「恐れなくともいい。今度は正しいことをするよ」

　ジュリアンは馬車を道に戻した。少し行ったところで別の馬車とすれ違った。なかにいるふたりの男性は丁重に会釈して通り過ぎた。

「一カ月もすれば、貴族たちにわたしたちの婚約の話が知れ渡るだろう」ジュリアンは先を続けた。「土曜から数えて一カ月後、わたしの田舎の領地で式を挙げよう。あそこの礼拝堂で結婚式が執り行われるのは、一六〇〇年にわたしの祖父母が式を挙げて以来のことだ。盛大な催しにしよう」

「申し分ない花嫁が見つかるといいわね」ララは辛辣《しんらつ》に応じた。「わたしはこの結婚に納得していないのよ。納得できるようなことをあなたが何ひとつ言ってくれないから」

怒りを抑えようとしてララはいらだった。なぜジュリアンはもう結婚していることを認められないのだろう。なぜ過去を捨ててわたしを愛してくれないの？　彼のいいなずけはもういない。人生は続いていく。未来が手招きしている。でも、彼が敵に見つかったら、その未来もなくなってしまうかもしれない。

「お父上も反対なさるまい」ジュリアンは頑として話を続けた。「数日以内にはわたしたちの意志を公にしよう」

ララはわびしくため息をついた。やがて、ジュリアンがあやつる馬車は公園を出ていく馬車の列に加わった。愛する気持ちを少しでも見せてくれたら、ララも彼の計画に異を唱えたりしなかっただろう。欲望は強い感情だ。けれどもそれだけでは、生涯、ふたりを結びつけるたしかな絆《きずな》にはならない。

ジュリアンは馬車を私道にまわし、スタンホープ邸の堂々たる構えの玄関の前でとめた。地面に下り立ち、馬車の反対側に移ってララに手を貸そうとしたが、彼女はそれまで待ってはいなかった。

「ではこれで、閣下」ララはよそよそしく言った。

「今夜九時にお迎えにあがるよ。アイルスワース邸の音楽会にお連れしよう」

「きっとそのころには頭痛がしているわ」ララは反発した。

「ララ、午後のこともある。きみはわたしの子を宿したかもしれないんだ」

ララは相手が凍りつくような視線で彼を見た。「それはどうかしら。あなたの高貴な地位にふさわしい女性はもっとほかにいるはずよ。そういう方を捜すといいわ。では失礼、もう頭痛がしてきたようなので」

「九時だ、ララ。支度をしておくように」ジュリアンは有無を言わせぬ口調で言った。「あす、わたしたちの婚約のことをお父上に話すよ」

ララは反抗的に頭を振り上げ、豊かな巻き毛が乱れるのもかまわず、憤然と館のなかへ入っていった。ジュリアンはその姿をじっと見送りながら思った。あの固い背中と上品な装いの若きレディは、肌もあらわな服で彼を魅了したロマの妖婦《ようふ》とは似ても似つかない。だが、この世のどんな上品なドレスをまとったところで、炎のような気性は隠しようもない。しなやかな体やスカートからのぞく脚、ブラウスの下に何もつけていない胸にどうしようもなくそそられたことを彼は今でもありありと、体がうずくほどに覚えていた。あの洗練された上辺をはぎ取り、奔放なロマの魂をさらけ出させたいものだ。

ジュリアンは馬車に乗りこみ、手綱をつかむと、私道をあとにした。きょうの午後、あんなふうにララを奪うつもりではなかった。何を血迷ったのだろう。人から感心されるほど自制心の強い男が、己のきびしい道徳律にそむいてしまうとは。


ジュリアンが馬車を駆ってスタンホープ邸から離れていくのを、箱形の四輪馬車からふたりの男が食い入るように見ていた。

「ほんとうにスタンホープの娘なのか。おまえがあのロマの野営地で見た女というのは？」背が高く、身なりのいい男がきいた。

従者のお仕着せ姿がさまになっていないもうひとりの男は勢いよくうなずいた。

「はい、閣下、同じ女です。今は上等なドレスなんぞ着ていますが、ドラゴという名の病人は自分の亭主だと言い張ったのは、あの女ですよ」

「ふん。おまえはだまされたのだ。その男はマンスフィールドに違いない。わたしの最高の競走馬を賭《か》けてもいいが、あのときの病人とやらはあいつだ。やはりロマの連中がかくまっていたのか。マンスフィールドも悪運の強い男だ。だが、いよいよ生かしてはおけない。クロケット。わかってるな？　あの男は性懲りもなくわれわれのなかに入りこんでくる。ますます目の上のこぶになってきた。だが、こちらもねばり強く調べてやっと正体がわかったのだ。あの男こそスコルピオン、わたしの事業を邪魔する諜報員《ちょうほういん》だと。マンスフィールドがスコルピオンだとわかった以上、今度こそ始末せねばならない。あの男はあまりにも近くにいすぎる。このままではいつわたしの仮面がはがされるかわからない」

「はい、閣下。あっしにお任せを」

「やつを倒すのは簡単じゃないぞ。抜け目のない男だからな」貴族は顎を指で弾きながら、考えこむように薄青の目をすぼめた。「あのロマの女が鍵《かぎ》になりそうだ。マンスフィールドはすでに大切な女をひとり失っている。もうひとりを脅せば、あの男も捜査から手を引くかもしれない。ぬれ手に粟《あわ》の商売を、たかがひとりの男にぶち壊しにされてはたまらないからな」

「女の父親のほうはどうします？」クロケットがきいた。「厄介じゃありませんか？」

「スタンホープはわたしがなんとかする」貴族は言った。「おまえの仕事はだな……」

貴族がステッキで屋根を叩《たた》くと、馬車が動き始めた。馬車のなかで貴族は自分の計画を手下の男に耳打ちした。


ジュリアンが帰宅すると、伝言が待っていた。ファージンゲールの話では、町の子供が届けてきたという。駄賃と引き替えに使いを頼んだ男のことは何も知らないと、その子は神に誓ったという。ジュリアンは書状を見つめてから受け取り、書斎に入って読むことにした。

これは強い言葉で書かれた警告だった。いや、脅迫だ。誰が送ったにせよ、その男はジュリアンのことを知りすぎている。大きく雑な筆記体の文字で伝言はこうほのめかしていた。マンスフィールド伯爵よ、自分と自分の親しい女の命が惜しければ、捜査から手を引いたほうが賢明だと。

ジュリアンはののしり言葉を次々と吐き出した。この伝言が意味するところは明らかだ。ジャッカルは彼がスコルピオンであることをたしかに知っている。彼がジャッカルの正体に迫っていることも。また、彼をかくまったロマの女がララであることも。ジュリアンの顎の筋肉がこわばった。最初に頭に浮かんだのは、どんな犠牲を払おうともララを守らなくてはならない、ということだった。次に疑問が浮かんだ。スタンホープに実の娘を傷つけることができるのだろうか。

ジュリアンは机に向かい、ランドール卿に宛《あ》てて伝言を走り書きした。秘密会議を持ちたい。もし、出席されるなら今晩の音楽会か、でなければそのあとに。伝言はファージンゲールに託した。この執事には全幅の信頼を置いているのだ。一時間後、ファージンゲールはランドールの返事を携えて戻ってきた。ランドールも音楽会に顔を出すので、今晩中に折を見てジュリアンと会うとのことだった。

その夜、ジュリアンが音楽会のお供をするためにやってきたとき、ララは頭痛がすると伝えて断ろうかと思った。けれども、彼は有無を言わさず連れ出そうとするだろう。父親もジュリアンとの縁組を後押ししているので、このことではララの意見は通りそうにない。だからといって、誰もララにジュリアンとの結婚を強いることはできないのだ。亡き女性がまだ彼の心をつかんでいるかぎりは。ジュリアンがいくら頭を下げて頼み、彼女の名誉を守ろうとしても、愛の告白がないうちは彼とは結婚しないというララの決心は変わらない。

もうひとつ、ララを悩ませているのは、ジュリアンがロマ式の結婚を無効だと考えていることだった。彼があの結婚を認めようとしないなら、わたしも認めない。その代わり、彼の挙げる理由では結婚しないつもりだ。ララが伯爵の娘だと知ったとたん、ジュリアンが結婚する義務を感じたのは明らかだ。

さらに、ジュリアンがかかわっている仕事のことも気にかかっていた。ララは、祖母の不思議な能力をいくらか受け継いでいる。今、ジュリアンを危険が取り巻いているのは彼女にも見えていた。自分がジュリアンの身を案じていることは認めざるを得ない。だとしたら、彼に何事も起こらないようにするのが自分の務めだ。そう心に決め、ララは今晩の音楽会のために入浴と着替えをした。

ジュリアンは九時きっかりに現われた。青いサテンの上着、灰色の半ズボン《ブリーチズ》、銀色のチョッキ、白い長靴下に宝石が光るバックルつきの靴というすばらしいいでたちだ。ララもジュリアンの目に賛美の色を見て取りながら、階段を下りて彼といっしょに父親のもとへ行った。彼女がまとっているのは、パフスリーブがついた緑と金色のチュールの優美なドレスだった。胴にぴったり合うような仕立てで、深く開いた襟元《えりもと》が胸の丸いつぼみをかろうじて隠している。

「目が覚めるようだ」スタンホープが顔を輝かせ、前に進み出てララの手を取った。「マンスフィールドは今夜、貴族のみなにうらやましがられるだろう」

従僕がララのケープをジュリアンに渡し、ジュリアンはそれをララの肩に着せかけた。ほんの一瞬だが、彼の手のひらは必要以上に長く腕の上にとどまり、ララはそのぬくもりを肌に感じた。

ふたりで外に出ようとしたとき、別の馬車がジュリアンの背後でとまった。

「いったい誰だ」スタンホープがつぶやいた。

となりにいるジュリアンが身をこわばらせたのにララは気づいた。何かまずいことでもあるのだろうか。

馬車の扉が開き、トリバー卿が下りてきた。「ああ、間《ま》に合いましたね。重要なご相談があるんですよ、スタンホープ。議会でわれわれが発起する法案のことでね」

スタンホープは迷惑そうな顔をした。「待てないのかね？　これから娘とマンスフィールドを連れてアイルスワース邸の音楽会に向かうところなんだが」

トリバーはジュリアンに会釈してから、またスタンホープに注意を向けた。「話がすんだら、わたしもあそこに行く予定です。よければ、わたしの馬車でごいっしょにどうぞ」

スタンホープは迷っている様子だった。

「どうぞ、お父さま。お話しして」ララが勧めた。「あとからいらしたらいいわ。トリバー卿、父をあまり長く引き止めないでくださいね」

「もちろんですとも、マイ・レディ」トリバーは如才なく答えた。

ララは身震いした。見れば見るほど、好きになれない男だ。どこか調子がよすぎる。あまりにも口が達者で、自信がありすぎる。まるで服の下まで見通すかのような、こちらを見る目つきも気に入らない。

ララはジュリアンの緊張を感じ取り、彼もトリバーに対して同じ印象を抱いているのかもしれないと思った。まつげの下から彼を見てみたが、何を考えているのか、その表情からはうかがい知れない。ただ、彼を煩わせるものがトリバー卿にあるのはたしかだ。

「では出かけましょう」ジュリアンはそう言って、ララに腕をさし出した。

「行っておいで、かわいい子」スタンホープが促す。「あとから行くからね」

ララは肩越しにこっそりと父親のほうに視線を投げかけ、それからジュリアンと連れだって出ていった。雨の降りそうな夜なので、ジュリアンは箱形の四輪馬車で来ていた。後ろには御者と馬手が乗っている。ジュリアンが手を貸してララを乗せ、自分もあとから乗りこんだ。だが、何かに気をとられているかのように、窓の外を見つめている。

「閣下、何か気になることでも?」

真夜中の空を思わせる濃紺の瞳をララに向けてジュリアンはほほ笑んだ。「いや、心配するようなことは何もないよ」

「トリバー卿のことが気がかりなの?」

長い間があった。「そうかもしれない」

「いつになったらそんなに秘密主義じゃなくなるの? 何か危険なことがあるの? トリバー卿がかかわっているの?」

「詮索《せんさく》しないでくれ、ララ。心配しなくていい。わたしがきみを守るよ」

「誰からわたしを守ろうというのかしら?」

「もしかしたら、きみのお父上から」

「ばからしい。わたしの人生に口をはさまないでいただきたいものだわ」

「そうするには遅すぎるよ。きみが野営地にわたしを運びこんだときから、わたしたちの人生は絡み合っているんだ。わたしのせいでひとりの女性が命を失った。女性をもうひとり、そんな目にあわせるわけにはいかない」

ジュリアンの苦しみが手に取るようにわかり、ララの胸は痛んだ。ダイアナをとても愛していたのだろう。あんな悲劇的な形で彼女を失い、ジュリアンの人生は一変した。今はただ、ダイアナを殺した犯人を突き止め、正義の裁きを受けさせるために生きているようなもので、別の愛に心を開こうとはしていない。そんな彼を変えられると思うほうが愚かなのだ。

アイルスワース邸に着くと、ジュリアンはララに手を貸して馬車から下ろした。執事が開けてくれたドアを通り、階段を上って音楽室に行く。そこではお客用に椅子《いす》が用意されていた。今夜登場するのは胸の大きなイタリアの歌姫だ。彼女は今、ピアノの横に立ち、最初のアリアを歌う準備をしている。

「何か飲み物を取ってこよう」ジュリアンはララを椅子に座らせてからささやいた。となりにはピンク色のオーガンザをまとった若いレディがいる。

歌姫が歌い始めると、ジュリアンはすっとそばを離れた。オペラは苦手なのだ。軽食のテーブルでウイスキーをつぎ、ララにはパンチを一杯ついだ。テーブルを離れようとしたとき、ランドール卿がそばに来た。

「われわれは同じ考えのようだな」ランドールは快活に言った。「家内はオペラが楽しいらしいが、わたしには退屈でね」

「わたしもです」ジュリアンは答えた。

ランドールが身を乗り出した。「十分後、庭で会おう。ビーナス像のところで」

ジュリアンはうなずき、ランドールは人混みのなかにまぎれた。

音楽室に戻ると、ジュリアンはパンチのカップをララに手渡した。ララはお礼の笑みを浮かべ、歌姫に注意を戻した。歌姫が張りあげる高音にジュリアンは鼓膜が破れそうだった。誰にも見られていないことをひそかにたしかめてから、ドアのほうへそっと足を向けた。

急いで下の階の食料室を通り抜け、まわり道をして庭まで行く。噴水の見張りをしているビーナス像を見つけ、急いでそちらに向かった。ランドール卿はすでに来ていて、つげの木の影にあるベンチに座っている。

「手早く頼むよ、マンスフィールド」ランドールが言った。「わたしらが同時にいなくなったことに誰かが気づくとまずいからな。何かわかったのかね？」

「トリバー伯爵クレイ・メリットのことはどの程度ご存じですか？」

「トリバー？　今はもう腹心の部下というわけではないが、彼には大事な情報源があるし、たまに会っているよ。前と同様、スコルピオンのことは何も知らない。密輸の実態に気づき、自分の情報源を使って諜報活動を続けている。政府が税収を失うのは国王にとってゆゆしいことだと考えているよ」

「この捜査のことはほかに誰が知っていますか？」

「クローフォード公爵の次男、ダンバー卿だ。きみと同じくらい長くこの任務についている」

「スタンホープはどうなんですか？　彼もあなたの腹心のひとりですか？」

「いや。スタンホープは議会では活発に活動しているが、われわれの捜査のことは何も知らない」

「今挙げた人物のなかで密輸組織の知恵袋になりそうなものはいませんか？」

ランドールは考えこんでいる。「どんなことだってあり得るだろうが、三人のうちの誰かが裏切り者とは思いたくないね。くれぐれも慎重に頼むよ、マンスフィールド。不当な断罪は避けたいのでね」

ジュリアンは先ほど受け取った伝言を取り出し、ランドールに渡した。「暗くて読めないでしょうから、わたしがお話しします。これは捜査から手を引けとの脅迫です。わたし自身の命なら何とでもなりますが、この脅迫はスタンホープ卿の娘、レディ・ララにも向けられています。ジャッカルは知っているんですよ。彼女がロマの野営地でわたしを助けた女だと」

「なんだと！」ランドールは啞然《あぜん》とした。「この捜査でまた罪のない犠牲者を出すわけにはいかない。そのレディはきみが自分の夫だと言い張って命を救ったそうだね。きみたちはどういう仲なんだ?」

ジュリアンの顎がこわばる。「彼女とは結婚するつもりです。ララが伯爵の娘だとは知らなかったんです。野営地で……いっしょにいたときは……。言うまでもなく、わたしはこの名を捧《ささ》げて償うつもりです」

「きみを即刻解任するよ、マンスフィールド。このままではきみの命が危ないし、われわれの捜査にも支障をきたす。きみは今後、役に立つかどうか疑問だし、わたしの良心にかけてきみを死なせたくないのだよ、ジュリアン」

「今、やめるわけにはいきません、閣下」ジュリアンは反論した。「もう少しでジャッカルの仮面をはぐことができそうなところまで来ているんです。自分の身も大切な人の身も、わたしが自分で守れます。ただ、同僚のなかに裏切り者がいることを知っておいていただきたいのです。トリバーとダンバーのふたりに目を光らせておいてください。スタンホープはわたしが見張ります。この三人には大事な情報を流さないでください」

「今すぐきみが足を洗ってくれるとわたしも気が楽なんだが」

「また数日以内に連絡します」ランドールのほのめかしには耳を貸さず、ジュリアンはそう答えた。「わたしは日を追うごとに、真相に近づいていますよ」

ララは歌姫から視線をそらして部屋を見渡し、ジュリアンの姿を探した。すると、何かの気配を感じてうなじの毛が逆立った。何か危険なことが起ころうとしている。ジュリアンはどこ？　今度はどんな災いに巻きこまれてしまったの？　わが身の安全などかえりみず、ララは席を立って部屋を抜け出した。ジュリアンは廊下にもいない。ララは階段を下りていった。庭へ出られるドアは開け放たれ、そこに数組の男女がたむろして扇であおいでいる。

待ち受ける闇《やみ》のなかの何かがララの注意を引いた。何も見えず、何も聞こえず、あるのは静けさばかりだ。けれども神経の端々が彼女の脳に静かな警告を送ってくる。ジュリアンはあの向こうにいる。

明らかに自分たちのことしか目に入らない様子の男女のそばをそっと通り、噴水を見張るビーナス像に向かって小道を決然と歩いていく。そのとき背後の地面を踏みしめる音がした。ララは急いで振り返った。だが誰もいない。あれこれ想像し過ぎなのだろう。ララは道を進んだ。すると後ろに人のいる気配がした。うなじに息がかかるほど、誰かがすぐそばにいる。彼女の肩に手がかかった。

ララは悲鳴をあげた。

ジュリアンとランドールが別れようとしたそのとき、くぐもった悲鳴が闇を貫いて聞こえてきた。

「あれは?」ランドールが鋭く言った。

彼は恐怖に顔をゆがませ、小道を館のほうへ走った。なぜかジュリアンにはわかった。体の奥深く、骨の髄まで感じられた。ララの身に何かあったのだ。すると、ふいにララに出くわした。月明かりのもと、彼女は地面に仰向けに倒れている。顔は死んだように青ざめ、額から血が一筋流れていた。

ジュリアンはその場にかがみ、彼女の頭を自分の膝《ひざ》にのせて、まぶたにかかる血を指でふき取った。

「ララ、聞こえるかい? ああ、ララ、返事をしてくれ」

「どうしたんだ」ランドールが追いついてきて尋ねた。

そのときララがうめき、目を開けた。

「けがをしているようだ」ジュリアンは彼女の額のこぶにそっと触れた。「こんなことをするやつは、わたしが許さない」

「何があったの?」ララはもうろうとしながらきいた。

「きみは襲われたんだ。犯人の顔を見たかい?」

「いいえ。背後で声が聞こえたけど、顔は見えなかった。起きるから手を貸して。大丈夫よ、閣下、ほんとうに」

ジュリアンは彼女を助け起こしていったん座らせてから立たせた。ララの体はぐらついたが、すぐに平衡感覚を取り戻した。

ジュリアンは彼女を抱き上げた。「家に連れて帰るよ」

「ジュリアン、待って。思い出したことがあるわ」ララが言った。「わたしが気を失う前に、襲った男が話しかけたの。これはスコルピオンへの警告だって。どういう意味なの？」

ジュリアンとランドールはララの頭上で意味ありげに視線を交わした。

「これからは、わたしか誰かのお供なしに家を出てはいけないという意味だよ」ジュリアンはうなるように言った。

10

ジュリアンは騒ぎを起こすことなく、すみやかにララを音楽会の開かれている屋敷から連れ出した。館の表側にまわり、自分の四輪馬車が待つ場所へ行くとララを下ろした。だが運の悪いことに、今着いたばかりのスタンホープとトリバーにばったり会ってしまった。

「マンスフィールド、ララ」スタンホープが声をかけてきた。「もう帰るのかね?」

「ええ、ララは頭痛がするそうです」ジュリアンはララの前に来て、彼女を背後に隠した。

スタンホープが心配そうに眉《まゆ》を寄せる。「わたしもいっしょに帰ろう」

「その必要はありません」ジュリアンは言った。「わたしがララをお宅まで送ります」

「ばかを言うんじゃない」スタンホープは怒鳴った。「ララの具合が悪いとわかっていて音楽会を楽しめるわけがないだろう」トリバーのほうを向く。「失礼させていただくよ。娘のことが大事なのでね」

「もちろんです」トリバーは口なめらかに言った。暗いなか、月光だけを頼りにララをのぞき見た。「おけがなさっているんじゃないでしょうね、お嬢さん？　額から血が出ているようですが」

小声で悪態をつくジュリアンをよそに、スタンホープはもっとよく見える場所に娘を立たせた。「これは大変だ。何があったんだ？」スタンホープが叫んだ。

「何でもないのよ、お父さま」ララは弱々しく答えた。「ただ……転んだだけ」

ジュリアンはトリバーに目をやったが、表情を閉ざした顔からは何も読み取れない。ララがもたれかかってきて、注意がそちらにそれた。恐怖が彼の胸を切り裂く。ララは重傷を負っているかもしれない。家に連れ帰って医者を呼ばなくては。

ララを両腕に抱え上げ、馬手が扉を開けているあいだに四輪馬車に乗せてやり、彼女のとなりに乗りこんだ。

「待ってくれ」スタンホープが追いかけてきた。彼が乗りこんで扉も閉まり切らないうちにジュリアンは馬車の屋根を叩《たた》いた。馬車ががたりと動き出す。ララはうめき声をもらし、まぶたを開いた。

「どうしてこんなことに？」スタンホープがきいてきた。ジュリアンは彼の怒りを感じた。怒って当然だ。彼も同感だった。これは起こってはならないことだったのだ。

「転んだのよ」ジュリアンが返事する前にララが答えた。「ジュリアンが飲み物を取りにいっているあいだに新鮮な空気が吸いたくなって、外に出て風に当たろうとしたの。道伝いに噴水のほうに行きかけて、木の根に足を取られたのよ。そのときに……頭を石にぶつけたんだわ」

スタンホープは疑わしげな表情をした。「おまえらしくないな、ララ。話はそれで全部なのかね？」

「ええ……」

「いいえ」ジュリアンは口をはさんだ。そろそろ、スタンホープがどれだけ娘思いかたしかめてもいいころだ。「ララは庭で襲われたんです」

「襲われた？」スタンホープは息をのんだ。「わたしの娘が何者かに襲われただと？　よくもそんなことを。ララ、誰《だれ》だったのだ？　その男の皮をはいでやる。訴えてやる」

ララはジュリアンに不服そうな顔をした。「ねえ、ジュリアン、父を怖がらせることはないでしょう」

「いや、ぜひとも知らせておかないと」ジュリアンはそう言って譲らなかった。「この方はきみのお父上だからね。知る権利がある」

スタンホープはジュリアンをにらんだ。「わたしは何を知るべきなのだ？」急に彼はほほ笑んだ。「すると、マンスフィールド、娘に求愛したのかね？」

「あす、お話にあがるつもりでした。お父上のご同意を得てからお付き合いさせていただこうと。わたしはお嬢さんと結婚するつもりです」

スタンホープはじっと彼を見つめた。「ララはなんと言っている？　きらいな相手との結婚を押しつけるわけにはいかないのでね」

「マンスフィールド卿《きょう》のことはきらいじゃないわ、お父さま」ララが答えた。「ただ、まだ結婚の心積もりができていなくて」

「わたしたちは一カ月後にソーントン・ホールで式を挙げます」ジュリアンは彼女の言葉を聞かなかったように言った。「それまで、ララにはひとりではどこにも行かせません。護衛を雇い、わたしのいないときも目が行き届くようにします」

スタンホープはすっかり戸惑った顔だ。「わけがわからんな。なぜララは襲われたんだ？　なぜ危害を加えようとする者がいるのだ？」ふと思いあたった様子で目をすぼめる。「マンスフィールド、きみのせいでララの命が危険にさらされているのか？」

「そちらこそ、何にかかわっておられるのですか、スタンホープ卿？」

「わたしが？　娘を傷つけるようなことには何もかかわってはおらん。きみにもそういえるのかね？　果たしてきみの求婚を認めていいものか」

ジュリアンが結婚を申しこまなければ、ララの将来は否応なくきびしいものになるだろう。「わたしは恥を知る男です、スタンホープ卿。誰であれ、自分が汚《けが》したレディには自分の名をもって償います」

「ジュリアン！」彼の言葉に唖然《あぜん》としてララは叫んだ。「よくもそんなことを！」

「よくも悪くも、きみの身を案じているからだ」

「ちょっと待て」スタンホープが声をあげた。「説明してくれてもよかろう。いつきみは、わたしの娘を汚したのだ？」

ジュリアンは失言に気づいた。だが、どうしようもない。ロマの野営地のことは口にできない以上、その場を言い繕うことにした。とはいえ、ほんとうの話でもある。

「馬車で出かけた日です。わたしたちは……その……恥ずべき場面を人に見られてしまって。ララを責めないでください、閣下。本人の許しもなく、わたしはつい夢中になってしまった。ですから結婚するつもりです」

スタンホープは雷に打たれたような顔をした。「まあ、なんだな」ララをまともに見ることもできずにいる。「そういう話を聞かされたあとでは、きみの申し出を断

こともできまい。きみたちふたりにはがっかりさせられたと言わざるを得

ラにふさわしい相手が見つかったのは喜ばしいことだ」

馬車がスタンホープ邸の前でとまった。馬手が扉を開け、

ープが最初に下り、次にジュリアンが下りた
は彼女を抱え上げ、父親の横を通り抜けた。

「下ろして、閣下。ちゃんと歩けるわ」

スタンホープが急いで館のドアを開け、ジュリアン
った。「ララの部屋はどちらです?」と父親にきく。

「ここから先はわたしが連れていける」スタンホープは強い

「案内してください」ジュリアンはそう言い張って階段を上り

「閣下、ジュリアン。大したけがじゃないのよ。下ろして」

スタンホープは廊下の外れにあるドアを開け、ジュリアンは強引に
に入
っていった。女主人の帰りを待っていた侍女がはっとして立ち上がる。

「まあ、マイ・レディ、どうなさいました?」

ジュリアンはララを寝台のまんなかに下ろし、それが当然の権利であるかのようにてきぱきと侍女に命令した。

「早く水と布を」明かりを枕元《まくらもと》に引き寄せながら彼は言った。

「何をしているのかね?」スタンホープがきいた。

「医者を呼ぶ必要があるかどうか様子を見ているんです」

スタンホープが真剣な表情で見守るなか、ジュリアンはララの額にできた紫色のふ

「ジュリアン[illegible]。[illegible]夫なの？」ララは文句を言った。「ただの小さなこぶよ」

「縫う必要はなさそうだ」ジュリアンは言った。「あの気の利かない侍女が水と布を持ってきたら、もう少しちゃんとわかるだろう」

ほどなく侍女が戻り、水の入った洗面器と布をナイトテーブルに置いた。ジュリアンは布を湿らせ、傷口をそっとぬぐった。ララはたじろぎながらも、声ひとつあげなかった。

「石か何かで殴られたんだろうが、大した傷ではなさそうだ。血もにじむ程度になってきた」

「だから大丈夫だと言ったのに」ララは言った。「もうわたしをひとりにして」

「来たまえ、マンスフィールド」スタンホープがてきぱきと命じた。「ララの世話は侍女に任せよう。強いブランデーがほしいところだ」

「あすまたうかがうよ、ララ」ジュリアンは約束した。「きみは家のなかでじっとしているように。わたしが護衛を二十四時間態勢でつけるまで」

「暴君ね」ララの追い立てる声を背中に聞きながら、ジュリアンはスタンホープに続いてドアから出ていった。

スタンホープの書斎でブランデーグラスを受け取ると、彼は椅子《いす》に腰を下ろした。

スタンホープはジュリアンの反対側の椅子を選んだ。ぎこちない沈黙が流れ、飲み物に向かって顔をしかめていたが、やがて顔を上げた。「きみから説明があってしかるべきだな、マンスフィールド。わたしの娘とはよく知った仲のようだ。まだ会って数日しかたっていないわりには。正式に紹介する前にララと会ったことがあるのかね？」

「それについてはわたしを信用していただくしかありません、スタンホープ」ジュリアンは言った。「わたしはお嬢さんのことをいちばんに考えています。もう誰にも手出しはさせない。あす、新聞紙上で婚約を発表します」

「ララはきみとの結婚に乗り気ではないようだが」

「ほかに道はありません」ジュリアンはグラスを空にして立ち上がった。「もうおいとましないと。新聞で発表する前にいろいろとやっておくことがあるので。それでは失礼します」

「きみは危険な立場にあるのかね、マンスフィールド？」ジュリアンがドアの取っ手をつかもうとしたとき、いきなりスタン　きいた。「わたしにどんな秘密を隠している？」

　せん。こうとだけ言っておきましょう。ララにはなんの

「それはも

危害も及ばないようにすると。ただし」不穏な調子で言い添える。「あなたが……ララを傷つけるような何かにかかわっているのなら、わたしが承知しない」

　スタンホープがぎょっとして眉をひそめるあいだに、ジュリアンは立ち去った。


　ジュリアンが自分のタウンハウスにたどり着いたときは夜も更けていた。自分でなかに入り、まっすぐ自室に向かう。側仕えのエイムズは暖炉の前に座って待っていた。

「休みたまえ、エイムズ。今夜はもういい」ジュリアンは言った。「あすは七時に起こしてくれ。忙しい一日になりそうだ」

「かしこまりました、だんなさま」エイムズは答えた。「七時きっかりにお湯を張っておきます。お休みなさいませ、だんなさま」

「お休み、エイムズ」

　ジュリアンはしばらく寝つかれず、この皮肉な事態について考えていた。結婚はしないと心に誓ったはずの自分が早くララを妻にしたがっている。上流階級のレディを汚したのは初めてなので、罪の意識にさいなまれているせいだろうか。ダイアナと愛を交わしたのは婚礼の日取りを決めたあとだった。ダイアナの死後、愛人がいなかったわけではない。夫に愛人がいて、暇を持て余している貴族の夫人と寝床をともにしたこともあった。だが、無垢《むく》な娘に手をつけたり、同じ階級の女性を誘惑したことは一度もない。ララに出会うまでは。異教のやり方で彼と結婚し、身分を偽っていた、あの生き生きとして美しい女性以外には。

今も脳裏を離れないララの体の甘い記憶とともに、彼はようやく眠りについた。


翌朝、ララが朝食室にいるとき、新聞が届いた。ララは頭がうずき出した。震える手で新聞を取り、自分たちの婚約の告知を探す。それが二ページ目にでかでかとのっているのを見て、うめき声をあげた。ジュリアンは、国内のあらゆる高級紙で勝手に婚約発表をすればいい。それでもララは、自分を愛してくれない男と結婚する気はなかった。

ジュリアンは十時ちょうどにやってきた。スタンホープ卿はすでに議会に出かけている。ララは公園まで馬でひと走りしに行くところだった。もっとも、決してひとりでは外に出ないように父親からはきつく言われていたのだが。ジュリアンは彼女の乗馬服姿をひと目見るなり、怒りがこみ上げた。

「どこへ行くつもりだ？」

ララは顎《あご》をもたげた。「馬に乗りに」

「ひとりで家を出てはいけないと言ったはずだ。お父上はきみのことを何も気にかけていないのか？」

「父はひとりで出ないようにとは言っていたけれど、馬手をお供に公園へ乗馬に行く程度なら危ないこともないと思って」

「きみはロマの野営地にいるんじゃない」ジュリアンはきっぱり言うと、彼女の肩をつかみ、抱き寄せた。「ばかな子だな。ここはロンドンだ。現に一度、襲われているじゃないか。どうすればわたしの忠告を聞いてくれるんだ?」

「危険はないと思ったのよ」ララは繰り返した。

「いや、きみは危険に取り巻かれている」

「いいえ、危険に取り巻かれているのはあなたのほうよ。あなたの隠し事のなかではわたしはただの駒《こま》にすぎない。わたしの安全をはかるためにあなたができることといったら、せいぜいわたしから遠ざかっていることぐらいよ。あなたがわたしに関心を持たなくなれば、危険は自然となくなるわ」

ララと離れていればそれで解決する問題だとはジュリアンには思えなかった。あるいは、ララのように割り切った考え方をしたくないだけだろうか。

「そんなに馬に乗りたければ、わたしがお供しよう。きょうはわたしも馬で来た。ついておいで」

いかにも渋々とララは短鞭《たんべん》を手に取り、彼の先に立ってドアを出た。どちらも馬に乗ると、大通りのほうへ向かった。

ふたりで公園に入った瞬間、ここに来たのは間違いだったとジュリアンは思った。人が多すぎるし、ララを傷つけたい何者かがいるとすれば、彼女はあまりにも目立つ標的だ。不安が彼の背中を震わせた。ララに手出ししそうな人間は見当たらないものの、誰かに見張られているような気がしてならない。

ララは乗馬道を行き始めた。ジュリアンは何事もないように警戒しながらあとに続いた。常時携帯している拳銃《けんじゅう》は、ウエストバンドの内側におさまっている。いざというときのためにブーツに仕こんだ短剣が足にかかる重みも安心感を与えてくれる。

「馬に乗るのは気持ちがいいわね」となりに来たジュリアンにララは言った。「ロンドンで自由を奪われていると、田舎が恋しくなるわ。ケント州にある父の領地では乗馬三昧《ざんまい》の毎日だったのに。それに、ラモナとピエトロのところでは素朴な暮らしができるわ」

「ロンドンにもそれなりの魅力があるが、出歩くときは用心する必要がある。だからエマにもあれだけきびしく言っているんだ。疑うことを知らない無垢な人間にどんな危険が降りかかるか、わたしにはよくわかっている」

乗馬道は急に折れて木立のなかに入った。馬上の人々もここでは少なくなり、たまにひとりふたり、行き交う程度だ。ジュリアンは緊張し、いっそう用心した。

「木立の向こう側まで競走よ」ララは肩越しに言うと、馬に拍車をかけて全速力で駆け出した。

恐怖が容赦なくジュリアンの胸を貫いた。「だめだ！　とまれ！」気まぐれな風に乗って声がかき消される。そうでなくともララは聞いてもいない。

彼女ははるか先を走っている。帽子は吹き飛び、ヘアピンは飛び散って、黒い巻き毛がシルクのカーテンのようになびく。笑い声がジュリアンのところまで流れてきた。彼は馬の横腹に短鞭を当て、急いで追いかけた。ララはどうかしてしまったのか？それともロマの野性の血が目覚め、レディ・ララの上辺を消し去ったのだろうか。

木立の向こう側にたどり着いたところでようやく追いついた。ララはすでに馬から下りて彼を待っていた。

ジュリアンは地面に飛び下り、荒々しく彼女をかき抱いた。「二度とこんなことをするんじゃない。きみに目が届かなくなってどうしようかと思ったよ」

「毎日、二十四時間、わたしを見張るなんてむりよ」ララは反抗的に言った。

「わたしがきみと結婚したい理由は何だと思う？」

「それ以上の理由があればいいのに」ララはため息混じりに言った。

その言葉の意味はジュリアンにはわからなかった。ただ、あまりにも魅力的な唇に息もできなくなり、もう一度言ってくれと頼むこともできない。突然自制がきかなくなり、甘く赤い唇の誘惑にもはや抗し切れなくなった。うつむいて唇を近づけ、ララの唇を味わった。だが、それだけでは足りない。彼はキスを深め、さらにララを抱き寄せた。彼女の口に舌を差しこみ、甘美な泉を思う存分楽しむ。やがて狂おしいまでのキスになり、いつのまにか両手を彼女の背中に這《は》わせていた。腰をつかんで自分の股間《こかん》に押し当て、痛いくらいの興奮をララにわからせようとする。

ララはふいにキスをやめ、彼を見上げた。その瞳《ひとみ》は大きくきらめいている。「ジュリアン……わたし……」

「いや、何も言わなくていい」彼は両腕で支えながら、ララを地面に横たえた。

急にまわりの世界が炸裂《さくれつ》した。熱いものが耳を焦がす。狙撃《そげき》されたことに気づき、とっさに自分の体でララをかばった。もう一発が、今度は頭上をかすめた。ララをしっかりと抱きながら転がって、木の後ろに隠れる。彼女を立たせると、太い木の幹にぴったり押しつけた。

「何？　何があったの？」ララは息を切らしてきいた。「さっきのは銃弾だったの？」

「いまいましいことに、そのとおりだ。さあ、これでわかっただろう。ひとりで外に出てほしくないわけが」

「あの弾はあなたをねらったんでしょう？」

「そうかもしれないが、そうじゃないかもしれない。言うまでもないことだが、ロンドンはあまりにも危険になってきたということだよ」

ララは身震いした。ジュリアンに出会ってからというもの、彼女の人生は驚くほどややこしくなってしまった。ラモナが危険を予言していたけれど、自分が標的になるとは思ってもいなかった。ジュリアンには秘密の一面があり、そのせいでララにも危険が忍び寄っているのだ。

発砲はやんだ。狙撃者は去ったのだろうか。ララがもの問いたげにジュリアンのほうを見ると、彼の首の横から血が流れているのに気づいた。

「ジュリアン、けがをしたのね！」

「弾が耳をかすめたんだ。血はもうとまった。あわてないで、ララ。なんともないから」

ララは彼の肩先に目をやった。あそこでキスを交わしていたのだ。「狙撃者はもういなくなったかしら？」

「ここにいて。わたしが見てこよう」彼はウエストバンドから銃を抜き、木の陰から一歩出た。

「ジュリアン、やめて！　身をさらさないで！」

ララの忠告もきかず、ジュリアンは開けた場所に出ていった。

「気をつけて」ララは小声で訴えた。

不気味な静けさがあるだけで、何も動く気配はない。

「大丈夫だ」ジュリアンは振り向いて呼びかけ、銃をウエストバンドに戻した。「誰もいない。もう出てきてもいいよ」

こわごわとあたりを見まわしてからララは彼のそばに行った。

「行こう。馬たちは最初の銃声で逃げ出したが、そう遠くへは行っていないはずだ」

ジュリアンが口笛を吹くと、彼の馬がおとなしく木立のなかから出てきた。ララの馬もすぐ後ろからついてくる。ジュリアンは手を貸してララを乗せ、自分もさっと鞍《くら》にまたがった。

「木立のなかを通って戻ろう。わたしが先導するよ」ジュリアンは言った。「ぴったりついてくるんだ。弾は木立のなかから発射された。ということは、誰が撃ったにせよ、おそらく、わたしたちの前方にいるだろう」

「並んで走りましょう」ララは言い張った。

ジュリアンの顔がけわしくなった。「言うとおりにしてくれ、ララ」

ララはため息をつき、言いつけに従った。もっとも、前方より背後を肩越しに見るほうが多かったが。誰かがジュリアの命をねらっている、そう思っただけで吐き気がこみ上げる。木立を出ると、乗馬道を引き返した。ここはにぎやかなので、ララは少し気が楽になった。人が多いほど安全だ。ふたりは公園を出て、スタンホープ邸へ戻った。

馬丁が寄ってきてララの下馬を手伝い、馬を引き取った。「わたしの馬はここに置いておいてくれ」ジュリアンは命じ、ララの腕を取って階段を上った。「すぐに帰るつもりだから」

「ジュリアン」ララは引き止めた。「大丈夫よ。そんなに急ぐことないわ」

「いや、誰も信用ならない」ジュリアンの声はきびしかった。「ロンドンはきみにとって安全な場所ではなくなったんだ」

ララは彼を見つめた。「大げさね。ここに父といれば安全そのものよ」

「もうそうじゃない。安全だと思う場所にきみを連れていくよ」

「どこなの？」ララは挑むようにきいた。

「しばらく滞在できるくらいの荷物をまとめてくれ。わたしも家に戻って荷造りし、四輪馬車の用意をさせる」

玄関ドアが開くと、ジュリアンはララを伴ってすばやく執事の横を通った。

「もういいわ、ジーバーズ」ララは手袋を脱ぎながら言った。執事が下がるなり、くるりとジュリアンのほうを向く。「厨房《ちゅうぼう》にいらして。耳の手当てをしないと」

「大丈夫だ、ララ」ジュリアンはひと言で片づけた。「わたしたちは一時間以内にロンドンを発つ」

ララは反抗的な態度で突っぱねた。「あなたとどこにも行くつもりはありませんわ、閣下」

ジュリアンの顎がこわばる。「失礼ながらそれはどうかと、マイ・レディ」

「父にはなんと言うの？」

「書き置きをするんだ。わたしと出かけると。行き先は書かないように」

「書けるわけがないでしょう？　どこに連れていかれるのか知らないのに。父がなんと思うかしら？　黙って姿を消すわけにはいかないわ」

「お父上がどう思われようとかまわない。戻ってから何もかも話せばいい」

これほど真剣で断固としたジュリアンを見たのは初めてだった。「ほんとうにわたしの身が危ないと思っているの？」

「これ以上話している時間はないよ、ララ。上に行って荷造りしておいで。一時間後には、用意ができていようといまいと、きみを連れていく」

ジュリアンは彼女を引き寄せ、強くキスをした。「さあ、行って」

ララは階段を上りながら、一度だけ立ち止まって肩越しにジュリアンを見た。何やら熱心にジーバーズに話しかけている。執事のほうは合図がありしだいドアを開け、彼を送り出そうとしているようだった。

「わかりました、閣下」ジーバーズは片眉をわずかにもたげたものの、落ち着いた受け答えをした。「あなたさまがお戻りになるまで誰もお通ししてはいけないということですね。それから、スタンホープ卿にはあなたさまとレディ・ララがお発ちになって当分戻られないと申し上げればよろしいのですね」

「そのとおりだよ」ジュリアンは言った。

「ほかには何かございますか？　スタンホープ卿にあなたさまの行き先をお伝えいたしましょうか？」

「それはやめておいたほうがいいな、ジーバーズ。スタンホープ卿にはわたしの伝言だけお伝えしてくれ。レディ・ララは今、お父上に宛《あ》てて一筆したためているはずだ」

ジュリアンは何事もなく家に帰り着いた。ファージンゲールがドアを開けると、ジュリアンは急いでなかに入った。「エイムズに荷造りさせてくれ、ファージンゲール。しゃれた服はいらない。普段着のズボンと上着だけでいい。一時間以内に四輪馬車と御者の用意を整えてくれ。それと、旅に持っていけるように、ミセス・ロアークに何か腹にたまるものをつくってもらってくれ。たっぷりふたり分だ」

「いつまでお留守になさるのかお聞きしてもよろしいでしょうか、だんなさま？」

「わたしにもわからないんだ、ファージンゲール。レディ・エマはいるのかい？」

「いいえ、だんなさま。レディ・アマンダなら小さい客間にいらっしゃいますが」

ジュリアンは眉をひそめた。エマはひとりでどこに行ったのか？　アマンダは刺繍《ししゅう》織機の上にかがみこんでいる。

「ごきげんよう、アマンダおばさま」

アマンダは顔を上げてほほ笑んだ。「ごきげんよう、ジュリアン。いい日じゃないこと？」

「それは見方によりますね。エマはどこです？」

「あの好青年、ブレイクリー子爵と公園で馬に乗っていますよ」

「まったく！　誰ひとり、わたしの指示に従おうとしない。ブレイクリーには近づかないようにとあれほど言っておいたのに。おばさまもあのふたりをそそのかしているようですね。ブレイクリーとの交際にわたしが反対していることはご存じでしょう。エマの注意をあの男からそらしていただけるものと思っていましたが。ブレイクリーはエマにはふさわしくない男です」

アマンダは手をひらひらさせて自分の胸に当てた。「まあ、ジュリアン、あなたも知っているでしょう。エマがどれだけ意志の強い子か」

「強情と言ってください」ジュリアンはつぶやいた。「エマを待ってはいられないんです、アマンダおばさま。わたしは一時間以内に発ちます。あとのことはおばさまに

――」

玄関が騒がしくなり、ジュリアンは言葉を切った。ドアまで行き、長い廊下の先をのぞくと、口から心臓が飛び出しそうになった。真っ青な顔をしたエマが、ブレイクリーにぐったりともたれかかっている。

ジュリアンは玄関広間まで走って行き、ブレイクリーをにらみつけた。「きさま！　エマに何をした？」

「ルディは何もしていないわ」エマがかばった。「それどころか、わたしの命を救ってくれたのよ」

ジュリアンはぴたりと動きをとめた。「どういう意味だ？」

「誰かがエマに発砲したんですよ」ブレイクリーが説明する。「日差しを受けて何かがきらっと光ったので、見てみると木の陰から銃身がのぞいていたんです。それでエマを馬から押し倒しました。弾は間一髪のところでそれましたけどね。マンスフィールド卿、いったいどうなっているんですか？　このことはあなたと関係がありそうな気がするんですが」

ジュリアンは愕然《がくぜん》とした。家族全員が狂気にとらわれた男の標的にされているのだろうか？　手をこまねいているわけにはいかない。ただちになんとかしなければ。

「大丈夫なの？　エマ」アマンダの声がした。玄関までジュリアンを追ってきたのだ。

「平気よ、おばさま」エマは震える声で答えた。「少しあざができているかもしれないけど、ほかはなんともないわ」ブレイクリーをいとしげに見上げた。「ルディのおかげよ」

「自分の部屋に行って侍女に荷造りさせなさい。侍女自身の分も。すぐにスコットランドに発つんだ。付き添っていただけますか、アマンダおばさま？」

「まあ、どうしましょう」アマンダは青ざめた。「この歳で長旅はとてもむりだわ」そう言って身震いする。「それに、ハイランドは苦手なのよ。荒涼としていて好きになれないの。それに、スコットランドの野蛮な男衆の恐ろしそうなこと。シンジンもよく耐えているわね」

ジュリアンはさっとうなずいた。「わかりました。エマの侍女が付き添い役《シャペロン》をやるしかありませんね」

「わたしはどこにも行きませんからね、ジュリアン」エマは逆らった。「これはどういうことなの？　わたしに危害を加えたがっている誰かがいるっていうの？」

「そうですよ、マンスフィールド卿」ブレイクリーが言う。「エマに説明なさるべきじゃないですか」

こうなってはいたしかたない。ジュリアンは政府の諜報員《ちょうほういん》であることをシンジン以外の家族に伏せてきたが、ジャッカルに突き止められた以上は、愛するものたちに身のまわりの危険を知らせておくことが肝心だ。ブレイクリーに告げても害はないだろう。エマの命を救ってくれたのだから。

「エマ、おまえの命が危険にさらされたのは、わたしを消したがっているものがいるからだよ」ジュリアンは打ち明けた。「実はきょうわたしとレディ・ララも何者かに殺されそうになったんだ」

「レディ・ララ？」エマは驚き入った。「なぜレディ・ララなの？」

「わたしは一カ月後にララと結婚する予定なんだ。きょうの新聞に婚約の告知が出ているはずだ」

「きょうの新聞は読んでいなかったわ」エマが言う。「どうして教えてくださらなかったの？　なぜわたしは最後に知らされるわけ？」

「おまえがそう言うのももっともだ」ジュリアンは認めた。「今夜の食事の席で話すつもりだったが、予定変更だ。ララを遠くに連れていくことにしたよ。おまえはスコットランドに行っていてほしい。必要なときは連絡すると、シンジンに伝えてくれ」

「大兄さまが何にかかわっているのか、ついにわたしも知ることになるのね」

「わたしは政府の諜報員なんだ、エマ。目下の任務は、密輸組織の黒幕の化けの皮をはぐことだ。ダイアナの命を奪ったのはその同じ男だとわたしはにらんでいる」

アマンダおばは長椅子に座りこみ、芳香塩に手を伸ばした。「まあ、なんてこと」

エマは顔色を変えた。「ジュリアン！　ダイアナは馬車の事故で亡くなったのじゃなかったの？」

「あれは事故ではなかったんだよ、エマ。その日、馬車に乗ることになっていたのはダイアナではなく、わたしだった。ダイアナはわたしの身代わりとなって命を落としたんだ」お腹の子については言わずにおいた。

「ああ、ジュリアン、なんてむごいことなの。でも、その誰かがなぜわたしにまで危害を加えようとするの？」

「わたしにこの捜査から手を引かせるためだ。脅迫状を受け取ったんだ。捜査を続けるなら、わたしの愛するものたちが傷つくことになると書かれていた。おまえにとっても、ララにとっても、ロンドンはもはや安全な場所ではなくなった。口答えはなしだ、エマ。おまえにはグレンモアに行ってもらう。これは決定だ」

「ぼくなら喜んでグレンモアまでレディ・エマのお供をいたしますよ」ブレイクリーが申し出た。「もうとっくにシンジンのところを訪ねていいころでしたからね」

「妹のお供はこちらでちゃんと見つけられる」ジュリアンは突っぱねた。

「ですが、ぼくほど妹君の安全を気にかけている人間はいません」ブレイクリーは言い張った。「お考えください、マンスフィールド卿。ぼくは命がけでエマを守ります」

ジュリアンは迷った。ブレイクリーが女たらしだという評判は知っている。だが、この男はたしかにエマのことが大好きらしい。ジュリアンがロンドンに戻って以来、ブレイクリーの悪い噂《うわさ》はひとつも聞かない。ララをロンドンから連れ出す必要がある以上、ジュリアンといえど、同時にふたつの場所にはいられないのだ。

「さあ、マンスフィールド卿、ぼくがいちばん適役だとおわかりになったでしょう。エマが無事、グレンモアにたどり着くようにいたします」

「そうよ、ジュリアン。ルディの言うことをきいて。大兄さまがわたしに同行できないのなら、ルディと行かせて」

「いいだろう。ただし、おまえたちふたりには一時間以内に発ってもらいたい。わたしが四輪馬車と六人の従者を用意する。妹のことは任せたぞ、ブレイクリー。もし何か……無作法をしたら、わたしの剣の切っ先鋭い味を知ることになるからな」

「その点はご心配なく、閣下」ブレイクリーは誓った。エマの両手を取って「荷造りして一時間以内に戻るよ」と言うと出ていった。

「ありがとう、ジュリアン」エマは言った。「ルディがいっしょだと安心だわ」

「わたしが間違っていなければいいんだが」ジュリアンはつぶやいた。

エマは階段を上り始めたが、ふと足をとめた。「ジュリアン、レディ・ララを愛しているの？　だからあの方と結婚するんでしょう？」

ジュリアンは顔をしかめた。愛している？　ララは大切な女性だ。彼女がたまらなくほしい。自分でも驚くほどだ。片時も手を離していられない。彼女のキスは天使のようだ。それに、あの情熱……。

「ジュリアン、答えて。ララを愛しているの？」

「ばかなことを、エマ。愛していなくても、守りたくなる女性がいるものだ。わたしはダイアナを深く思いやっていた。あんな気持ちには二度となれないだろう」

エマは心得たような笑みをジュリアンに向けた。「あまりにも強く否定し過ぎね」

呆然《ぼうぜん》とした顔のジュリアンを残し、階段を上っていった。

アマンダは不安そうに長椅子から立ち上がった。「どうか気をつけて、ジュリアン。あなたのことが心配でなりませんよ。長年、そんな危険な仕事をしていたなんて」

「ご心配には及びません、おばさま」ジュリアンは言った。「わたしたちの留守中、おばさまはソーントン邸にいらっしゃったほうがいいでしょう。おばさまの身に何かあったら、わたしはどうしていいかわからない」

「あなたがそう言うなら」アマンダは応じた。「すぐに用意しますよ」

出発準備でタウンハウスのなかは大忙しだった。荷造りと着替えをすませてブレイクリーが戻ってくるころには、エマはいつでも出ていける用意が整っていた。ジュリアンは六人の屈強な従僕をお供に選び、ブレイクリーに最後の説教をたれてから妹の一行を送り出した。

　それと前後してアマンダおばも自分の侍女とこの短い旅にふさわしいお供を従え、馬車で発った。ジュリアンは最後に家を出た。その前に、かいつまんで事情をしたため、彼が発ったあとにファージンゲールがそれをランドール卿に届けることになった。

　ジュリアンが帰るなり、ララは急いで父親への伝言を書いた。すぐに帰宅されたし、と。急使の従僕は議会に着いたものの、その日の議会が終了するまでスタンホープ卿に近づくことを許されず、ララが荷造りしているあいだも、控えの間《ま》で長々と待たされていた。スタンホープ卿より先にジュリアンがやってきた。ララは後悔のため息とともに馬車に乗りこんだ。ことの真相も行き先も知らせぬまま、父親のもとを去っていかなくてはならないのだ。

11

ロンドンを遠くあとにして、四輪馬車ががらがらと橋を越えていく。ララはクッションを背に縮こまり、となりに座る決然とした男性だけは見ないようにしていた。テムズ川の悪臭がしなくなってから、彼女はようやく渋々と話しかけた。

「わたしをどこに連れていくの?」

「ああ、どうやらきみにも舌はあるようだな」ジュリアンはからかった。

「ジュリアン、ほんとうにこんな無茶をしてまでロンドンを出ていく必要があるのかしら。父のことが心配だわ」

「伝言を残してきたんだろう?」

「ええ。でもあれだけでは父は安心できないでしょうね。ジュリアン、ご自分のしていることがよくおわかりだといいけど」

「今、わたしたちにとってロンドンは安全な場所ではないんだ。きみが無事でいられるところへ連れていくつもりだよ」

「それはどこなの？」

「次の郵便宿で四輪馬車を下りて、馬車と御者はロンドンに帰す。目的地までは、普通の馬車で向かう」

「やけに謎《なぞ》めいているのね」

「どこに行けばラモナとピエトロが見つかるか知っているかな？」

ララは驚いた顔をした。「もちろんよ。一年のこの時期はいつも同じ場所にいるわ。ケント州にある父の領地のどこかよ。冬のあいだ、いつでも野営していいと言われているの。寒い季節を乗り切れるように父が計らってくれているのよ」思わしげにジュリアンを見る。「でも、どうして？」

「ラモナとピエトロのところにいれば、きっときみは安全だ。わたしの敵もそこまで捜しに行こうとは思うまい」

「あなたはどうするの？　どこにいれば安全なの？」

「わたしもいっしょにいよう……しばらくのあいだは。正体を知られて捜査をあきらめたのだと首謀者のジャッカルに思わせたい」

「ほんとうにあきらめたの？」ジュリアンの話に驚き、ララはきいた。彼は何かをあきらめる人には見えない。まして、愛する女性を殺した男になんの罰も与えずにいるような人ではない。

ジュリアンはけわしい表情で言った。「この命が尽きるまであきらめるものか。ダイアナをなきものにした男は首を吊《つ》って罪をあがなうべきだ」

ララは胸が締めつけられるようだった。ダイアナが心のなかにいるかぎり、ジュリアンはララを愛してはくれないだろう。だが、彼女は黙っていた。亡きいいなずけに対するジュリアンのこれほどまでの献身に、何を言えるというのだろう。

馬車ががたりと音を立ててとまった。ジュリアンはカーテンを引き、窓の外をのぞいた。「着いたよ」

彼は馬車の扉を開けた。御者が踏み台を下ろす。ジュリアンが先に出て、ララが下りるのに手を貸した。ララが待つあいだにジュリアンは自分たちの鞄《かばん》を引き取りに行った。御者に短い言葉をかけるとすぐに戻ってきて、ララを宿のなかに促した。

「ここで待っていてくれ。頼んだ馬車の用意ができているかどうか見てこよう」ジュリアンはララに言った。

「こんな手間をかけるなんて、本気で心配しているのね」

「ジャッカルのことはよくわかっているんだ、ララ。あの男に何ができるかも。この五年間、わたしはあいつを追ってきた。必ずつかまえてみせる」ジュリアンは誓った。「罪なきものを二度と巻き添えにはしない」

ララが暖炉のそばでぬくもっているうちに、ジュリアンは宿の主人と話をし、金のやりとりをすませた。

「すべて手配できたよ」ジュリアンは戻ってくると、ララに言った。「こうして話しているあいだにも馬車がまわされているところだ。日暮れまでには〈スリー・フェザーズ・イン〉に着くだろう」

ジュリアンは彼女を促して宿のドアから外に出た。待ち受ける馬車にララを乗せ、自分は御者席につく。手綱をひとはたきしただけで馬たちは賢くも足を踏み出した。

暗くなるにつれ、あたりは霧に包まれた。ララは暖炉のある快適な部屋が恋しくなってきた。遠くに〈スリー・フェザーズ・イン〉の明かりがまたたくのが見えたときは、心が弾んだ。ジュリアンは武器を携行しているはずだが、夜の田舎道は追いはぎにあわないともかぎらず、物騒なのだ。

「もう少しで暖かい部屋におさまれるよ」ジュリアンが約束した。「〈スリー・フェザーズ・イン〉の食事はおいしいんだ」口数が少ないララの顔を探るように見た。「大丈夫かい？　郵便宿を出てからずっと静かだが」

「わたしを傷つけたがっている人がいるなんて、まだ信じられない気がするの。夜盗のようにロンドンから逃げ出すなんていやだわ」

「しかたのないことなんだ、ララ」

「そうね。ただ、思ったの。わたしの人生は単純そのものだったわ。あなたが……」

「現われる前は？」苦い口調でジュリアンはきいた。

「そうね」

ジュリアンは馬車を囲いに入れ、手綱を引いた。馬手が世話をしに駆けつけた。ジュリアンは馬車から下り、荷物を下ろすと、ポケットに手を突っこみ、硬貨を取り出した。

「馬にブラシをかけて、オート麦をたっぷり混ぜた餌《えさ》を与えてくれ」ジュリアンは指示し、硬貨を渡した。「あすの朝七時までに馬具をつけて待たせておいてほしい」

「はい、だんなさん」男は答えた。

宿のドアから少年が飛び出してきて鞄を受け取った。ジュリアンはララをなかへ促した。休憩室は騒々しく、飲み食いを楽しむ旅人や地元の人々であふれている。ララはマントの頭巾《ずきん》をかぶったが、その必要はないことがすぐにわかった。みな、よそ者にはおざなりな注意しか払わない。ジュリアンが部屋と入浴、食事を手配するあいだ、彼女はわきに立っていた。

ふたりいっしょに階段を上り、後ろから鞄を持った少年がついてきた。

ジュリアンは部屋のドアの前で足をとめ、鍵《かぎ》を錠穴に差しこんだ。ドアを開けると、ララをなかに入れた。少年は部屋の内側に鞄を置き、片手をさし出した。ジュリアンがもう一枚、硬貨を見つけて渡すと、少年は笑顔で立ち去った。

「ここはあなたの部屋、それともわたしの？」ララはきいた。

「わたしたちの部屋だ」ジュリアンが答える。「宿の混みようを見ただろう。空いている部屋はここだけだったんだ」

ララは棒立ちになった。ジュリアンと部屋をともにする勇気はない。そんなことはとてもできない。ジュリアンを夫として考えずにはいられないから。彼の愛を受けてどんなふうに血が駆けめぐり、どんなふうに体が舞い上がるか、考えずにはいられないから。

ララの声は穏やかだが、断固としていた。「いいえ。あなたはよそで寝るしかないわ」

ジュリアンはおかしそうに笑みを浮かべた。「わたしたちは婚約しているんだよ、ララ。結婚したも同然だ」

「そうなの？」ララは挑むようにきいた。

「わたしは出ていかないよ、かわいい人《スウィーティング》」ジュリアンはきっぱりと言った。

ララは言い返そうと口を開いたが、ドアを叩《たた》く音で思いとどまった。ジュリアンがドアを開け、大きな湯桶《ゆおけ》を抱えているがっしりした少年ふたりをなかに通した。少年たちは湯桶を暖炉の前に置き、火をおこした。間《ま》もなく何人かの客室女中がドアから入ってきて、熱湯と水の入ったバケツをぞろぞろと運びこんできた。

「食事は二時間後にしてくれ」最後に出ていこうとする女中にジュリアンは言いつけた。

「はい、だんなさん」おませな娘は肩越しにジュリアンを見て、浮ついた視線を投げかけてから後ろ手にドアを閉めた。

「きみが先だ」ジュリアンは言い、湯気の立つ桶を示した。

ララは背中を向けた。「向こうに着くまで湯浴みはやめておこうと思うの」

「何を怖がっているんだ？　ララ」

ララはいらだった。「あなたじゃないことだけはたしかよ」

ジュリアンはほほ笑み、服を脱ぎにかかった。「きみがどう思おうと、こんなに気持ちよさそうなお湯をむだにはできないよ。ほんとうに先に入りたくないんだね？」

「わたしは……ええ、わかったわ。でも、わたしの入浴中は部屋にいないでね」

「そうはいかないよ」ジュリアンはつぶやいた。「脱ぐのを手伝おうか？」

彼はララの背後にまわり、マントを取った。背中に彼の熱い手を感じると、ララの喉《のど》から出かかった抵抗の言葉は消えた。ただ触れられるだけで、ぞくっとするような刺激が背中に走る。頬《ほお》はほてり、急に肌が張りつめた。誘惑の網に絡め取られる前にララは一歩、後ずさろうとしたが、それより先に両腕で抱き寄せられてしまった。

「恋しかったよ」切なくかすれた声でジュリアンはささやいた。

ララは彼の胸に両手を当てて、押し返そうとした「わたしはダイアナの代わりでしかないんでしょう、ジュリアン。ただの暖かな体にすぎないのよ。こんなことはさせられないわ」

もがくララの体をジュリアンはさらにきつく抱きしめた。彼のすべてが硬くたぎり、男性自身が太もものあいだでうごめいている。

「彼女のことを持ち出さないでくれ」

「どうして？　彼女は今もあなたの心に脈々と生きているのよ。命がけで仇討《かたき》ちしようとするほどに。わたしはほかの女性の代用品にはなりたくない。わたしと愛し合うときも、ダイアナと愛し合っていると思いこもうとしていたの？　わたしはあなたの名にそぐわないロマの愛人でしかなかったのね？」

ララの言葉にジュリアンははっと考えさせられた。ララは自分にとって大切な女性だ。はっきりどうとは言えないが。彼女の身元が最初からわかっていれば、たぶん……なんだ？　違うことをしていた？　彼女を意識し始めた瞬間から欲していたではないか。

「スタンホープ卿《きょう》の令嬢ならそうと言えばよかったんだ。わたしはきみがロマの娘だと信じていた。しかも、きみはわたしを夫と宣言して命を救ってくれた恩人だ。わたしは喜んできみと結婚するよ、ララ。そのことには何も意味がないというのか？」

「道義心から結婚するのね。道義心はりっぱだけど、わたしが夫に求めるものはもっとほかにもあるのよ」

「これはどうだ?」ジュリアンは彼女の髪に差し入れ、顔を上に向けさせた。「情熱は? わたしたちにはたっぷりあるだろう」

ジュリアンはキスをした。彼女の甘いにおいを胸に吸いこむ。みずみずしくなめらかな唇を楽しみながら、曲線美の柔らかな体をぴたりとわが身に押し当てる。キスは深くなった。服が邪魔になり、彼は夢中で背中のボタンを外し、つややかな素肌に手をすべらせた。だが、まだ充分ではない。

「さあ、脱がせてあげよう」彼はララの口元でささやいた。

「いいえ! やめて! 情熱だけでは足りないのよ」

「わたしがほしいだろう、ララ。わたしにはわかっている。きみも否定できないはずだ」

唇を重ね、ララの抗議の声をのみほしながら、ふくらんだ胸の頂に手を伸ばす。手のひらの下でそれが硬くなるのを感じ、ジュリアンはうめいた。ララの口のなかに舌を突き入れ、太もものあいだに自分の腰を押しつける。ジュリアンがようやく唇を離すと、ララは一歩下がって彼をにらんだ。黒い瞳《ひとみ》は怒りの火花を放っている。だからといって彼女を求めるジュリアンの気持ちが薄らぐことはない。それどころか、ララの怒りは彼の情熱をあおるばかりだ。

ララは手を握りしめ、ジュリアンの頬を叩こうとした。彼はあっさりとこぶしをよけ、ララの手を封じてふたたびキスをする。ララの怒りと、それとはまた別の、深く彼をかき立てる何かの味がした。

ララはすすり泣くような声をもらした。彼の唇はあざができそうなほど硬く、舌は決然と突き刺さり、抗う力をララから奪おうとする。そのときふいにジュリアンの唇がやわらぎ、圧迫がゆるんだ。すすり泣いたせいなのか、それとも荒々しく彼に押しつけられている体のせいなのか、理由はなんであれ、突然彼女の情熱に火がつき、炎と燃え上がった。唇がさらにしっかりと重なり合う。ララは彼の舌を吸い、離そうとしなかった。いきなり彼がララの手を放し、両手を使って胴着とシュミーズを胸からはがした。ララはコルセットも何もつけていなかった。ロマの開放的な服装を楽しんだあとでそういう下着をつける気がしなかったのだ。

ジュリアンは彼女を見つめたまま、頭を支えて自分のほうを向かせて、あらゆるところを唇で愛撫《あいぶ》した。両手は乳房や腰の線をなぞったりしている。ララが恋しさのあまり抵抗できなくなると、ジュリアンはまずスカートを、ついでシュミーズを取り去った。ララが身につけているのは靴と上品なリボンで結わえてあるシルクのストッキングだけだ。

ララは彼の両腕にしがみついた。切ないまでの欲望に駆られ、手を伸ばすと、彼の髪に指を差し入れて強く引き寄せた。腹立たしい男性への情熱にあおられ、ララはその味におぼれた。こみ上げる欲求は、生々しく抑えがきかなかった。彼の手がふたりの体のあいだに入りこみ、半ズボン《ブリーチズ》のボタンをまさぐっている。ジュリアンが片手を太もものあいだにすべらせると、ララはおののいて息を吸いこんだ。

引き抜いた彼の手はぬれて光っていた。「わたしを迎える用意ができているね、かわいい人《スウィーティング》」怒張したものが、上に向かって一度突いただけでララの熱気のなかに心地よく包まれた。なめらかにうるおった溝にそってそれが動くと、ララは鋭く息を吸いこみ、自分の内側へ彼を引きこんだ。深く、さらに深く彼を奪う。ジュリアンの指示に喜んで従い、両脚を彼の胴に巻きつけて力強い突きに合わせた。

ジュリアンの動きは性急になり、勢いを増して荒々しいともいえるほどだった。脚も腕も、彼の全身が強い欲求に震えていた。

「寝床へ」彼は息を切らし、よろめきながら前へ進んだ。

ララが自分の肩越しに見たときは、もう寝台にたどり着いていた。彼女は仰向けに倒され、ジュリアンがそれに続いた。倒れた拍子に彼はララのなかに激しくめりこみ、どちらも思わずあえぎ声をあげた。ララの耳元に彼の荒い息が吹きかかる。ジュリアンの動きはなおも激しく強く速くなっていく。この前愛し合ったとき、ララは至福の喜びに達したと思った。けれどもこのめくるめく絶頂の波に比べれば、その記憶も色あせる。体は幾百万の白熱したかけらとなって砕け散り、そのひとつひとつが輝きを増していくようだった。

　ぼんやりとした意識のなかで、ジュリアンが彼女の腰をつかんで持ち上げ、駆り立てられるように何度も突くのをララは感じた。彼の口が胸の頂を引っぱり、強く吸っている。耳元に彼の声がとどろき、信じられないほどの熱気が彼女の奥深くでほとばしった。ジュリアンが折り重なってくる。ララは彼の体の重みを受け止め、ひしと抱きしめた。

　ララはゆっくりとわれに返った。目を開けると、ジュリアンがこちらを見下ろしていた。暗く探るまなざしは、気づまりになるほど真剣だ。まるで、今しがたふたりのあいだに起こったことから納得のいく答えを求めるかのように。ララ自身の思いはあまりにもはっきりしていた。一生愛してくれない男性にこれほどの強い欲望を感じるなんて恐ろしいことだ。

「許してくれ。自分を抑えられなくなってしまった」ララから体を離しながらジュリアンは言った。「上等なワインのように、時間をかけてきみを味わうつもりだったのに。ひと息ついたら、今度はちゃんとやるよ」

　ララが眠たげな目で見守るなか、彼は上着とチョッキを脱ぎ、シャツのボタンを外した。襲い来る彼の情熱にもう一度耐えられるかどうか、ララはほんとうに自信がなかった。

「お湯が冷めてしまうわ」力なく訴える。

「かまうものか」

ジュリアンはシャツを脱ぎ捨て、ブリーチズを足元まで下ろした。ララはその姿を見つめた。細身の体にこれほど多くの筋肉がつくものかと驚かされる。贅肉《ぜいにく》はかけらもない。肩は広く、胸は隆々としている。それに彼の全身が、品のいい足に至るまで、高貴な生まれを物語っている。

片方ずつ、ブーツを床に投げ出すと、次に彼はブリーチズを、巻き下ろした長靴下とともに脱ぎ去った。ララは目の前に立つ男性の姿に圧倒され、目を離そうとしてもできなかった。この人を愛している。ふと、その思いに打たれた。愛しすぎて、結婚はできない。自分がいくらジュリアンを愛していても、愛を返してくれる望みはほとんどないのだから。それなのに結婚したら、身の破滅だ。

ジュリアンは湯桶まで行き、布を湿らせてから寝台に戻ってきた。ララのおざなりな抵抗を無視して両脚を開かせ、自分の種の残りをふき取る。次に己を清めると、寝台に身を沈めた。その熱い視線を温かな蜜《みつ》のようにララの体に注いでいる。

彼の手が乳房に触れ、その先端を吸おうとして頭が下りてきた。ララの喉からうめき声がもれた。唇が下へとさまようと、ためていた息があふれ出る。ララの腹部からストッキングの端まで、唇が伝い下りた。ジュリアンは片方のリボンを口でほどくと、脚にそってキスしながら、ゆっくりとストッキングを巻き下ろして取り去った。もう片方の脚にも同じことをされると、ララの体に火がついた。ジュリアンの唇が脚のつけ根をおおう三角形の巻き毛にたどり着くと、ララは体をのけぞらせた。

「ジュリアン……」

「うん、かわいい人《スウィーティング》」

「いけないわ……やめて……」

ジュリアンは脚のあいだに顔をうずめ、舌で触れた。ララは寝具を強く握り、なおものけぞった。

ジュリアンが頭を起こし、はっとするような笑みを見せた。「何がいけないんだ?」

彼の唇は感じやすい肌に戻った。たちまちララは頭のなかが真っ白になった。ジュリアンの飢えた唇のことしか考えられない。舌は大胆になり、露を置いた女のつぼみのなかへ忍びこみ、奥へ奥へと入ってくる。ララの理性はどこかへ吹き飛んだ。

「何をきいたの?　頭が働かないわ……あなたが……こんな……ああ、死にそうよ」

「だったら何も考えないで。きみがおののくのを感じたい。きみの情熱を味わいたい」

　ジュリアンのみだらな言葉が情熱をかき立てる。唇と舌で攻め立てられ、ララは身もだえした。乱れた息の音が、静寂のなかで大きく響いている。彼に駆り立てられて体は高く舞い上がり、張りつめて、突然達した。彼の名を叫び、髪を両手でつかむ。彼がこれをやめるのではないかと恐れながらも、彼の施しが何もかもいとおしかった。

　ララが忘我の余韻にまだ震えているうちに、ジュリアンは身を起こし、わななく鞘《さや》のなかに自身を深くうずめた。息づまる一瞬、そのまま自分を保ち、抑えようとした。だが、思いを遂げたいという気持ちに圧倒された。彼はうめき、力強く突いた。数分とたたぬ間に荒々しい絶頂のうずきにのまれた。種がほとばしり、彼女の名を叫んだ。最初にわれに返ったのはジュリアンだった。ララはその横にけだるく寝そべり、顔には優しい笑みを浮かべていた。

「さて、湯浴みはどうする？」

「今はいいわ」ララは眠たげにつぶやいた。

「いや、今だ」ジュリアンは言い張った。

　彼女をすくい上げ、湯桶まで運んで湯にひたす。ララが抗議の声を上げた。「冷たい」

「場所を空けて」ジュリアンは湯桶の縁《ふち》をまたいだ。

「そんな余裕はないけど」

「つくろうと思えばできる」

ララは前につめ、その背後にジュリアンが座った。窮屈だが、文句はない。彼は手ぬぐいを取り、石鹸《せっけん》で泡立てると、ララの背中を上から下まで悩ましくこすった。ぎゅうづめのなかで互いの体を洗い終えるころには、湯桶のなかよりも床にこぼれている水のほうが多かった。ドアを叩く音がした。食事の時間だ。ふたりはあわてて湯桶を出ると、客室女中に見られても恥ずかしくない程度に服を着こんだ。

ふたりは黙々と食べた。ジュリアンは腹ぺこだったが、ララの食べっぷりからして、彼女も同じようだ。夕食がすむと、ジュリアンは椅子《いす》にくつろぎ、彼女を見つめた。

「ロマの野営地を見つけるのにどのくらい時間がかかると思う?」

「父の領地は広大だけど、ピエトロが特に気に入っている場所がいくつかあるの。まず、そこを探しましょう。いつまでいっしょにいることになるかしら?　もちろん不満を言っているのじゃないの。人生でいちばんの時間はラモナとピエトロのところで過ごすときだから」

「さあ、いつまでになるか」ジュリアンは考えながら言った。「数週間のうちにはロンドンに戻って上司と話をしなくてはならない。上層とつながりのある数人に容疑者を絞ったんだ。極秘情報に近づける人間はそのなかにいる」

「犯人の目星はついているんでしょう?」ララは尋ねた。

「うん」

「話して」

「いや。知らないほうが身のためだ。わたしは真相に迫ろうとしている。そうだとも。ジャッカルは不安になっている。だから、きみやわたしの家族を脅して反撃に出たんだ」

「こんなこと、何だかいやだわ、ジュリアン」

「きみを巻き添えにして申し訳ない。お父上には洗いざらい話すよ。この件にかかわっていないことがはっきりしたらね」

ララは急に立ち上がった。「父が密輸組織と取引しているとでも? あなた、気はたしかなの?」

ジュリアンは失言に気づいた。スタンホープ卿を容疑者として挙げるべきではなかった。彼の疑いを裏づけようにも晴らそうにも、そのための証拠が足りない。

「ジャッカルらしき男と接触のある人間は誰《だれ》でも疑うことにしているんだ」

「あなたはわたしを父から引き離したかったのね。こんな誘拐同然のことをしたのもそのためでしょう」ララは責めた。

「ひとつにはね」ジュリアンは認めた。「きみを連れ出すしかないと心から確信したのは、あんなふうにきみが襲われたからだ」

「父がわたしを傷つけるわけがないわ」

「だといいが」ジュリアンはあいまいに言っておいた。

「あなたほど頭に来る人はいないわ！」ララは言い返した。「わたしを家に連れて帰ってちょうだい。父がわたしに嘘《うそ》をつくはずがないもの。密輸にかかわっているのかどうか、わたしが直接尋ねるわ」

「もってのほかだ」ジュリアンは反対した。「スタンホープ卿がかかわっているかどうかはともかく、ロンドンでは無法者が野放しになっている。わたしが真実を突き止めるまで、きみは祖父母のところにいるんだ」

「もう休ませていただくわ」ララは息も荒く言った。

「怒っているのか」

ララは思わず食ってかかった。「当たり前よ！　何を期待しているの？　あなたは自分でも気の進まない結婚をわたしに押しつけたあげく、ロンドンから連れ去って父を犯罪者呼ばわりしたのよ」

「誤解しないでくれ、ララ。わたしたちは間違いなく結婚する」

「いいえ。あなたこそ、誤解のないようにしていただきたいわ、閣下。わたしは今でもロマよ。お忘れじゃないでしょうね？」

「きみは半分ロマだ」ジュリアンは正した。「そして伯爵の娘でもある。わたしの子を身ごもっていたらどうするんだ？」

「わたしの一族では、夫との子供を産むのは罪ではないわ」

「ロマ式の結婚のことを言っているのなら、世間はそういうものを認めないと請け合うよ。わたしの理解では、きみがラモナとピエトロと夏を過ごすのはあれが最後になるはずだった。きみの父親は同等かそれ以上の身分の夫を見つけさせたがっている。きみがてなし子を産んだら、お父上は二度と面を上げて外を歩けなくなるだろう。ここでは異教の儀式よりもイングランドの法律が優先されるんだ」

ララは憤慨した。「わたしは異教徒だと言うの？」

ジュリアンはいらだたしげにため息をついた。「きみと言い争いはしたくない、かわいい人《スウィーティング》。寝床に行こう。あすは早めに出発したい」

「ご自分の寝床を探して、閣下。わたしを異教徒だと思う男性とは枕《まくら》をともにしたくないの」

ジュリアンが愉快そうに見守るなか、ララは鞄のなかからナイトガウンを見つけて服の上からはおり、その下で着替えをした。それから寝床にもぐりこみ、毛布を首まで引き上げて彼に背を向けた。

「悪いが、空いている寝床はほかにないし、わたしはなんとしてもきみと枕をともにさせてもらうよ」

ジュリアンはすばやく服を脱ぎ、寝床に入ってララのとなりに横たわった。腕のなかに抱こうとすると、彼女は身をこわばらせ、寝床の端に移った。

「わかったよ、ララ。きみの好きなようにするといい。わたしはただ、きみを抱きしめていたいだけだ」

でも、抱きしめられたくないのよ、とララは思った。彼の愛を受けると体はあまりにも無防備になり、心はあまりにもうずく。それに、父を密輸組織の一味ではないかと疑う彼の気が知れない。父は気高い人間だ。愛情豊かで心が広い。ララがその生きたあかしだ。本来、父親はララを受け入れなくてはならなかったわけではない。彼女の母親とのかりそめの関係から十三年もたって、いきなり娘が戸口に現われたのだから。それでも父親は自分のことを受け入れてくれたのだ。

スタンホープ卿とすれば、ララの母親など知らないと突っぱねることもできたはずだ。そうしたからといってとがめる人もいなかっただろう。けれど彼は、ララを疑問ひとつ抱かずに受け入れ、こよなく愛してくれる。なんとか父の無実を証明してみせる、とララは心に誓った。ジュリアンの疑いは根も葉もないものだとわからせてやるわ。

朝になって目を覚ますと、ララはジュリアンの腕のなかにいた。脚を絡みつかせ、心地よく彼に体を押しつけている。ララははっとして視線を彼の顔に移した。ジュリアンは目を開けて、にこやかにこちらを見ている。ふたりの親密な寝姿に彼がひと言でも触れようものなら、ララはこぶしを振り上げ、悦に入った笑みをその顔から消してやるところだ。

「お目覚めだね」ジュリアンは物憂げに言った。「そろそろ起きてもいいころだ。先に顔を洗わせてもらうよ。きみが身支度しているあいだに朝食を注文して、必要なときに発てるように馬車の用意をさせておく」

ララはただうなずき、用心深く彼の腕から身をほどいた。ジュリアンが洗顔とひげそり、着替えを終えるまで、彼女は背を向けて、壁を見つめていた。彼が部屋を出るのを待ってから起き上がり、身支度を整えた。下に行くと、ジュリアンは休憩室のテーブルについていた。

「朝食をたっぷり頼んでおいたよ」ジュリアンが言った。

ララはここでもうなずくだけだった。まだわだかまりが溶けず、言葉を交わす気になれない。

黙って朝食をとっていると、ひと口ごとに鬱憤《うっぷん》が増した。人の気も知らず、ジュリアンは満足し切った顔をしている。早くラモナとピエトロのところに行きたい。ララにとって何がいちばんいいか、祖父母はいつもわかってくれている。あのふたりの力ラ《ガ》ラ《ッ》の《ジ》見《ョ》たところ、自分がジュリアンに愛されることは一生ないだろう。それなのになぜ、非ロマの式を挙げて結婚しなくてはいけないのか。

ジュリアンとのあいだの葛藤《かっとう》も解決できるかもしれない。ララの見たとを借りれば、

父親がララに危害を及ぼせるとジュリアンが思っていることも気になった。そのことで、ジュリアンが愛してくれないのと同じくらいに心が痛む。食事がすむと、ジュリアンにドアの外へと促され、ララの物思いは断ち切られた。彼は待ち受ける馬車にララを乗せ、その横に飛び乗った。車輪の音と馬具が揺れる音を響かせ、ふたりは出発した。

太陽がいちばん高くのぼったころ、スタンホープ・マナーが見えてきた。「ここはもう父の土地よ」ララは教えた。

「屋敷は避けて通ろう」ジュリアンが言う。「召使いたちの目に触れたら、ここに来た目的が台無しになる。わたしたちの居場所を誰にも知られないようにしないと」

「だったら本道からそれて。右側の木立のほうに向かうと、狭い馬車道があるの。その道を行けばピエトロの好きな野営地のひとつに着くわ」

ジュリアンはララに教えられた道順をたどっていった。ほどなく、小川の近くの空き地にたどり着いた。

ララががっかりした声をあげた。「ここにはいないわ。小川にそって下流のほうに

行きましょう。ここからそれほど遠くないところにもうひとつ野営地があるの」

馬車は草の多い三角州を進んだ。祖父母はほかの場所で冬を過ごすことにしたのではないかと、ララは不安になってきた。そのとき、遠くで人の声が聞こえた。

「みんながいるわ！」ララは叫び、うれしそうに手を叩いた。「この先に」

ほどなくして、十台以上の色鮮やかなロマの馬車が見えてきた。曲がりくねった小川のそばの空き地でまだらに日を浴びて、あちこちに散らばっている。ロマの子供がふたりの姿を見て、みなに知らせた。ここはスタンホープの土地なので、訪問者を恐れる理由は何もないとわかっている。招かれてもいないのに他人の領地に踏み入る度胸のある人間はめったにいないものだ。

ララはすぐにピエトロを見つけ、手を振った。ピエトロの顔が喜びに輝くのを見ると、ララはほほ笑んだ。ピエトロは手を振り返し、挨拶《あいさつ》しにやってきた。ラモナもすぐ後ろからついてくる。ジュリアンは馬車の手綱を引いた。地面に下り立ち、ララに手を貸そうとしたが、ピエトロのほうが早かった。ララをさっと馬車から抱え下ろし、筋骨たくましい腕に包みこんだ。力強い抱擁のあと、ララをラモナに渡す。

ラモナはララをぎゅっと抱きしめてから腕をいっぱいに伸ばし、もののわかった目で孫娘を見まわした。すぐに仏頂面が大きな笑顔に変わった。

「わたしが予言しなかったかい？　おまえたちはロンドンでもう一度出会うと」そう

言うとふいに笑みを消して、表情を引きしめた。「危険。ふたりとも恐ろしい危険のなかにいる。だからここに来たんだろう」

12

ラモナが驚異的な能力の持ち主であることはジュリアンも薄々気づいていたが、一瞬にして事情をのみこんだのには感心した。

「詳しい話はのちほど」ジュリアンは手短に言った。自分とララが注目の的になっていることに気づいたのだ。ララの家族には自分から素性を明かすつもりだが、今はそのときではない。

ロンドがこちらに飛んでくる。ジュリアンは伏せたまつげのあいだから彼を見守りながら、顔をしかめた。美青年のロマはむさぼるようにララを見ている。ジュリアンにとって嫉妬《しっと》というのはなじみのない感情で、それだけに抑えこむのがむずかしかった。

「お帰り、ララ」わざとジュリアンを無視してロンドは言った。「残念な結婚のことを知って、親父さんに追い出されたのかい?」

ジュリアンは一歩、進み出た。穏やかな表情を念入りに装おうとした。命を救ってくれた人々をいらだたせるようなことはしたくない。ララの害になることも何ひとつ言いたくなかった。

「ララを連れて遊びに来たんだ。彼女がおじいさんとおばあさんを恋しがるものでね。ピエトロの同意が得られれば、しばらく滞在させていただくよ」

ラモナの暗いまなざしを感じ、ジュリアンはひるまずに見返した。老女が彼の嘘《うそ》を秤《はかり》にかけ、大目に見てくれたことはわかっている。もっとも彼の正体や、彼がララをどんな危険に巻きこんだのかまでは知らないのだ。

「孫娘を迎えるのはいつでもうれしいことだ」ピエトロが請け合った。「きみはララのご亭主だから、同じように歓迎するよ、ドラゴ。そうだな、ラモナ？」

長い間《ま》を置いてから、ラモナは答えた。「ああ」まだ決めかねているのがその口調からうかがえる。ラモナはジュリアンから顔をそむけ、ララに温かな笑みを向けた。

「グレゴールじいさんがおまえの馬車をここまで御してきてくれたよ、ひよっこ。ドラゴとふたりでいつでも使えるようにしてあるからね。わたしはこうなる予感がしていたんだ」

「わたしが来るのがわかっていたの？」ララはびっくりしてきいた。

人々が、ジュリアンとララが現われる前にいた場所にそれぞれ戻ろうとして散り始めた。だが、ロンドは去りがたい様子だ。

「なんでまた、ドラゴといっしょにいるんだ？　おまえを捨てた男だぞ」ロンドは意地の悪い言い方をした。「ひどいことをしたもんだよな。おいらがおまえの亭主なら、そんな薄情なまねはしないよ」

　ロンドの言葉にララは口もきけずにいる。ジュリアンは急いで彼女をかばった。

「わたしたちのことをきみにいちいち説明する必要はない。ただ、どうしても知りたければ言うが、やむをえない事情があってララを置いていくしかなかったんだ」

　ロンドの目がすぼまる。「あんたがここに現われたのにはもっと何かわけがありそうだな。どうもあんたの話は嘘のにおいがする。ララの親父さん、娘がろくでもない男と結婚したと知ってかんかんになっただろう。何しろ、危険な敵のいる男だもんな」

「これ、ロンド！　おまえこそ、やきもちのにおいがするよ」ラモナが叱《しか》った。「誰《だれ》の目もごまかせやしないんだからね。おまえは昔からララに気があった。だけどララの父親が娘のために考えた将来の計画にロマの夫は入っていなかったのさ。ほかに目を向けるんだね。ララはおまえみたいな男には向いていないんだよ」

　ロンドの目がうらみがましく陰った。「いや、怪しい過去のあるドラゴがおいらよりましだなんて思っちゃいないはずだ。この非ロマ《ガッジョ》はララを置いてきぼりにした。おいらならそんなことするもんか」

不穏な目をララに向けてさらに言った。「このガッジョと離婚するのは簡単だ。おいらたちの習わしを知っているだろう。親父さんのところに戻る前にとっとと離婚しなかったなんて驚きだよ」

ジュリアンは横目でララを見た。ロンドの言葉にしばし、考えさせられた。ロマの習わしでは簡単に離婚できるという。それならなぜララはそうしなかったのか。

ララの返事はますますジュリアンを困惑させた。「ドラゴと離婚したくなかったからよ、ロンド。でも、理由がなんであれ、あなたには関係のないことだわ」

「さあ、ついておいで」ラモナが声をかけた。「おまえさんたちも疲れただろう。それからロンド、わたしの孫娘の言ったことをよく覚えておくんだよ。これはおまえにはなんのかかわりもないことだからね」

その言葉がきいたのか、ロンドは大股《おおまた》で去っていった。だが、その前にジュリアンを脅すような目で見た。嫉妬を燃やすあの青年は要注意だと、ジュリアンは直感した。

ラモナは自分たちの馬車にふたりを招き入れた。小さな火鉢でお茶をわかし、濃い飲み物をそれぞれのカップにつぐ。元気づけのひと口をすると、ラモナの思わしげな目がジュリアンにとどまった。

「わたしの孫娘にどんな災難をもたらしたのか話しておくれ」

「長くなりますが」ジュリアンはあえて言った。

「時間ならあるよ」ピエトロが促す。

「わかりました」ジュリアンは気を引きしめるために息を吸いこんだ。「まず、わたしの名前はジュリアン・ソーントン、マンスフィールド伯爵です。もっとも、ここにいるあいだはドラゴと呼んでもらったほうがいい。わたしの素性をほかのみなに明かせば危険が降りかかるかもしれないので」

ピエトロが身をこわばらせた。「誰がもたらす危険なのかね?」

「わたしの敵です。これからお話しすることはごく内密に願いたい。全部聞いたあとでわたしに出ていってほしいと思われるなら、ただちにそうするつもりです」

「それは閣下の説明を聞いてから判断させていただくよ」ラモナは請け合った。

「わたしは政府の諜報員《ちょうほういん》です」ジュリアンは声をひそめて話し始めた。「目下、密輸組織に関係する任務についています。首謀者を割り出せそうになったとき、何かがおかしくなった。首謀者と思われる男は政府の機密に通じています。今回、スコルピオンという名の諜報員の身元も知られてしまいました」

ララはふとひらめいて目を見開いた。「あなたがそのスコルピオンなのね!」

「ああ。五年前から事態は深刻になり、ジャッカルと呼ばれる密輸人に命をねらわれるようになったんだ。わたしのいいなずけはわたしの身代わりとなって命を落としました。わたしが乗ることになっていた馬車に乗っていたために。わたしは彼女の棺に誓ったんです。この仇《かたき》は必ず討つと」

「それがどうして海に浮かぶはめになったんだね？　銃弾を二発も受けて」ピエトロがきいた。

「密輸人たちに仕掛けた罠《わな》にジャッカルが勘づいたんです。雑用艇に密輸品を積みこむ農夫の一団にわたしは紛れこんでいました。密輸品はフランス沿岸の沖合いに停泊している船に向かってこぎ出しました。わたしは海岸でそれを見守っていましたが、どうやらジャッカルに知られたらしい。わたしは選び出されて、死の宣告を受けました。あの弾は逃げようとしたときに受けたのです。気がついたときは密輸船の上でした。もう一度逃げようとして船から飛び下りたとき、またも撃たれて傷を負いました。あなた方が野営していた浜にどうやってたどり着いたのかは自分でもわかりません」

ララのほうを見てほほ笑んだ。「天の配剤《はいざい》かな？」

「あの男たちはおまえさんを殺すつもりで捜しに来たんだね」ラモナは考え深げにつぶやいた。

「ええ。ララがわたしを夫だと宣言して命を救ってくれましたが」

「なぜララをロンドンに連れていかなかったのかね？」ピエトロが尋ねた。

「それならわたしが答えられるわ、おじいさん」ララが口をはさんだ。「ジュリアンは伯爵だからよ。ロマの女を妻にして社交界での高い名声を台無しにしたくないのよ。

わたしたちのような異教の結婚は違法で、イングランドの法廷では認められないんですって」

ジュリアンはうめきたくなった。ララの説明では、彼はまるで人でなしの冷血漢だ。ピエトロの暗い目つきからしてこれは幸先がよくない。

「わたしは喜んでララと結婚しますよ。今度はイングランドの法律で認められた式を挙げるつもりです」

ララは冷たい目でジュリアンを見た。「ロンドンでジュリアンと会ったのは、わたしのために父が舞踏会を開いたときよ。言うまでもなく、そういう場でお互いを見て驚いたなんてものじゃなかったわ。ジュリアンは父が伯爵だと知ると、潔くわたしに結婚を申しこむことにしたの。ロマの女は寝床ではよくても、妻にするほどじゃなかったのにね。ジュリアンの考えでは、わたしが伯爵の娘だと話はすっかり変わるのよ」

「そうなのかね?」ラモナがきいた。

ジュリアンは嘘をつけなかった。この人たちにはあまりに多くの借りがある。「そうでないとは言い切れませんが。弁解させてもらうと、わたしが出ていったのは、ララを見捨てたというよりも彼女を危険から遠ざけたかったからです。まずいことに、敵はわたしがララに関心があるのを知り、彼女に矛先を向けることにした。わたしたちの婚約はすでに新聞紙上に発表されましたので」

「わたしはジュリアンと結婚するつもりはないわ」

「ララの言うことには耳を貸さないでください。わたしたちは必ず結婚します」ジュリアンは言い張った。

「おまえさんの敵はララにどんな悪さをしたんだね？」ラモナがきいた。

「ほんとうにたいしたことじゃないの」ジュリアンが返事するより先にララが言った。「音楽会のとき、誰かがわたしの頭をぶっただけ……それと先日、公園で誰かがわたしに発砲したの。でも、あれは事故かもしれない。でなければ、あの弾はジュリアンをねらったものじゃないかしら。今でもそう思うわ」

「わたしのことはいい」ジュリアンはつっけんどんに言った。「ララの命がねらわれるのは許されない。彼女はロンドンの父親のもとにいるよりここにいるほうが安全です」

ララはあきれたような声を喉《のど》の奥からもらした。「わたしの父が密輸組織にかかわっているんじゃないかとジュリアンは疑っているのよ。ばかげているわ。お父さまがわたしを傷つけるわけがないのに。そうでしょう？」

ピエトロはおごそかにうなずいた。「まったくだ、ひよっこ。おまえの父親はりっぱなお方だよ。その疑いには根拠がありませんな、閣下」

「わたしもピエトロの意見に賛成だね」ラモナが後押しした。

「ときがたてばわかる」ジュリアンはつぶやいた。ララやその祖父母のようにスタンホープのことで確信を持てればいいのだが。

「もっとも、ララをわしらのところに連れてきたのは賢明でしたな、閣下」ピエトロが言う。

「ドラゴ。ドラゴと呼んでください」ジュリアンは注意した。「わたしが心配しているのはララの身の安全です。彼女が危険な目にあうのはわたしのせいなんだ」

ラモナはララの顔を探り見た。ほかの人には見えない何かを求めるかのように。

「孫娘とふたりだけで話したいんだけどね」

「わたしは外であなた方の判断を待ちます」ジュリアンは腰を上げて言った。

「わしも出ていよう」ピエトロも言った。「ラモナが決めたことなら、それでかまわんよ」

ララは自分の膝《ひざ》に視線を落とし、ラモナが口を開くのを待った。祖母にはこの世のものとは思えない賢さがある。あざむこうとしても始まらないことはララにもわかっていた。ラモナに目のなかをのぞきこまれるだけで、胸中の思いをすべて読まれる思いがする。

「ドラゴに置いていかれたあと、なぜおまえが離婚しなかったのか、わたしは知っているよ、ひよっこ」ラモナは切り出した。

「わたし自身にもわからないことがどうしてわかるの？」

「おまえの心のなかを見ているからさ。おまえは父親のところに戻っても、別の誰かと結婚する気はなかった。ロマ式の結婚がガッジョには認められなくてもね」

「そうかもしれないわ」ララは認めた。

「そのときからもうドラゴを愛していたんだろう」ラモナは話を続けた。「おまえが気づこうとしないことをおまえの心が教えてくれたよ。おまえの手相も見た。ドラゴのお茶の葉も調べてみたから、運命の導きでおまえたちがロンドンでまたいっしょになるのがわかったのさ。おまえに危険が降りかかることも」

「おばあさんは賢いわ」

「それでもまだわからないことがあるんだよ。ドラゴを愛しているのに、どうしてガッジョの儀式であの男と結婚しないのか」

ララは急に顔を上げた。「わたしがドラゴを愛するようには愛してくれないからよ。あの人はわたしに感謝しているわ。わたしの身を気にかけてくれてもいる。でも、夫にはもっと多くを求めたいのよ。わたしの愛に応えてくれない男性とは結婚できないわ」

「どうして応えてくれないとわかるんだね、ひよっこ」

「ジュリアンはいいなずけの女性を心から愛していたの。彼女はあの人の敵に殺されたのよ。事故のように見せかけてはあったけど。ジュリアンの心は別の愛を拒んでいるわ。わたしはあの人の愛がほしくてならないのに、彼はあいかわらず亡き女性に心を捧《ささ》げている。どうしていっしょになれるかしら。あの人が恋焦がれているのはわたしじゃないのに」

「ドラゴを追い払おうか?」ラモナがきいた。

ララは喉元に手をやった。「いいえ! 追い払わないで。あの人は死んでしまうかもしれない。ジュリアンのいない世界では生きていけないわ」

「ここにいるあいだ、おまえはドラゴの妻として暮らすつもりかい?」

ララは目をそらした。「それは……わからない」

「ドラゴの子を身ごもったらどうするつもりだね?」

ララは口元をほころばせた。腹部に手を当て、そのなかで育つジュリアン二世を思い描く。「それが神さまの思し召しなら」ララはささやいた。「たっぷりと愛情を注ぐわ。わたしを愛してくれる……」言葉が尻《しり》すぼみになった。

「父さんのように」ラモナが言い、わけ知り顔でうなずいた。

「ああ、ラモナ、わたしはどうしたらいいの?」ララはラモナにすがった。「ジュリアンは伯爵令嬢の純潔を奪ったと知って、わたしと結婚するのが自分の義務だと思っているのよ。でも、わたしは愛のない人生は送れないわ」

「手のひらを見せてごらん、ひよっこ」ラモナが手をさし出した。

ララは迷いなくラモナの手に自分の小さな手をのせ、息をつめて待った。老女は節くれだった指でララの手のひらの線をなぞった。今、ラモナは神がかった状態にあるようで、目は閉じたままだ。永遠とも思える時間がたってから、彼女は語り出した。

「おまえは愛をつかむだろう、ひよっこ」その声は話すというより歌っているようだった。「おまえが望むとおりの愛を」

「ジュリアンの？」期待をこめてララはきいた。

「それはわからない。だけどおまえたちがたどる長いトンネルの先には幸せが見える。気をつけないといけないよ、ひよっこ。思わぬところに危険がひそんでいる」

「ほかに何かわかった？　ジュリアンのことでどんな助言をしてくれるの？」

ラモナのまぶたが引きつり、夢から覚めるように開かれた。「おまえは自分の心に従うしかないよ。今でもドラゴにいてほしいかい？　答える前によく考えておくれ。ここのみなは、おまえとドラゴを夫婦と見なしているからね」

ララは自分の胸に問いかけ、答えを探した。つらくてもしかたがない。結局、この問題にはひとつしか解決法がないのだ。ジュリアンには安全な避難先がいる。それにはロマの野営地は絶好の場所だ。そこから愛する人を追い出すなんてことはできない。「ジュリアンはここにいないといけないわ」ララは声を震わせて言った。「あの人を追い払わないで、おばあさん」

ラモナはララの頰《ほお》に触れてほほ笑んだ。「おまえがそう答えるとわかっていたよ、ひよっこ。お茶を飲んでおしまい。それから外に行って、ドラゴに言うんだ、好きなだけここにいていいとね」

ララとラモナが馬車のなかにいるあいだ、ジュリアンは踏み段に座っていた。彼が滞在を許されるとしても、一週間かそこらだろう。だが、それだけあれば敵が追ってこなかったかどうかたしかめられる。追ってきていなければ、ジャッカルはもうララを脅かすことはできないのだ。

ジュリアンは考えにふけっていたので、ロンドがこちらにやってきたのにも気づかなかった。ロマの美青年が横に座ると、ジュリアンは少なからず驚いた。

「なんで戻ってきた?」ロンドはつっけんどんにきいた。「あんたみたいな手合いにはここにいてもらいたくないんだよ」

ジュリアンはへりくだった笑みを浮かべながら横目で彼を見た。「わたしはどんな手合いなのかな、ロンド?」

「ララを汚《けが》すような男だ。彼女との結婚を守る気もなかった」

「ララは伯爵の娘だとわたしに言うべきだったんだ」

「おいらに嘘をつくな。スタンホープ卿《きょう》は娘が傷物にされたんで追い出したんだろう。今となっては彼女をめとるガッジョなどいないもんな。おいらはそんなことどうだっていい。ずっとララがほしかった。けど、あいつの心を盗んだのはあんただ。そのあんたには怪しい過去がある。ララのことはおいらに任せて出ていってくれ。ララはガッジョといて居心地がよかったためしがない。あんたはあいつを傷つけるだけだ」

「きみは誤解しているようだ。ララに対するわたしの決意のほどをね」ジュリアンはゆっくりと言った。「ララに結婚を申しこんだよ。わたしたちはイングランドの法にのっとった式をあげるつもりだ」

ロンドの顔から血の気が引いた。「あんたがララにくれてやれるのは危険と頭痛ぐらいのもんだろう?」

ジュリアンは自分が伯爵であることをロンドに教えたくなった。ララは伯爵夫人になるのだと。だが、黙っているほうが賢明だ。ロンドが他言しないともかぎらない。そこまでこの青年を信用することはできなかった。

「その爪《つめ》を引っこめてくれないか、ロンド。わたしのもとにいるかぎり、ララは無事だよ」

「それを保証できるのか？」ロンドは食ってかかった。

ジュリアンは眉《まゆ》を寄せた。ララの安全を保証したいのはやまやまだが、実のところは自信がない。だから彼女をここに連れてきたのだ。

「きみにはできるのか？」ジュリアンは質問を投げ返した。

「ララがおいらのものなら、必ず守ってみせる」

「ああ、だがきみのものじゃない。問題はそこだ」

「ああ。ララはロンドンにうんざりして、おいらたちのところに戻ってくると思っていたよ。そしたらおいら、なにがなんでも求婚するつもりだった。ララはここにいるときがいちばん幸せなんだ。彼女を愛するみんなといるときがな」

ジュリアンが答える間もなく、馬車の扉が開き、ララが出てきた。後ろにはラモナもいる。ジュリアンは立ち上がり、ふたりがそばに来るのを待った。

「ドラゴがここにいるのを許すのは間違いだ」ロンドは強い口調で言った。

「それはわたしに判断させておくれ」ラモナはつっけんどんに応えた。

ロンドはひと言もなくくびすを返し、肩をいからせて歩き去った。

「彼はやいているんだ」ジュリアンが言う。

ララの顔に驚きの表情がよぎった。「やいている？　なぜロンドが？　わたしたちはいいお友達というだけよ。それ以上になったことはないわ。わたしが適齢期になったら父が花婿選びをすると、ロンドも前からわかっていたはずだから」

「だけどおまえは自分で婿どのを選んだね、ひよっこ?」ラモナは含み笑いをしながら言った。「ドラゴを自分の馬車に連れておいき。おまえさんの馬車と馬はピエトロが面倒を見るよ」

「では、わたしたちの荷物を取ってきます」ジュリアンはそう言って、大股で離れていった。ひとりになって考える時間がほしかった。ロンドの敵意はいいことではない。命の恩人たちの平和をかき乱すようなことはしたくない。ここにいるのは数日程度にしたほうがよさそうだ。ララが落ち着くのを見届けたら戻って捜査を続けよう。

ジュリアンはピエトロを手伝い、自分の馬車から馬を外すと、ふたり分の鞄《かばん》を抱え、ララとともに過ごす馬車に向かった。ララはすでになかにいて、肩のこらない好みの服に着替えていた。ジュリアンは鞄を下ろし、その横顔を見守った。ララはきちんと髷《まげ》に結った髪からピンを外し、漆黒の巻き毛にブラシをかけている。下まですくたびに、つややかな房が生き返る。上流社会のしきたりに合わせようとどんなに努力しても、その奔放な巻き毛を手なずけることはできないようだ。

むきだしの優美な肩をジュリアンはうっとりとながめた。彼女が今着ているのは襟《えり》ぐりの深い農婦ふうブラウスだ。色鮮やかなスカートは細いくるぶしのあたりで誘いかけるように揺れている。ジュリアンは股間《こかん》が硬くなるのを感じ、こぶしを固めた。

そうでもしないと、ララを寝台に投げ出し、スカートを押し上げ、この体を彼女のなかに突き立てずにはいられなくなるだろう。彼は目をそらした。胸中の思いが顔に表われてしまわないうちに。

ララがこれほど解放的な気分になったのは、数週間前にロマの野営地をあとにして以来だった。社交界は制約が多く、婦人たちとの付き合いも耐えられない。彼女はジュリアンに目をやり、ふと思った。彼は爵位や義務をかなぐり捨てて、ただ自分の人生を楽しみたいと思ったことはないのだろうか。どうやら、なさそうだわ。

ララの視線は彼の顔にとまった。彼は見られているとは気づいていないようだった。ララは思わず息をのんだ。これほど集中し切った真剣な表情の彼を見たのはこれが初めてだ。ことのほか親密なひとときにしか目にしたことのない輝きが、真夜中の空を思わせる瞳《ひとみ》に浮かんでいる。ジュリアンと視線が合うと、ララは後ろめたそうにほほ笑んだ。

「どうかしたの？」ララはきいた。「すっかり考えこんでいるようだけど。ロンドのことが心配なの？　だったら気にしないで。ピエトロがおとなしくさせておいてくれるわ」

「ロンドのことは心配していない」

ふたたびララはもつれた巻き毛にブラシをかけ始めた。「それじゃ何なの?」

彼の息づかいが聞こえる。荒々しく吸っては吐き、意識して息を整えようとしているかのようだ。ジュリアンが一歩そばに来た。ララの視線は彼の顔に戻った。なんであれ、必死に抑えようとしている感情がうかがえて、ララは震えながら一歩後ずさった。

「どうしたの、ジュリアン?」

「わたしは……くそ、自分でもわけがわからない」彼は首を振り、顔をそむけた。「きみに感じるこの生々しい飢えをなぜ抑えられないのか」それがわたしの悩みだ。わたしに魔法をかけたのか、かわいいロマ娘。もしそうなら、魔法を解いてくれ。きみに気持ちをかき乱されるのが好きじゃない。ダイアナでさえ……」

ジュリアンはうめいてののしり言葉を吐き、扉の外に飛び出した。もし彼が肩越しに振り返っていたなら、ララの表情が崩れて目に涙が浮かぶのを見たはずだ。

なぜジュリアンは自分の目の前にあるものに気づかないの? ララはみじめでならなかった。彼の心には亡きいいなずけへの愛が今もあまりに強く生きていて、そのために代わりの女性を愛そうとしないのだろうか。なぜ彼はわたしの気持ちにこれほど無頓着《むとんちゃく》なの? 感情というものが信じられず、自分の本心さえわからなくなっているのかしら。

ララは涙をふき、別のことを考えようとした。ロンドの嫉妬。あれには驚かされた。彼とは今も昔も友達だ。どうしてロンドはそう思わないのだろう。わたしがいつかはイングランド人と結婚しなくてはならないことはわかっていたはずだ。ララがラモナといっしょに馬車のなかにいたとき、ジュリアンとロンドは話しこんでいた。ふたりの顔つきからすると、深刻な話をしていたらしい。ロンドはいったい何をジュリアンに言ったのだろう?

その夜はピエトロ、ラモナと食事をした。食後に、人々が寄ってきて、ふたりが戻ったことを喜んだ。ララはジュリアンの落ち着きのなさに気づき、散歩に行きたいかときいた。

「うん」ジュリアンは答えた。「気持ちが高ぶって眠れそうにないんだ。きみと相談したいこともある。それには今が最適だろう」

「わたしもあなたにききたいことがあるの」ララは言った。

ふたりは腕を組んで小川のほうへぶらぶらと歩いた。夜気はすっかり冷たくなり、ララは身震いした。

「マントを忘れてきたね」ジュリアンは自分の上着を脱ぎ、彼女の肩に着せかけた。

曲がりくねった川にそって歩き、野営地からしだいに離れていく。草深い小山に着くと、ジュリアンは歩みをゆるめた。

「座ろうか」

ララは地面に腰を下ろした。膝を抱え、ジュリアンが話を切り出すのを待った。なんの話なのか想像もつかなかったが。

「きみから先に」ジュリアンが促した。「わたしに何をききたい?」

「ロンドのことよ。あのとき、あなたたちが話しているのを見たの。彼は怒っているみたいだったわ」

長い間が空いた。「そうだよ。わたしに嫉妬している」

ララは沈んだ様子で首を振った。「ロンドとわたしは友達なの。それ以上でも、それ以下でもないわ」

「ロンドにそう言うといい。彼はわたしたちのロマ式の結婚に心を乱されているんだ。わたしがロンドンに戻っていったときは喜んだことだろう。きみがわたしと離婚してロマの馬車隊にとどまると思ってね」

「まさか。わたしはあなたが去ってすぐにロンドンの父のところに行ったのよ」

「きみがロンドンと向こうでのがんじがらめの生活にうんざりして祖父母のところに戻るのをロンドは当てにしていたようだ。わたしがきみを見捨てたとロンドは思ったらしい。だから、彼はきみの愛を得られると期待していた。それがどんなものかは知らないが、ロマのやり方できみがわたしと離婚し、彼に目を向けるようになると思ったんだ」

「ロンドは考え違いをしているわ。わたしは父が望むとおりにするつもりだったのよ。イングランドの流儀がどんなにきらいでもね」

「では、父親がきみのために選んだ相手と結婚していたかな?」ジュリアンがきく。

「それは……わからないけれど。あなたと離婚してロマ式の結婚を終わりにするのは簡単なことだった。でも、そうはしなかったでしょうね。何回となくあなたが言ったとおり、わたしたちの結婚はイングランドの法律では認められていないから、ロマ式の離婚をする必要もなかったわ」

「わたしがきみに求婚してスタンホープは喜んだと思うが」

「父もようやく気づいたのね。ロマの娘をお嫁にやるのは楽じゃないと。マンスフィールド伯爵なら義理の息子として願ったりかなったりだったはずよ」

「わたしたちが結婚することをついにきみも認めてくれたかな?」

「いいえ」

「わたしは自分の子を嫡出子にしたい」ジュリアンは言ってきかせた。「法にのっとった結婚をすればその問題も解決するだろう」

「だからわたしと結婚したいの、ジュリアン?」

「わたしは高潔な人間だよ、ララ。あまりにきびしすぎると、高潔すぎると家族からは思われているが、わたしはそういう人間だ。きみを汚したのは事実だからね。わたしが人生の指針にしている道徳観念からして、きみと結婚しなければならないんだよ」

「それは前にも聞いたわ」ララはそっけなく応えた。「でも、高潔なだけでは結婚の土台として充分ではないのよ。あなたも心の底ではわたしと結婚したくないと思っているでしょう。それはわかるし、認めるわ。ロマ式で言えば、今でもわたしはあなたの妻だけど、イングランドの伯爵の夫人にはならないつもりよ。さて、あなたの相談というのは何なの？」

ジュリアンは自分の髪に指をかき入れた。「きみのように腹の立つ女性には出会ったことがない。まあいい、この話題はしばらく置くとしよう。最後にはわたしの思いどおりになるだろうから」

ララはいらだたしげなため息をついた。「どうなるかは、時間がたてばわかるわ。それで、相談というのは？」

「ここでの寝床をどうするかだ」ジュリアンは切り出した。「枕《まくら》をともにすれば、どうしてもきみから手を離せなくなるのがわかっている。わたしはもうすぐロンドンに戻るし、先のことはわからない状態だ。ジャッカルを片づけるまで、わたしの命は危険にさらされる。ジャッカルは無法者を何人も雇っているからね。わたしが尻尾《しっぽ》をつかみかけていると知って、今は必死なんだ。あの男はわたしに死んでほしいんだよ、ララ。暗殺が成功するかもしれない」

「ジャッカルの正体は誰も知らないの？」

「ごく身近な人間以外はね。あのクロケットなら知っているだろうが」

「ここにいるかぎり、あなたは安全よ」お願いだからここにいて。ララは心の内で願った。

「わたしはきみが祖父母のもとで落ち着くのを見届けしだい、ロンドンに戻って捜査を続けなければならない。ダイアナの仇を討つために」

ララの心は沈んだ。ダイアナ、いつもダイアナなのね。「ダイアナとここでの寝床とどんな関係があるの？」

「いや、別にない。ただ、きみのお腹に父親のいない子を残していきたくないんだ」

「めっそうもないことだわ」ララはからかった。ああ、胸が痛い。「そうなったら悲劇よ」

「ああ、悲劇だ。わたしの最初の子は――」

「あなたには子供がいるの？　どうして言ってくれなかったの？」

ジュリアンはじっと動かなくなった。「すまない。誰も知らないことだが……ダイアナは亡くなったときにわたしの子を宿していたんだ」

「まあ、ジュリアン。わたしこそ申し訳なかったわ。さぞつらかったでしょうね」

「ああ、つらかったとも。もし生きていたら、どんな子になったかとときどき思うことがある」

ララの口からすすり泣きがもれた。そして、もう一度。もう望みはない。何ひとつ。ジュリアンはまだダイアナと子供のことをいちずに思っている。わたしとのあいだには子供はほしくないというのだろうか。そのとき頭に浮かんだ恐れをララはそのまま口にした。

「もしロンドンでわたしたちが結婚していたらどうなっていた？　あなたはわたしとのあいだに子供がほしいと思ったかしら？」

あたりが暗くてジュリアンの表情は見えないが、彼の怒りは感じられた。

いきなりジュリアンに荒々しく抱き寄せられて、ララは驚きの声をもらした。「ばかな子だ。きみとのあいだにできる子供をどうしてわたしが喜ばないと思う？　正式な結婚をしていないから、子供をつくるときではないと言っているだけだ」

ジュリアンは考えこむように言った。「それにしても、奇妙なことになったものだな。わたしは跡取りができなくてもいっこうにかまわなかった。結婚するつもりがなかったからだ。シンジンの息子がわたしの跡を継ぐことになっていた。だが、きみとわたしが結婚したら、必ず子供ができるはずだ」強い口調で彼は言った。

でも、ダイアナの子供は二度とできない。そう思うと、ララは何とも言えない気分になった。

「わたしが死んだときに備えて、わが子が正統な跡取りになれるように法的な証明をしておきたいんだ」

「あなたは死んだりしないわ、ジュリアン」ララの声が熱をおびた。

「きみの言うとおりならいいと心から思うよ」

「すでにあなたの子を宿しているかもしれないわ」

ジュリアンが息をのむ音が聞こえた。「まさか……ああ、なぜわたしはもっと注意しなかったんだ」

ララは震える手を彼の胸に添えた。手のひらに激しい鼓動が伝わってくる。「もしかしたらの話よ。はっきりそうだとわかっているわけじゃないの」

緊張をはらんだ沈黙がふたりのあいだに流れた。ララは彼の不安をやわらげてやりたいというわけのわからない気持ちに駆られた。「ラモナにお薬をもらうこともできるけど」

「薬？」

「ええ、わかるでしょう。妊娠しないようにするための」

「あの人はそんなものを持っているのか?」

「ほかの人にあげたことがあるのを知っているわ」

ジュリアンの声には困惑の響きがあった。「いや、ラモナに頼まないでくれ。きみがわたしの子を身ごもるころにはとっくに結婚しているよ」

「わたしたちはもう結婚しているわ、ドラゴ」ララはささやき、わざとロマの名前で呼んだ。「それを認めようとしないのはあなたよ」

「まったく、ララ、わたしたちは同じものを求めているのに、なぜ行きづまるんだろう?」

「同じものを求めているけれど、やり方が違うのかもしれないわね、ジュリアン。あなたは寝床でわたしを求め、わたしは……あなたの……愛を求めている」ああ、言ってしまった。

「愛!」初めて聞く言葉でもあるかのように、ジュリアンは声をあげて言った。「わたしはきみがほしい。それを否定したことは一度もない。互いの情熱が結婚のいい土台となるはずだ」

「ダイアナを愛していたの?」

ふたりを包む静けさが、ジュリアンののしり言葉で壊された。「まったく! 何をきくかと思えば。これは取り調べか何かかい? ダイアナがそうまで愛をせがんだ記憶はないね。彼女とわたしとは子供のころからのいいなずけだったんだ。彼女なら申し分のない妻になっただろう。何もかも文句のつけようがなかった。多くの点でわたしたちは似た者同士だった。生まれも育ちも、宗教も、大事なことはすべて同じだった」

「情熱は?」ララは挑戦的にきいた。

ジュリアンがためらう。「甘い情熱なら分かち合ったよ」

雲間からふと、月が顔を出し、ジュリアンのこわばった顔を照らした。彼は眉をひそめ、思い出したくない何かを思い出そうとしているふうだった。

「甘い情熱」ララの声にはあざけるような響きがあった。「わたしたちが交わす情熱は荒々しくて奔放だわ。少しも甘くない」

ジュリアンは激しく首をひと振りした。「だから何なんだ? わたしはダイアナを深く思いやっていた。彼女の死に打ちのめされた。だからこそ、結婚はしないと心に誓ったんだ。彼女の思い出を汚さないように」

「それなのに、わたしと結婚すると決めてかかっているのね」ララは念を押した。

「道義上……」

「道義なんか知るものですか!」ララは毒づいた。勢いよく立ち上がる。「もう戻るわ。今夜、あなたは馬車の下にでも寝てちょうだい」

「きみを大切に思っているよ、ララ」ジュリアンは認めた。「それだけではだめなのか?」

「だめどころじゃないわ」ララは肩越しにさっと振り返った。「お休みなさい」と言って大股で歩き去る。

ジュリアンははじかれたように立ち上がり、よろけながら彼女のあとを追いかけた。

「わたしと寝床をともにするつもりはないんだな?」

「いっしょに寝たくないのよ、ドラゴ」重く垂れこめた空を見上げると、月は雲の奥に隠れていた。「雨になりそうだわ。馬車の下の湿った寝床を楽しめるといいわね」

謎《なぞ》の笑みがジュリアンの顔に浮かんだ。わたしの奔放なロマ娘が猛然と戻ってきたのだ。あのすばらしく反抗的な輝きが。嵐《あらし》のように激しく、彼女が生まれたスコットランドの野のように飼いならすことのできないものが。

何があろうと、ジュリアンはそんな彼女を変えたいとは思わなかった。

13

土砂降りの雨になった。ジュリアンは馬車の下にもぐり、歯を鳴らしながら思った。ララはどうしてあんな強情を張らなくてはならないのか。あの気性と、わけのわからない感情へのこだわりがなければ、今ごろはふたりで寝床にぬくぬくと横たわり、雨は彼を襲うのではなく屋根に降り注いでいただろう。馬車の下の泥沼で寝るのはあまりにもみじめだ。

嵐《あらし》は猛威をふるい、おさまる気配もない。ジュリアンはずぶぬれになるにつれ、ますます腹が立ってきた。近くの木に稲妻が落ちると思わず飛び起き、馬車の下部に頭をぶつけた。

「もういい！」彼は叫んだ。その声も吹きすさぶ風の音にかき消されたが、決心はついた。逆巻く嵐のなかに這《は》い出て、扉に突進する。手の下で取っ手がまわると、馬車のなかに駆けこんだ。床に泥水がしたたっている。

「ジュリアン！　何をしているの？」ララは声をあげ、火を灯そうとしてランプに手を伸ばした。

「馬車の下で寝ていないことだけはたしかだ」彼はうなるように言った。「きみは気づいていないようだが、外は土砂降りでね。わたしは泥の海のなかで寝るのはお断りだ」

「床が水びたしよ」

ジュリアンは憤怒のまなざしをララに投げ、自分の服をはぎ取った。一糸まとわぬ姿になると、ぬれた服を静かにかき集めて、扉の外にほうり出し、腰かけの上にあるタオルをつかみ取って全身をふく。

「場所を空けて」彼は命令口調で言い、体の重みでマットレスをくぼませた。

「いっしょには寝ないわ」ララは言い張った。

「では、外の嵐のなかに出ていくといい。きみがいてもいなくても、わたしはこの寝台で眠らせてもらう」

稲妻が走って雷が鳴ると、ララはわきに寄ってジュリアンのために場所をつくった。ジュリアンは震えがとまらず、上掛けの下にもぐりこむとそれを顎《あご》の下まで引き上げた。「歯が鳴っているわ」ララは後悔まじりに言った。「ほんとうにこんな嵐になるとは思わなかったの」

「どれだけ悔いているか、体で示してくれ」ジュリアンは彼女に手を伸ばした。「わたしを暖めるんだ。きみのぬくもりがほしい」

　ジュリアンはララを引き寄せ、彼女のあえぎ声を聞くとにやりとした。

「氷のように冷たいわ！」

「腕をまわして体で暖めてくれたら、わたしを凍えさせ、おぼれさせようとしたことを許してあげよう」

「あなたに許してもらわなくてもいいわ」ララは逆らった。「凍死させるつもりはなかったのだから」そう言いつつも急いで両腕を巻きつけ、彼の冷たい肌が自分の暖かな肌にぴったりと合わさるとおののいた。「でも、わたしは許さないわ。あなたの……その……」

「何を許さないんだ？」

「いいの。どうせわかってはもらえないもの」

「さっきのささいな口論のことでまだ怒っているのか？　あれはわたしがいけなかった。ダイアナのことは二度と口にすべきじゃなかった」

「いいえ、話してくれてよかったわ。あなたがわたしをどのくらい愛してくれるのかわかったから」

「感情の話はそのくらいにして、わたしたちがともにしているものだけを考えよう。これはどうかな？」

ジュリアンはララの喉《のど》に唇で触れ、肌をそっとかんだ。そのまま顎の線を唇でなぞり、頬《ほお》から唇に達する。「でなければ、これは」激しくキスをしてララの味やにおい、彼女そのもので自分の五感を満たした。

なぜララは愛というものを持ち出してことを複雑にしたがるのだろうか。ジュリアンはぼんやりとした頭で思った。なぜ、ふたりが共有しているものを素直に楽しめないのだ。

重ねた肌は冷たかったが、ジュリアンがキスの雨を降らせると、ララは体中が熱くなった。真夜中の空の色をした瞳《ひとみ》を見上げ、とろけるような熱く甘い唇や舌に屈した。こんなにあっさりと屈してはいけないとわかってはいる。けれどもこの男性を愛しているのだ。彼は生涯にただひとりの愛する人なのだ。

喜びのため息をつきながら、ララは両手を彼の背中にすべらせ、張りつめたサテンのような肌の下で硬い筋肉が動くさまを楽しんだ。ジュリアンがおおいかぶさってきたときも、ララは抵抗の声ひとつあげなかった。

「このほうがいいだろう?」ジュリアンが彼女の唇にささやきかける。「きみは男を暖めるこつをたしかに知っているよ、かわいい人《スウィーティング》」

ジュリアンは自分の胸で彼女の乳房をこすった。ララの体中に熱気がこみ上げ、硬い胸板の下で胸の先がふくらむ。ララはジュリアンのうめき声を聞き、彼のものが自分をつつくのを感じた。

「今夜は、こういうことにはなってほしくなかったわ」ララは息も荒く言った。「あなたを拒むのはむずかしいから」

「ああ、拒まないでくれ」ジュリアンは体をそっと離して、ララに目をすえた。

「何を見ているの？」

「きみだよ。いまいましいほど美しい」

ジュリアンは両手で彼女の乳房をおおい、ゆっくりとたくみに動かして興奮をそそる。手のひらにその豊かさを感じ、ダイヤモンドのように硬くとがった先端をもてあそんだ。ララがのけぞる。ジュリアンは身を乗り出し、自分の腹部を押しつけながら胸を舌で味わった。ふくらんだ頂を口に含んで吸い、舌で転がして痛いくらいに刺激する。

ララの全身が熱気に包まれた。切ない震えが体を揺さぶる。胸を吸い続けるジュリアンの髪に指を絡ませ、頭を押さえこんだ。

「ジュリアン！　わたし……」

彼女の求めるものがわかっているのか、ジュリアンは太もものあいだで体を動かし、膝《ひざ》を使って脚を大きく開かせた。そして指で彼女を押し分け、欲望の芯《しん》をさすりながら奥へと入りこむ。ララは声をあげて彼を欲し、求めた。

「ジュリアン！　お願い！」

彼は頭をもたげ、ララを見下ろした。「わかったよ、今すぐだ」

両手をララの腰の下にすべらせ、熱くたぎった自分の先端に向けて持ち上げる。

「わたしはここだよ、ララ。きみのなかに入れてくれ。わたしのすべてを」

情熱のもやにのみこまれながらララは腰を浮かせた。自分のなかに彼がするりと入ってくる。大きくて硬くて熱いものがララを力強く満たした。彼女はジュリアンのすべてを奪い、自分の熱で締めつけた。彼がおののき、動き始めた。

「きみはわたしのものだ、ララ」彼は耳元でうめいた。「わたしたちがわかち合っているものは、愛よりもいい」

薄れゆく意識のなかでララは彼の言葉を聞き、拒絶の痛みに打ちのめされた。けれどもあまりにも瀬戸際にある今、ジュリアンのいつくしみに体は反応せずにいられない。ララはきわどいところにとどまっていた。急に、逆巻く興奮のなかへ落ちていった。信じられないほどの喜びがあふれ、絶頂の果ての甘い忘我の世界へ舞い上がった。すぐにジュリアンがそのあとを追う。

「すばらしかったよ」ジュリアンはあえぎながら言い、ララを抱き寄せた。「残る一生をいっしょに過ごすのも、きみが思うほど悪くはないだろう」

ララは無言だった。彼が何を言おうと、結婚はしないつもりだ。愛がなければ、体の引かれ合いも長続きしないだろう……するはずがない。ふたりでロマのところにいるわずかなあいだだけ、彼の妻になろう。ここを去るまでに彼の愛が得られないなら、ふたりの将来にはなんの望みもないと言っていい。

ロマの野営地にいるあいだ、ジュリアンはできるだけ目立たないようにして、馬の世話をしたり、仲間付き合いを楽しんだりした。ロマの人々は、寒い季節にはひとつの場所にのんびりととどまり、春になると馬車を連ねて流浪の旅に出る。

燃え盛るたき火を囲み、ジュリアンはいく晩も楽しい夕べを過ごした。音楽を聴き、太鼓のリズムやフィドルの調べに合わせて舞い踊る人々をながめることもよくあった。ララが踊りに加わってスカートをひるがえし、脚をのぞかせ、胸を揺らすのを見ると決まってそそられ、ロンドが彼女と踊るときは決まって嫉妬《しっと》の炎に焼かれた。

ララとロンドのことで胸をさいなむ怒りが嫉妬だとは認めまいとした。自分は決して嫉妬深い男ではないつもりだった。それなのに、ロンドとララがいっしょにいるのを見ると、力ずくで引き離したくなる。われながら驚くほど気になってしかたないのだ。ララを愛しているわけではない。それなのに、彼女が別の男といるところを想像するだけで怒りに駆られる。ララとの結婚をきちんとしたいのは単純な理由からだと、ジュリアンは自分に言い聞かせた。彼女の純潔を奪った以上、償わなければならない。それに彼女は命の恩人だ。守らなくてはならない。

頭のなかはそんなふうに混乱していたが、ふたりきりの馬車のなかでは毎晩、ララと愛し合った。ララを身ごもらせるかもしれないとわかっていながら。いったいわたしはどうなってしまったんだ？　いつもの用心さえしないとは。

ジュリアンがロマの人々のところに来てから一週間後、招かれざる客が野営地に乗りこんできた。連中は彼がピエトロと馬の相談をしているときに現われた。

ジュリアンの口からののしり言葉がこぼれた。「クロケットとその一味だ。わたしを捜しに来たんだな。どうして居場所がわかったのだろう。もしや……スタンホープ卿《きょう》がここによこしたのでは？」ジュリアンの口が一文字に結ばれた。「彼がかかわっていないことを願っていたが、これで――」ジュリアンは肩をすくめた。「――不利な証拠が増えたわけだ」

「いや」ピエトロは断言した。「スタンホープ卿は自分の娘を危険な目にあわせたりはなさらん。わしが連中を追い払おう。話をするあいだ、きみは目立たないようにしているんだ」

ロマの人たちが急いでピエトロのまわりに集まり、ジュリアンはその後ろに隠れた。

「ここは私有地ですが」ピエトロは言った。「あんた方は不法侵入なさっている」

クロケットはどうでもよさそうなしぐさをした。「男を捜しているんだ。おまえは前に嘘《うそ》をついただろう。おれたちが捜していた男は野営地にいたのに、おまえらはそいつをかばっていた。もう一度、きく。このなかで、ロマじゃないやつは誰《だれ》だ？」

「わしらはみな、ロマです」ピエトロが答えた。「スタンホープ卿の許可を得て、冬の数カ月、卿の土地に野営させてもらっている。わしの馬車隊にいるものは、男も女も子供も、全員がロマだとわしが保証する」

クロケットは納得しない顔つきだ。「そっちがその腹なら上等だ。おれの仲間が馬車を調べてやる」

クロケットが伴ってきた六人の男が馬から下り、扇形に広がって馬車のほうへ向かった。ジュリアンは半狂乱でララの姿を捜したが見当たらない。そういえば、さっき、彼女が水をくみに小川まで下りていくのを見かけた。危険が去るまで戻ってこないことを祈るのみだ。クロケットがピエトロと話しているすきに、ジュリアンはそっと馬車の奥に身を隠した。まだこの近さなら、相手から見られずに目と耳で様子をうかがうことができる。成り行きによってはロマの犠牲者がひとりも出ないうちに名乗り出るつもりだった。

「この獲物を見てくれ！」

クロケットの背後で声があがった。ジュリアンはうめきたくなるのをこらえた。ララを後に引きずりながら、悪党のひとりが小川の道をこちらにやってくる。

クロケットはほくそ笑んだ。「スタンホープの娘か。女がここにいるんなら、スコルピオンもそう遠くにはいないな」

「わしの孫娘を放してくれ」ピエトロは要求した。

「静かにしてろ、じいさん」クロケットがいらだたしげに言った。「二、三、話をきくだけだ」

ララがクロケットの前に引っぱり出されると、ジュリアンは恐怖に凍りついた。

「スコルピオンはどこだ?」クロケットは容赦なくきいた。

ララは反抗的に顎をもたげた。このときほどジュリアンが彼女を誇らしく思ったことはない。ララは彼の知り合いのイングランド男たちより度胸がある。

「誰のことか、なんのことかわからないわ」ララは言い張った。「スコルピオンってさそりでしょう? そんな虫はイングランドにいないはずよ」

クロケットは引っぱたこうとするように片手を上げた。怒りが炸裂《さくれつ》し、ジュリアンは喉の奥からうなり声をあげて、馬車の陰から飛び出そうとした。だが幸いにも、割って入る必要はなかった。ピエトロの言葉がクロケットの手をとめたのだ。

「わしらのほうがあんた方より人数が多い。わしの孫娘に手出しをする前に考え直すのが普通だろうね」

クロケットは凶暴な目でララをにらみつけてから、ピエトロの腕のなかに彼女を押しやった。「ああ、女なんか当てにしなくたっていい。こっちでスコルピオンを捜し出してやるさ。野郎ども、馬車を当たれ。やつはここのどこかにいるはずだ」

ピエトロがララをラモナに引き渡すと、ラモナは急いで彼女を安全なところまで連れていった。

「あの男たちはジュリアンをとらえたいのよ、おばあさん」ララはささやいた。「あの人がどこにいるか知っている？」

「いや、ひよっこ。男どもに見つからない場所に隠れているだけの分別があるといいけどね」

ジュリアンは板挟みになって苦しんでいた。今、顔を出せば命取りになるかもしれない。だが、ロマの友人たちがクロケットとその一味に手荒なまねをされるのを黙って見ているわけにはいかない。さっきララが傷つけられていたら、命を落とすことになろうとも、ためらわずに反撃していただろう。

ララのほうを振り返ると、驚いたことに、最後に見かけた場所にはもういなかった。ラモナはいるのに、ララはいない。どこに消えたのだろう？

こうなったらしかたない。ジュリアンは隠れ場所から一歩出た。そのとき、誰かが袖《そで》をつかんで引き戻した。

「だめよ！　ここにいて」

ジュリアンは急いで向き直った。「ララ？　どうしてここがわかった？」

「あなたの姿が見えたの。もっといい隠れ場所を探さないと、あの男たちにも見つかってしまうわ。ここの草は丈が高いの。腹這いで馬車のたまり場の向こうにある森まで行って」

ジュリアンは首を振った。「ここの様子がわかる場所にいたいんだ。きみの一族が痛めつけられる前に名乗り出る」

「ピエトロもほかのみなも、自分の面倒は自分で見られるわ。こういうことには慣れているの。ロマが短剣を使うところを見たことがある？」

「きみがいっしょでなければ、どこへも行くつもりはないよ」

「誰もわたしに手出しできないわ。ピエトロやほかの人たちが守ってくれるから。さあ、行って」

ジュリアンは気に入らなかった。何ひとつとして。「いや。きみも来るなら別だが。そうでなければ行かないよ」

ジュリアンの背後にある馬車のなかから荒っぽい声が聞こえてきた。彼が見つかるのは時間の問題だ。ララも同じ結論に達したのか、彼の腕をつかみ、せっぱつまった声でささやいた。「わかったわ。先に行って」

ジュリアンは腹這いになり、馬車の向こうの森へ続く丈高い草のあいだを進んだ。一度だけ肩越しに見ると、さきほどの馬車の裏にララの姿はない。ならば、後ろからついて来ているのだろう。森にたどり着き、がっしりとした木の幹の陰に隠れて初めて、ララがあとを追ってきていないことに気づいた。

「なんたることだ！」

そのとき彼女の姿が見えた。遠くからでもわかる。気高くいからせた肩、挑むように傾げた顎はララのものだ。彼女はロマの人々とともに立ち、自分たちの馬車が密輸人どもに荒らされるのをじっと見守っていた。

ララは肩越しに目をやり、森のあたりを見て祈った。どうか、ジュリアンがずっと隠れていてくれますように。彼をあざむくのはいやだったが、自分がいなくなるのは目立ちすぎる。男たちは捜索をあきらめたらしく、クロケットに報告しに戻っていった。

「ピエトロのところに行ってやらないとね」クロケットが腹立たしげな目をピエトロに向けたとき、ラモナは言った。「おまえはここにいるんだよ、ひよっこ」

「ドラゴはどこにいる？」ロンドがララのそばににじり寄って尋ねた。

「森のなかに隠れているわ。危険が去るまであそこにいてくれるといいけど」

「スコルピオンって誰なんだ？　おまえの亭主はどんな危ない仕事にかかわっている？　どうも気に入らないな、ララ」

「わたしの口からは言えないわ」ララはそれだけ答えた。「しいっ。聞いて」

クロケットが静かにしろというしぐさをした。「スコルピオンという名の男について何か知っているものには金貨をひと袋やろう。やつがここにいるのはわかっているんだ。あれは危険な男だ。ほんとうのことを言いさえすりゃ、おまえたちのポケットが金貨でふくらむんだぞ。考えてもみろ。おれたちも今夜はこの近くで野営する。垂れこみたいやつがいればいつでも来い」

「わしの一族は何も知らない」ピエトロはきっぱりと言った。「出ていってくれ。ここにいられると迷惑だ」

「さあてどうかな、じいさん。知っていることを話す気になるやつが、おまえらのなかにひとりぐらいはいるだろう。おれたちを捜したきゃ、南のほうで野営しているからな」

クロケットが馬の向きを変えて走り去るのを、ララは不安な思いで見守った。ロンドがあの男たちを目で追う様子が気に入らない。金貨ひと袋と聞いて彼の目が飛び出しそうになったことも。けれど、ピエトロの怒りを買うとわかっていながらジュリアンを裏切るようなまねはしないはずだ。

「馬の様子を見てくるほうがいいな」ロンドはそう言って、大股《おおまた》で柵《さく》のほうへ歩いていった。

ララは背筋をざわざわと不穏な何かが這い上がるのを感じた。だが、すぐにそれを追い払う。被害妄想になってきているようだ。ロンドは信用できる。わたしが傷つくようなことをするわけがない。ジュリアンがひそんでいる森のほうに視線を投げ、そちらにそっと歩いていった。捜すと、ジュリアンは太い楡《にれ》の木にもたれていた。

「どうなった？」ジュリアンは尋ね、ララを両腕に包んで抱き寄せた。

「クロケットはあなたの情報提供者に金貨ひと袋をやるそうよ。近くに野営して、誰かがつられてやってくるのを待っているわ。でも、心配しないで。ロマは誰もあなたを裏切ったりしないから」

「そう言い切れるならいいんだが」ジュリアンは小声でつぶやいた。

「ここにいて。暗くなるまで待ってから戻ってきてね」

「これがどういうことかわかるだろう、ララ？」

たしかにわかる。「ええ。でもどこに行くの？」

「ロンドンに戻るよ。ジャッカルを倒すまでは油断できない」

「それができる人はあなた以外にいないの？」

「ああ。わたしでなければいけないんだ。容疑者を三人に絞ってある。あと一、二週間、徹底的に調べれば、はっきりするだろう。これはやらなくてはならないことなんだよ、ララ。それについては何もかも説明したはずだ」

ララは彼からわが身を引きはがした。「そうね。よくわかってるわ。わたしはもう野営地に戻らないと。行方不明になったと思われるわ。いいわね、暗くなるまで戻ってきてはだめよ。あとでもっと話し合いましょう」

夜のひとときが近づいてきた。料理の火が野営地のあちこちで焚《た》かれている。ララはラモナを手伝って食事の準備をした。そのあいだもずっと、問題はないかと注意を怠らなかった。木々のあいだを抜けて冷たい風が吹いてくる。ララは身震いした。外で食事をするには寒すぎるので、ララは自分の皿を馬車のなかに持ちこみ、暖を取るために火鉢に火を入れた。窓の外に目をやり、ジュリアンがいっしょにいてくれたらいいのにと思う。

気もそぞろで窓の外を見ていると、ロンドが野営地から抜け出し、暗がりにまぎれるのが見えた。ララの頭のなかで警鐘が鳴り出した。ロンドはどこに行くのだろう。いつもお姉さん一家と食事をするのに。ララは好奇心にとらわれた。杭《くい》からマントを取り、自分の馬車を出て、ロンドのあとを追った。

ほっとしたことに、ロンドはジュリアンを捜しに行ったのではなさそうだ。もっとも、どこに向かっているのか自分ではっきりわかっているらしい。ララは慎重に間隔をとりながらあとをつけた。空が暗くなってきたのがありがたい。

ずいぶん遠くまで行くようだ。ララの脚が痛み出し、息も荒くなってきたとき、急にロンドが立ち止まり、あたりを見まわしてから生け垣の下をくぐった。ララもひそかに前へ進み、ロンドが通り抜けた生け垣にたどり着くと、低くかがんで狭いすきまからのぞき、目にした光景に愕然《がくぜん》とした。傷つき、裏切られたという気持ちになった。はからずもロンドはララをクロケットの野営地まで導いたのだ。

クロケットはロンドの姿を見ると、たき火のそばの椅子《いす》から立ち上がって出迎えた。ララはできるだけ身を乗り出してふたりの話に耳をそばだてた。聞いているうちに心臓の鼓動が激しくなった。

「金貨目当てでここに来たんだろう」クロケットは小ばかにしたように言った。

「ああ」ロンドは答えた。「あんたたちが捜しているイングランド人について知っていることがあるんだ」

「話せ。おれを喜ばせる情報なら、金貨はおまえのものだ」

「スコルピオンとかいう男はうちの野営地にいるよ」

「おれの手下はあそこの馬車を全部洗ったが」

「知っている。けど、ドラゴはララといっしょじゃなきゃどこにも行かない。そのララはまだここにいる」

「ドラゴ？　ああ、おまえたちはそう呼んでいたな」

「うん、あいつの本名は誰も知らないんだ。たぶん、ララとその祖父母以外はね」

「それで、スコルピオンがここにいるって誰から言われたんだい？」ロンドは好奇心からたずねた。

「ジャッカルにはいろんな手づるがあるからな。それより、なんでおまえはスコルピオンを裏切ろうとしてるんだ？」

「そのジャッカルってのはスコルピオンをどうしたいのかい？」ロンドがきき返した。

「やつはおれたちの活動を知りすぎている。だから生かしておきたくないのさ」

「ジャッカルが？」

「ああ、おれの口から言えるのはそのくらいだ。おまえの知っていることを話せ」

「スコルピオンについては何も知らない。けど、ドラゴは森のなかに隠れている。あとで戻ってくるだろうから、ララの馬車に行けば見つかるはずだ。青と緑に塗ってある、赤い扉の馬車だ。ただし、ララには手出ししちゃだめだ。いいね？」

「あの女には指一本触れないさ。おまえが嘘をついたんじゃなければな。スコルピオンを見つけ損なったら、女をつかまえてくるように言われているんだ。あの娘を餌《えさ》に、スコルピオンを隠れ場からおびき出せるとジャッカルは思っている」

「おいらが保証するよ。ララの馬車でスコルピオンは見つかる。きっとララの腕のなかで寝ているさ」ロンドは苦々しく言った。「ララのことはほうっておいてくれよ」

ロンドの裏切りにララは衝撃を受けた。なぜ彼はこんなことを？　その答えはすぐに出た。

「おまえ、やいてるな！」クロケットが得意そうに言った。「あの女をひとりじめにしたいんだろう。どうりでスコルピオンを裏切りたいわけだ。あの女にそれだけの値打ちがあるといいな」

クロケットは上着の下に手を入れ、巾着《きんちゃく》袋を取り出した。そのなかからきらきらと輝く金貨を取り出し、ロンドの手のひらにのせる。「あとの半分はスコルピオンをつかまえてからだ。さあ、誓いの杯をあげようぜ」

それだけ聞けば充分だ。ララは雌鹿《めじか》のように機敏にきびすを返した。クロケットがジュリアンを捜しに戻る前にやらなくてはならないことがたくさんある。わき腹が痛み、息も切れそうになりながらたき火の燃え残りの横を通り、ピエトロの馬車の扉を叩《たた》いた。しばらくしてからピエトロはララの呼びかけに答えた。孫娘を見て、すばやくなかに招き入れる。

「どうしたね？　ひよっこ。ドラゴに何かあったのか？　非ロマ《ガッジョ》の男たちに見つかったとか？」

「いいえ。ああ、おじいさん、自分でも信じられないわ」

ラモナがピエトロの横に現われた。たっぷりとしたナイトガウンが肉づきのいい体のまわりでふくらんでいる。「何があったのか話してごらん」

「時間がないわ。ロンドが自分の馬車を出ていくのを見かけたのであとを追ったら、ガッジョの野営地に行き着いたの。ロンドはあのなかの頭《かしら》と話をしていたわ。ジュリアンを裏切って、金貨をもらったのよ。わたしたちはここにはいられないわ。ガッジョがやってくる前にジュリアンを捜して出ていかないと」

「おまえたちが無事にここを離れたら、ロンドのことはきつく叱《しか》っておくよ」ピエトロは約束した。それから頭を振る。「あの子もなんでそんなことをしたのか」

ラモナがあきれ顔で言った。「考えてごらんよ、おじいさん。ロンドはララがほしいのさ。ドラゴが邪魔だってことぐらい、あの子の脳みそでもわかるんだよ」

「ララがいつか、ガッジョと結婚することはロンドもわかっていただろうに」ピエトロは言った。「それがララの父親の望みだからな」

「血気盛んな若者は頭じゃなくて、自分の股《また》についているもので考えたりするんだよ」ラモナはあざけった。

「ここに来ればドラゴが見つかると、あのガッジョたちにどうしてわかったのかな」

ピエトロは顎ひげをなでながら考え深げに口にした。

「ジャッカルと呼ばれる男がどこを捜せばいいか教えたんですって。ジュリアンの言うとおりだったのかもしれない……父がこのすべてにかかわっているのかも。わたしは信じたくなかったけれど」ララは絶望の声をあげた。

「物事は見かけと違うこともあるんだよ」ラモナは謎《なぞ》めかして言った。「だけど、ひとつだけおまえの言うことは当たっている。おまえとドラゴはもうここにいても安全じゃない。荷造りをしておいで。ピエトロがおまえたちの馬に鞍《くら》をつけておくよ。馬車は邪魔にしかならないからね。わたしは道中の食べ物を準備しよう」

「行き先って?……どこに行けばいいのかわからないわ。でも、おばあさんはわかっているみたいね」ララはささやいた。

「ドラゴがわかっているよ。いつもそうだ。あの人を信じるんだよ。さあ、お行き」ラモナは促した。「ロンドが戻ってくる前に」

ララは急いで自分の馬車に戻った。ジュリアンといっしょに持ってきた小ぶりの鞄《かばん》に衣類を押しこみ、ふたりのいちばん暖かい外套《がいとう》を大型の旅行鞄から取り出す。何か忘れ物はないかと最後にもう一度、あたりを見まわした。

ほどなくラモナとピエトロが馬車のなかに入ってきた。ラモナは手に布袋を持っている。「これで一日か二日は飢えがしのげるはずだよ。お金は足りるかい?」

「ええ。ジュリアンが金貨と銀貨の隠し金を持ってきたみたいよ。あの人の鞄の底にあるのを見つけたの」

「さあ、ドラゴのところにお行き」ラモナがせかした。「鞄は置いていくんだ。ピエトロとわたしが何もかも用意しておくから、森の外れで落ち合おう」

「馬はわしが連れていく」ピエトロが言い添えた。

ララは夜のなかに走り出た。日が落ちたあとの森は暗くて不気味だ。木々のあいだからもれる淡い月明かりが闇《やみ》に入り混じり、ゆがんだ影をつくっている。ララは身震いし、マントの前をかき合わせてさらに森の奥深くへ入りこんだ。

ララの声にはせっぱつまった響きがあった。「ジュリアン。どこにいるの？」

目の前を何かの影が横切り、誰かの手が伸びて彼女の胴をつかんだ。ララが悲鳴をあげそうになると、硬い手が口をふさいだ。

「静かに、かわいい人《スウィーティング》。わたしだよ」彼はララの口から手を離した。「どうしたんだ？　そろそろ馬車に戻ろうとしていたところだ。何をあわてて森の奥まで入り込んできたんだ？　クロケットとその一味が戻ってきたのか？」

「ロンドがあなたを裏切ったの。クロケットが手下を連れて戻ってくる前にここを出ないと。ピエトロがわたしたちの馬を連れてきてくれるの。森の外れでラモナといっしょに待っているはずよ。急いで」

ジュリアンはののしり言葉をもらした。「あの血の気の多い若者は最初から厄介だと思っていたよ。きみを手に入れられるなら、自分の仲間さえ売りかねない」

「わたしたちはロンドンに戻ったほうがよさそうね」ララは言ってみた。

「だめだ！　ロンドンは危険すぎる。ジャッカルがきみをおとりにしてわたしをつかまえようとするだろう。そんなことはさせられない」

「ではどうするの？」

「ずっとそのことを考えていたんだ」ジュリアンは切り出した。「きみにとって安全な場所はひとつしかない。まっすぐそこに連れていくべきだった。ハイランドまで行こう。向こうには弟のシンジンと妻のクリスティがいるんだ。わたしがロンドンに戻ったとき、全幅の信頼の置ける人間のところにきみがいることがわかっていれば安心だ」

「あなたはいっしょにいないの？」

「わたしたちの婚礼のあいだだけいることにするよ」ジュリアンは言った。「わたしとの結婚をきみが望まなくても、今となっては結婚するしかない。この件がすべて片付いたとき、わたしたちが結婚もしないでいっしょにいたことが知れたら、大変な醜聞になる。きみの父親も黙ってはいないはずだ」

「どうなるかはわからないわ」ララはつぶやいた。自分がジュリアンを愛するのは簡単なことだが、彼が愛を返してくれるようになるまでの道のりは険しいに違いない。かつてはドラゴという名の男性に恋焦がれていた。彼は思いがけずララの人生に現われ、ララの心を奪った謎の男性だ。この危険な伯爵のことをほんとうに知っているのかどうかわからなくなるときがある。亡き恋人と見えない糸でまだ結ばれているこの男性を。

ジュリアンもまた思い悩んでいた。一生結婚はしないと心に誓っておきながら、ララと正式に結ばれたがる自分の気持ちが理解できない。ララに求婚したのは純粋な、無欲の理由からだと信じこもうとした。ララは最初に思っていたようなふしだらなロマ娘ではなかった。しかし、自分の動機がしだいに疑わしくなってきた。彼女を守りたいという気持ちに偽りはない。だがそういう理由づけさえも今となっては怪しくなっている。

「ここを出よう」ジュリアンは彼女の小さな手を取って森を抜けていった。今は、こんな考え事をしている暇はない。

ピエトロとラモナは空き地で待っていた。ピエトロの最高の馬も二頭いる。

「ロンドはまだ戻ってきていない」ピエトロは声をひそめて言い、馬の手綱をジュリアンとララに渡した。「急がないとな。行き先は?」

「あなた方は知らないのがいちばんです」ジュリアンは答えた。「お孫さんのことはわたしに任せてください。ロンドはどうしますか?」

ピエトロは口を引き結んだ。「あの子はロマのしきたりに従って罰を受ける」

ララはまずピエトロに抱きつき、それからラモナと最後の抱擁を交わした。ジュリアンが彼女を馬の背に乗せる。「ロンドについてはお任せします」

「おまえさんたちの鞄と食べ物と暖かい毛布を鞍に結わえておいたよ」ラモナが言った。「ララの話では、旅の資金は充分あるそうだね」

「ええ、大丈夫ですよ。向こうに着いたら伝言をよこすようにします」

「神とともにあらんことを」ピエトロが唱えた。

「お待ち！」ラモナが引き止めた。

元気のいい馬がジュリアンの太ももの下で跳ね、勇んで走り出そうとしたが、彼はそれを押さえつけた。

「ちょっとだけ、孫娘とふたりきりで話させておくれ」ラモナが言った。

ジュリアンはうなずき、背を向けてピエトロに話しかけた。

「何なの、おばあさん？」ララは不安そうに尋ねた。

「用心するんだよ、ひよっこ」ラモナは注意した。「タロットカードで占ったのさ。敵を負かすまでは安心できないからね」

「気をつけるわ」ララは誓った。

「用意はいいかな？」ジュリアンがきいた。

「ええ、ぐずぐずしてはいられないわ。さようなら、おばあさん、おじいさん。ふたりとも、とても愛しているわ」

ララの別れの言葉が耳に響くなか、ジュリアンは彼女とともにロマの野営地を馬で走り去った。愛。彼は思った。ダイアナに感じたあの穏やかな気持ちが愛だとすれば、ララに対するこの強烈な感情はなんと名づけたらいいのだろうか。

14

　十日後、ふたりは無事ハイランドに着いた。

　ララはハイランドが大好きだ。スコットランドの荒れ野で何度も楽しい夏を過ごし、すがすがしい空気のなか、そびえ立つ山のふもとでヒースを集めたりしたものだった。ハイランドのインバネスからさほど遠くない場所で生まれたので、自分はイングランド人というよりスコットランド人に近いと昔から思っていた。とはいえ、何よりもロマの混血であることを誇らしく思っている。

　十三歳になって父親のところで暮らすようになるまでは毎年、夏の三カ月はスコットランドのハイランドを、冬は低地を馬車で旅をし、春が顔をのぞかせるとすぐにハイランドの田舎に戻ってきた。今、ジュリアンがここはシンジンの領地だと告げたとき、荒れ野を吹きすさぶ冷たい風もララの興奮を冷ましはしなかった。

「ふるさとに戻ったみたいだわ」ララは言った。「ロマの一族はスコットランド中を旅していたけど、わたしにとってハイランドは前から特別な場所なの。わたしが父のところに連れていかれてから、みんなも冬はイングランドの父の土地で過ごすようになったのよ。さあ、今度はあなたの番よ。弟さんの話を聞かせて」

「シンジンはいわく言いがたい男でね。数年前までは自暴自棄の人生をひた走っていた。十四歳のときに国王の命で、七歳のスコットランド娘と結婚させられたんだ。彼女はグレンモアの跡取りで、ゆくゆくはマクドナルド一族の氏族長となる女性だった。この結婚はシンジンの望むところではなく、花嫁を自分のものにもしなかった。その代わり、イングランド中でいちばん名の知れた放蕩者《ほうとう》になることにした。それは夢にも思わないほどうまく行ったよ。ところがクリスティ・マクドナルドがロンドンに現われた。レディ・フローラ・ランドールという女性になりすましてね。シンジンは自分が見捨てた妻だとは気づかなかった。だが、彼女を見た瞬間、とりこになったんだ」

「まあ」ララは驚いた。「なぜクリスティはシンジンの妻だと言わなかったの?」

「シンジンがスコットランド人の妻を持ちたがらないのと同様、クリスティもイングランド人の夫を持ちたがらなかったからだよ。それでもグレンモアの跡取りが必要だった。シンジンは長年、酒と女にうつつを抜かし、クリスティとグレンモアをほったらかしにしていたので、跡取りもできそうにない。ついにクリスティは強攻策に出た。数カ月後、クリスティがグレンモアに戻ってきたときはシンジンの子を宿していたんだ。間抜けなわが弟は自分の妻を愛人にしたとは思いもしなかった」

「まあ」ララは繰り返し、驚きを口にした。

「最終的にはすべて丸くおさまったけどね」ジュリアンは話を続けた。「ふたりにはナイアルという息子と小さな娘、アルシアがいる。今ではシンジンもクリスティの氏族民から慕われ、りっぱな領主になっているよ。ほら、丘の中腹で羊が草を食べているだろう」そちらを手で示した。「あれもグレンモアのものだ」

ヒースにおおわれた原野や青々とした丘をララの目がさまよう。丸々とした羊の大きな群がみずみずしい草をはむ光景は感動的だった。

「グレンモア城！」要塞《ようさい》や小塔が視野に入ると、ジュリアンは思わず声をあげた。「けっこうな住まいだ。シンジンが内も外も手を加えたらしい。領内にちゃんとした道をつくるところまではまだいかないようだが」

ララは霧のなかから立ち現われた灰色の城をながめた。すばらしい。本物の城のなかに入ったことはまだ一度もない。父親の田舎の邸宅は最近のつくりで、要塞とはほど遠い。古めかしい石の塔内を探検するのが待ち切れないくらいだ。

ふたりは馬で橋を渡り、低い城壁のあいだを通っていった。スコットランドの片隅では敵もめったに来ないのか、門番はいない。ただ、塁壁を巡回する男たちの姿はあった。ふたりはまったく見とがめられずに乗りつけ、石の階段の前で手綱を引いた。

階段の先にはララの四倍ほどの大きさの、傷の入った木の扉がある。

馬から下りようとしたとき、ひとりの男が付属の建物から大股《おおまた》で出てきた。ふたりを大声で呼び止めると、走り寄ってくる。

「シンジンだよ」ジュリアンが言った。

ララはシンジンを見て、息がつまった。ジュリアンは自分の弟がこれほど美男だとは言いそびれたらしい。長身で筋骨たくましく、その笑みひとつで木の葉もなびきそうだ。シンジンがキルトを身につけているのには少なからず驚かされた。カローデンの戦いのあと、キルトは禁止されているのだ。

「ジュリアン！　ようこそ。ロンドンまで使いを出そうかと思っていたら、こうしておでましとはね。まったく、心配しましたよ。兄上はあまりにも秘密主義だ」ふとシンジンは目をすぼめ、はっと息をのんだ。「何かあったんですね。そんな感じだ。どうしたんです？」ジュリアンが答えるより先に、ララに視線をとどめた。「このご婦人はあのときの市《いち》でお見受けしたような」

ララははたと思い出した。市でジュリアンといっしょにいたのがシンジンだったのだ。あのときジュリアンは、ピエトロの馬を買いたがっている人としか言わなかった。

「大した記憶力だな」ジュリアンは物憂げに言った。「シンジン、こちらはレディ・ララ、スタンホープ卿《きょう》のご令嬢だ。なかに入れてもらったら、何もかも説明するよ。

外はひどい寒さだ」

シンジンの瞳《ひとみ》はジュリアンの色と同じだと、ララはふたりを見比べながら頭のなかで思った。シンジンのほうがむろん若いが、兄に劣らず男前だ。どちらの髪も目も黒みが勝り、笑みがすばらしい。けれどもララから見れば、ジュリアンのほうがはるかに魅力的だ。弟より魅力がまさるのは、謎《なぞ》と危険に包まれた雰囲気のせいだろう。

シンジンはララの手をとって挨拶《あいさつ》をした。「ようこそ、グレンモアへ、マイ・レディ。なかは暖かいですよ、どうぞお入りください」彼は階段を駆け上がり、扉を開け放った。「クリスティも兄上に会えて喜ぶよ、ジュリアン。娘の顔もまだ見ていないでしょう」

ララは大広間に入り、目を見張った。とても広い。しっくいの壁には色とりどりのタペストリーが掛かり、窓には本物のガラスがはまっている。召使いたちが部屋を動きまわってさまざまな仕事をし、その話し声が飛び交っていた。シンジンはふたりを案内し、壁の一面を占める巨大な暖炉《プレイド》の前の椅子《いす》に座らせた。

そこへ、マクドナルド一族の格子柄の布をまとったりりしい女性が、温めたエールのカップを急いで運んできた。

「マーゴット、クリスティはどこかな?」シンジンがきいた。

「上のお部屋にいますよ、シンジン。呼んできましょうか?」

「うん。お客さまだと言ってくれ」

「召使いはおまえのことをシンジンと呼ぶのか？」ジュリアンはグレンモアのくだけた主従関係に驚いて尋ねた。

「マーゴットはクリスティの親戚《しんせき》ですからね。そのうちわかるでしょう、ここではみなが家族だと。それからイングランドの爵位などハイランド人にはほとんど意味がないこともね」

ララは椅子に身を沈め、暖炉の火とエールでぬくもった。まぶたが重くなり、まどろみかけたところへ、甲高い声と、床に敷いてある香しい灯心草《とうしんそう》を踏む小さな足音が聞こえてはっと目が覚めた。視線をあげると、かわいい男の子がとことことやってきて、シンジンの腕のなかに飛びこんだところだった。シンジンは笑い、男の子を宙にほうり上げて大喜びさせている。

「この子がナイアルだよ」シンジンは誇りをにじませて言った。「このやんちゃ坊主は歩くより走るほうが好きでね」

プレイドの上に白いエプロンをかけた猫背の老女が、ナイアルのあとからあわただしくやってきた。「こんなところにいたんですか、おいたさん。お父さまとお客さまの邪魔をしてはいけませんよ」

「いいんだよ、メアリー、いさせてやろう。こちらがこの子のおじさんのジュリアンで、こちらがジュリアンの……ご友人のレディ・ララだよ」

「お泊まりになるんですか？　シンジン」

「うん、メアリー、ふたりのために部屋を用意してくれないか。ロリーに荷物を取ってくるように言ってくれ。それと馬の世話もね」

「はい」メアリーは答え、せわしげに出ていった。

「ジュリアン！　お会いできて何よりです。ハイランドにはどういうご用で？　おいっ子と新しくできためいっ子に会いにきてくださったのかしら」

今、部屋に入ってきた女性にララは注意を引かれた。マクドナルドの氏族長は彼女が見たこともないほど美しい女性だった。銅色の髪が肩にかかり、ふたりの子を産んだとはとても思えないほどほっそりしている。そしてマクドナルド一族のプレイドを、持って生まれた誇りとともにまとっている。

「クリスティ！」ジュリアンはすかさず立ち上がり、義妹を抱擁した。「記憶にある以上にうるわしい。妻であり母親であるのが肌に合っているんだろう。うちの妹がいつものおてんばぶりを発揮してあなたをくたびれさせていないことを願っているよ。そういえば、エマはどこにいるのかな？」

「エマ？」クリスティはとまどったような目でシンジンを見た。「エマがここにいらっしゃる予定でしたの？」

ジュリアンは青ざめた。「しばらく前に北に向かわせたんだが。もうとっくに着いていていいころだ」

シンジンの表情がけわしくなった。「すぐに捜索を開始するようロリーと氏族民に指示を出します。エマがハイランドに着いていれば、一日、二日でわかりますよ。ぼくの知るかぎりでは、この時期、旅人にはなんの危険もないはずだ。兄上、エマをひとりで送り出したんですか？」

「六人の護衛をつけた。それにブレイクリー卿のルディがお供を買って出たんだ。わたしは反対したけどね。知っていたか？　ブレイクリーはエマに求愛する許可を求めたんだ。むろん、わたしは断ったが、ほとんど効き目はないようだ。エマがどういう子かおまえも知っているだろう」

シンジンは目を白黒させた。「それはもう。しかし、ブレイクリーが？　冗談でしょう。あいつの評判は、結婚して身を固める前のぼくと同じくらいひどいものだ」

「それほどひどくはないわ」クリスティはかばった。「あとはただ、あの方を改心させるのに打ってつけの女性さえいればいいのよ」クリスティのきらきら輝く瞳がララの上にとまった。「どなたか、ジュリアンのお連れのご婦人を紹介していただけないかしら？」

「これは失礼」ジュリアンが言った。「こちらはレディ・ララ、スタンホープ卿のご令嬢で、わたしのつ——痛」ララに蹴《け》られてジュリアンは脚をさすった。

「ジュリアンとはお付き合いがあるんです」ジュリアンが言葉を締めくくる前にララは言った。彼の家族に妻だとは思われたくない。ジュリアン自身がロマ式の結婚を認めようとしないのだから。

明らかに戸惑った顔でシンジンがララを見つめた。「兄上、誓ってもいいですが、市で出くわしたあの日、レディ・ララはロマの衣装を着ておられたはずだ」

「ララの母親はロマだったんだ」ジュリアンは説明した。「ララは十三のときに父親のもとで暮らすようになり、その後、毎夏、祖父母のところを訪ねていた。彼女がロンドンに身を落ち着ける前の最後の夏を過ごしていたとき、わたしと出会ったというわけだよ」

「なるほど」クリスティは思案気にララを見て言った。「おふたりだけで旅をなさっているの？　レディ・ララの付き添い《シャペロン》はどちらに？」

「きみたちふたりには隠し事はできないな」ジュリアンはため息をついて言った。

「よろしい、こういうわけだよ。ララはわたしを浜で見つけて命を助けてくれたんだ。わたしの傷は彼女のおばあさんが治してくれた。敵がわたしを捜しに来たときはロマの人々がかくまってくれたよ」

「傷って？　お義兄さまを誰《だれ》かが殺そうとしたの？」クリスティはあえいだ。

「そう。わたしの死を望む連中がいるんだ」

「今、兄上は危険なことになっているんですね」シンジンが事情を察して言った。

「うん。ララもだ。ふたりとも何度か命をねらわれた」

シンジンは荒い息を吸いこんだ。「そろそろ兄上も危ない生活から足を洗って、ただのジュリアン・ソーントン、マンスフィールド伯爵に戻っていいころだ」

「おまえの言うとおりかもしれないな。諜報員《ちょうほういん》としてのわたしの身元はもう割れている。だが、ダイアナの仇《かたき》を討つまでは引退しないつもりだ」

「レディ・ララはどう関係があるのかしら?」クリスティがあえてきいた。

「ララが伯爵の娘だと知ったのは、数週間後にロンドンに戻ってからだ。ララの父親が娘のために開いた舞踏会で会ったんだよ。わたしたちふたりの……関係が……普通とは違うので、道義上、結婚を申しこまないわけにはいかなかった。わたしがララに目をかけていると気づいた敵は、彼女を使って言うことを聞かせようとしたんだ」

「それで、婚礼の前にロンドンから逃げ出すしかなかったのね」クリスティが推し量って言った。

ララはまわりの憶測に終止符を打つときだと決心した。「いえ、そうとは言いきれません。わたしなりの理由があってジュリアンとの結婚をお断りしたんです」

ジュリアンの顎《あご》がこわばった。「わたしたちは結婚するよ。間違いなく。わたしはきみの評判に深刻な傷をつけてしまったんだ」

　クリスティは咳《せき》払いした。「おふたりともお疲れでしょう。ララをお部屋にご案内するわ。ハイランドの夕食は早いけれど、さっぱりしてひと眠りする時間はたっぷりありますから」

「ナイアルを連れていってくれないか」シンジンが言う。「ぼくの膝《ひざ》の上で眠りこんでいるよ」

　クリスティが息子を抱き上げるあいだに、ララは椅子から立ち上がった。クリスティがいいときに口をはさんでくれてありがたかった。そのスコットランド女性のあとについて、曲がりくねった石の階段を上っていった。

「まずナイアルを子供部屋に運ばせてね」クリスティが言った。「お昼寝の時間なの」

　クリスティが階段のいちばん上にある部屋に入るのをララは見守った。若い女性が進み出てナイアルを母親の腕から引き取った。

「こちらはエフィーよ」クリスティが紹介する。「子供たちのお世話をしてくれているの。エフィー、こちらはレディ・ララ。しばらくお泊まりになるわ」

　エフィーははにかむような笑みをララに向けた。「お会いできて光栄です、マイ・レディ」

ララは笑みを浮かべて目で挨拶した。その目が小さな赤ん坊をのせたゆりかごに行く。「あれはお嬢ちゃん？」

「ええ」クリスティは誇らしげに答えた。「ごらんになる？」

「ええ。ぜひ見せていただきたいわ」

エフィーがナイアルを寝台に寝かせるあいだに、クリスティは小さな娘をゆりかごから抱き上げ、ララが抱けるように渡した。赤ん坊や子供たちの多い野営地で育ったララは、腕のくぼみで赤ん坊を支えるしぐさもさまになっていた。

「きれいな子」ララはささやいた。幼子の海緑色の瞳や小さな頭を包むふわふわとした赤っぽい髪にうっとりさせられた。「おいくつですの？」

「アルシアは生後三カ月よ」クリスティは答えた。「この歳にしてすでに父親を小さな指一本であやつっているの」

「不思議はないわ」ララはうらやましそうに言った。「わたしもいつか……」赤ん坊をクリスティに返すとき、つい口にしていた。

「赤ちゃんはわたしがお預かりします、クリスティ」エフィーが申し出た。

「ええ」クリスティは答えた。「わたしはあとで戻ってお乳をあげるわ。レディ・ララをお部屋にご案内してから」

ララの部屋は狭い廊下のすぐ先にあった。いくつもの長窓から、そびえ立つ山々や青い空、ヒースにおおわれた丘が見える。織物のじゅうたんが床に敷かれ、高さのある寝台はどっしりしたベルベットのカーテンつきで、閉めれば寒さをしのげるようになっている。石壁にはタペストリー、窓にはベルベットのドレープが下がり、冬の冷気を防いでいる。

「このお部屋を選んだのは、ながめがすばらしいからよ」クリスティは教えた。「衣類のほうはもう荷解きして、寝台の足元の長持ちに入れてあるわ。あまり持ってこれなかったようだから、足りないものは何でも気兼ねなくおっしゃってね」ララの背格好をじっくりと見る。「わたしのほうが上背はあるけれど、マーゴットは縫い物の達人なの。わたしがロンドンで着ていた衣装はハイランドでは無用の長物になりそうだから、仕立て直してもらいましょう。ここではプレイドやただのシャツブラウスのほうがいいから」

クリスティはなかなか去ろうとしない。何か気になることがあるのだろうかとララは思った。実際、そのとおりだったとすぐにわかった。この美しいハイランドの氏族長はまわりくどい人間ではなかった。

「ジュリアンの求婚を断る女性がいるなんて、わたしには想像もできないのだけど。きっとあの人がお好きじゃないのね」

ララは頰《ほお》を染めた。どれだけ好きか、クリスティが知ってさえいれば……。「ジュリアンは……たぐいまれな男性です」慎重に言葉を選びながら、ララは話した。「女性なら誰しも好きになるのではないでしょうか？」

「わたしもそう思ったわ」クリスティは少し得意気だ。「断ったのには何か特別なわけでもおありなの？」

ララはためらった。「ええ」

「ごめんなさい」クリスティはわびた。「詮索《せんさく》するつもりはないのよ。でも、ジュリアンはとてもあなたと結婚したがっているようだから。それで奇妙だと思って。ジュリアンはダイアナを亡くしたあと、結婚もしなければ子供もつくらないことにしたとシンジンに語っていたそうよ」思わず口に手を当てた。「あら、ごめんなさい。わたしはおしゃべりが過ぎることがあるの」

「かまいません」ララはそう言って安心させた。「ダイアナのことも、ジュリアンが彼女の死の復讐《ふくしゅう》を誓っていることも全部、知っていますから。わたしがジュリアンと結婚しない理由もその女性にあるの。愛する人にはわたしと同じように愛してほしい。そうしてくれる相手と結婚したいんです」

「でも、ダイアナはこの世にいないのよ」

「ダイアナの亡霊がわたしたちのあいだに立ちふさがっているんです」ララは言い張った。「あの人が彼女のことを忘れられるまでは、結婚はできません」

クリスティはララの手に触れた。「早くそうなるといいわね。わたしは娘の世話があるので、どうぞごゆっくり。今からひと浴びなさりたい？　夕食は六時半からよ、ララ。ララとお呼びしてもいいかしら？」

「ええ、もちろん。では、わたしもクリスティと呼ばせていただきます。ひと浴びできたらすてきだわ、クリスティ」


ジュリアンとシンジンは暖炉の前に座り、当面の問題について話し合っていた。

「エマの身に何かあったんじゃないだろうか」ジュリアンは心配そうに言った。「ブレイクリーがあの子に手を出したら、わたしと決闘だ」

「ロリーが何もつかめなければ、ぼくが自分で捜索隊を率います。ところで、ここまでつけられてはいなかったでしょう？」

ジュリアンはどう返事したものか考えた。「わたしの知るかぎりではね。だが、確信はない。ただ、これだけははっきりしている。わたしの敵は草の根分けてもわたしを捜し出そうとするはずだ」

「なぜ敵は兄上の死を願うんですか？」

「密輸で大儲《おおもう》けし、政府の税収を横取りしている一味がいて、わたしがその黒幕をもう少しで突き止めそうになっているからだ。容疑者は三人に絞った。うちひとりはララの父親だが、わたしが間違っていることを祈っているよ」

「まさか！　当たっていたら大変だ。スタンホープが自分の娘を傷つけるでしょうか？」

「あの男がそんなことをするとはわたしも信じられないが、容疑者からは外せない。だからララをここに連れてきたんだ。おまえとクリスティの氏族民がララを守ってくれると頼みにしているよ」

「お任せを、ジュリアン」シンジンは誓った。「ほかの氏族長たちにも注意を促して、見知らぬ人間がいないかどうか見張ってもらいます」

「わたしひとりのことならどうにでもなるんだ、シンジン。心配なのはララだよ。こんな目にあわされるいわれはないというのに。わたしの命を救い、みなの前で……とにかく、言うまでもないことだが、彼女には一生かかっても返せない借りがある」

シンジンは眉《まゆ》を寄せた。「だからララと結婚したいんですか？　ぼくの見たところでは、兄上とララは、なんというか……友人以上のようですね」

ジュリアンは顔を赤らめ、目をそらした。「たしかに友人以上だ。どうせわかるだろうから、今のうちに言っておくよ。ララとわたしは愛人関係にある。彼女が伯爵の娘だとは知らずに……純潔を奪ってしまった。この名を捧《ささ》げるのはもっともなことだ」

「ララは兄上の求婚を受けたがらないようですが。どうしてです?」

「ダイアナのことがあるからだよ」ジュリアンは認めた。「わたしが亡き女性に恋しているとララは思っているんだ」

シンジンの両眉が持ち上がった。「兄上、そうなんですか?」

「ばかな。シンジン、おまえまでが。ダイアナが召されて何年にもなるんだ。彼女の死はわたしにとって大きな痛手だった。仇を討つまではわたしの心は休まらない。だが、ララは血の通った生身の女性だ。ララには多くのことを感じる。とりわけ欲望を。ダイアナには決して覚えなかったたぐいのものだ。ララに深い感情を抱くと、どうしてもダイアナを裏切っているような気分になってしまう。しかし、まだそういうことに向き合う用意はできていない。まずはダイアナを殺した男に復讐してからだ」

「ぼくが兄上に助言するなどおこがましいですけどね」シンジンは言った。「ララに対する強い気持ちを認めようとしないのは間違っているんじゃないのかな。ぼくの失敗から学んでくださいよ、兄上。ぼくは頑なになりすぎて、クリスティが聞きたがっている言葉を口にしようとしなかった。おかげで妻と子供を失いかけたんです」

「わたしは自分の良心に従うしかない」ジュリアンはそう答えた。「だがとにかく、ララが同意しようとしまいと、ロンドンに戻る前に結婚するつもりだ。わたしの子を身ごもっているかもしれないからな」

シンジンは含み笑いをした。「それでよくぼくを放蕩者呼ばわりできましたね」

「おまえには理解できないだろうが」ジュリアンは真剣な口調で言った。「ララとわたしはロマの流儀で結婚したんだ。ジャッカルの手下が捜しにきたとき、ララはわたしの命を救おうとしてわたしたちが夫婦だと宣言した。むろん、合法的で拘束力がある結婚だなどとはわたしも思っていなかった。ただ、傷がよくなると、ララと寝床をともにしたくなったことは否定できない。ララは伯爵の娘だとはひと言も言わなかったんだ」

「クリスティとぼくの場合もそうとう問題ありだったと思いますが」シンジンは首を振りつつ言った。「兄上とララのあいだのことも自分たちだけで解決しないといけないことでしょうね。ですが、ララの保護ならぼくに任せてください」

「恩に着るよ」ジュリアンは重々しく言った。「おまえなら頼りになると思っていた」

「おふたりで積もる話をしていたの?」クリスティが大広間に入ってきた。「エマのことはご相談なさった?」

「これからロリーとギャビンに話してくる」シンジンは腰を上げながら言った。「ジュリアンを部屋に案内してくれるかな? 夕食の前にさっぱりしたいだろうから」

シンジンが大広間から出ていくと、ジュリアンはクリスティのあとについて上の階にあがった。

「めいの顔を見せてもらってもいいかな?」ジュリアンはきいた。

「ナイアルもアルシアも寝ていますけど、顔を見るくらいならかまいませんわ」クリスティは答えた。

彼女が子供部屋の扉を開けると、ジュリアンは爪先《つまさき》立ってなかに入った。ゆりかごのそばで縫い物をしながら座っていたエフィーは彼の姿にはっとした。

「大丈夫よ、エフィー。こちらはジュリアン、シンジンのお兄さまなの。アルシアの顔をご覧になりたいんですって」

ジュリアンはゆりかごに近づき、じっと見下ろした。心地よさそうな寝床で小さなかたまりがすやすや眠っている。彼は思わず手の甲で赤ん坊の頬をなで、その柔らかさに目を見張った。いつの日か、ララとのあいだにこういう子ができるかもしれない。そんなふうに思ったことに自分でも驚いたが、心引かれることはたしかだ。彼は深く考えこみながらゆりかごに背を向け、クリスティに続いて部屋をあとにした。

「あれがララのお部屋です」クリスティは廊下のいちばん奥の閉ざされた扉を示した。

「今は湯浴みなさっているところかしら。お義兄さまのお部屋は廊下の反対側です」

部屋は別々にしなくていいとジュリアンは言いたくなったが、考え直した。ここは自分の家ではないのだ。一家の女主人がもうけた決まりに従わなくてはいけない。もっとも、湯浴み中のララを驚かすというのも魅力ある考えだ。

「夕食は六時半からです。ララを下まで連れてらしてね」そう言ってクリスティは扉を開けた。男性的で頑丈そうな家具のそろった大きな部屋だ。「衣類はしまっておきました。足りないものがあれば、お体に合うものをシンジンが見繕ってくれるでしょう。近ごろはあの人もキルトばかり着ていて、着なくなった服がたくさんありますの」

「ありがとう、覚えておくよ」ジュリアンはあこがれのまなざしを寝台に向けた。昨夜泊まった宿の寝床は狭いうえにあまりにお粗末だった。

ところがひとりになると、危険な獣のように部屋をうろつきまわった。ひと眠りしたほうがいいのはわかっていたが、ララがどうしているか、そのほうが気にかかる。それに、シンジンとクリスティのことを彼女がどう思ったか知りたい。グレンモアを気に入ったか、居心地はいいか、それに……自分でもどうしようもなかった。ララと話をしないうちはゆっくり横にもなれない。

廊下に出たとき、あたりには誰もいなかった。ジュリアンはすばやく狭い廊下の反対側へ行き、ララの部屋の扉をそっと叩《たた》いた。返事がないので、取っ手をまわし、なかに入った。ララはまだ湯浴みをしていた。暖炉の前に用意された湯桶《ゆおけ》の縁《ふち》に頭をあずけている。

躍る炎の輝きがこがね色の肌の色をやわらげている。あふれんばかりの漆黒の巻き毛が湯桶からこぼれていた。目は閉じられ、眠っているかに見える。ジュリアンは静かに近づいた。体が硬くなる。この奔放なロマの愛人への欲求が衰えることはあるのだろうか。

　彼の気配を感じたかのように、ララが急に目を開いた。

「ジュリアン！　こんなところで何をしてるの？　ここはわたしの部屋よ」

「きみが快適にしているかどうかたしかめたくなったんだ。扉を叩いても返事がなかったので、勝手に入らせてもらった」

「だったら、勝手に出ていくといいわ」ララはつれなく言った。

　ジュリアンは彼女を見つめた。「どうしたんだ、かわいい人《スウィーティング》？　昨夜、宿できみの湯浴みを見ていたときは何も反対しなかっただろう」

「ここは弟さんのお宅なのよ、ジュリアン。何もかもこれまでと同じようにするわけにはいかないわ」

　ジュリアンはいらだった。「いや、何もかも同じだ。エマが見つかりしだい、わたしたちは式を挙げる。ハイランドを去る前に、きみはわたしの妻になるんだ。村に教会《カーク》がある。牧師もいる。喜んで式を執り行ってくれるだろう」

「それはどうかしら」ララはあいまいに答えた。

「それまでのあいだ」ジュリアンは放蕩者めいた笑みを見せた。「わたしたちが互いを拒む理由はない」

ララが驚きの悲鳴をあげるのもかまわず、ジュリアンは冷めてきた湯のなかに腕を入れて彼女を湯桶から抱え上げた。暖炉のそばの腰かけにあるリネンのタオルをつかみ、それでララをくるんで寝台まで運ぶ。

「ジュリアン、下ろして。弟さんのお宅にいるのだから――」

「だからなんだ？」

「慎重にふるまわないと」

「慎重にふるまうなどごめんだ！　思えば、わたしは人生の大半を人一倍用心深く賢明に生きてきた。シンジンはわたしのことを鼻持ちならない堅物だと呼んだことがあるが、たしかにそのとおりだ。責任と義務感に縛られるとそうなる。だが、きみがすべてを変えたんだ、わたしの奔放なロマ娘。今はただ、きみの脚を開かせ、きみを満たすことしか考えられない」

彼の言葉がララの血を騒がせる。彼女は必死にそれを無視しようとした。けれども、このどうしようもない男性を愛するあまり、とても拒み切れない。

ジュリアンの重みでマットレスがくぼんだ。彼は上からほほ笑みかけた。「夕食まではたっぷり時間があるよ」

「わたしたちは結婚していないのよ。ご自分でそう言ったじゃないの。クリスティのもてなしにつけこむようなまねをするのは心苦しいわ」

ジュリアンは彼女の体からタオルを取り去った。「クリスティが知らなくてもいいことだ。それに、彼女はばかじゃない。おそらくわたしたちが愛人同士だと気づいているだろう」彼は黒い頭を傾け、ララの口の端に優しく唇を押しつけた。

「こうしてひとつになるたび、あなたの子を身ごもる危険が増すのよ」ララは訴えた。

ジュリアンは彼女の口をふさいだ。ララは唇をさし出しながらそっとため息をもらした。彼のキスで息がとまる。するとジュリアンは顔を上げて言った。「わたしがそれを知らないとでも思うのか？」

ララは肘《ひじ》をついて体を起こした。「わたしを身ごもらせたいのね！　わけがわからないわ」

「わたしたちは結婚すると言っただろう。誓いを交わすとき、きみが身ごもっていても全然かまわない。少なくともそれを口実にわたしを遠ざけることはできないよ」

決然とした輝きを放つ彼の瞳をのぞきこみ、ララは震えながら笑みを浮かべた。

「わたしを愛しているの？　ジュリアン」

「それが大事なことなのか？」ジュリアンは彼女の唇にささやきかけた。

「わたしにとっては。ダイアナの命を奪った人間への復讐をあきらめてくれる？」

「あきらめる？」ジュリアンは見るからに愕然《がくぜん》として息を荒らげた。「あの男どもを牢《ろう》に入れるまではあきらめるものか」

ララの心は沈んだ。どうしてこんな思い違いをしてしまうのだろう。ジュリアンはわたしを愛してはいない。ほんの一瞬、そうなのかと思った――いえ、願った。彼もようやく自分の心の暗い片隅を探り、そこに愛を見つけたのかと。

「わたしが何もかも手配するよ、ララ」ジュリアンは話を続けた。「ロンドンを離れる前に結婚の特別許可証を手に入れたんだ。もっとも、ハイランドでそういうものが必要だとは思えないが」

そこでジュリアンは起き直り、自分の服を脱ぎ始めた。「クリスティやシンジンのことは気にしなくていい。愛人同士がどういうものか、あのふたりにはわかっている。それに、シンジンはもう、わたしたちがロマ式の結婚をしたことを知っているよ」

「あなたが話したの？」

「わたしたちのことを説明する必要があったんだ」ジュリアンは服を投げ捨て、ララを自分の体でおおった。「その口を閉じて、わたしに抱かせてくれないか」

「やめておくわ」ララは身をよじって彼の下から逃れた。ローブを手に取り、急いで袖《そで》を通す。「あなたと結婚してあなたに抱かれるのは、わたしを愛していると心から言ってくれたときよ」

「きみのことは深く気にかけている」ジュリアンは言い、ララに手を伸ばした。彼女はすばやくよけた。

「どうしてもう一度、誰かを愛そうとしないの？　ダイアナはこの世にはいないのよ。ほかの女性との愛を見出すのがなぜ、そんなにいやなの？」

ジュリアンは猛然と立ち上がった。「まったく、ララ、きみはわたしに何を求めているんだ？　わたしの魂か？　愛するのは危険だ。大切な誰かを奪われるのは死ぬのに等しい。さあ、これで満足したかい？」

ララは唖然《あぜん》とした。ジュリアンがふたたび誰かを愛するのを恐れているとは思いもしなかった。ふたたび失うのを恐れているとは。

「だからもう一度、愛するよりは、自分の気持ちを胸の奥にうずめておくほうがいいのね」ララはうつろな声で言った。「気の毒に、ジュリアン。あなたが自分の間違いに気づいたときは、わたしはもう待つ甲斐《かい》もないと思うかもしれないわ」

「いいかい、ララ、きみは待たなくてもいいんだ。数日のうちにわたしたちは結婚するんだから。いやとは言わせない」

彼はふたりの距離をつめ、ララを自分の腕のなかに引き寄せた。「強情を張るがいい。わたしと床を共にするのを拒むがいい。だが、結婚したが最後、毎晩、同じ寝床で眠るんだ」

ジュリアンが激しくキスをする。彼の強い決意にララは圧倒された。ジュリアンはわたしを愛しているのかもしれない。そうよ。ただ、自分でまだわからないだけ。でなければ、わかっていても頑固に認めようとしないだけなのだろう。

低いうなり声をあげ、ジュリアンはララを抱え上げて寝台に戻った。ララは彼を見上げた。そのたぎるまなざしに、肌がざわめく。

ララは彼の全身に視線を走らせた。見とれるほどの筋肉が波打つすばらしい体。傷跡があろうと、刺激的な魅力は少しも損なわれていない。むしろ、そのために魅力は増している。目を下に移し、猛り狂うものに触れると、息がつまった。

「そんな目でわたしを見ていると、きみは一生、この寝床から出られなくなるよ」ジュリアンはかすれ声でささやいた。

瞳を輝かせ、彼は寝台に身を横たえた。ララに手を伸ばそうとしたそのとき、誰かが扉を叩いた。すぐに扉が開き、クリスティが入ってきた。

「あなたを起こしてしまったのでなければいいけど、ララ」クリスティが声をかけた。「肩にはおるプレイドを持ってきたの。一年の今ごろ、城はすきま風が入りやすいから――あらまあ……」

ジュリアンはうめき、半ズボン《ブリーチズ》を引っつかんだ。

「これは失礼」クリスティが言った。楽しげに瞳が躍っている。「お相手がいるとは気づかなくて。プレイドは腰かけの上に置いておくわね」

ララは恥ずかしさのあまり頬を染めたが、ジュリアンは動じる様子もなく、ブリーチズを静かにはいた。

「きみが出ていくことはないよ、クリスティ」見苦しくない程度に服をまとうと、ジュリアンは言った。「わたしが出ていくべきだ」肩越しにララを見る。「この……話の続きはまたあとで」

ジュリアンは服の残りをかき集めて部屋をあとにした。

「邪魔するつもりはなかったのよ」ジュリアンが去ったあと、クリスティは謝った。

「来てくれてよかったわ」ララは答えた。「ごらんのとおり、ジュリアンにかかると意志が働かなくなってしまうから」

「あの方と結婚なさい」クリスティは勧めた。

「自分を愛してくれない男性とあなたは結婚したいかしら？　情欲もけっこうだけど、わたしはもっとほしいものがあるの」

「わたしは自分が愛してもいない男性と結婚したわ」クリスティは打ち明けた。「実を言うと、ひと目見たときからシンジンが大きらいだった。それもそのはず、わたしは当時ほんの七歳だったし、祖父以外の家族をみな、イングランド人に殺されたんですもの。ロンドンまで旅してシンジンを誘惑したときも、あの人と恋に落ちるつもりなどまったくなかったわ。ジュリアンにはもっと時間をあげて。どれだけあなたのことが大切か、気づくようになるまで。彼は絶対にあなたと結婚するつもりよ」

「そうね」ララは不満そうに言った。

「考えてみて、ララ。あなたを愛していなければ、ジュリアンもあれほど固く結婚を決意しないはずよ」

「道義心から――」

「道義心なんかじゃないわ」クリスティが言う。「ジュリアンはあなたを愛しているのよ。どうか結婚して、あの方を不幸から救い出してあげて」

15

その夜も、次の二晩も、ララはジュリアンを部屋から閉め出した。ありがたいことに、彼はなんの騒ぎも起こさないでいてくれた。ジュリアンにかかると意志が働かなくなるとクリスティに言ったが、その言葉に嘘《うそ》はなかった。不幸にして、ララが好むと好むまいと、ジュリアンの思いどおりになってしまいそうだった。

さらに心配なことに、エマとブレイクリー卿《きょう》の消息は依然としてつかめなかった。両人のことは何ひとつわからない。ロンドンを発ったあと、ふたりを見たものは誰《だれ》もいない。シンジンとジュリアンは五十人の氏族民を集め、二日間、捜索に当たった。

ジュリアンは、最初の夜ふたりでいるところへクリスティが入ってきたあと、結婚のことは二度と口にしなかった。それがララにはかえって気がかりだった。ジュリアンのことだから、何かたくらんでいるのかもしれない、ふい打ちをかけられるのではないか、と。

二日がかりでエマを捜したが、その行方についてはなんの手がかりもなかった。みなの気持ちが張りつめているのもむりはない。その夜、ララはメアリーが縫い直してくれたクリスティのドレスをまとい、格子柄《プレイド》の布を肩にはおって夕食の席についた。大広間の暖炉の前には一同が集まっていた。

「まあ、そのドレスはあなたにぴったりね」クリスティは歓声をあげた。「青がとてもよくお似合いよ。それに、プレイドが何もかも見事に引き立てているわ」

「そうだね」ジュリアンはそう言いながらララを引き寄せた。「お客はまだ着かないのか？　シンジン」

「まだですが、間《ま》もなく来るでしょう」

「お客さまがあるの？」ララがきいた。

「ひとりだけ」ジュリアンが答える。

ジュリアンの瞳《ひとみ》に浮かぶいたずらっぽい輝きがララには気に入らなかった。何か魂胆があるのではないか。ララはいやな予感がした。

そんな物思いを蹴《け》散らす勢いで、ロリーが大広間に駆けこんできた。「シンジン、いらっしゃいましたよ！」

「ぼくらの待っているお客が？」シンジンはきいた。「お通ししてくれ」

「いいえ、レディ・エマとブレイクリー卿です」

「エマがここに？」ジュリアンは喜びにあふれた声をあげた。「ああ、よかった。ふたりを連れてきてくれ」

「ここにいるわ、ジュリアン」エマが駆け寄って言った。二歩後ろからブレイクリーがついてくる。「心配をかけてごめんなさい」

「いったい全体、どこにいた?」シンジンがつめよった。「ルディ、どうして遅くなったんだ? ちゃんとした理由があったんだろうな」

ルディはエマに優しくほほ笑みかけた。その瞳は愛に輝いている。彼はエマの手を取ると、自分の唇に持っていった。それから顎《あご》をこわばらせ、鋼のようなまなざしを、ひるむことなくエマの兄たちに向けた。

「エマとぼくは蜜月《みつげつ》を過ごしていました。ロンドンを発つ前に結婚したんです」

「何だと!」シンジンとジュリアンが同時に発した声が、広大な広間に雷鳴のごとくとどろいた。

「きさま!」ジュリアンはルディにつかみかかった。

「裏切り者!」シンジンが怒鳴り、ジュリアンを押しのけてルディに襲いかかろうとする。

エマが夫の前に出て、兄たちの怒りの盾となった。「手荒なことはしないで!」

「どくんだ、エマ」シンジンは命じた。

「この人はもうわたしの夫です」エマは宣言した。

「自分のことは自分で弁護できるよ、いとしい人」ルディは言い、エマをそっとわきに押しやった。

「兄たちにはわからないのよ」エマは叫んだ。「わたしはあなたを愛している。あなたもわたしを愛している。大事なのはそれだけなのに。でも、結婚したからには、このふたりにはどうすることもできないわ」

「そのとおりよ」クリスティがエマの側について言った。「エマはおとなの女性だわ。自分の気持ちがわかると信じてあげて」

シンジンは妻をにらんだ。「忘れたのか、クリスティ。ぼくは誰よりもルディのことをよく知っている。知るべきことは何もかもだ。そのぼくが言うが、この男にエマはもったいない」

「あれだけ名うての女たらしだった人がよく批判できたものね」クリスティはたしなめた。「そんなあなたでも心を入れ替えたのだから、ルディにできないはずないでしょう？」

「ありがとう、クリスティ」エマは穏やかな声で言った。「ルディを責めないで。全部わたしのせいなのよ。お兄さまたちがこの結婚を許さないのはわかっていたわ。だから、ルディを説得して内緒で結婚したの。債務者刑務所に投獄されている叙任牧師に式を挙げてもらったのよ。親の承諾なしに結婚したがる男女は前からそうしてきたわ」

「ぼくはエマを愛しているんだ、シンジン。彼女を傷つけるようなことは決してしない。きみが誠実な夫になれるなら、ぼくだってそうなれると信じてくれ。遺産も相続して、エマを養っていけるだけの財産もある。エマには何ひとつ、不自由はさせないよ。ぼくも……こっそり結婚するしかなかったのは残念だ」

「まったく、ブレイクリー、とんだことをしてくれたな」ジュリアンはわめき立てた。

「エマには盛大な式を挙げさせるはずだった。家族や友人のいる前で」

「そんなこと、わたしにはどうでもいいことだわ」エマは頑として言った。いとしげにルディを見る。「ほしいものはここに全部あるんだから」

「わたしがおまえたちにつけた六人の護衛はどうした？」ジュリアンがきいた。

「わたしが送り返したわ」エマが言った。「必要ないからって。ルディとわたしはまっすぐフリート刑務所に行って結婚して、ノーザンバーランドの田舎にあるルディの領地で蜜月を過ごしたの。どうか、わたしたちのことを怒らないで。大兄さまがほかに選択の道を残さなかったから、こうするしかなかったのよ」

　ララはそれ以上黙っていられなくなった。エマとルディがいっしょにいるところを見れば、ルディの誠意が肌で感じられる。エマに注ぐ優しい笑みや、彼女に触れるしぐさには愛があふれている。ジュリアンはまことの愛に気づかないのかもしれないが、ララは気づいていた。

「ジュリアン、ふたりだけで少し話せないかしら？」

ジュリアンがララをにらむ。「あとにできないのか？」

「ええ。時間はかからないわ」

「わかった」彼はほかのみなから離れ、ララがついてくるまで待った。「何だい？ララ」

「あなたが愛を信じようとしないからって、それがこの世にないわけじゃないわ。今のエマがどれほど幸せか、あなたにはわからないの？　愛のための結婚は誰にもできるぜいたくじゃないのよ」

「きみは感情にとらわれすぎて、事態がはっきり見えていないんだ」ジュリアンは軽くいなした。

「そう言うあなたは、愛がこの世にあると認められない冷血漢よ！」ララは叫ばんばかりに言った。「シンジンは心を入れ替えたんでしょう。ルディがそうできないとどうして決めつけるの？　エマほど聡明《そうめい》な女性が、悔い改めない放蕩《ほうとう》者を愛したりしないわ。妹さんを信じてあげて、ジュリアン。愛する男性と自分のために正しいことができる勇気は褒められるわ」

ジュリアンは目をすぼめた。「わたしにどうしろと言うんだ？　わが妹が人生最大の過ちを犯すのを黙って見ていろと？」

ララが顎をこわばらせた。「愛する男性と添い遂げさせてあげるのよ。ルディを信頼して」声を落として言った。「そして、愛を信じるの。愛はほんとうにあるのよ」

ジュリアンは無言で彼女を見つめるばかりだった。やがて背を向け、家族たちのところに戻った。

ジュリアンの張りつめた声には抑えた怒りがこもっていた。「いいかい、エマ、おまえのしたことも、そのやり方もわたしは大目に見てやれない。だが、ルディには誠意を示す機会を喜んで与えよう」

「もう取り返しはつきません。すんだことはすんだことだ。ただし、ぼくらでルディをしっかり監視しましょう」シンジンはそう言い添えて、ルディをにらんだ。

「エマへの愛を疑われるようなことは決してしないと誓うよ」ルディは約束した。すんだことはすんだことだというシンジンの言葉は賢いと、ジュリアンは胸のうちで認めた。エマはもうルディを選んでしまったのだ。ふたりが深く愛し合っているのは見ればわかる。自分とララとの関係が完璧《かんぺき》とはほど遠いからといって、このふたりの仲をどうして裂くことができようか。

「いいだろう」ジュリアンは不承不承言って、ルディに手をさし出した。

「後悔はさせませんよ、ジュリアン」ルディは彼の手を握りしめ、顔を輝かせた。

「きみは昔からのぼくの親友だ。今度はぼくの義弟になるわけか。道を踏み外さないかぎり、わが妹を盗んだきみを殺さないと約束するよ」シンジンが手をさし出すと、ルディはその手を握った。ジュリアンの眉間《みけん》のしわがまだ消えないうちに扉が開き、ギャビンが入ってきた。連れがひとりいる。

「お着きになりました、ジュリアン」ギャビンは息せき切って言った。「ゴードン牧師が式を執り行いにいらっしゃいました」

背の高いスコットランド人は聖職者の黒いローブをまとい、ギャビンのあとから入ってきた。

ララはけげんな表情をした。「式？　なんのこと？」

ジュリアンは咳《せき》払いした。「エマとルディが今、着いたのは何とも幸いだ。これで家族全員がわたしたちの結婚に居合わせてくれる」

「ララと結婚するのね！」エマは声をあげ、うれしそうに手を叩《たた》いた。「何てすてき！　大兄さまのことが心配になっていたのよ。いつか、愛する女性にめぐりあうことを願っていたわ」

ララはいらだった。「ジュリアンはわたしを愛してもいないし、わたしたちは結婚するわけでもないわ。申し訳ありませんが、牧師さま、グレンモアには無駄足をふませてしまいました」

ジュリアンは小声で毒づいた。これほど頑固な女性には会ったこともない。「わたしの花嫁になる女性は気が高ぶっていまして、牧師さま、どうぞ、式を始めてください」

ララは彼をにらんだ。「言っておくと、ジュリアン……」

「ララにひと言、いいかしら」クリスティは断り、ララをわきに引っぱっていった。「いくらあなたでも、わたしの気持ちは変えられないわ」暖炉の前からクリスティの手でむりやり引き離されると、ララは声をひそめて言った。

「ジュリアンを愛しているの？　ララ」

「ええ」ためらいながらもララは認めた。

「あの方を信頼している？」

今度の返事にはもっとためらいがあった。「ほんとうはそうしちゃいけないのよ。一度は去っていった人だから。わたしはロマだし、自分にふさわしくない相手だとあの人は思った。でも、ええ、信頼しているわ」

「だったら、わたしの言うことをきいて結婚なさい。ジュリアンとダイアナのことはシンジンが全部話してくれたわ。わたしが聞いたところでは、ジュリアンは彼女のことを深く思いやっていたようね。でも熱愛していたわけではなかった。ふたりは仲良しで、子供のころから将来をともにするように約束されていた。そんないいなずけを愛さないのはジュリアンにとって恥ずべきことだったんでしょう」

「あの人はダイアナに子供を授けるほど愛していたのよ」ララは訴えた。「ダイアナが亡くなったとき、お腹にはジュリアンの子がいたの。わたしが産む子供は、あの人が亡くした子の二番手にしかならないわ」

「ジュリアンは恥を知る男性よ。シンジンよりもずっと高潔だわ。シンジンと同じで情熱的。でも、シンジンと違って、いいなずけを裏切ったりはしない。ダイアナとジュリアンは結婚したも同然だったのよ。正式に婚約していたのだから。たぶん、結婚による床入れを待つことはないと思ったんでしょうね」クリスティは間を置いてから言った。「ダイアナは亡くなった女性よ。あなたとジュリアンがともにしているものは尊いわ。あの方があなたを見るまなざし、あなたの姿を目で追う様子。あれが愛でなくて、何だと言うの？」

「心のなかではわたしも思っているの。ジュリアンはわたしを愛しているけれど、頑なになりすぎて認められないのだって」

「だったら、あの方に賭《か》けるのよ、ララ。結婚なさい。わたしが保証するわ。あなたが求めてやまない言葉はもうすぐ聞けるようになるから」

「なんの相談だろうか」熱心に話しこむふたりの女性を見守りながら、ジュリアンはシンジンにきいた。

　ゴードン牧師は暖炉のそばに移り、マーゴットが運んできた温ワインをすすっている。エマとルディは、ふたりだけの世界にひたり、互いの目を見つめ、甘い言葉を交わしている。

「クリスティがララに道理を説こうとしているのかもしれませんね」シンジンは思案顔で言った。

「ララが聞いてくれるといいんだが」

「兄上はよほどララを愛しているんですね」シンジンは思ったことを言った。「ダイアナのときはここまで強い気持ちを口にしたことはなかったんじゃありませんか。ああ、そうだ、ダイアナを愛しているとは言っていましたね。その言葉は信じますよ。ただ、愛の度合いが違うんです」

「ふむ。どうしておまえはそんなに詳しいんだ？」

　シンジンはいたずらな笑みを兄に向けた。「お忘れですか。兄上と話をしているのは、かの悪名高き放蕩者、罪な閣下《ロード・シン》ですよ。愛のことなら知り尽くしています」

「性愛のことなら知り尽くしている、だろう」ジュリアンはちゃかした。「おまえにだけは愛のことで助言を求めたくないな」

「それでも助言します。ぼくもばかじゃない。兄上がララを愛していることはどんな間抜けにもわかりますよ。自分でわからないのなら、兄上はぼくが思った以上の大ばか者だ。兄上には耳にたこができるほどお説教を聞かされてきましたが、今度はぼくが聞かせる番です」

「悪気がないのはわかっているよ、シンジン。だが、おまえの知らないことがあるんだ。ララに心を捧《ささ》げる前に、わたしはまず、ダイアナをもっと愛すべきだったという罪悪感を捨てなくてはならない。とにかく、彼女はわたしのせいで亡くなったんだ！　わたしは子供まで身ごもらせた。まだララを知らなかったから、ダイアナに対する気持ち以上に強い感情があるとは思いもしなかったが」

「罪悪感とともに生きるのは楽じゃありません。兄上ももっと――」シンジンは小声で言った。「クリスティとララの話がすんだようだ。こちらに来ますよ」

クリスティとララがみなに加わると、ジュリアンは息をつめた。ララの表情を読み取ろうとしたが、穏やかな笑みの下に注意深く隠されている。またわたしを拒むつもりだろうか？　かまうものか。ジュリアンはいっそう決意を固めた。その意志があろうとなかろうと、ララはきょう、わたしと結婚する。

女性たちがやってくるのを見て、牧師は暖炉のそばを離れ、温厚な笑みをふたりに注いだ。「すっかり片づきましたかな？　式に入ってもよろしいですか？」

「きみの返事は？　ララ」無理強いする前に彼女に選ばせようと、ジュリアンはきいた。

ララが自分を見上げたとき、ジュリアンは言葉を失いそうになった。彼女の黒い瞳は愛にあふれている。これほどひたむきな愛情に報いることができるだろうか。ダイアナのことは愛し足りなかった。そんな自分がララにふさわしい愛を与えてやれるだろうか。

ジュリアンの煩悶《はんもん》をふいにさえぎってララが言った。「あなたと結婚するわ、ジュリアン。このイングランド式の結婚はわたしたちのロマ式の結婚に劣らず、義務的なものでしょうけど。あなたと結婚するのは、あなたを信じているからよ。そして、愛を信じているから」

ララがこの儀式を受け入れてくれて、ジュリアンは一応ほっとした。これは正しいことなのだ。これでララは貴族からさげすまれなくなる。マンスフィールド伯爵夫人となるのだから。

ジュリアンはララの手を取り、自分の唇に持っていった。「式を始めてください、牧師さま」

家族が集まり、ゴードン牧師は婚礼の文句を読み始めた。シンジンもクリスティも目をうるませ、エマにいたっては人目もはばからず涙を流していた。そのあいだにマクドナルド氏族民がぞろぞろと入ってきて、大きな部屋は人でいっぱいになった。

ララが誓いの言葉を繰り返す番になると、ジュリアンは息をするのも忘れた。だが、心配することはなかった。彼女は高らかに貞節を誓った。ララが驚いた顔をしたのは、エメラルドが散りばめられた指輪を彼がポケットから出し、その指にすべらせたときだけだ。思ったとおり、指輪はぴったりとだった。

「これは母のものだった」ジュリアンはささやいた。「新聞に婚約の告知を出したときから持ち歩いていたんだ」

ジュリアンはララを抱きしめた。わき起こる拍手や笑い声に囲まれ、彼女にキスをする。結婚したのだ！　ついに。なんということだろう！　なぜこれほどまでに気分がいいのだろう？

ジュリアンが指にはめてくれた指輪を見つめ、ララの胸のなかで幸せがはじけた。長いこと引き延ばしてきたけれど、今、ひとつの山を越えて大きな荷が下りた感じだ。ジュリアンに愛されていると信じている。あの言葉が聞ける日を、一生待たずにすむことを祈るばかりだ。

式のあとは盛大な祝宴となった。大広間には大勢のマクドナルド氏族民がひしめき、ごちそうにあずかろうとしている。知らないのはララだけで、ジュリアンはこの日のために入念に計画をたてたのだろう。テーブルの上に次々と料理が運ばれてきた。

鱒《ます》、牡蠣《かき》、亀肉《かめにく》、子羊のあばら肉、鹿肉《しかにく》、さまざまな野菜、夏の恵みの残り、そして、六種類ものタルトやプディング。ララはおいしそうな料理をほんの何口か試しただけであきらめた。それ以上は胃に入りそうにない。

食事がすむと、村から楽士たちがやってきた。ロマの踊り子や軽業師、手品師も引き連れている。ワイン、エール、上等なスコッチウイスキーがふんだんにふるまわれた。スコットランドの男たちは何ともにぎやかだ。ジュリアンにそろそろ引きあげようかときかれると、ララはふたつ返事で応じた。

階段を上るふたりのあとを、やじやはやし声やみだらなほのめかしが追ってきた。

「食事のあいだに、わたしの荷物をきみの部屋に移させておいた」ジュリアンは言ってララの部屋の扉を開け、なかに促した。「こっちの部屋のほうがながめがいいからね。もっとも、今夜は景色など見る必要もないだろうが」

ララは部屋のまんなかに立ち、あたりを見まわした。胸がどきりとする。寝台のカバーは折り返され、窓にはカーテンが引かれている。誰かがシーツに香りをふりかけたのだろう、寝台からすみれの甘いにおいがする。クリスティの演出かもしれない。

ララはジュリアンのほうを見た。その姿にほれぼれとする。彼がまとっているのは、シンジンから借りた服に違いない。濃紺のサテンの半ズボン《ブリーチズ》に薄青の上着、銀のチョッキ。白いリネンのシャツの襟《えり》と袖《そで》にはひだ飾りがふんだんにあしらわれ、靴には銀のバックルが光っている。

「今夜は食が進まなかったようだね」ジュリアンは上着を脱ぎながら言った。「わたしと結婚したことを後悔しているのか？」

「いいえ、まだよ、ジュリアン」

「あまり納得していない口ぶりだな。どうしたらそれを変えられるのかな？」

　彼はララと目を合わせた。引きこまれそうなほど強いまなざしだ。重い沈黙のあと、ララはささやいた。「わかるでしょう、ジュリアン。最初からわかっていたはずよ」

「きみを求めていることはわかっているよ、かわいい人《スウィーティング》。この数日、腕のなかに、寝床のなかにきみがいなくて地獄のようだった。あと一日か二日もすれば、きみの部屋の扉を壊していただろう」

　ララは彼にほほ笑んだ。ええ、きっとそうでしょうね。

「ここにおいで」ジュリアンは両腕を広げ、ララはそのなかに入っていった。腕が巻きつくと、まるでわが家に戻ったような気分だった。ララはできるだけ踏みとどまったものの、こうと決めたときのジュリアンほど強い生き物はこの世にいない。彼女はしだいに抵抗を崩され、クリスティの助言に後押しされて、究極の選択をしたのだ。

「きみのあらわな姿が見たい」ジュリアンが耳元でささやいた。「これから一晩、いや、もっとあとまで愛し合おう」

「ええ、ジュリアン、わたしを愛して」ララは甘く喉《のど》を鳴らした。心がむりなら、体だけでも彼を自分のものにしたい。

濃紺の瞳を欲望にきらめかせ、ジュリアンはキスをした。初めは優しく唇が重なり合うだけだったのが、やがて熱をおび、むさぼるような、強いるようなキスに変わった。ララは彼の豊かな髪に指を絡ませ、自分のほうに引き寄せた。ジュリアンが深く熱く舌をさし入れる。ふたりの体はともに張りつめ、息は荒いあえぎとなった。互いに触れ合い、高め合い、奪い合おうとする。だが、それだけではまだ足りない。

ジュリアンは彼女から口を引きはがした。飢えと激しい切望がくっきりと浮かんだ顔をろうそくの明かりが照らしている。彼はララの体を遠ざけ、彼女の服を脱がせにかかった。裸にしようと気がせくあまり、袖がちぎれた。両手でドレスをつかんで引き上げ、取り去ると、震える指でペチコートの平紐《ひらひも》をほどいた。ペチコートはララの足元に落ちた。彼はララを抱き上げ、足でペチコートを押しやった。

ララは彼の前にシュミーズ姿で立った。それも脱がされるものと思ったが、ジュリアンの瞳の輝きからして、ほかに考えがあるらしい。

「あとは自分でできるかい？」彼がきく。低くとろけるような声だ。瞳はくすぶり、暗く陰っている。

無言でララはうなずいた。寝台の端にジュリアンが座り、自分の靴と長靴下を脱いだ。こわばった姿勢や、期待に張りつめた体から彼の欲望が感じられた。ララの胸はふくらみ、太もものあいだがうるんできた。

ガーターを片方ずつ、ゆっくりと外す。ついでストッキングを丸めながら下ろしていく。もう片方も下ろし、靴といっしょに脱ぎ去った。彼の浅い息づかいが聞こえてくる。

「きみのシュミーズ」荒いため息とともにジュリアンは言った。「それも脱いで」

ララは魅惑の笑みを浮かべ、じらすように少しずつ持ち上げて頭から脱いだ。ジュリアンは立ち上がり、ブリーチズを脱ぐと、また寝台に腰かけた。たぎるまなざしがララの体を温かな蜜のように這《は》っていく。彼女の背筋に甘美な震えが走った。部屋のなかはあまりにも静かだ。高ぶった彼の息づかいと、それに重なって燭台《しょくだい》の上のろうそくが燃える音しか聞こえない。

ジュリアンは彼女を自分の前に引き寄せ、開いた両脚のあいだに立たせた。ララは彼の肩に両手を置いた。ジュリアンの指が親密なしぐさでお尻《しり》に食いこむと、ララはそっとうめき、目を閉じた。太もものあいだにしずくが重くたまり、彼に対する荒々しい欲望が募っていく。

「とてもきれいだ」彼はささやいた。「今夜、ロマの人々が踊っていたとき、わたしの目にはくるくる舞うきみの姿が浮かんでいた。きみのような踊りは見たこともないよ、わたしの奔放な美しいロマ娘。音楽がその信じられないほどすばらしい体のなかに野生の自由な何かを解き放つんだろう」

「ジュリアン、そんなお世辞はいいのよ」彼の真摯《しんし》な口調に驚きつつ、ララは言った。

「もうわたしたちは結婚したのだから」それとも心から褒めてくれたの？

「なぜお世辞などと？　わたしの言葉はどれも本心から出たものだ」

彼は両手を動かし始めた。たわわな胸を手のひらにすくい、舌で先端をじらす。熱くぬれた口がそこを吸うと、ララはすすり泣くような声をもらし、のけぞった。ジュリアンは乳首を離し、ララを膝《ひざ》の上に引き上げた。

「今夜はわたしたちの初夜だ」彼女の唇にささやきかける。

「初夜なら何週間も前にすませたわ」

ジュリアンがふいに向きを変えた。彼女を組み敷き、自身の硬い体でマットレスに押さえこむ。

「ジュリアン！」ララは震えていた。熱気に身を焼かれ、狂おしい欲望の波に揺さぶられる。彼の髪に指を巻きつけ、唇を引き寄せた。彼のキスがほしい。ほしくてたまらない。そしてまだそれだけでは足りない。

彼女が何を求めているか、ジュリアンは正確にわかっているようだ。手がララの腹部から下にすべっていく。彼は体をずらして両膝でララの脚を大きく開かせた。肉を分かつ指を感じ、ララは息をのんだ。次に口が下りてきて彼女を味わう。ララは腰を突き上げた。ジュリアンにしか与えられないものを今や狂おしく求めていた。けれども彼は時間をかけてララを味わい尽くそうとする。その舌はみだらな剣となり、繰り返し、ぬれそぼった芯《しん》まで貫き、感じやすいつぼみをはじく。

　ララは声をあげ、のけぞって寝台から肩を浮かせた。荒れ狂う嵐《あらし》のただなかへ放りこまれ、打ち砕かれるような荒々しい解放に向けて飛び立つ。

　ララがわれに返ったとき、彼は上からかがみこんでいた。激しく切実な渇望がくっきりと顔に現われている。ララは彼の手首をつかんで引き寄せた。「わたしのなかに入って、ジュリアン、お願いだから」

　ジュリアンの大きな体がララの上に影を落とす。「ララ」ざらつく声でささやいた。「きみはわたしのものだ。すべてわたしのものだよ」

「わたしはとっくにあなたのものよ、ジュリアン」

　その言葉が聞こえた様子もなく、彼は両手をララのお尻の下にすべりこませ、熱くたぎった自分の先端を彼女に向けた。

「きみのなかに入れてくれ」うめくように言う。「天国へ導いてくれ」

　ララは彼のものにしっかりと手を添えて自分の入り口に持っていった。ジュリアンが彼女の耳元であえぎ、ぬれた鞘《さや》のなかへなめらかに入っていく。そして彼女を熱と力で満たし、やがて奥までうずもれた。ララは魂まで貫かれた気がした。

「これほど自分が硬くなったのはいつなのかも思い出せないよ」ジュリアンはあえぎながら言った。彼女の目をのぞきこみ、両手をついて身を起こすと、いっきに突いた。しだいに速さを増す動きに、やがてふたりの息が乱れてきた。

ララは彼の背中にしがみつき、激しくうねる彼の腰に脚を巻きつけた。息を吸い、さらに深く彼を引きこむ。ジュリアンの動きは強く速くなり、ひと突きごとに高みへと彼女を導く。あまりの快感に、ララは取り乱さんばかりになった。

ジュリアンが頭を下げ、ララ自身、気づかずにあげていた歓喜の声を口でふさいだ。彼女の興奮は高まり、今にも届きそうな魅惑の頂に向けて体が張りつめた瞬間、あの感覚が体中を駆けめぐった。ララは、めくるめく色と忘我の渦にのまれ、砕け散るようなすさまじい絶頂を迎えた。

「愛しているわ、ジュリアン!」

それが聞こえたとしても、ジュリアンはそんなそぶりは見せず、自身の絶頂へ向けて飛び立った。彼が身を硬くし、荒い息の音がしたかと思うと、熱くぬれた種が彼女のなかでほとばしった。

そのあと、ふたりはともに眠った。夜のあいだにララが目を覚ますと、ジュリアンの手は腹部をすべり、太もものあいだに入りこんでいた。ララはためらわずに彼の腕のなかに身を転じ、また初めからいつくしまれるままになった。

翌朝、先に目を覚ましたのはジュリアンだった。彼は伸びをし、ほほ笑んだ。これほど空腹で、これほど爽快《そうかい》な気分になったことが今までにあっただろうか。卵とベーコンの薄切り、レバー、熱いコーヒーを思い浮かべると、口のなかにつばがたまった。ララを起こさずに湯浴みとひげそり、着替えをすませて、静かに部屋を出る。大広間に行くと、すでに一家は朝食をとっていた。

「ララはどこかしら？」クリスティがきいた。

「まだ休んでいる」傲慢《ごうまん》な男らしさをいやというほど見せつけてジュリアンは答えた。

「昨夜はよく眠れなかったようでね」

シンジンは大声で笑った。「それは誰のせいなのかな？」

「ララはほんとうにいい方ね」エマが言った。「大兄さま、どうか、彼女を傷つけないで」

ジュリアンは顔をしかめた。「どういう意味だ？」

「だって……大兄さまはよく留守にするし、それに……」

「はっきり言いなさい」

「妻を困らせるのはやめてくれませんか」ルディがかばうようなしぐさでエマに腕を

まわしながら言った。

「何をもめているの？」

みなが首をめぐらすと、ララが大広間に入ってきてジュリアンのとなりに座った。

「寝ているのかと思ったよ」ジュリアンは言った。

「ええ、でも、あなたが部屋を出ていくときに目が覚めたの」

ジュリアンはそっと警告の視線をエマにやった。「言い合いはなしだ、いいね」

メアリーがせかせかと大広間に入ってきて、湯気の立つ椀《わん》をジュリアンの前に置いた。

「これは？」目の前で揺れる粘々したものに眉《まゆ》をひそめながら、ジュリアンはきいた。まさか、朝食ではないだろう。

「オートミールでございます、閣下」メアリーは嬉々《きき》として言った。「弟さまがこれを食べられるんなら、あなたさまも食べられますよ」

ジュリアンが片眉をもたげて見ると、シンジンは空咳で笑いをごまかした。

「オートミールは好きじゃない」ジュリアンは言った。

メアリーはにんまりし、ジュリアンの苦境を楽しんでいるようだ。「弟さまもそうでしたが、好物になられましたよ」

「食べてみて」ララが促した。「食べると元気が出るわよ。わたしもお椀に一杯もらえるかしら、メアリー」

メアリーは顔を輝かせ、ララのオートミールを取りに厨房《ちゆうぼう》へ引き返した。遠ざかる背中をジュリアンはにらみつけた。それから匙《さじ》を椀のなかに突っこみ、中身をすくって口に運ぶ。精一杯むせないようにしてオートミールを喉に通したが、この戦いは彼の負けだった。

「もっとしっかりした食べ物のほうが慣れている」ジュリアンは負け惜しみを言った。

「まあまあ、ジュリアン。そんなにまずくはないでしょう」シンジンがたしなめた。

「毎日出されるとだんだん好きになる。ぼくはバノック《オートミールケーキ》もいけるようになりましたよ」

「もうすぐロンドンに戻って卵やレバーやトースト、ベーコンの朝食が食べられると思うとありがたいね」

ジュリアンはもうひと口、苦労しながらのみこみ、顔をゆがめた。どうにか椀のなかのオートミールを平らげたとき、メアリーが戻ってきた。彼女は卵とベーコンをジュリアンの前に置き、空の椀をさっと下げた。

「けっこうでございます、閣下」メアリーはほくそ笑みながら言った。「最初のとき、弟さまはこれほど上手にお食べにはなりませんでしたよ。卵をお楽しみください」笑みを浮かべたまま、せかせかとまた厨房に戻っていった。

シンジンとクリスティはそろって吹き出した。「合格ですよ、ジュリアン」シンジンは目の涙をふきながら言った。「ぼくはもっと時間がかかりました」

メアリーはすぐにララ用のオートミールの椀を持ってきた。「卵もいかがですか？　ララ」

ララはジュリアンの卵を見て、胃がむかついた。急いで顔をそむけたが、そうしなければテーブルを離れるほかなかっただろう。胃を落ち着かせるために深呼吸し、それから首を振って返事をした。

「けさはオートミールだけでいいわ、メアリー」ララはふた匙、なんとかのみこんでから椀を押しやった。

ララの食欲が急に失せたことにクリスティは気づいたようだった。「けさはお茶とトーストのほうがお口に合うかもしれないわ、ララ」

ララは感謝のまなざしをクリスティに送った。「きっとそうね」腰を上げようとするマーゴットに言った。「食事を続けて、マーゴット。自分で取ってくるから」

ジュリアンが身を乗り出してきいた。「大丈夫かい？　昨夜、わたしが手荒なことをしすぎたかな？」

ララは安心させるようにほほ笑んだ。「わたしなら平気よ、ジュリアン。普段から朝はあまり食べないの」ララは椅子《いす》を後ろにすべらせた。「すぐ戻るわ。わたしが厨房に入ってもメアリーが気にしなければいいけど」

クリスティが立ち上がった。「わたしもごいっしょするわ。メアリーは厨房にいないかもしれないし、あなたはどこに何があるかわからないでしょう」

ふたりして大広間を出ると、クリスティはララの腕に手を添えた。「どうしたの？　けさは少しご機嫌ななめのようね。昨夜、ジュリアンに痛い目にあわされたの？」

「いいえ、そんな、とんでもない。ジュリアンがわたしを痛い目にあわせるなんてあり得ないわ。けさは何だか胃が落ち着かないけど、初夜とはなんの関係もないのよ」

クリスティはわかっているというような目つきで言った。「その気分はわたしにも覚えがあるわ。身ごもっているのね？」

「その可能性はあるわ」ララは認めた。「実は、ジュリアンとわたしは結婚してからもう何週間にもなるの。ロマのしきたりに従って結婚し、夫婦として暮らしていたのよ。でも、ジュリアンはその結婚を認めようとしなかった。あの人がわたしを置いて出ていったときはほんとうにつらかったわ。わたしはあの人にとってなんの意味もなかったみたいで。ロマの娘は彼の高貴な名にふさわしくなかったのよ」

「あなた方のこれまでのいきさつについてはシンジンから少し聞いているけれど、ジュリアンがロマの野営地にあなたを置いてきたとは知らなかったわ」

ララはため息をつき、たっぷりと自己憐憫《れんびん》にひたった。「ジュリアンはわたしともう一度会うつもりはなかったのよ。ロンドンでは偶然出会ったの」

「それで、赤ちゃんのことはいつジュリアンに伝えるつもり？」

「妊娠がはっきりしてから」ララはあいまいに答えた。

「わかったわ。このことは秘密にしておくわね」クリスティは約束した。「わたしもシンジンに対して正直ではなかったのよ。そのせいで結婚がだめになるところだったわ。そういうこともあると心にとめておいて」

ふたりは厨房に入っていった。「ああ、やっぱりメアリーはいるようね」クリスティは言った。「では、あとで話しましょう」


ララとクリスティがテーブルを離れたあと、シンジンとジュリアン以外はみな、自然と大広間からいなくなった。

「けさのララは顔色が悪いようですね、兄上」シンジンが言った。「昨夜、少しは休ませてあげたんですか？」

ジュリアンはさすがに顔を赤らめた。「少々手荒なこともしたかもしれない。でも、ララも文句は言わなかったよ」

シンジンは目をくるりとさせた。「ソーントンの男に愛されて文句を言う女性がこの世にいるとは思えませんね」

「おまえといっしょにしないでくれ、シンジン」ジュリアンはそっけなく言った。「わたしはおまえのような名うての放蕩者でも女たらしでもないよ」

シンジンは笑った。「あの日々は永遠に過去のものですよ。ぼくはきょう村に行きますけど、いっしょにどうですか？　村人たちが冬支度をしているか、たしかめる必要があるので。去年、新しいわらで屋根をふいて、小屋の修理もしましたが、初雪が降らないうちに村で不足しているものを調べておきたいのでね」

「おまえもいい領主になったものだな、シンジン」ジュリアンは言った。「わたしも誇らしいよ。ちょっと出てくるとララに言ってからすぐに出かけよう」


グレンモアの上にある高い丘では、十二人もの男が巨岩の陰にうずくまり、城を見張っていた。

「スコルピオンがここにいるってのはたしかでしょうね、クロケット」

「ジャッカルが請け合ったんだ。やつとその女がグレンモアにいるとな、ドークス」クロケットが答えた。「あの間抜けなスタンホープ卿は娘のことが心配で、ジャッカルに情報をもらしているとも知らないしまつだ。スコルピオンがあのロマのやつらといっしょにいることもジャッカルはつかんだ。実際、あそこにいたんだ。残念ながら、おれたちが手にかける前に逃げ出したけどな。ハイランドなら安全だとスコルピオンは信じきっている。なんにも知らずにな」

「やつの影も形も見えませんぜ」ドークスはぼやいた。「あのいまいましい要塞《ようさい》を一歩も出ようとしねえ」

「ここは我慢だ、ドークス。そのうち必ず出てくるさ」

「そしたらどうします?」

クロケットはにやりとした。「殺すのさ」

16

「領地で草をはむ丸々とした羊の群はおまえの努力のたまものだな、シンジン」ジュリアンは言い、丘の中腹を見渡した。「ここで育てている馬にも感心した。わたしが乗っているこの馬はとりわけりっぱだ。よくやっているな、弟よ」

「兄上からそんなお褒めの言葉が聞けるとはね」シンジンは言った。「いつの日か、ぼくの子供たちがこのすべてを受け継ぎます。クリスティの氏族民も、二度と飢える心配をしなくていい。罪な閣下《ロード・シン》としてロンドンをうろつきまわっていたあの長い年月、ぼくは自分の務めもかえりみず、ただ遊び呆《ほう》けているだけの身勝手な愚か者でした。ありがたいことに、手遅れになる前にクリスティが性根を叩《たた》き直してくれましたよ」

「お互い、クリスティに感謝しないとな」ジュリアンは言った。「わたしと結婚するようにララを説得してくれたのも彼女だ。村までは遠いのか？」

「それほどでもありませんよ」

「まず、あの羊たちを近くで見てもいいかな？　ロンドンでは羊毛の値段が高くなってきている」

「ぜひ見てください。スコットランドのどこへ行っても、これほど上等な羊は見つかりっこありません」シンジンは誇らしげに言った。

「あいつら、何をしてるんだ?」ソーントン兄弟が別の方向へ遠ざかろうとするのを見て、ドークスがきいた。「スコルピオンが現われるのを何日も待ってたが、やつは今、おれたちから離れようとしてますぜ」

「心配するな。必ずつかまえてやる」クロケットは低い声で言った。「手下どもに指令を出せ。武装して、ただちに馬を出せるようにしておけと」

「もうひとりのほうはどうします? 弟のほうは?」

「殺せ」クロケットは命じた。「ジャッカルは目撃者をひとりも出したくないそうだ」

羊を観察したあと、ジュリアンとシンジンは村までの道を進んだ。「ここの羊毛は最高の品質だな、シンジン」ジュリアンが言った。「おまえが博打ですったり、ぜいたくな愛人を囲ったりしなくなった今、グレンモアの財政も良好だ。わたしの説教がきいたかな」

シンジンが肩をこわばらせた。「どうやらお客のようですよ」

ジュリアンが目を上げると、馬に乗った十二人の男たちがこちらに向かってくるのが見えた。しかも、ぐんぐん近づいてくる。「おまえの知り合いには見えないな」

「あれは氏族民じゃない」シンジンが鋭く言った。「人が来る予定は？　ジュリアン」

ジュリアンは唇を引き結んだ。「ジャッカルの手下どもに違いない。全員を相手にはできないな、シンジン。さっさと逃げよう」

ふたりは馬の向きを変え、グレンモアまで全速力で走らせようとしたが、手遅れだった。「追いつかれそうだ」ジュリアンはやかましいひづめの音に負けじと叫んだ。

一瞬の静けさを破って銃声がとどろき、弾がジュリアンの耳をかすめた。「くそ、火打ち石銃を持っているのか。こっちには拳銃《けんじゅう》一丁と短剣が一組があるだけだ。城に急ごう」

城にたどり着く前にやられてしまうのではないかと、ジュリアンは恐れた。弟とマクドナルド一族に面倒を持ちこむことだけは避けたかったのだが、どうやらそうはいかなかったようだ。彼もシンジンも、できるだけ標的になるまいと馬の背に張りつき、急いで逃げた。

「まだぼくらはおしまいじゃありませんよ、ジュリアン」もう一発、弾がすれすれのところを飛んでくるなか、シンジンは叫んだ。「見てください！」

ジュリアンがわずかに頭をもたげて見ると、十人以上のマクドナルド氏族民が充分な武器を手に悪党どもを阻止しようと、城門からあふれ出てくるところだった。

「ロリーとギャビンが先頭に立っています」シンジンはうれしそうに言った。「塁壁を巡回している番人がぼくらを見て助けを呼んだんだ」

氏族民たちがふたりの横を馬で駆け抜け、敵を迎え撃った。ロリーが通りがかりににやりとしてみせた。ジュリアンもシンジンも馬首をめぐらし、交戦に加わった。

勇猛果敢なハイランド人の一団がときの声を上げて向かってくるのを見て、クロケットは全員退却の合図を出した。彼とその一味は尻尾《しっぽ》を巻いて丘へ戻り、大木やハリエニシダ、岩のなかに紛れこんだ。

「あそこまで行っても捜し出せないだろう」そう言ってシンジンはハイランド人たちを引き止めた。

ロリーがふたりのそばに来た。「今回は追い払いましたが、閣下がお供なしで出ていけば、また同じことになります。あの連中は本気のようですね」ジュリアンにきびしい視線を向けた。「あきらめて去っていくでしょうか？」

ジュリアンは厳しい表情で言った。「あり得ないな。あの連中は本気でわたしを殺すつもりだ。危険が及ばないようにロマの人々のもとを去ったというのに、またわたしの家族を危険な目にあわせるわけにはいかない。敵は何度でもグレンモアとその氏族を襲ってくるだろう。わたしという獲物を手に入れるまでは」

「兄上をどこへも行かせませんよ」シンジンは強く言った。「マクドナルド、キャメロン、マッケンジーの一族で兄上とララをちゃんと守れます」

「どんな犠牲を払って？」ジュリアンが反論した。

シンジンはほほ笑んだ。「まわりを見てください、兄上。ハイランド氏族と戦いたがる人間がどこにいます？　みな、戦士の一族だ。いい戦いをしたくてうずうずしている」

ジュリアンは認めざるを得なかった。たしかに、巨漢ぞろいのスコットランド人たちは獰猛《どうもう》そうだ。戦斧《せんぷ》や両刃の剣《クレイモア》や刀、火打ち式のライフル銃を振りかざし、まるで血に飢えた種族のように見える。

「おまえの言うとおりだ、シンジン。この一族がついていれば怖いものなしだな」

それ以上は邪魔されることもなく、ふたりは村まで進んだ。シンジンが村人たちに気安く話しかける姿、村人たちが彼に向ける親しみにジュリアンは感心した。放蕩者《ほうとう》の弟はよくここまで成長したものだ。

数時間後に城に戻ると、ララとクリスティが心配そうに待っていた。ふたりとも襲撃のことを知り、敵が追い払われるのを塁壁から見ていたのだ。

「おけがはなかった?」ララはジュリアンに抱きつきながらきいた。「敵は誰《だれ》だかわかったの?」

「よく見なかったが、賭《か》けてもいい。クロケットがあのなかにいたはずだよ。あの男はジャッカルの腰巾着《こしぎんちゃく》だ。汚れ仕事を全部やっている」

「あの男たちの姿を見るのはもうこれきりだと思う?」

ジュリアンはシンジンに警告のまなざしを放った。いたずらに女性たちを不安がらせることはない。「クリスティの氏族民に脅されたからもう二度と戻っては来ないだろう。とはいえ、きみもクリスティも城壁の外にひとりで出るのはやめてほしい」

「わたしは毎週金曜日に、村の病人を見舞っているのだけど」クリスティは横目でシンジンを見た。「護衛をつけたほうがいいかしら?」

「何人か」シンジンは言った。「少なくとも悪党どもがこの地を去ったことがはっきりするまではね。ロリーが氏族民に警戒態勢を敷かせている。このあたりに見知らぬ人間をひとりでも見かけたら、必ずロリーに報告が行くよ」

「ところで腹が減ったな」ジュリアンはわざと話題を変えた。「夕食まであとどのくらいだ?」

「お着替えの時間は充分あるわ」クリスティが答えた。「一時間後に夕食ですから。メアリーから伝言がありますの。今夜は特別なものをつくってさしあげるそうよ」

　ジュリアンは目をむいた。「それが何なのか、きくのが怖いくらいだ。オート麦の料理を彼女はいく通りつくれる?」

「文句を言わないで、ジュリアン」クリスティの声には笑いがにじんでいた。「メアリーが毎食、オート麦料理を出さないだけでも運がいいわ」

　ジュリアン以外の誰もがおもしろがっている。あのメアリーなら毎食出したとしてもおかしくない。

「湯浴みの用意をしておいたわ」ジュリアンとふたりで部屋に向かって階段を上りながら、ララは言った。

　ジュリアンの瞳《ひとみ》が陰り、いたずらっぽい光を宿した。「クリスティは一時間後だと言っていたね。わたしの頭にあることは、そんなに時間をとらないよ」

　ララはふたりの部屋の扉を開けた。「あなたはそれしか頭にないの?」

　ララが驚いて声をあげるのもかまわず、ジュリアンは彼女を抱き上げて部屋のなかに運び、足で扉を閉めた。「どうしてほかのことを考えられるというんだ? 奔放なロマ娘が耐えがたいほどわたしをそそのかすというのに」

「ジュリアン・ソーントン! そんなこと、わたしはしてないわ」

「きみは何もしなくていいんだ、かわいい人《スウィーティング》。きみのにおい、歩き方、わたしを見るまなざし、ただそれだけでたまらなくそそられる」暖炉の前に用意された湯桶《ゆおけ》をちらと見て、ララを自分の体にすべらせて下ろした。「背中を流してもらおうか」

ジュリアンは自分の服を脱ぎ始めた。目の隅でうかがうと、ララがこちらを見ている。彼女のため息も聞こえる。甘く優しく、恋しげな響きだ。ジュリアンはほほ笑んだ。もうすぐあの吐息を忘我の叫びに変えさせよう。性急な欲望に駆り立てられながら彼は湯桶に足を入れ、お湯のなかにしゃがんだ。

「いっしょにどうかな？」期待をこめてきく。「場所なら空けられるよ」

「わたしはもうすませたわ」ララは言った。「それに、襲撃の話も聞きたいの。どういうことなのか」

「あとで話すよ」ジュリアンは前かがみになり、膝《ひざ》に顎《あご》をもたせかけた。「わたしの背中に手が届くかな？」

ララは彼の広い背中を一瞬、見つめた。それからそばに膝をつくと、泡をつけた布で、必要以上に力をこめて背中をこすり始めた。

「お手柔らかに」

「ごめんなさい」ララは手の力をゆるめてつぶやいた。ほどなく布をお湯のなかにほうり、立ち上がった。「おしまいよ。あとはご自分で洗って」

「残念」その顔はどう見ても、デザートをもらえなかった子供のそれだった。

ジュリアンが湯浴みを終えるまで、ララは目をそむけていた。彼を見る勇気がなかった。背中をこすっただけで興奮させられたからだ。昨夜もけさもたっぷりと満たされ、それから半日とたっていないのに、まだ欲望を感じる自分が信じられない。ジュリアンの怖いくらいの魅力で五感が刺激される。わたしがこれほど愛していても、彼にあるのはせいぜいが温かな気持ちだけだ。それでいいわけがない。

「乾いた布をくれないか」ララの物思いが断ち切られた。

暖炉の石の上で暖めておいた布を手に取り、さし出す。

「持っていて」ジュリアンはお湯を床に跳ね散らして湯桶から立ち上がった。

ララは布を広げ、その上端から彼をのぞき見た。とたんに息がつまった。湯桶から勢いよく出た彼は動物のように体を振っている。堂々と。裸のジュリアンは服を着たとき以上に魅力的だ。休んでいるときでさえ、彼のものは雄々しい。けれど、いつまでも休んではいない。それがうごめき、張りつめると、ララの頬《ほお》は染まった。数秒後、彼はすっかり猛っていた。太くて硬いものは暗い茂みから誇らしげに、挑戦的にそそり立っている。ララは体をふくための布を文字通り、彼に投げつけ、背を向けた。わたしがどんなに求めているか、彼が知ったらますます思い上がるだけだ。

肩に手を感じ、ララは身をこわばらせた。

「わたしを見て、かわいい人《スウィーティング》。自分の夫に欲望を感じるのは恥ずかしいことではないよ」

ララはくるりと振り向いた。「わたしは恥ずかしいんじゃないのよ、ジュリアン。残念なの。できれば……」

ジュリアンは布を捨て、ララを両腕に抱き寄せた。「何を望んでいる？」ララがためらっていると、彼は促した。「正直に言ってくれ、ララ。きみの望むことは何でもしよう。わたしにできることならば」そう言葉を添えた。

「あなたを愛しているわ、ジュリアン。あなたが愛してくれるようになるまでは、わたしは幸せにはなれない」

彼は激しい情熱をこめてキスをした。酔いしれるような喜びのなか、ララの世界がまわり出す。彼が愛してくれているのはわかっている。でもなぜ、言葉で言ってくれないの？

「わたしの困ったところは、きみを大切に思いすぎることかもしれないな。別の女性をこれほど気にかける資格はないというのに」ジュリアンは彼女の唇にささやいた。

はっとしてララは顔を上げ、彼を見つめた。「どういう意味なの？」

「これは、わたしが自分で解決しなくてはならない問題なんだ」

ララは急いで彼から離れた。「ダイアナとあなたの亡くなったお子さんは、わたしとわたしたちがつくる子供よりもあなたの心の近くにいるのね」

「それは違うよ、ララ」

「だったら愛のあかしを立てて、ジュリアン」ララは挑むように言った。「なぜ愛を口に出せないの？」

「誰かとこんなふうに愛し合ったことは一度もないよ。誰かにこんな感情を抱いたことも」

ララは顔を曇らせた。「わたしが言っていることは、そんなにむずかしいことなの？」

「ああ。きみには想像もつかないわけがあってね」

「話して」

「どう説明すればいいのかな。わたしが政府の仕事にかかわっていなければ、今でもダイアナは生きていただろう。彼女は罪のない犠牲者だ。もうこの世にはいない。彼女の死に対する罪悪感が恐ろしいくびきになっているんだ」

「どうしてダイアナの死を乗り越えられないの？」

「わたしが引きずっている罪悪感は、彼女を死なせたことに対するものだけではない。ダイアナを愛し足りなかったことにも罪悪感があるんだ、ララ。今になって気づいたことだ。ずいぶん前からわかってはいたが、自分で認めたくなかったといおうか。きみに対する気持ちに比べて、ダイアナへの気持ちはもっと生ぬるいものだった。そのことがわたしの胸をさいなむんだ。罪なき女性の死を招いただけでなく、彼女が愛してくれたほどには自分は愛していなかったと思うと。わたしの言おうとしていることがわかるかい？」

「いいえ、正確には。もっと話して」

ジュリアンは炉棚の上の時計に目をやった。「今はやめておこう。遅くなってしまった。あまり時間がない……」ララを後ろ向きにして寝台へと促した。ララの膝がその端に当たると、ジュリアンは彼女を抱え上げてマットレスに下ろした。「一日中、このことばかり考えていたよ」

彼の顔はこわばっている。濃いまつげが影をつくり、その下に表情が隠されていた。額にひと房の髪が落ちかかる。ララの上に身をかがめるとき、筋骨隆々とした肩や引きしまった腕には汗が光っていた。

ジュリアンはゆっくりと彼女の服を脱がせた。その大きな情熱と目を見張るほどの自制ぶりにララはかき立てられた。体が高ぶり、血がたぎる。ようやく彼は太ももを開かせ、ララのなかに押し入った。ララは彼にしがみつき、速まる動きに合わせて腰をくねらせながら五感の奔流に立ち向かった。

ずっとこのままでいたい。痛いほどの甘美な喜びが体の内も外も襲おうとするのをララは意志の力で食い止めようとした。けれども、むだな抵抗だった。ララはすすり泣きながら彼の名を呼び、解き放たれた。砕け散り、目にもとまらぬ速さで舞い落ちる。そのあいだにも強烈な興奮が次々と襲ってきた。

ララが生々しい歓喜の海に浮かんでいるあいだ、ジュリアンは最後にひと突きして体をこわばらせた。はじかれたように頭をのけぞらせ、ララに腰をすりつける。身がよじれるほど体を引きつらせたあと、彼は自由になった。荒々しく達し、崩れ落ちた。

ララは彼の体の熱気や硬さを楽しんだ。両腕を彼に巻きつけ、きつく抱きしめる。数分ののち、ジュリアンは顔を上げて身を離した。

「きみと愛し合うとき、わたしはいつも少し手がつけられなくなる。こんなつもりはなかったんだ」

「そのほうがよかったわ」ララはほほ笑みながら言った。「すでに夕食に遅れているんですもの」

ジュリアンは疲れ切ったうめき声をもらした。「これほど空腹でなければ、今夜の食事は抜きにしたいよ」

「あなたは空腹でも平気かもしれないけど、わたしは違うわ」ララは言って寝台から体を出した。「起きて、ぐうたらさん」

ふたりはすばやく身を清め、服を着て、階下に急いだ。大広間に入っていくと、にぎやかな会話がふと途切れ、みながこちらを見つめた。すぐさま笑いと拍手がわき起こる。顔を赤らめながらララはそっと椅子《いす》にかけ、ジュリアンの手を引いてとなりに座らせた。

「ジュリアン」ララは彼の耳元でささやいた。「わたしたちが遅れたわけをみな、知っているのかしら」

ジュリアンは鷹揚《おうよう》な笑みを浮かべた。「なぜわたしたちが手間取ったのか、みなちゃんと知っているよ。あわてなくていい。新婚の夫婦はそういうものだと思われているからね」

シンジンがジュリアンの言葉を裏づけた。

「兄上とララを待たずに食事を始めましたよ」瞳をきらめかせて彼は言った。「実を言うと、ふたりがここにたどり着いただけでも驚きだ」

「何だって？　メアリー女史のびっくり料理を逃すはずがないじゃないか」ジュリアンは軽くいなした。

「いらっしゃいましたね、閣下」メアリーがせかせかと大広間に入ってきた。手に持った皿には食べ物とは思えないものがのっている。「閣下に喜んでいただこうと思って特別におつくりしました」もったいつけて皿をジュリアンの前に置く。「ご賞味ください、閣下」

皿の上で震えている灰色の固まりを見下ろし、ジュリアンはけげんな顔をした。ふやけた臓物のようなにおいがする。「いったいこれは？　冗談なのか？　シンジン」

シンジンは笑いにむせそうになった。「冗談ではありません、兄上。ハギスというのを聞いたことはありませんか？　このあたりではごちそうですよ」

ジュリアンはララに目を向けた。彼女も笑いをこらえようにもこらえきれないようだ。

「ハギスとは何なんだ？　食べられるのか？」

メアリーが彼をにらみつけた。「食べられなければ、お出ししませんよ」憤慨して言う。「あなたさまのために、ハイランド人みんなの大好物をおつくりしたんです」

「このなかには何が入っているのか知っているかい？」ジュリアンはそっとララに尋ねた。「わたしは食べないといけないのかな？」

「レバーとオートミールと香辛料を羊の胃袋に入れて料理したものよ」ララが答えた。「慣れるとそんなにまずくはないわ」

「ナイフを入れてください、ジュリアン」シンジンが促した。「メアリーはすばらしい料理人ですよ」

ジュリアンはメアリーの気分を害したくなかった。彼女をがっかりさせて心苦しい思いをするよりましだと、ハギスにナイフを入れた。胃袋からあふれ出した中身を見ただけで胸が悪くなった。おぞましいにおいが鼻をつく。彼の胃が引きつり、思わず生つばをのんだ。

「がぶりとやってください、閣下」メアリーが上機嫌で勧める。「みなさん用にもたっぷりつくってありますからね」

それが合図でもあるかのように、厨房《ちゅうぼう》の手伝いが湯気の立つハギスの大皿を運んできた。みながそれをテーブルにまわしていく。ハイランド人たちがハギスにナイフを入れ、いかにもおいしそうにほおばるのを見て、ジュリアンの顔は青ざめた。

「さあ」シンジンが促した。「死にはしませんよ、ジュリアン」

「それはどうかな」ジュリアンはつぶやいた。もっとも、みなが喜んで食べているのだから、そんなに悪いものではあるまい。イングランド最高のシェフの料理を食べていたシンジンでさえ、ハギスの味がわかるようになったらしい。

メアリーをはじめ、みながこちらを見守っているのがジュリアンにはわかっていた。最悪の事態を覚悟し、ほんの少し口に入れてかんだ。たちまちその味が口のなかに広がる。好ましい味ではなかった。ジュリアンは吐き出そうとして思い直し、ゆっくりとかんだ。これは人生最大の試練だ。ハギスを吐き出せば、みなに笑われる。のみこんだところで、喉《のど》を通るかどうかわからない。

「どうです?」からかい口調でシンジンがきいた。「口に合いますか?」

のみ下すことができずに、ジュリアンはハギスを口に入れたまま話した。その味が喉までしみこんでいくようだ。「まあ……我慢できる」

「のみこまないと味は楽しめませんよ」メアリーが言った。

ジュリアンはハギスをむりやりのみこんだ。どろどろとしたものが胃に達すると、たちまち顔が青ざめた。数回、深呼吸をし、エールをたっぷりと流しこんでやっと普通に話ができるようになった。「毎日、食べたいものではないな」

「年一回でもいやでしょう。いや、生涯二度とごめんかな」シンジンは大笑いした。

「それをテーブルにまわせば、誰かが代わりに喜んでいただくわ」クリスティの言葉に、ジュリアンはこれ幸いと従った。彼が少なくとも味見だけはしたので、メアリーは満足したらしい。うれしそうに口元をほころばせながら厨房に下がっていった。ほどなく主料理が出されて、ジュリアンは胸をなで下ろした。

「悪魔のような女性だな」メアリーがいなくなってからジュリアンはぼやいた。そのひと言は悪気のない笑いを誘うだけだった。

食事が進むにつれ、ジュリアンは彼を殺すためにここに送りこまれてきた男たちのことを考えずにいられなくなった。わが身の心配をするよりも、ララと自分の家族を守ることが先決だ。そのために何をしなくてはならないか、彼にはわかっていた。

時間をかけた食事のあと、ララがあくびをこらえるのを見ると、ジュリアンはすぐに席を辞し、彼女を寝室に連れていった。ジュリアンが部屋の扉を後ろ手で閉めた瞬間、ララはこちらを向いた。その顔からは疲れはあとかたもなく消えている。

「そう簡単にこの話題を避けられると思わないで、ジュリアン。あの襲撃をどうするつもりか、一度も話してくれなかったわね。あの男たちが逃げ出すわけがないわ。きっと、あなたがまた城を出るのをひたすら待っているのよ。あなたが殺されるのを黙って見ているなんて耐えられないわ」

ジュリアンは取り乱した様子で髪に指をかき入れた。「わたしがいつまでもグレンモアにとどまっていれば、きみとわたしの家族を危険にさらすことになる。きょう、あの男たちはシンジンも殺していたかもしれない。そのくらい何とも思わない連中だ。わたしはグレンモアの城壁のなかで囚われの身同然になっているわけにはいかない。ここを出なければ。ロンドンに戻る決心がついたら、シンジンがハイランド人をお供につけてくれるそうだ」

「いつ発つの？」

「わたしがいつ発つのかという意味だね」ジュリアンは正した。「きみはどこにも行ってはいけない。ジャッカルとその手下どもが牢《ろう》に入るまでは。あの一味のことだ、わたしをつかまえるためにきみを利用しかねない」

「あなたはどこにも行ってはいけないわ。わたしといっしょでなければ」ララは頑固に首を振って言った。

「これ以上話をむずかしくしないでくれ。きみの命はわたしにとってかけがえのないものだ。安全だとわたしが言うまで、シンジンとクリスティのところにいるんだよ」

「先のことはわからないわ」ララはつぶやき、服を脱ぎ始めた。数分後には一糸まとわぬ姿でシーツの下に入りこんでいた。

ジュリアンも服を脱ぐと、ララのとなりに行き、両腕をまわして彼女を抱き寄せた。

「お休み、いとしい人。きみも疲れているようだ。どうしたらいいか決めるのはあとにしよう」


一週間が過ぎたが、ジュリアンの命がねらわれるようなことはあれから一度もなかった。グレンモアの安全地帯を離れるときは、充分な数のハイランド人たちがお供をしてくれた。どんな向こう見ずな人間も、これでは手出しができないだろう。週の終わりには、もう危険はないということでみなの意見が一致した。ジャッカルの手下どもはハイランド人たちに恐れをなして撤退したのだと。実際、最初の襲撃以来、あの男たちの影も形もなかった。

この分なら冬の備えのためにインバネスまで行っても安全だとクリスティは判断し、シンジンと相談した。シンジンは同意し、何人か、屈強な氏族民を募ってお供させることにした。

ララはインバネス行きが楽しみだった。かなり大きな町で店も多い。温かい衣類などもほしいところだ。

　一行は早朝に出発した。ジュリアン、シンジン、女性たちはハイランド人のお供につきそわれて馬に乗った。買った品を運んで戻るための荷馬車がそのあとからついてくる。

　にぎわう町には昼前に着いた。すでにララの胃はやかましく空腹を訴えていた。行商のパイ売りを見かけたので、ミートパイをひとつ買ってほしいとジュリアンにねだった。ジュリアンは彼女の言うとおりにし、みなにもふるまった。ララがおいしそうなパイをぺろりと平らげ、残りかすのついた指をなめると、ジュリアンは笑った。

「そうとう腹ぺこだったんだな？」

「飢え死にしそうだったわ」ララはクリスティと意味ありげなまなざしを交わして笑った。そろそろジュリアンに赤ちゃんのことを告げようとは思うが、しばらくはやめておこう。まず、愛の告白が聞きたい。そのためならどんな機会でも与えよう。

「まあ、見て」ララは上着屋の看板が出ている店を指さした。「陳列窓に飾ってある毛皮で裏打ちしたマントはすてきね。あそこで買い物できればいいんだけど」

「わたしが布地を買う織物屋のおとなりね」クリスティはジュリアンのほうを見た。

「シンジンとあなたがご用をすませるあいだ、ララとわたしは買い物をしていてかまわないかしら？」

「護衛がついていればね」ジュリアンは答え、シンジンに確認を取った。

「いいですよ」シンジンは応じた。「いつもならインバネスでは女性たちだけでも安全なんですが、危ない橋は渡らないほうがいい。ジャッカルの手下のいる気配がないからといって、まだ近くをうろついていないともかぎらない。買い物のあいだ、ギャビンと三人の男を護衛につけましょう」

そこで一行は二手に分かれた。四人の男が女性たちのあとに続き、あとの人間はジュリアンを囲んで護衛した。

「待てばいつか機会がやってくると思ったんだ」クロケットがうれしそうに言った。

クロケットとドークスは格子柄《プレイド》の布と縁《ふち》なし帽で変装し、上天気のもと、町を行き交う人々にまぎれていた。「あいつら、あとをつけられているとは知らずにいる」クロケットは話を続けた。「おれたちも、ばかなまねをして手下を全員街に連れてきていたら、それこそ目立っただろうが、こうしてふたりきりならなんの疑いも招かない」

「お次はどうします?」ドークスがきいた。「あの野蛮なハイランド人たちがスコルピオンをがっちり守ってやがる。おれたちふたりで何ができますかね?」

「数で負けているのに、スコルピオンを襲うばかはいない。だが、やつの女をねらえばうまく行くだろう。あの女をつかまえりゃ、スコルピオンは必ず追ってくる。見ろ！」得意気に言う。「連中、二手に分かれたぞ。来い、女どもから目を離すな」

ふたりは角を曲がり、女性たちのほうを尾行した。縁なし帽を目深にかぶり直し、どんな注意も引かないように歩いてついていく。

「ロマの女は上着屋に入っていきますぜ。マクドナルド氏族長は織物屋のなかだ」ドークスが小声で言った。

クロケットはうれしそうににやついた。「何もかもおれたちの思うつぼだな。おまえは貸し馬屋まで急いで、箱形の馬車を借りろ。そいつを店の裏の路地にまわしておくんだ。あとのことはおれに任せろ」

ドークスはお頭《かしら》の言葉になんの疑いもはさまず、言いつけどおりに通りを走っていった。


陳列窓に飾られたマントは、ララがほしいと思っていた防寒着そのものだった。

「あなたもいっしょに来る？」ララはクリスティにきいた。

「わたしは織物屋に寄って必要な毛織物を買っているから、あなたはマントを買ったり、店内を見てまわったりしたら？　用事がすんだらそちらに行くわ」クリスティはそう言ってギャビンのほうを向いた。「それでいいかしら、ギャビン」

ギャビンはちょっと考えてからうなずいた。「店はとなり合っていますからね。織物屋の外でふたり、あなたをお待ちして、あとのふたりは上着屋の外でララを待つようにいたしましょう」

「わたしのほうは長くかからないわ、ララ」クリスティは約束した。「あなたは好きなだけ時間をかけてね。だんなさまはふたりして武器を見に行っていて、何時間もかかるはずだから。シンジンはこの機会に新しい武器を買って、うちの武器庫にある旧式のものと取り換えるつもりなの」

ララは店のなかに入り、ところ狭しと並ぶ服を見まわして喜んだ。鳥を思わせる小柄な女性がカーテンの奥から現われた。

「いらっしゃいませ、マイ・レディ」

「陳列窓に出ているマント。あれを買いたいんだけど」

「最高級品でございます。毛皮にお手を触れてみてください。温かくて、やさしい肌触りでございますよ」

「おいくらなの?」

値段の交渉が始まり、すぐにも互いに満足の行く数字に落ち着いた。

「着ていこうかしら」ララは自分の古いマントを脱ぎ、新しいのをまとった。「古いのは包んでおいて。あとで持っていくわ。ドレスも見せていただきたいんだけど」

「こちらへどうぞ、マイ・レディ」店主は言い、ララを案内して店の片隅のドレスが飾ってあるほうへ行った。

店のドアが開いては閉まる音がしたが、ララは気にもせず、ドレスを見ていた。

「ちょっと失礼を、マイ・レディ」店主が言った。「今、入ってこられた紳士のお相手をしてまいりますので。どうぞごゆっくり。心置きなくごらんください」

ララは自分に合いそうなドレスを二着見つけてから、ペチコートを選んだ。背後で奇妙な音がするのに気づき、急に寒気を覚えた。ゆっくりと振り返る。狭い店内をぐるりと見回し、店主の姿を探したが見当たらない。だが、ドレスの物色中に入ってきた男性はそこにいる。ララの背筋に恐怖の震えが走った。彼女はマントの前をかき合わせ、ドアのほうへにじり寄った。

いきなり、その男が襲いかかり、大きな手でララの口をおおった。「静かにしろ、このあま！」小声で脅した。

男が店の奥のカーテンまで引きずっていこうとするので、ララは必死にもがいた。だが、むだな抵抗だった。男の力のほうがはるかに強い。そのときララの目に、カウンターの奥の床に横たわる店主の姿が見えた。殺されたの？　そうではないことを祈りたい。この男は何が目当てなのか？

男はララを引っぱって、カーテンの向こうの裏口に向かった。急にララは何がどうなっているのか合点が行った。

激しく抵抗したものの、ララは裏口から外に押し出され、路地で待つ四輪馬車のなかへとせき立てられた。男が口に当てた手の力をゆるめたすきに叫ぼうとしたが、残念ながら、その声が口から出ることはなかった。ララの意図に気づいた男が彼女の顎に拳固《げんこ》を見舞ったのだ。それから先は何もわからなくなった。


クリスティは鼻歌まじりに織物屋を出た。上等な毛織物を必要なだけ買うことができた。それに、おくるみ用のフランネルも。早くララに買い物の話をしたい。ララがほしがっていたマントは陳列窓からなくなっていた。そのことに気づきながら、クリスティは店のドアを開けて一歩なかに入った。

店内には誰もいない。頭のなかで警報が鳴った。ララの名を呼ぶ。なんの返事もなかった。異変に気づいたのか、ハイランド人たちがクリスティのあとから店のなかに押しかけた。

「どうしました?」ギャビンがきいた。「ララはどこです?」

「表のドアからは出て来られませんでしたが」ハイランド人のひとりが言う。

「店のなかを調べろ」ギャビンが命じた。

男たちが散らばる。カウンターの奥に伸びている女店主をギャビンが見つけた。

「生きてます」ギャビンは安堵《あんど》のにじむ声で言った。「意識が戻りそうですよ」

女性が目を開け、クリスティの顔に目の焦点を合わせようとした。「どちらさまで？」蚊の鳴くような声できく。

「わたしはグレンモアのマクドナルド氏族長よ。ここでマントを買った女性はどうしたの？」

「ああ、わたしにはさっぱり。あの方が店内を見てまわられてるあいだに、男の人が入ってきて。声をかけに行きましたら、わたしを殴ったんです」

「その男の人相がわかるかい？」ギャビンがきいた。

「ああ、いえ。顔は見えませんでした」

悲嘆に暮れて、クリスティはその場にかがみこんだ。四人の屈強なハイランド人がついていながら、ひとりの小柄な女性を守れなかったとは。ララは行方不明になってしまったのだ。

ジュリアンにどう話したらいいだろう。

17

「ララがどうしたって！」彼女がさらわれたという知らせに、ジュリアンは動転していた。「わたしの妻が連れ去られたとき、みんなはどこにいたんだ？　きみたちの目と鼻の先でどうしてこんなことが起こった？」

「わたしたちはドアのすぐ外にいました」ギャビンは弁解した。「なかに入っていった客はあとひとりだけです。わたしがドアからのぞくと、その客が店主と話していて、ララは女物の服をごらんになっていました。何もおかしなところはなかったので、わたしたちはドアの外の持ち場についていたんです」

ジュリアンは悔しそうに歯をくいしばった。「カーテンの奥を調べたら、裏口が見つかった。ララはそこから連れていかれたんだ。店主はどこにいる？」

「こちらよ、ジュリアン」クリスティが呼びかけた。「かわいそうに、今、意識が戻ったところなの。頭をひどく殴られたのよ」

ジュリアンは女店主のそばにひざまずいた。クリスティが手を貸し、女性を座らせた。その目はまだぼんやりとしている。クリスティの腕に支えられて、女性はそっとうめいた。

「わたしの妻がどうなったか話してくれないか」ジュリアンは優しい声できいた。ほんとうは怒鳴り散らしたいところだが、大声を出してもこの痛めつけられた女性を怖がらせるだけだという理性が働いた。

「ああ、わかりません」女性は泣き声で言った。「奥さまのあとから入ってきたお客に話しかけたら、次の瞬間には頭に激痛が走っていたんです。あとのことは何もわかりません。気がつくと、マクドナルド氏族長さまが上からのぞきこんでおられました」

「その男はどんな姿をしていた？　説明できるか？」

「ああ、いいえ、閣下。よく見なかったもので。格子柄《プレイド》の布に縁なし帽をかぶって、ハイランド人のようでした。申し訳ありません、閣下」女店主は両手で顔をおおい、泣きじゃくった。「奥さまをさらうなんて、どうしてそんなことを？」

ジュリアンの顔がけわしくなった。「話せば長くなる」ポケットのなかを探り、一ポンド金貨を取り出して店主の手に握らせた。「心ばかりのお見舞いだよ、ご婦人」

「奥さまが見つかることを願っております、閣下。何ておきれいでかわいい方でしょう」

「うむ」ジュリアンは決意のこもったきびしい声でつぶやいた。

シンジンが店に入ってきて、ジュリアンを囲むハイランド人たちを押し分けた。

「外を調べてみましたよ、ジュリアン。何か知っているものは誰《だれ》もいないようでした。ただ、引っかかる情報がひとつだけありました」

「早く言え！」ジュリアンの声がとどろいた。

「ある女性が言うには、ララがさらわれたころ、箱形の馬車が路地から飛び出してきたそうです。もう少しでひき殺されそうだったとか。ほかにも聞いてみたら、黒い四輪馬車が通りを飛ばしていくのを見たという人間が何人もいました」

「くそ！　わたしたちを襲った連中は逃げたと思ったが、そうではなかったのか。どこかに身をひそめてグレンモアを見張り、奇襲をかける絶好のときを虎視眈々《こしたんたん》とうかがっていたんだろう。だが、わたしに手が出せないもので、ララをとらえたんだ。わたしがあとを追うものと思って」

「これからどうしますか？」シンジンが心配そうにきいた。

ジュリアンの顎《あご》がこわばる。その目をのぞきこめば、奥底に決然と燃える復讐《ふくしゅう》の暗い炎が見えただろう。「妻を取り戻しに行く。妻をさらった犯人どもを神があわれまんことを」

「アーメン」シンジンが言う。「ララはロンドンに連れていかれたんでしょうか」

「そう思わざるを得ないな。納得も行く。ジャッカルはわたしをロンドンにおびき寄せたがっているんだ。ロンドンでなら、あの男の雇った殺し屋がわたしに手を下せる。それに、ララをとらえているかぎり、わたしが捜査を続けることはないとわかっているんだ」

「ぼくもいっしょに行きます」シンジンが申し出た。

「いや。わたしたちが来たために、おまえの家族をすでに危険な目にあわせてしまった。ジャッカルがわたしのことをあきらめると思ったのは甘い考えだったよ。おまえは自分の妻と家族とここにいてくれ、シンジン。おまえがそう言ってくれるのはありがたいが、危ないのは自分の命だけだとわかっているほうがわたしも気が楽だ」

「ランドール卿《きょう》に助けを求めたらどうですか？」

「それは賢いことかどうか疑問だな。ジャッカルを怒らせ、ララの命を今以上の危険にさらすようなことは何もしたくない」

ジュリアンは大股《おおまた》で店の外に出た。その姿はまるで悪魔が取り憑《つ》いてでもいるようだった。ハイランド人のひとりが彼に手綱を渡した。

「グレンモアに向かうぞ」鞍《くら》にまたがり、ジュリアンはシンジンに言った。「それからロンドンに行ってララの父親と対決する。ララがさらわれたことを知っているなら、あの男の命はない。なんとしてもララを見つけ出す」

ララはゆっくりと意識を取り戻した。顎が恐ろしく痛い。頭もくらくらしている。唯一、はっきりしているのは、馬車のなかにいることだ。しかも、その馬車は無謀な速さで道をひた走っている。ララは座席に寄りかかろうとして何やら固いものにぶつかった。

わたしをさらった男！

顔を上げると、そこには見覚えのある男の何色ともつかないいけわしい目があった。クロケット。

「どうして？」震え声でララはきいた。

「お目覚めか」彼が低い声で言った。

「どこに連れていくつもり？」

「うるさい女だ。あわてるな、おまえに手出しはしないよ。まあ、おまえが役立たずになったら話は別だが。どのみちジャッカルが決めることだからな」

ララの背筋に震えが走った。「わたしをロンドンに連れていくのね？　ついにジャッカルにお目通りがかなうわけ？」

「たぶんな」

「わたしになんの用があるの？」

「何も。用があるのはスコルピオンのほうだ。おまえはやつをおびき寄せる餌《えさ》だよ」

「スコルピオンなんて人は知らないわ。あなたたちの誤解よ」

「ジャッカルが誤解などするか、このあま」クロケットは怒鳴った。「マンスフィールド伯爵ジュリアン・ソーントンがスコルピオンだ。決まってるじゃないか」

「ジュリアンがスコルピオンだとしたら、彼がわたしを追ってくると思うのは大きな間違いよ。それほどわたしのことを気にかけてはいないわ」

クロケットは笑い声をあげた。「そう思うおまえのほうがどうかしてるぜ。もういいから黙れ。おまえはしゃべりすぎる」

ララは急いで口をつぐんだ。そう命令されたからではなく、考える時間がほしかったからだ。ジュリアンは必ずあとを追ってくる。それは自分が自分の名前を知っているのと同じくらいたしかなことだ。こんなにあの人を愛しているのに、その死を招く道具にしかならないなんて。どうか彼がグレンモアにとどまり、罠《わな》から逃れられますようにと、ララは願った。いや、祈った。

もしかしたら、わたしも自力で逃げ出す手立てを考えられるかもしれない。相手はクロケットと御者だけだ。はるばるロンドンまで旅するからには、可能性がないわけではないだろう。脳みそよりもばか力のほうがある男ふたりを出し抜くことはできるはずだ。それから数時間、ララは脱出法を考えて過ごした。ところが、馬を替えて食料を買いこむために立ち寄った郵便宿で十人以上の男たちが旅に加わり、ララの望みははかなく消えた。

「あの男たちは何者なの？」ララはきいた。全員がクロケットの配下にあるようだ。

「おれの手下だ」クロケットは自慢した。「ロンドンに着いたら、きょうの分の報酬をたっぷりもらうことになっている」

「すると、やっぱりロンドンに連れていくのね」

クロケットは小声で毒づいた。「まあ、おまえが行き先を知っていたってどうってことはないか」タルトをララに渡した。「食え。今度いつ食い物にありつけるかわからないぞ」

ララが脂ぎったタルトを食べることにしたのはひもじさのあまりだった。それに、今はふたり分食べてお腹の子にも栄養をつけないといけない。

「夜はどこかに泊まらないの？」ララは指についたかすをなめながらきいた。

「危険すぎる」

「でも、わたし……」ララは唇をかみ、顔を赤らめた。

「便所は宿の裏だ」クロケットが言った。「おれが付き添ってやる」

クロケットは馬車の扉を開け、外に出た。ララもそのあとに続いた。やっと馬車の外に出られてうれしかった。助けになるものはないかとあたりを探ると、若い馬丁が目に入った。あの子の視線をとらえるか、でなければ呼びかけて誘拐されたと伝えることができれば。残念ながら、馬丁の少年は馬の世話に忙しく、こちらを向いてもくれない。それでもわめいて損はないだろう。

「おれならやめとくけどな」クロケットがうなるように言った。「あのがきの命が大事なら」

「そんな！　罪もない少年じゃないの」

「ああ、がきのひとりぐらい、おれには何てことないのさ」

ララはあえいだ。冷血漢を相手にしているのだと、あらためて思った。急いで用を足したあと、樽《たる》にたまった雨水で顔と手を洗い、しかたなく馬車に戻った。扉の前でためらっていると、短気なクロケットにこづかれてぶざまに馬車のなかに転がりこんだ。

ララは片隅にうずくまり、クッションに頭をもたせてマントの前をかき合わせた。疲れ切っていたが、疲れよりもはるかにつらいのは、脂っこいタルトが敏感になっている胃を荒らし、吐き気に襲われていることだ。馬車が夜のなかへ走り出すと、ついにそれ以上、吐き気を抑えられなくなった。背を起こし、片手を口に当てた。

「今度は何なんだ？　おれが眠ろうとしているのがわからないのか？」

「気分が悪いの」ララはうめいた。「今すぐとまってくれないと、馬車を汚すわ」

「何だと！」クロケットがわめいた。「罠じゃないだろうな？」

ララの喉《のど》にこみ上げる声で彼は納得したようだった。屋根を叩《たた》くと、馬車ががたりととまった。従者のひとりが扉を開ける。「何があったんですか？」

「女が吐きそうだ」クロケットは言ってわきによけ、ララが転がるようにして馬車から出た。「女を見張れ。どんな魂胆か知らないが、そうはさせないからな」

クロケットが何を言い、何をしようと気にするどころではなく、ララは道のかたわらに急いだ。腹部に腕をあてて交差させ、体をふたつ折りにして胃のなかのものを出した。終わるとペチコートのひだを引き裂き、それで口をぬぐう。クロケットの手下のひとりが気の毒に思ったのか、自分の水袋をさし出した。ララはありがたく受け取った。布の切れ端に水をたらし、手と顔をきれいにした。次に口をゆすいでごくごくと飲む。

「何に手間取っている？」クロケットが馬車のなかからわめいた。

「もういいか？」見張りがララにきいた。

「ありがとう」ララは言った。「あなたはまっとうな方のようね。わたしが逃げるのに手を貸していただけないかしら？」

その男が肩越しに不安なまなざしを投げかけると、クロケットがこちらを見ていた。

「おれはクロケットに忠義を立てている」男はララの腕をつかみ、自分のほうを向かせて馬車へと押しやった。「乗れ」

親切心もその程度ね。ララはそう思いながら馬車に乗りこみ、片隅に落ち着いた。

「考えが変わった」クロケットが言う。「この道の先にもう一軒宿がある。手下どもも休みたいだろうし、おれもだ。それに病気の女と一晩、同じ馬車のなかにいるのはたまらないからな」

ララは何も言わずにいた。またクロケットの気が変わるといけない。実際、ララはひどく具合が悪かった。まだ見ぬわが子を傷つけるようなことはいっさいしたくない。宿に着き、クロケットに連れていかれるまでララは口をきかなかった。

「湯浴みがしたいわ」クロケットが二部屋分の勘定をすませたあと、ララはこのうえなく高慢な口調で言った。「湯桶《ゆおけ》とお湯をわたしの部屋まで運ばせてちょうだい」

「別料金になりますが」宿主が言った。

クロケットは憎々しげな表情でララを見て、硬貨をもう一枚、カウンターに置いた。「レディのために湯を用意してくれ」それからララの腕をつかんで階段を上った。

「ドアの外に見張りを置くからな」クロケットは部屋のドアを開け、ララをなかに押しやった。「おれはとなりの部屋にいる。ここは二階だから、窓から出ていこうなんて考えるなよ」そう言って自分の部屋のドアに向かう。「湯浴みを楽しむんだな、あま」戸口で立ち止まり、ララをじっと見た。「たしかに水もしたたるいい女だ。ジャッカルが怖くなきゃ、おれが先に味見するんだが」

「さあ行って！」ララは小声で追い立てた。「わたしに指一本でも触れてごらんなさい。ジュリアンに殺されるわよ」

クロケットの笑い声が部屋の外まで響いていた。ララはドアを勢いよく閉め、そこにもたれた。そうしているあいだに、召使いたちが湯桶とお湯を抱えてやってきた。


四日後、一行はイングランドの境界にたどり着いた。最初の夜のあと、宿に泊まるほうが雪の夜道を旅するより危険が少ないとクロケットは判断したようだった。

イングランドの境界を越えると、雪は凍てつく雨に変わった。この試練が始まってから、毛皮のマントをインバネスで買っておいてよかった、とララは何度となく思ったが、そのたびに、クロケットの手下に殴られたあの店主が一生残る傷を負ったりしていなければいいけれど、との思いがわいた。

この夜、クロケットはコベントリーの外れにある宿に部屋を取った。間《ま》もなくロンドンに着くだろう。ジャッカルに引き合わされる前になんとか逃げ出そうとララは必死だった。

ハイランドまでクロケットについてきた男たちは、彼の船で働く密輸人たちだという。イングランドに着くと、御者を務めるドークス以外の男たちは三人と別れた。クロケットの話では、彼らは船に戻ってコーンウォール沿岸の洞窟《どうくつ》に身をひそめるということだ。クロケットとドークスは、ララをジャッカルの手に渡したあとで男たちに合流するらしい。

ララは重い足どりで宿のなかに入っていった。疲労困憊《こんぱい》して気分も悪く、やっと歩いている状態だった。彼女の足がのろすぎるのがクロケットは気に入らないようだ。ララを引きずらんばかりにしてドアをくぐった。彼が手を離したとき、ララはもう少しで転びそうになり、手近な椅子《いす》につかまってなんとか体を支えた。クロケットがよこす食べ物がほとんど口に合わず、ララの体重は減っていた。顔は見るからにやつれ、目の下の繊細な肌に紫色のくまができている。

クロケットは部屋を取ると、ことさら手荒にララを階段のほうへ押しやった。ドークスがふたりのあとをついてくる。ララもクロケットもドークスも気づかなかったが、ロマの若者が暖炉のそばの片隅に座り、エールの大瓶をちびちびと飲んでいた。若者のほうはしかし、ララとふたりの男を見知っていた。三人が階段の上に消えるのを待って、彼はあとをつけた。暗がりにひそんで見ていると、クロケットがララを部屋に押しこみ、そのあとからドアをばたんと閉めた。

若者は壁に張りついた。今、目にしたものが気に入らなかった。もうひとり、荒っぽいかんじの男がララのドアの前に腰を落ち着け、装填《そうてん》ずみの拳銃《けんじゅう》を膝《ひざ》に置いている。ロマの若者はまたこっそりと階段を下り、暖炉の前の椅子に戻って様子をうかがうことにした。信じられない愚行を犯し、そのために仲間からうとまれるようになった彼も、前ほど愚かではなかった。自分に武器がないことを自覚していた。

ロンドはその夜ずっと、休憩室にいた。翌朝まで眠らず、注意を怠らずにいると、クロケットが階段を下りてきて一行の朝食を頼んだ。そのすきにロンドは宿のドアから抜け出し、馬に鞍をつけて待った。ララにはほんとうにひどいことをしてしまった。その報いも受けた。今、運命の導きにより、罪ほろぼしをする機会に恵まれたのだ。どうやらララは大変な目にあっているらしい。それも彼のせいで。

ララを傷つけるつもりは毛頭なかった。ドラゴに嫉妬《しっと》していたのはたしかだし、あの男を裏切りもした。だが、そのことを心から悔いている。そして今、ララを助けられるかどうかは彼の腕ひとつにかかっているのだ。

ララは服を着こんだまま寝台に横たわっていた。さらわれてからというもの、いつも服を着たままで寝ていた。クロケットが毎朝、部屋に押しかけてきて、寝台から引きずり出されて出発するのが日課だったからだ。けさも変わりはなかった。ドアが乱暴に開いて、クロケットが入ってくる。

「出かける時間だ」彼はうなるように言った。「ジャッカルに伝言を送っておいた。

今夜、ロンドンでおれたちを待っていてくれるようにとな」

ララは肘《ひじ》をついて体を起こした。とたんに頭がくらくらする。「気分が悪いの」

クロケットは彼女の腕をつかんでぐいと引っぱって立たせた。「まだおまえに手出しはしていないが、あんまりいらつかせるなよ」

「ジャッカルは誰なの？　わたしになんの用があるの？」

「もうすぐわかるさ。おまえが馬車のなかで食べられるように、ここの料理人に食い物を包ませておいた。さあ、来い。ぐずぐずするな」

ララは階下へ、そして馬車へとせき立てられた。クロケットがあとから乗りこみ、彼女の手に油がしみた布袋を突き出した。「食え。当分はそれしかないからな」

そのにおいだけでララは吐き気がこみ上げ、袋をわきに置いて言った。「お腹は空いていないわ」

クロケットは肩をすくめた。「勝手にしろ」

その日はときのたつのがのろく、延々と続くかに思われた。ロンドンに近づきつつあるのはララにもわかった。ちらほらと、なじみのある景色が目に入るようになったからだ。空腹なことはたしかだが、クロケットがよこしたものをまだ食べられそうになかった。

ジュリアンの子を宿していることはまだ彼には伝えていない。それだけにいっそう、なんの罪もないお腹の子を救わなければならないという思いが強まった。この子をどうしても産みたい。このことをジュリアンに告げたら、同じように喜んでくれるだろうか。そうだといいけれど。子供こそジュリアンには必要なことなのかもしれない、とララは思った。わたしに赤ちゃんができたことで、ついにダイアナのことを忘れられるようになるのではないか。

馬車が河岸に向かって走っているとき、ロンドンの街は不吉な暗さに包まれていた。今、通っているあたりはロンドンでもいちばんいかがわしい界隈《かいわい》だと、ララには勘でわかった。街娼《がいしょう》が通りの片隅で大っぴらに客引きをし、追いはぎも獲物を探してうろついている。倉庫と酒場が混在し、通りはごみだらけだ。腐りかけた生ごみと鼻につく潮のにおいが入り混じり、馬車のなかまで襲ってきた。

「どこに連れていくの？」ララはきいた。

「スコルピオンが現われるのを待つあいだ、おまえを無事に隠しておける場所だ」

「スコルピオンが現われるとどうして思うの？　来ないかもしれないでしょう」

クロケットは訳知り顔で言った。「やつは現われるさ」

馬車は穴蔵のような薄暗い路地に入り、がたりと音を立ててとまった。ララが窓の外を見ると、木造の壁があるばかりだ。

「ここはどこ？」

クロケットは扉を開けて、外に下り立つと、次にララの腕をつかみ、馬車から引っぱり出した。ねずみが一匹、目の前をかすめ、ララは驚いて悲鳴をあげた。耐えがたいほどの悪臭に、苦いものが喉にこみ上げてくる。

「さあ、来るんだ」クロケットは言い、ララを引きずって路地の奥へ進んでいった。

ここで殺され、ねずみの餌にされるのではないかと、ララは怖くなった。すると、今まで気づかなかった扉をクロケットが押し開けた。それを見て、ララは少し楽に息ができるようになった。

クロケットはララの背中を押し、すきまからなかへ追いやった。「入れ、あま」

ドークスがどこからかランタンを見つけてきたらしい。ふたりを押しのけ、先導した。打ち捨てられた倉庫のなかを明かりが照らし出す。洞窟めいた部屋だ。汚らしい壁に光と影が揺れ、不吉で恐ろしげな気配を漂わせている。あたりには木箱が散乱していた。かびと腐った板のにおいでララは今にも吐きそうだった。

「立ち止まるな」クロケットが言った。

ララをこづいて部屋を横切らせ、閉まった扉まで行く。それをさっと開け、ララをなかに押しやった。ララはつまずいて倒れそうになり、なんとか壁に両手をついて防いだ。そのまま膝を折って座りこむ。

「ここならおまえも無事でいられる」クロケットがうなるように言った。

「わたしをここに置いていくつもり?」

「しばらくのあいだだ。ジャッカルがスコルピオンを始末したあと、おまえをどうするつもりなのか知らないけどな。まあ、生かしてはおかないだろうよ。おまえはジャッカルの活動を知りすぎている」

「ジュリアンはジャッカルの罠にむざむざと落ちたりしないわ。頭のいい人だから」

クロケットは笑った。「それはジャッカルに言ってくれ。おれは間もなく海へ戻る。密輸がいちばん得意なもんでね」まだ笑いながら、ドアの外に向かった。

「待って! 闇《やみ》のなかに放っていかないで」

クロケットは彼女の要望について考え、それからドークスに声をかけた。ドークスはいったんいなくなり、すぐに別のランタンを持って戻ってきた。それを裏返された木箱の上に置く。

ララはうろたえ、甲高い声で言った。「ジャッカルはいつ来るの?」こんなところに長居はしたくない。ジュリアンを殺すためのおとりにもなりたくない。どうにかして逃げなくては。

「すっかり用意が整ってからだ」クロケットはその朝ララが拒んだ食べ物の袋をドークスから受け取り、ランタンのとなりに置いた。「腹が空いたときのためにな。腹の虫が鳴ってしょうがないときは、これでもましだと思うようになるかもな」

クロケットとドークスが出ていき、後ろ手に扉を閉めると、ララは大きくつばをのみこみ、胸にこみ上げる焦りを静めようとした。木のかんぬきがはまる音が聞こえ、恐怖がつのる。ジャッカルが来なければどうなるのだろう？　この倉庫がわたしの墓になる？　彼女の両手が腹部に行く。いいえ！　おとなしく死を受け入れるわけにはいかない。生き抜いて、ジュリアンにこの子を授けなければ。

だが、疲れすぎて頭がまともに働かない。ロンドンまでの旅で精根尽きていた。それでもなんとか気力を振り絞り、ランタンを手に、部屋のなかをあらため始めた。かつては事務所だったらしく、がたのきた机と壊れた椅子がまだ残っている。木箱がふたつ、窓の下に置かれているが、その窓は板が打ちつけてあった。

ララはそのひとつに座って考えた。窓は高すぎて手が届かない。たとえ、釘《くぎ》で打ちつけてある板を叩き割ることができたとしても。窓の下の木箱を思案気に見る。あの上に立てば窓まで届くだろうが、それで問題が解決するわけではない。窓を壊すのに使えそうなものが何も見当たらないのだ。

疲れた。あまりにも疲れている。少し休めば、いい案が浮かぶかもしれない。ララは木箱をふたつ寄せ、その上に横になって目を閉じた。眠りはすぐに訪れた。

目が覚めると、窓に打ちつけられた板の裂け目から日の光がもれていた。ここで死ぬ運命なのかと、ララはぞっとした。身を起こしたとき、急に空腹を覚えた。クロケットが置いていった食べ物の袋に視線が落ちる。嫌悪に顔をしかめながらも袋を開け、胃が受けつけそうなものはないかとさぐった。脂っぽい食べ物に混じってライ麦パンが二切れあるのを見つけ、そのひとつをかじった。

ランタンの火は消えかかっている、窓板の裂け目からさす光が頼りになった。どれだけの困難が立ちはだかっているか、考えてみる。乗り越えられる望みはあまりなさそうだ。自分にできることを何かしなくてはならない。だが、何ができるというのだろう？

ララよりも一日遅れてジュリアンはロンドンにたどり着いた。鬼のように馬を走らせ、闇夜に数時間、固い地面の上で眠る以外は一歩も足をとめなかった。疲れ果て、やつれ果てたジュリアンが最初に向かった先は、スタンホープ邸だった。

ジュリアンの執拗《しつよう》なノックに、ジーバーズがドアを開けた。ジュリアンはいかめしい顔をしてなかに押し入った。

「スタンホープはどこにいる？」

「マンスフィールド卿、何か問題でもございましたか？　スタンホープ卿は喜んでお会いなさるでしょう。レディ・ララもごいっしょで？」

「問題なら大ありだ。スタンホープに解決できるといいが。今、いるのか？　すぐに会わせてもらいたい」

広間のドアが開き、スタンホープが出てきた。「あとはいい、ジーバーズ、ありがとう。書斎へ来たまえ、マンスフィールド。ぜひきみと話がしたい」

「こちらもです」ジュリアンは辛辣《しんらつ》に言った。「ララはどこにいるんですか？」

スタンホープの顔に驚きと、それから恐怖が広がった。「娘はきみといっしょにいるのではないのかね？　まったく、断りもなくあの子をロンドンから連れ出したのはきみだろう。きみのせいでララに何事かあれば地獄に送りこむからな」

ジュリアンはスタンホープの顔を探るように見た。「わたしも同じことを言おうとしていたところです」

「なぜだね？　ララはわたしの娘だ。あの子を愛している」

「ララはわたしの妻です。わたしも彼女を愛している」

その言葉が口から出た瞬間、ジュリアンはほんとうにそうだと気づいた。ララを愛している。ララを愛するようにはダイアナを愛していなかった。彼女のことを大切に思い、よき夫になろうと心に決めてはいたが。ララへの情熱は、強烈な、やむにやまれぬ力となって彼を駆り立てる。そうだとも。よくそんな思いにさせられた。ララは彼の吸う空気、彼の飲む水だ。ララは命と魂と野性にあふれ、彼の心をかき鳴らす。

最初から愛だと気づかなかったのが悔やまれてならない。

「ララはどうした？　なぜきみといっしょにいない？　今、きみの妻だと言ったな？　それはけっこう。でなければ、娘を辱めたからには結婚せよと迫っていたところだ」

「ララとわたしはスコットランドで式を挙げました。わたしの弟の領地で。それが十日前にさらわれてしまった」

スタンホープは死人のように青ざめた。「さらわれた？　どうして？　誰がそんなことをする？」

「心当たりはありませんか？」ジュリアンは問いただした。

「わたしに？　いったいなんの話だ？　なぜわたしが娘の誘拐について何かを知っている？　そんなことをするのはけだものだけだ」

スタンホープがララの誘拐にかかわっているとはジュリアンも信じにくかった。だが、真実を知る方法はひとつしかない。

「イングランドの沿岸で暗躍する密輸人たちとどのくらい深くかかわっているんですか？」ジュリアンはぶしつけにきいた。

「なんと！　きみ、頭は大丈夫か？　わたしは密輸人のことなど何も知らんよ。そういうやからとは決して付き合わないようにしている。わたしにはありあまるほどの金がある。なぜ密輸に頼らなくちゃならない？」

ジュリアンはこの男を信じたい気持ちになったが、心からではなかった。「トリバー卿はどうです？　トリバーとは最近、とみに親しいようだが。彼はよくお宅を訪れている」

スタンホープは当惑顔になった。「トリバーとこれがなんの関係がある？　わたしたちはともに法案を議会に通そうとしているのだよ」

「スコルピオンという男について聞いたことは？」

「謀反人のスコルピオンかね？　スコルピオンが密輸組織の黒幕ではないかとトリバーは疑っている。目と耳を働かせておくようにと彼から注意されているが」そこで間を置いた。ようやくわけがわかってきたとでもいうように。「トリバーがスコルピオンだと言いたいのかね？」

「とんでもない。トリバーがスコルピオンではないことはたしかです」

スタンホープの目がすぼまった。「なぜそうはっきり言い切れる？」

「わたしがスコルピオンだからです。お国のためにずっと前から諜報員《ちょうほういん》として、ランドール卿のもとで働いてきた。目下の任務は真の黒幕、ジャッカルを法の下で裁くことです。だが、遺憾ながら、ララを巻き添えにしてしまった」

「詳しく話してくれないか、マンスフィールド」

ジュリアンはララと出会ったいきさつを急いで説明した。

「すると、わたしの娘はきみの命を救い、ロマの儀式にのっとって結婚したわけだ」

ジュリアンの話がすむと、スタンホープは考えながら言った。「しかし、きみはそれを正式なものだとは見なさなかった。一件落着したら、きみのそのあきれたふるまいについてわたしから言っておきたいことがある。だが、今は娘の命が危ない。わたしのいちばんの心配はそれだ。なぜ、誰がララをさらったのか話してくれ」

「まず、わたしがララを連れてロンドンを逃れた理由ですが、ご令嬢にわたしが関心を抱いているのにジャッカルが目をとめ、彼女を使ってわたしを追いつめようとしたからです。あの卑劣な男はわたしの正体を探り出し、この世から消すことにした。わたしが充分な証拠をつかんであの男の首に縄をかける前にね。ララとわたしはしばらくのあいだ、ピエトロとラモナのところに身を寄せていたのですが、ロマのひとりが裏切ったので、スコットランドまで逃げたのです」

「では、誰かがきみを殺したがっていて、そのためにララの命が危うくなったと？」

「まさしく。その誰かとはジャッカルです」

「それで、トリバーがジャッカルではないかと疑っているのかね？」

「トリバーの懐具合について何かご存じですか？」

「数年前、トリバーのポケットのなかは空だった。ところがなぜか赤字を埋めて、今ではそうとう羽振りがいいようだ」

　その一片の情報を頭に入れてからジュリアンはきいた。「クローフォード卿の次男、ダンバーはどうです?」

「ダンバーのことは何も知らんよ。好人物のようだが。彼も疑わしいのかね?」

「ダンバーもトリバーも機密情報に近づけます」

「わたしにできることは何でもするよ。娘はわたしの全財産よりも大切だ。ジャッカルが身代金を要求してくるならいくらでも払う」

「身代金の問題ではないんです」ジュリアンは言った。「連中がほしいのはわたしの命だ。金ではない」

「きみはどうするつもりかね?」

「ひとまず家に戻り、ジャッカルが何か言ってくるのを待ちます。どんなことをしても、ララを解放させますよ」

「自分の命と引き替えにしても?」

　ジュリアンは苦々しくほほ笑んだ。「自分の命と引き替えにしても。そうならないことを願ってはいますが」

「今回のことについてランドールに知らせるかね?　わたしはどうすれば役に立てる?」

「ランドールはわたしの警護に竜騎兵をつけると言い張るでしょう。そんなことをすればジャッカルを怒らせ、ララの命をよけいに危うくするだけだ。わたしと連絡が取れるように、あなたはここにいてください。ジャッカルから何か連絡があれば、すぐに知らせます。おそらくは街のどこかいかがわしい界隈で会うように言ってくるでしょう。丸腰で、ひとりきりで来いと」

「わたしも同行させてもらいたい」

「いいえ。あなたはここにいてもらわないといけません。ジャッカルと会う場所を知らせますので、それをランドールに伝えてください」ジュリアンの顔がけわしくなる。

「ジャッカルがねらっているのはわたしだ。必ずわたしを仕留めようとする」

「娘を助けてくれ、マンスフィールド」スタンホープはすがった。「あの子が生まれてから十三年間、わたしは娘のことを知らずにいた。この数年、あの子はわたしにとって恵みだった。今、失うわけにはいかない」

「わたしもです」ジュリアンはかみしめた歯の奥からつぶやいた。

18

ジュリアンは自分の書斎のなかをうろつきながら、ララのもとに行くための伝言を待っていた。使用人たちにはすでに事情を知らせてある。ファージンゲールはドアに陣取り、今後に備えていた。ジャッカルはジュリアンがロンドンに戻ったことも、スタンホープ卿《きょう》を訪ねたことも知っているだろう。

ダイアナを殺した男の捜査はもう、ジュリアンの人生でいちばんの重要事ではなくなっていた。あの卑劣漢を懲らしめたい気持ちは今もある。だが、愛する人を犠牲にしてまでそうしたいとは思わない。ようやくダイアナの死を引きずらなくなったのだ。今は自由に、なんの気兼ねもなくララに心を捧《ささ》げることができる。だが、もう遅すぎるのではないか？

ファージンゲールがドアの向こうから呼んでいる。ジュリアンはすぐに気を引きしめた。大股《おおまた》に二歩でドアにたどり着き、ぐいと開ける。

「お待ちの伝言が届きました、マンスフィールド卿」ファージンゲールはそう言って、折り畳まれた紙をジュリアンに渡した。

「届けた人間を引き止めているか？」

「はい、だんなさま。従僕のひとりがとらえております。ですが、期待されるような人物ではないかもしれません」

「連れてきなさい」ジュリアンは鋭く命じた。

ファージンゲールがわきにのき、力自慢の従僕がやせこけた町の子供を引っ立ててきた。まだ十二歳にもなっていないだろう。小柄で骨張っていて喧嘩《けんか》腰で、信じられないほど薄汚れている。

「おれっちはなんにもしてないよ！」少年は泣きわめき、つかまえている人間の手を振りほどこうとした。「どっかのだんなが一シリングよこして、マンスフィールド卿に伝言を届けてくれって言ったんだ。ちっとも悪いことじゃないだろ」

「わたしがマンスフィールド卿だ」ジュリアンは話しかけた。「きみを痛めつけるつもりはないよ、坊や。ただ、この伝言を渡したものの人相を教えてくれないか？」

「顔は見なかった。そのだんなはりっぱな四輪馬車のなかにずっといたからさ。伝言と一シリングをよこしたのは御者なんだ。すごい銭だよ。誰《だれ》にも渡すもんか」

「きみの金がほしいわけじゃないよ、坊や。わたしに言えるのはそれだけなのか？　馬車のほうはどうだ？　紋章がついていたか？」

「横っちょについてる印のことなら、馬車はただの真っ黒だった。もう、行っていいかい？」

「離してやりなさい、ジェンキンズ」ジュリアンは従僕に言った。「この子は大事なことは何も知らない。たっぷり食べさせてから行かせるように」

「ありがと、だんなさん、ありがと」少年はうやうやしく頭を上下させながら言った。

ジェンキンズは少年を連れていった。

「わたくしにできることはほかにございますか、だんなさま」ファージンゲールがきいた。

「あとは祈ってくれ、ファージンゲール。そして、ドアの外で待っていてくれ。この伝言を読みしだい、スタンホープ卿に知らせないといけない。一筆したためるから、それを従僕に渡して、至急、届けさせてくれ」

「かしこまりました、だんなさま」ファージンゲールはドアを閉めて出ていった。

ジュリアンは伝言を見つめた。空想好きな人間ではないつもりだが、紙から立ち上る毒気が感じられる。読むのが怖いくらいだ。震える手で伝言を開いた。文字が飛び出してきたかのように感じられた。文面は彼の予想以上でも以下でもなかった。

短く要を得た文章でこう書いてある。おまえのロマ女を無事に生かしておきたければ、今夜十時、河岸にある織物倉庫の廃屋に来い。署名はなかったが、その必要もない。これはジャッカルからだ。

ジュリアンはののしり言葉を吐いた。ララが無傷だということを示す言葉はひとつもない。怒りに震えながら紙を握りつぶし、暖炉に放りこんだ。

織物倉庫の廃屋がどこにあるか、ジュリアンは知っていた。街でいちばん怪しげな、物騒極まりない界隈《かいわい》だ。夜中にそのあたりを歩きまわる勇気のある人間は冷酷非情な殺し屋か切り裂き魔ぐらいのものだ。そういう場所にララがいると思っただけで背筋がぞっとする。世間知らずのかわいいララ。ロンドン社会のはきだめのことなど知りもしないだろう。あそこにただいるだけでも、生涯残る心の傷を負いかねない。

ジュリアンは自分の時計を見た。九時だ。命を失うことになるかもしれない対決に向けて用意をする時間はあと一時間しかない。家を出る前に、スタンホープに宛《あ》てて走り書きし、それを届けるようにファージンゲールに託した。万事抜かりなく行けば、ランドールが竜騎兵を連れてきても、ララの救出が台無しになることはないだろう。

ララには時間の観念がなくなっていた。雨が降り出したのは知っている。建物の横側を叩《たた》く雨音が聞こえてくるからだ。ふたたび空腹を覚えると、袋のなかから残り一枚の古いパンを少しずつかじり、あとは隅に放ってねずみの餌《えさ》にした。何かつつくものがあれば、わたしのことは放っておいてくれるかもしれない、と思ったのだ。

板を打ちつけられた窓をその日のうちに何度調べたことだろう。逆さにした木箱の上にのり、観察したことさえある。失望の味は耐えがたいほど苦かった。今、必要なのは金てこのようなものだが、そんなものはひとつもない。

ララはまたもあたりをうろついた。お腹が鳴る音と襲いかかる吐き気は気にしないことにした。ふと、視線が机に行った。長く細い脚が下から支えてはいるが、天板は危なっかしい角度で傾いている。強い風でも吹けばひっくり返りそうだ。あるいは、強く押せば。ララは力をふりしぼって、机を精いっぱい押しやった。机は倒れて壊れた。

快哉《かいさい》の声を上げ、ララは脚を一本引き抜いた。残念ながら、目的にかなうほど頑丈そうには見えない。けれどもそう簡単にあきらめるつもりはなかった。

ララは机の脚を両手で握りしめ、窓の板に力いっぱいたたきつけた。板はびくともしない。もう一度試した。そして、もう一度。腕の痛みが肩にまで達したが、次に起こった出来事ですっかり落ちこんだ。机の脚が砕け散ったのだ。

「ああ、だめ！　お願い、神さま、やめて」

ララは膝《ひざ》をつき、両手に顔をうずめて泣いた。このままではジュリアンが死んでしまう。それなのに、わたしは何ひとつしてあげられない。

いつまでそんな状態でいたのかわからない。昼間の日差しが衰え、ランタンの火も燃え尽きた。部屋は暗くなるばかりだ。走りまわる小さな足音が聞こえ、恐怖が喉までこみ上げる。木箱の上によじ登り、スカートを自分に巻きつけた。あとはもう待つよりほかにない。

窓で何かがきしむ音がして、注意を引かれた。ほかにもねずみがいるのだろうか？　そこへささやき声が聞こえ、ララは木箱から飛び下りて窓に急いだ。

「誰？」

「ララ？　おまえなのか？　ああ、よかった、見つかって」

ジュリアンの声ではない。それだけはたしかだ。けれどもその声は自分のと同じくらいになじみがある。

「ロンドだ。何時間もおまえを探していた。この建物はでかいんだ。どの入り口もかんぬきがかかっているか、板が打ちつけてある。窓のすきまからおまえの姿が見えたけど、ひとりきりになったのがはっきりするまで待っていたんだ」

「ロンド！　ロンドンで何をしているの？　どうやってわたしを見つけたの？」

「話せば長くなる。あとで教えるよ」

「これからどうするつもり？」

「おまえをここから出す。けど、その前にこの板をはがす道具を探さないとな」

「急いで。ジャッカルはジュリアンを殺すつもりなの。もうすぐここに来るわ」

添えた。

「ええ、ジュリアンを殺したがっている男よ。あなたがジュリアンを売った相手はジャッカルの手先だったの。ああ、とにかく急いで、ロンド」せっぱつまった声で言い添えた。

「ジャッカル？」

「悪かったよ、ララ。この償いはするからな。すぐ戻るよ」

窓の外の静寂に耳を澄ませながら、ララは胸にかすかな希望がわくのを感じた。ロンドがロンドンに現われるなんて誰が思っただろう。答えの出ていない疑問があまりにも多すぎる。けれども今はどうだっていい。大事なのはこの危険な事態から抜け出し、ジュリアンの命を救うことだ。

ほどなく窓の向こうで物音がした。「ロンド、あなたなの？」

「ああ。路地で鉄パイプを見つけた。これで用が足りるだろう。後ろに下がってろ」

興奮にララの鼓動が高鳴った。ロンドは鉄のパイプで板をはがしにかかった。釘《くぎ》のひとつが外れると、ララは拍手しそうになった。もう一本、釘がぽんとはじけて、板が落ちた。だが、ララがよじのぼってそこから出るには狭すぎる。ロンドが懸命にもうひとつの板をはがそうとするあいだ、息をのんで待った。

急にララは凍りついた。声がする。かんぬきのかかった扉の向こうから聞こえてくる。「静かに」ララは小声でロンドに伝えた。「誰か来るわ」

ロンドの額からしたたる汗が見えるようだった。けれども、彼がどれほどがんばっても、敗北が迫っている気がした。

「あなたはそこを離れないとだめよ、ロンド。でないと、見つかってしまうわ」

「おまえを置いていくもんか、ララ」

「そうするしかないわ。そのパイプを窓からよこして。何かの役に立つかもしれない」

「おまえを置いてはいけないよ」ロンドは繰り返した。

「行って、ロンド。今すぐ。武器もないし、殺されてしまうわ。わたしの父のところに行って。わたしの居場所を教えて、助けを連れてきてくれるよう頼んで」

ララの言うことを聞き届けたのか、ロンドは窓からパイプを突き出し、そこからいなくなった。間一髪だった。前後して扉が開き、見覚えのない男がひとり、押し入ってきた。殺し屋か何かのようだ。この男がジャッカル？　男のあとから誰かが入ってきた。ララの背筋に冷たいものが走る。とっさにパイプをスカートのひだのなかに隠し、ジャッカルの顔をのぞきこんだ。ひと目で誰だかわかった。

「あなただったのね！」

「こんばんは、お嬢さん。わたしのもてなしに満足していただけただろうか」

「あなたがジャッカルなの？　ジュリアンの命をねらっている男というのはあなたな

の？」

「驚いたかな？」ジャッカルは口なめらかにきき返した。「ロマの勘はどこにいったか？　今ごろは察しがついていると思っていたが。きみの愛人はすでにわかっているはずだ」

「ジュリアンのことを言っているのなら、あの人はわたしの夫よ。スコットランドで結婚式を挙げたんですからね」

「マンスフィールドがきみと結婚した？　それこそ驚きだ。きみを寝床の慰み物にしたいだけだと思っていたが。マンスフィールドが高貴な血をロマの血で汚《けが》すなど想像もできないな。まあどうでもいい。きょう、ご主人は死ぬ。きみを道連れに」

「閣下、あそこを見てください！」ジャッカルの雇った殺し屋が叫び、窓に注意を促した。「この女、逃げようとしていたようです」

ジャッカルは窓を見つめた。その顔が怒りの形相をおびる。「クロケットの阿呆《あほう》が！　この部屋は脱出不能じゃなかったのか。きみは何を使って板をはがした？」

ララはスカートのひだに隠したパイプを握りしめた。「自分の手よ」

トリバーはくるりとララを見た。「生意気な口をきかないほうが身のためだ、マイ・レディ」雇った殺し屋のほうを向き、矢継ぎ早に命令を飛ばした。「スコルピオンを外で待て、バーンズ。ほかのものたちを倉庫のまわりに配置しろ。面倒なことになるかもしれないからな。スコルピオンが来たらすぐ、わたしのところに連れてこい。明かりは置いていけ。ドアの外にもうひとつある」

「スコルピオンがひとりきりじゃなかったらどうします?」バーンズがきいた。

「あの男はひとりで来る」トリバーは自信をたっぷりに言った。「このロマ女に惚《ほ》れこんでいるからな。わたしの指示には逆らえないはずだ。万が一ひとりでなかったら、あの男はおまえが始末して、連れのほうはほかのものたちに任せろ。ただし覚えておけ。できればスコルピオンはわたしが自ら手を下したい。やつを生かしておいて、その顔を見たいのだ。わたしが奥方を殺すときのやつの顔をな。自分のせいでふたり目の女が死ぬことをあの男にわからせてやりたい」

バーンズはランタンを木箱の上に置き、部屋を出ていった。トリバーは脅すように一歩、ララに近づいた。「きみは魅力的な女だ。ご主人が来る前に味見をさせてもらう時間は充分ある。ロマの女をものにしたことは一度もないが、こういうことに熱心だそうだな」

「わたしに触らないで」胸の激しい鼓動とは裏腹に、死ぬほど落ち着いた声でララは言った。

それから後ずさった。やがて背中が壁に当たった。トリバーが迫ってくる。体を荒々しくララに押しつけた。彼の興奮が太くそそり立ち、脚のあいだを攻めようとする。ララはひるむまいとして息を吸いこんだ。彼が両手で胸をつかみ、柔肌に指を食いこませて痛めつける。こみ上げる怒りのせいでララは大胆になった。ジャッカルが頭を下げ、唇を奪おうとすると、ララは彼の胸に手をついて強く押しやった。彼は後ろによろけた。

やるなら今だ。ララはスカートのひだからパイプをさっと取り出し、渾身《こんしん》の力をこめてトリバーの頭に振り下ろした。ふいをつかれ、彼は片腕で攻撃をかわすのが精一杯だった。パイプは肘《ひじ》と手首のあいだに落ち、骨の砕ける音が恐ろしげに響いた。彼は大声でうめき、片腕を抱えこんだ。

「このあばずれ！　ロマのあばずれ女！　わたしの腕を折ったな！」

「頭を割ったほうがよかったわ」ララはそう言うと、希望をたたえた目でドアを見た。

一歩ずつ足を前に出す。だが、トリバーは手負いながらすばやかった。いいほうの腕を持ち上げ、ララに逆手打ちを食わせた。ララは床にくずおれ、か細い意識の糸にしがみついた。

「ばかなまねをするとこうなるぞ」彼はベルトから拳銃《けんじゅう》を抜いた。「最初に死ぬのはおまえだ。おまえの愛人はおまえが最後の息を吸うのを見届けて、それからわたしに殺されるのだ」

ジュリアンは貸し馬車を頼み、波止場に向かった。通りのいちばん奥で下ろすように御者に指示し、打ち捨てられた倉庫まで用心深く歩いていった。あとを追ってくる視線を感じ、見張られていることがわかる。うなじの毛が逆立つのもかまわず、倉庫の扉の前で立ち止まり、掛け金が外れるか試した。扉は手の下ですっと開いたが、なかに入る前に、銃口が背中に突き立てられるのを感じた。

「よくひとりで来たな」バーンズがつっけんどんに言った。「なかに入れ、スコルピオン」

ジュリアンは動かなかった。「わたしの妻はどこだ？」

「もうすぐ会えるさ。行け」

背中に銃をつきつけられているので、ジュリアンはジャッカルの手下が指示するとおりに動くしかなかった。洞窟《どうくつ》めいた部屋に入ると、いったん立ち止まり、ここがどういうところかたしかめるために急いで視線を走らせた。バーンズが扉の近くにある木箱の上からランタンをとり、ジュリアンをつついて前へ進ませた。

「ララのところに連れていくのか？」ジュリアンはきいた。「ジャッカルがいっしょにいるんだろう？」

「質問ばかりするな」バーンズがうなるように言った。「そこの扉が見えるか？」ジュリアンがうなずくと、続けて言った。「そっちへ歩け」

ジュリアンは扉に近づいた。全身が張りつめ、警戒している。形勢が不利なのはわかっていた。ララを救うためなら喜んで自分の命を投げ出すつもりだ。暗い未来にさす唯一の光明は、スタンホープ卿に送った伝言が届き、それをスタンホープがランドール卿に伝えてくれることだ。だが、応援は間に合うだろうか。

バーンズが拳銃でジュリアンの背中をつついた。「扉のところでとまれ」

ジュリアンは閉まった扉の前で足をとめた。その向こうでどすっという音が響き、体に緊張が走った。すぐにまた妙な音がし、背筋が冷たくなる。何があろうと、たとえ命を脅かされようとも、扉を開け放ってなかに飛びこまずにはいられなかった。だが目の前の光景を見て、その足がぴたりととまり、身動きできなくなった。

ララが床にじっと横たわっている。けがをしているのか？　死んだのか？　彼の胸に怒りが噴き上げた。ララのそばに駆け寄り、膝をつく。優しく気遣いながら彼女の頭を起こすと、ララがうめき、目を開けた。ジュリアンは安堵《あんど》の息をついた。

「ジュリアン。どうして来たの？　ジャッカルに殺されるわ」

「かまうものか」ララが起きようとすると、ジュリアンは手を貸して座らせた。「動いてはだめだ」ひと言注意してから立ち上がり、くるりと振り向いてジャッカルと対決する。彼は歯をむいた。

「やはりおまえだったか。わたしが疑ったとおりだな」

トリバーの左腕はわきにだらりとたれている。ジュリアンは目をすぼめて彼を見た。負傷の具合を推し量りながらロマの気丈な妻がやったのだろうかと思った。

「スコルピオン。来てくれたとはうれしいね」トリバーは歯をくいしばって言った。

「その腕はどうした?」

トリバーは暗い悪意のこもる声で言った。「おまえの愛人に聞け。わたしはまずこの女から殺すことにした。おまえはそのあとで殺すつもりだが、ひとつ答えてくれないか。自分のせいで女がふたりも死ぬのはどんな感じか」

「卑劣漢め! なぜだ? なぜおまえのような家柄の男が密輸や殺人に手を染める?」ジャッカルに話をさせておけば、それだけ助けが来る可能性も大きくなる。

「おまえはポケットが空になったことはないだろう」トリバーは吐き捨てるように言った。「債務者刑務所に送られる心配をしたこともあるまい。何しろ、マンスフィールド伯爵だからな。わびしい将来に向き合うのがどういうものか、おまえにはわからないはずだ」

「それが密輸に頼るようになった理由か」

「少なくともそれを元手に、今まで楽しんできた生活を送れるからな。おまけに、密輸ほど儲《もう》かる商売はない。だからおまえを消すしかないのだ。おまえとララさえ死んでしまえば、わたしがジャッカルだとランドールに知られることはない」

話を続けさせろ。ジュリアンは自分に言い聞かせた。「スタンホープと親しくしていたのはどうしてだ？」

「最初はただ用があっただけだ。その後、スコルピオンがロマの集団に助けられたことに気づいたものでね。スタンホープのロマ娘がかかわっているかもしれないので、あの男を見張っておきたかった。わたしの推理はどんぴしゃりだった。間《ま》もなくおまえはララのスカートのまわりを嗅《か》ぎまわるようになったからな。スコルピオンの正体はしばらく前からわかっていたのだ」

「ララを解放しろ」ジュリアンは強く求めた。「彼女を殺しても何も解決しない。おまえがほしいのはわたしの命だろう」

「この女は生かしておけない。あまりにも知りすぎているのでね」

「ジュリアン……」

幸いにも、今までララは黙っていてくれた。ジュリアンは彼女のほうを向き、顔を曇らせて警告した。「わたしに任せてくれ」

ララが立ち上がろうとするので、ジュリアンは助け起こした。そのとき、ララの震えを手に感じ、思わず彼女を抱き寄せた。

「お嬢さん、その男から離れて」トリバーが柔らかく言った。「きみを最初に殺すと言ったのは嘘《うそ》じゃない。わたしも早くすませて傷の手当てを受けたいのでね」

「ララはここを動かないぞ」ジュリアンは言い放ち、ララを自分の背後にかばった。

ジュリアンは頭のなかで計算した。今、ジャッカルに襲いかかったら、うまくいく見込みは、どのくらいだろうか。トリバーが雇った殺し屋が部屋にいなければ、うまく行くかもしれないが、その男は扉のすぐ内側に立ち、ぎらつく小さな目と、銃口をジュリアンに向けている。

「へたな考えを起こすんじゃない」トリバーが警告した。「わたしの手下たちが建物のまわりに待機している。たとえ奇跡か何かが起こっておまえたちがバーンズの横を通り、扉の外に出られたにせよ、そう遠くへは行けないはずだ」

トリバーはいいほうの手で銃を構え、ジュリアンにねらいを定めた。「女を先に死なせたかったが、こうなったらどっちが先でもかまわない。ふたりとも死んでもらう」

「床に伏せて。わたしはやつに飛びかかる」ジュリアンはララの耳にだけ聞こえるように小声で言った。

三つのことが同時に起こった。ジュリアンはトリバーに飛びかかった。ララは床に倒れた。銃口が火をふいた。弾は大きくそれ、トリバーはジュリアンの重みにつぶされた。銃が床をすべっていく。ジャッカルは折れたほうの腕から倒れて悲鳴をあげた。

バーンズがジュリアンに銃を向けた。だが、ジュリアンはトリバーを盾代わりにし、バーンズの発砲を邪魔した。

「撃つな、ばか者！」トリバーがわめいた。「わたしに当たったらどうする」

バーンズは戸惑った顔になり、銃を向け直してララをねらった。ララはトリバーが落とした銃のほうへ這《は》っていこうとしていた。バーンズがララを射程内におさめたとき、窓をふさいでいた残り一枚の板が砕けた。そのすきまから細くしなやかな体が飛びこんできて、バーンズに突進する。バーンズが発砲し、弾は男の柔らかな肉にめりこんだ。男がうめき、倒れた。ランタンの明かりがその顔を照らし出す。ララは彼の名前を叫んだ。

「ロンド！」

ロンドが窓から急に現われ、ジュリアンはあっけにとられた。どうして彼がここに？

トリバーは見るからに激痛にあえいでいるので取り押さえておくのは簡単だが、ララとロンドを助けに行く度胸はジュリアンにはなかった。バーンズにすばやく目をやると、彼は弾をこめ直している。ジュリアンは心臓がとまるほどの恐怖を覚えた。ララがバーンズの次の標的にされるのが本能的にわかったのだ。ロンドは起き上がろうとしているが、深手を負って助けにはなりそうにない。そのとき、トリバーの拳銃が目にとまった。さっきジュリアンが襲ったときにトリバーの手から吹っ飛んだのだ。

「銃だ、ララ。銃を取れ！」

すべては一瞬の出来事だった。ララは腕を伸ばし、銃に指をかけ、自分のほうに引き寄せた。震える手で銃を構え、バーンズにねらいをつける。そのころにはバーンズも弾をこめ直してララに銃口を向けていた。

とっさにララは引き金を引いた。バーンズが叫び、銃を落とす。彼の弾はなんの害もなく壁に放たれた。ララは手のなかの武器を見つめ、まるでそれにかまれでもしたかのように手放した。自分が人を撃てるとは夢にも思わなかった。けれども、自分の命と、お腹のなかで育っているわが子の命と、ジュリアンの命が危ういとなれば、それだけで充分すぎるほどの理由になる。

あいにく、バーンズにはララが思った以上の体力があった。ララが青ざめて見守るなか、殺し屋は銃を拾い、ぎこちない手つきながら、また弾をこめた。袖《そで》から血がしたたっていようと気にするでもなく、彼は銃を構え、ララにねらいを定めた。ジュリアンが彼女の名を呼んだ。ララは銃弾が体を貫く痛みに耐えようとして身構えた。今できるのは、目を閉じて祈ることだけだ。

銃声がとどろく。だが、なんの痛みもない。ララは急いで目を開けた。バーンズが床に横たわっている。その向こうには軍服の男が開いた戸口に立ち、銃に再び弾をこめていた。何があったのか理解できず、ララはおののきながら見守った。すると、長身でたくましい体つきの男性が竜騎兵を押しのけて入ってきた。申し分ない仕立ての上着のように威厳を身にまとっている。

そのあとからやってきた男性は、ララにとってジュリアンと同じくらいいとしい人だった。「お父さま！」ララはそのなかに飛びこんだ。

「ララ！　ああ、ありがたい。手遅れではないかと心配したよ」

「願ってもないときに来てくれましたね」ジュリアンが言った。「ランドール卿、ジャッカルをご紹介しますよ」

ランドール卿はさげすみの目でジャッカルを見た。「トリバー卿。そうだったのか。きみには首をくくってもらうぞ。わたしと祖国の信頼を裏切り、私腹を肥やそうとしたのだからな」

「スコルピオンさえいなければうまくいったんだ」トリバーはわめいた。「命をもって償え」

ララのいる場所から見えるものに、ほかの誰も気づかないようだった。トリバーの左腕はまだわきにだらりとたれているが、右腕と手は自由になる。ジュリアンがトリバーをランドールのほうへ押しやったとき、トリバーは上着の内ポケットに手を入れ、小さな拳銃を抜いた。装填《そうてん》ずみでいつでも撃てるようになっていたのだろう。彼は振り向きざま、ジュリアンのみぞおちに銃を突き立てた。

ララは警告の声をあげたが、すでに遅かった。幸い、ジュリアンはみぞおちに銃が押しつけられたのを感じた瞬間に反応し、すんでのところでトリバーの腕をはらったため、弾は急所をそれた。

ただちに男たちがトリバーを取り囲み、連行していく。トリバーは部屋から引きずられていきながら、医者を呼んで腕の手当てをしてくれと叫んでいた。ララは父親の腕から身を引きはがし、ジュリアンのそばに急いだ。規則正しく上下する胸を見ると、安堵のあまり泣き出した。

ランドールがララのとなりにひざまずいた。心配そうに眉間《みけん》にしわを寄せている。

「生きているんだろう?」

「ええ、でも出血がひどいわ」

「医者が来るまで動かさないほうがいい。今すぐ、医者を呼びにやろう。きみは傷を押さえているんだ。出血をいくらか防げるかもしれない」

ララはペチコートの一片を切り裂き、小さく丸めると、ジュリアンのシャツの前を開け、傷口を布で押さえた。赤く染まった布でさらに圧迫すると、ほっとしたことに出血はゆるやかになってきた。

「今、ロンドの具合をたしかめたよ」スタンホープ卿がそう言いながら、ふたりのそばに来た。「彼も生きている。なぜ、どうやってここにたどり着いたのかわからないがね。とにかく治療が必要だ」

「ロンドはわたしの命を救ってくれたのよ」ララは言った。

ランドールは助けを呼びに行くために立ち上がった。

「マンスフィールドの具合は?」スタンホープがきいた。

「少しましになりました」ジュリアンがうめきながら自分で答えた。「よく来てくれましたね。ランドール卿と竜騎兵を連れて……危ないところでした」

「ジュリアン!」ララは声をあげた。彼の意識が戻ってうれしさもひとしおだった。

「ああ、よかった! ランドール卿がお医者さまを呼んでくださるわ」

ジュリアンは起き上がろうとしたが、ララが許さなかった。「だめよ。動かないで。ずいぶん出血したのよ。お医者さまが来るまで待って」

「ロンドの具合は?」

「生きているよ」スタンホープが言う。「きみたちふたりとも手当てをしてもらうからな。わたしも大変な場面に足を踏み入れたものだ」

ジュリアンの目がララの上にとまった。「きみは……無事か? トリバーに……痛い目にあわされなかった?」

「わたしは何ともないわ。トリバーに手出しなどさせるものですか。もう話をしないで、ジュリアン。体力を温存しておかないと」

「ララの言うとおりだ、マンスフィールド」スタンホープが同調した。「大丈夫、あとはまかせなさい」


ジュリアンは気を失いそうだった。痛みのせいで完全な失神状態に陥らずにすんでいた。だが、意識が薄れるのは時間の問題だ。ララに言いたいことがこんなにたくさんあるというのに。まともに頭が働いてくれさえすれば。

「わたしは……わたしたちは……話をしないと」か細い声で彼は言った。「きみが……知っておくことがある」

「今じゃないとだめな話なの？」ララはきいた。

「ああ、今……言いたいんだ。わたしたちの結婚のことで……」

ララの息が喉につまった。「わたしたちの結婚がどうかしたの？」

ジュリアンはララに言いたかった。きみが惜しげもなく注いでくれる愛を受け入れようとしなくて悪かったと。ロマ式の結婚についてばかな考えを抱いたことも、ロマの女性は伯爵の妻には向かないと思ったことも謝りたい。そして、どうしても言いたい。ダイアナはわたしの過去、きみはわたしの未来だと。

「すまなかった……わたしたちの……結婚のことは。わたしは愚かな考えからこの結婚が……ダイアナのことが……きみに対する気持ちが愛だとは……」声が小さくなり、すっかり途切れた。

言おうとしたことをララはわかってくれただろうか？　意識を失う寸前に彼は思った。ダイアナはもういない。ララとのあいだにあるものは、ダイアナに対する気持ちを越えるものだ。そう説明する言葉が喉に引っかかったまま、ジュリアンのまぶたは震えながら閉じた。


ララはその場に座りこんだ。ジュリアンの言葉に愕然《がくぜん》としていた。わたしを愛していないということ？　一生愛さないということ？　そういう意味なの？

「もうすぐ医者が来るよ」スタンホープがララの肩に手を置いて言った。「おまえの夫はきっと助かる」

「今のを聞いた？　お父さま」ララはささやいた。「ジュリアンはわたしを愛していないのよ。亡くなったいいなずけのことをまだ思っているんだわ」

「おまえの誤解だよ。何しろ、マンスフィールドはこのわたしに言ったのだからね。おまえを愛していると」

ララはうなだれた。絶望のあまり、自身の痛ましい心の声以外、耳に入らなかった。

「わたしはこの人の言葉を聞いたのよ、お父さま」

「おまえが聞いたのは、手負いの男のうわごとだ。彼はおまえを助けにきたじゃないか。おまえの命を救うためなら喜んで自分の命を投げ出す覚悟だった」

「それはジュリアンが気高い男性だからよ。わたしと結婚したのも、そうすることが正しいから。正しいという理由で結婚の誓いを守ろうとする人なのよ。わたしはそういう夫婦になりたくないの。ジュリアンはどんな苦労もいとわず、いいなずけを殺した男に正義の裁きを受けさせようとした。それほど彼女のことを愛していたのよ」

「この話はあとにしよう、ララ。物事は見た目と違うこともあるものだよ」

ほどなく医者が到着した。医者はジュリアンの体を数分確認したあとでロンドを診た。結局、淡々とした声で彼は言い切った。こんな不潔な場所では手術などできないと。

「ふたりを動かしても安全なのかね?」ランドールがきいた。

「感染の危険を冒すよりは動かすほうがまだいいです」医者はそっけなく言った。

「弾を摘出するのはかなり難しい作業でしてね」

「わたしの四輪馬車にはふたりを乗せるゆとりがある」スタンホープが言った。「先生はご自分の馬車でついてくるといい」

「気をつけてくださいね」竜騎兵たちがジュリアンとロンドを部屋から運び出すとき、ララは声をかけた。

スタンホープが娘の肩をそっと叩いた。「心配いらないよ、ララ。よく気をつけてくれるはずだ」

竜騎兵たちのあとから扉の外に出るときも、ララの心は混乱のただなかにあった。考えなくてはいけないことがたくさんある。将来のすべてがかかっているのだ。ただし、これだけははっきりしていた。ジュリアンが一生愛さないと言うつもりだったのなら、決して自分の気持ちを押しつけたりはしない。

19

医者がジュリアンの手当てをするあいだ、ララは寝室のドアの外を行きつ戻りつしていた。ジュリアンもロンドも命に別条はない。怖いのは高熱が出ることだけだと、すでに医者は請け合っていた。それでもララの神経は落ち着かなかった。ジュリアンは馬車のなかで意識を取り戻さず、彼女の父親宅の客用寝室に運びこまれたときもまだ気を失ったままだった。ランドールはジュリアンの使用人たちに心配無用との伝言を送ってから、トリバーの取り調べに当たるために去っていった。

「ロンドは意識が戻っているよ。おまえと話がしたいそうだ」スタンホープ卿《きょう》がロンドの部屋から廊下に出てきて言った。

「ロンドンにいた理由をお父さまには話したの？」

「ああ、何もかも話してくれたよ。自分のしたことを悔い、おまえの許しを乞《こ》いたがっている」

ジュリアンの部屋の閉ざされたドアを離れがたい思いでながめてから、ララはあきらめのため息をついた。「そうね。今すぐロンドのそばに行くわ。でも長居はしないつもりよ。お医者さまがジュリアンの治療をすませたら、声をかけてね」

ララは急いでロンドの部屋に入った。寝台近くのテーブルの上で燭台《しょくだい》のろうそくが何本も燃えている。ララは寝台まで進んでいった。ロンドのまぶたは下りている。そっとしておこうか迷っていると、彼が目を開けた。

「来てくれてよかった」ロンドは弱々しい声で言った。「おまえに謝らないといけない」

「今、話さなくてもいいのよ、ロンド。もっと具合がよくなってからにしたら」

ロンドはララの手をつかんだ。「お願いだ、ララ。最後まで聞いてくれ」

「わかったわ」ララは答えた。「聞かせてもらうわ」

「おいら、嫉妬《しっと》で頭がおかしくなって後先も考えずにやっちまったんだ。誰《だれ》かに死んでほしいなんて思いもしなかったよ。あの連中がおまえを痛めつけたがっているとは知らなかった。おいらのやっかみのせいであんな大変なことになって、自分が追い出されるとも思わなかった。おいらにはもう家もない。仲間からすっかりのけ者にされた」

ロンドは苦痛に顔をゆがめ、息を吸いこんだ。ララの胸に同情がこみ上げる。この人は償いのためにわたしを助けに来て、もう少しで命を落とすところだったのだ。

「それにしても、わたしの居場所がどうしてわかったの？」

「おまえがクロケットの一味といっしょにコベントリーの宿に着いたとき、おいらもあそこにいたんだ。どうやって流れついたのかは聞かないでくれ。行く当てもなく、田舎をさまよっていただけだからな。おまえが囚われの身になっているのがわかって、それで次の日に連れ出されるまで待ってからあとをつけたんだ。おまえを助けなきゃいけない、と思ってな。自分のしでかしたことを償うにはそれしかなかったから」

「償いはしてもらったわ、ロンド。あなたが割って入ったとき、ジャッカルの殺し屋はわたしをねらおうとしていたのよ。あなたはわたしとジュリアンの両方の命を救ってくれたのかもしれないわ」

「おいらが助けを求めに行ったとき、おまえの親父さんは家にいなかった。あのときは知らなかったが、援軍を連れてすでに倉庫に向かっていたんだな。おまえの親父さんがいないなら、おいらが自分で助け出そう。そう思って倉庫に戻ったんだ」

「ありがとう、ロンド。ピエトロがこの勇敢な行いを知ったら、きっとまた古巣に温かく迎え入れてくれるわ」

「おまえがおいらに向かないのは前からわかっていたよ」ロンドは話を続けた。「けど、おまえをずっと愛していた」

「あなたはずっとわたしのお友達よ、ロンド。きょう、あなたはそれを証明してくれた。わたしも子供のころからあなたを兄か保護者のように愛してきたわ。でも、ジュリアンがわたしの人生に足を踏み入れた瞬間、あの人以外誰もほしくなくなったの」

医者がノックして部屋に入ってきた。片手に黒い鞄《かばん》を抱えている。「閣下は休んでおられます、レディ・ララ。今、お会いになれますよ。ちょっとのあいだだけですが。アヘンチンキを飲ませたので、声をかけても反応がないかもしれませんが」

「具合はどうなんですか?」ララは不安そうにきいた。

「傷の深さを思えば、これ以上期待できないくらいに良好です。しかし、運のいいお方だ。弾は胸部にめりこみましたが、かろうじて肺をそれている。失血で体は弱っていますが、若くて健康だし、合併症を起こすこともなく回復するでしょう。わたしの指示を守るならですが」

「お世話になりました、先生」ララはほっとした声で言い、急いで部屋を出た。

廊下で父親に出会った。「お医者さまがね、ジュリアンはよくなるって」

スタンホープは安心させるような笑みを見せた。「だから言っただろう? おまえの夫は不死身だ。ちょっと弾が当たったくらいじゃびくともせんよ」

「当然よ」ララは笑顔で言った。「あの人のところに行かないと」

ララはドアを開け、部屋を横切って寝台のそばまで行った。ジュリアンの顔は蒼白《そうはく》だ。ララは手を伸ばし、その頰《ほお》に触れた。ひんやりしている。呼吸も楽なようだし、ぐっすり眠っている。あと数時間はここのままだろう。ララは彼の額にキスし、枕《まくら》元《もと》に椅子《いす》を引き寄せて、彼をながめた。

数分後、父親がやってきた。「寝床に行きなさい、ララ。おまえも疲れ果てているはずだ。あんな恐ろしい試練をくぐり抜けた日には、たいていの女性は半狂乱になっているところだ。おまえが強くへこたれない子なのは前からわかっていたが、まさかこれほどだとは、きょうになるまで気づかなかったよ」

「わたしはもう少しジュリアンのそばにいたいわ、お父さま。それから寝床に行きます」

「ジュリアンにはわたしがついているよ」

「いいえ、お父さま。わたしは平気よ、ほんとうに」

スタンホープは疑わしげな表情を浮かべた。「平気そうには見えないがね。すっかりやつれてしまって。目の下にくまもある」

「お願い、お父さま。ここにいさせて」

「よろしい。一時間だけだぞ。それ以上はいかんよ」

父親が出ていくと、ララは椅子に身を丸め、ジュリアンを見つめた。何て男前なのだろう。顎《あご》の力強い線やふっくらした唇、高貴な鼻をほれぼれとながめながら思う。なぜ、ダイアナを愛するようにわたしを愛してくれないの？　胸のうちで嘆いた。彼の欲望の対象にはなっても、愛の対象にはなれないなんて。

　ふと、ある考えがひらめいた。ジュリアンがどのくらい深く思ってくれているか、はっきりと知る方法があるかもしれない。これはひとつの賭《か》けだ。でも人生は賭けのようなものではなくて？　この結婚にはあまりにも多くのことがかかっている。育むべき子供がいるのだから。その子には自分と母親を愛してくれる父親が必要だ。

　いつしかララは椅子の上で眠りこんでいた。部屋に入ってきた父親の足音も聞こえず、その腕に抱き上げられて寝床まで運ばれたことにも気づかなかった。それほどまでにぐっすりと、夢も見ないで眠っていた。


　ジュリアンは着々と回復していった。これまでのところ、感染症の兆候も見られず、ご主人はもう安心だと医者はララに太鼓判を押した。ジュリアンの頭がはっきりしてからも、ふたりは私的なことをほとんど話さなかった。彼が傷を負ったあの日、結婚のことで言おうとしたのはどういう意味だったのかと、ララは何度ききたくなったか知れない。けれども自尊心が邪魔をしてその話題を持ち出すことができなかった。もしかしたら、彼はあの傷つく言葉を覚えてもいないかもしれないのだ。

　もっとも、ララが病室にいるだけでジュリアンはうれしそうにしている。ある日、部屋に入っていくと、彼は寝床に座り、ひげもそったばかりだった。

「ジュリアン、起きていてもいいの？」

「少しのあいだならいいと医者が言っていた。不精者のように一日中ここで横になっているのはわたしにはむりだよ。きょうは、きみと今後の話をしたいと思っていた。やっと集中してものを考えられるくらいに気分がよくなったからね」

ララの心は足元まで沈んだ。「待てない話なの？　まだあなたは体が弱っていて――」

「いや、ふたりのあいだの問題を片づけないといけない。というより、きみに言いたいことがある。何週間も前に言うべきだったことだ。うまく言えないんだが、ララ、我慢して聞いてくれ」

ああ、きみなどいらないと言うつもりだわ。ララは思った。「今はやめて、ジュリアン。あとにしたほうがいいわ。まず……やらなくてはならないことがあるのよ」

「ララ、先に延ばしたくないんだ。早く言うほど、わたしたちの人生を前に進めることができる。きみに対するわたしの気持ちをはっきりと知っておいてもらいたい。今までのわたしは口が重くて――」

ララは自分の耳を両手でふさいだ。「ジュリアン、今、そういうことは聞きたくないの」ふいに背を向け、部屋から逃げ出した。

ジュリアンはその後ろ姿を見つめ、不思議に思った。まったく、彼女を動揺させるようなどんなことを言ってしまったのか。ただ、謝りたかっただけなのに。ふたりの関係について愚かなことばかり考えていたことを。そのために彼女を傷つけたのはわかっている。この結婚を正しい軌道にのせたい。ようやく彼女に心を明かせるようになったのだ。ふたりでともにする将来は末永く幸せなものであってほしい。人生の光となる子供もほしい。あの倉庫で血を流し、意識があるうちに言おうとしたのだが、自分の意図したとおりに言葉が出たのかどうかもよくわからない。

ジュリアンはため息をついた。次にララに会うときは、ぜひ聞いてもらおう。

ララは父親を捜した。ドアが開いていたので、ララは断りもなく書斎に入っていった。「今、忙しいかしら、お父さま?」

スタンホープは帳簿をわきにやり、娘にほほ笑みかけた。「さあさあ、こっちにおいで、ララ。娘と話せないほど忙しいことはひとつもないよ」ララの顔を探るように見た。「大丈夫かね? 顔色が悪いが。夫の看病で身をすり減らしたのだろう。もっと休まないといけないよ。いや、ぜひそうしなさい」

「わたしは何ともないわ、お父さま」ララは安心させて言った。「ただ、お父さまにお願いがあるの」

スタンホープの顔が輝いた。「何でも言いなさい、娘や。むろん、わたしの力の及ぶことならだがね」

ララは深呼吸した。「ケントまでお供をつけてほしいの。しばらくラモナとピエトロのところで過ごしたいのよ」

スタンホープは雷に打たれたような顔をした。「今から？　おまえの夫はなんと言うかな？　まだとても旅に出られる体じゃないだろう」

「わたし……ジュリアンには言ってないの。言うつもりもないわ。ひとりで行くつもりなの」

スタンホープが顔を曇らせた。「マンスフィールドがあの倉庫で言ったことをまだ気にしているんじゃないだろうね？　あれはけが人のうわごとだよ。向こうからまたその話題を持ちだしたのかい？　あれは本心だったと言ったのか？」

「さっき言おうとしたけど、わたしが聞こうとしなかったの」

「ばかなことを、ララ」

「そうかもしれないわ」ララは認めた。「でも、ジュリアンが愛のあかしを示すにはひとつしか方法がないのよ。わたしはほかのやり方では納得できないの」

「逃げれば解決できると思っているのかね？」

「逃げるのとは少し違うわ」

「マンスフィールドには何と言えばいいんだ？」

「わたしたちの結婚を見極める時間が必要だからと。わたしの行き先は言わないでね。それと……こう言って。離婚したいならご自由に、と」

「ララ、わけのわからないことを言うんじゃないよ。おまえらしくもない」

「ごめんなさい、お父さま。でも、こうするしかないの。今までずっとジュリアンはわたしに対する気持ちを否定してきたわ。わたしはどうしてもはっきりさせたいのよ」

「おまえのそんなふるまいを許すわけにはいかないよ。マンスフィールドはおまえの夫だ。おまえを救いに来た。そうじゃないかね？」

ララはため息をついた。「もうこの話はしたでしょう。ジュリアンは高潔な男性なの。犬が困っていても救ってあげるわ。それに、ジャッカルをつかまえることが大事だったのよ」

「いいなずけの仇《かたき》を討つために。おまえはそう言っていたな」

「そのとおりよ。彼女こそ、あの人が真に愛する女性なのよ」

スタンホープは椅子に座り直し、まじまじとララを見た。「しかし、本気かね？　今は冬だ。一年のこの時期、ロマの馬車はそんなに快適ではないはずだよ」

「そんなことはないわ、お父さま。わたしは子供時代のほとんどをロマの馬車で過ごしたのよ。冬の数カ月間もすごく快適だし、すごく温かいわ。だから大丈夫よ。万一、気が変わったら、お父さまの田舎のお屋敷にいつでも逃げこめるんですもの。スタンホープ・マナーの使用人たちがちゃんとわたしの面倒を見てくれるわ」

スタンホープは観念したようにため息をついた。「いいだろう。ほんとうにおまえがそうしたいなら」

「ええ、ほんとうよ。ほかにも理由があるの。ロンドが古巣に戻れるように橋渡しをしたいのよ。わたしがあそこに行けば、彼の勇気をたたえる機会ができるでしょう」

「いつ発ちたいんだね？」

「きょう。できるだけ早く。わたしは一時間以内に荷造りして出発できるわ」

「ララ……」

「お願い、お父さま」

「おまえの頼みを断れたためしがあったかな？　では、二時間みてくれ。四輪馬車の準備をして従者を選ぶのにそのくらいはかかる。それでいいかね？」

「もちろんよ。それじゃ、お父さま、これから支度にかかるわ」

二時間後、ララはケントにあるスタンホープ・マナーに向けて旅立った。

ジュリアンは気が立ち、落ち着かなかった。ララはあれから一日中、この部屋に戻ってはこなかった。どうして来ないのか、想像もつかない。今後のことを話したいと口にしただけで、ララは怯《おび》えたようだった。いったいどこでどうおかしくなったんだ？　どうして自分をもう愛していないと急に思いこむようになったんだ？

　召使いが夕食を運んできたとき、ジュリアンはララのことを尋ねた。召使いはとたんに舌がもつれたようになり、返事もしないで出ていった。ジーバーズが寝支度をさせに来たので、この謹厳な執事に同じことをきいてみた。

「レディ・ララのことでお尋ねになったとスタンホープ卿にお伝えいたします」ジーバーズはあいまいに答えた。

「いったいどうなっているんだ、ジーバーズ？　わたしの妻に何事かあったのか？」

「わたくしが存じ上げているかぎりでは、レディ・ララはお元気でございます。今夜、アヘンチンキはご服用になりますか？」

「いらない！　薬で頭がぼうっとするのはいやだ。どうかララにわたしが会いたがっていると伝えてくれ」

「かしこまりました、閣下」

　ジュリアンは待った。さらに待った。そして、もう少し待った。待ちくたびれると、ジュリアンは寝台の端まで身をすべらせ、足をおろして立とうとした。ララが来ないなら、こちらから行くまでだ。

　あいにく、彼の意志のほどには足は強くなかった。重みをかけたとたん、ふらつき、寝台のそばのテーブルをつかんだものの、テーブルの上のろうそくまで道連れにして倒れてしまった。じゅうたんに火がつく。すると、ナイトシャツの裾《すそ》を足のまわりではためかせながら、スタンホープが部屋に駆けこんできた。ジーバーズもすぐ後ろからついてくる。ふたりで火を踏み消し、焦げあとだけがじゅうたんに残った。

スタンホープはテーブルを起こし、ジーバーズがろうそくを拾って火をつけ直した。

「どうしたんだね？」スタンホープがきいた。「大丈夫なのか？ まったく、家を火事にするところだったぞ」

「いや、わたしは大丈夫じゃない」ジュリアンはかみつかんばかりに言った。「妻はどこですか？」

「閣下を寝床に戻すのを手伝ってくれ、ジーバーズ」ジュリアンの質問をかわし、スタンホープが言った。

ふたりがかりでどうにかジュリアンを寝床に戻した。「自分で起き上がろうとしてはいかんよ」スタンホープはたしなめた。「出血がひどかったし、まだ体が弱っている」

「はぐらかさないでください、スタンホープ」寝床につかされるなり、ジュリアンはうなるように言った。「ここの人間はみなどうかしてしまったんですか。ララはどうしたんです？」

「きみは寝床に戻りなさい、ジーバーズ」スタンホープが言った。「マンスフィールド卿は今夜、どこにも行かないよ」

ジーバーズが廊下を去っていくのを待ってから、ジュリアンはスタンホープに怒りのまなざしを向けた。「どういうことか話してくれる気になりましたか？　わたしはララに用がある。どこにいるんですか？」

「あすまで待ちたかったが、きみはあきらめようとしないようだね」

「ララの身に何があったんです？」ジュリアンはわめきながらも、必死に不安を抑えようとした。

「落ち着きたまえ、マンスフィールド。ララの身に何かあったわけじゃない。ここを出るときは何ともなかったよ」

「わたしの妻はどこかに行ったというんですか？」

「やれやれ」スタンホープは髪に指をかき入れた。「まずきみに話をするようにとララには言ったんだが。きみがこのことを気に入らないのはわかっていたからね。しかし、知ってのとおり、ララはどこまでも頑固になれる子だ」

「まったくです」ジュリアンは乾いた口調で言った。ララが結婚を承諾するまでにどれほど長く待たされたかを思い出した。「わたしが気に入らないことというのは、ずばり何なんです？」

「ララはきょう早くに発ったよ」

ジュリアンの顔に戸惑いが浮かんだ。「早くに発った？　わたしに相談もなく？　どこに向かったんですか？」

「それはわたしの口からは言えない」

「失礼ですが、今なんと？」ジュリアンは辛辣《しんらつ》な口調できいた。「わたしは自分がララの夫だと信じている。妻が真冬にあわてて発った先を知る権利があるはずだ」

「すまない、マンスフィールド。だが、行き先を明かさないとララに約束したのでね」

ジュリアンの顎の筋肉が引きつった。「かまいませんよ。どこで見つかるか、だいたい見当がつく。わたしに何か伝言はありませんでしたか？」

スタンホープは気まずそうに身じろぎした。「あったよ、実を言うとね。離婚したければどうぞということだった」

「そんなことをわたしが望んでいないのはララもよくわかっているだろうに。どうやら頭がまともに働かなくなっているらしい。誘拐され、引きまわされたあげく、さびれた倉庫のなかに閉じこめられて、誰にもわからないくらい情緒不安定になっていたんでしょう。どう考えてもいつもの彼女ではない」

「わたしはとめようとしたんだが、あの子が聞こうとしなくてね」スタンホープは嘆いた。「思うに、ララはきみを試しているのではないかな」

「きっとそうでしょう」ジュリアンは同意した。「頑固な女性ですからね。恥ずかしいことですが、スタンホープ、ララには地獄の苦しみを味わわせてしまいました。しかし、ようやく互いの気持ちがわかり合えるようになったと思っていたんです」

「はっきり言って、わたしの娘に対するきみの気持ちはどうなんだ？」

「それはもう明らかなはずです。でも、あなたとララが信じてくれるようになるまで何度でも言います。わたしはあなたのお嬢さんを愛しています、スタンホープ」

「ララはきみには決して愛されないと信じている。きみが亡きいいなずけを愛するようにはね」

「ララがそう信じるだけの理由があったかもしれない。でも、ララを愛するようになってダイアナに対する考え方が変わったんです。この言葉だけは信じてください。ララを愛するようにほかの女性を愛したことは一度もありません」

「わたしを納得させようとしなくてもいいよ、マンスフィールド。納得させる相手はララだ」

「必ず納得させます。この寝床から出られるようになったらすぐにでも」

ララは何事もなくロマの野営地にたどり着いた。みなから熱烈な歓迎を受け、すぐに祖父母の馬車に招かれた。熱いお茶をすすりながらララは、祖父母の愛情にぬくぬくとひたった。それでもまだ、性急にロンドンを離れる決心をしてよかったのかという不安は消えなかった。

ジュリアンは怒っているだろうか？　こちらから勧めた離婚に踏み切るほど？　ララは疲れた気分でため息をついた。ときがたてばわかることだ。それまではこうしてゆっくりとお腹の子をいつくしみ、ジュリアンのことや黙って出てきたことに対する彼の反応については考えないようにしよう。

「なぜひとりで来たんだね？」ラモナがきいた。「ドラゴはどこにいる？」

「これからはジュリアンと呼んでもいいのよ」ララは言った。「何もかも片づいたから。あの人を殺そうとしていた男はもうなんの手出しもできないわ」

ラモナはララの目のなかを深々と見つめ、自分が投げかけた質問の答えを探ろうとした。「何を隠しているんだい？　孫娘や」

「長い話なのよ、おばあさん。でも、おばあさんとおじいさんのふたりには何があったか知っておいてほしいの。ロンドにかかわりのあることだから」

「ロンド！」ラモナとピエトロは声を合わせて言った。

ピエトロが眉《まゆ》を寄せる。「ロンドはあの不始末でここを追われたよ」

「わたしとジュリアンの命を救ってくれたことを知ったら、きっともとのようにロンドを迎えてくれるわ」

「始めから話しておくれ」ラモナは促した。「水晶玉をのぞいてわかっていたんだよ、おまえたちに危険がつきまとっていることは。スコットランドで危険な目にあったのかい？」

「ええ。わたしはさらわれてロンドンに連れていかれたの。スコットランドの牧師さんの司式でジュリアンとわたしが結婚したすぐあとに」

ララは、自分が監禁されたいきさつやその結末を、何も省かずに語った。ジュリアンが倉庫で口にしたあの心乱れる言葉もうつろな声で繰り返した。

「これでロンドは名誉を回復した」ピエトロはきっぱりと言った。「ここに戻ったら、また歓迎されるだろう。この一連の出来事があの子の教訓になればいい」

「おまえのご亭主のことはどうなんだい？　ひよっこ、おまえはどうするつもりだね？」ラモナがきいた。

ララは自分の手に視線を落とした。その手はスカートのひだを落ち着きなくいじっていた。「あの人がわたしを愛しているなら、追いかけてくるはずよ」

「ご亭主がおまえを愛しているというあかしを立てていないからといって、なんで懲らしめようとするのかね？」

「さっき話したようなことをあの人は言ったのよ。ダイアナを愛するようにはわたし出したらどうだろうね」


を愛してくれないわ」

　ラモナは眉間《みけん》のしわを深め、静かにララを見つめていた。

　ようやく口を開いた。「ピエトロ、ララの御者と従者にたんと食べさせてから送り出したらどうだろうね」

　そのほのめかしを受け、ピエトロはすぐに腰を上げた。「そうだな、ピエトロはもてなしが悪いとは誰にも言わせんよ」

「わたしの勘では、おまえは閣下を誤解しているよ」ラモナは静かに言った。「おまえがあの人を愛しているのと少しも変わらず、あの人はおまえのことを愛しているよ」

「でも、おばあさん、わたしは聞いたの。あの人が――」

「おまえは自分の聞きたいように聞いたのさ、ひよっこ。ご亭主に説明の機会を与えてやらないといけないよ」

「叱《しか》らないで、おばあさん。わたしはジュリアンのもとを去るしかなかったのよ。道義心からわたしを守ろうとするのではなく、わたし自身を愛しているのだと、はっきりたしかめるにはこうするしかなかったの。ジャッカルをつかまえてダイアナの仇を討ったあとでも、まだわたしを求めているのかどうか、どうしても知りたいの」

「閣下が回復して床を離れるようになるまでには長くかかるかもしれないよ」ラモナ

は念を押した。

「わかってるわ。そのあいだ、わたしは自分のいたい場所にいるわ。父を愛してはいるけど、わたしのほんとうの家は昔からここ、おばあさんとおじいさんとみんながいるところなのよ」

ラモナの探るような目がララの腹部に行く。「いつ生まれる予定だね？」

ララは顔色を変えた。「どうしてわかったの？」

「わたしはいろんなことがわかるのさ」ラモナは謎《なぞ》めかして言った。「閣下はご存じかい？」

ララはひとしきりためらった。「いいえ、知らないの。この子が生まれるのは夏だし」

ラモナは喉《のど》の奥から非難がましい声をもらした。「その子はおまえのご亭主の跡取りだよ。言わなくちゃだめじゃないか」

ララはため息をついた。そう簡単には行かないのだ。「そのうち言うつもりよ。あの人が追いかけてきたときに……追いかけてくればだけど」急いで言い直す。「そろそろ自分の馬車に戻りたいんだけどいいかしら。とても疲れてしまって」

「お行き、ひよっこ。神さまと運命がおまえの将来を決めるだろう」

馬車に戻ると火鉢に火がおこしてあった。ララはそのぬくもりと古巣に帰った心地よさを、しみじみと味わった。ジュリアンは彼女のことを追う値打ちもない女だと判断し、離婚に踏み切るかもしれない。その覚悟を決めるためにも、こうしたひとりで過ごす時間がありがたかった。

ラモナがおいしいシチューの入った椀《わん》と焼きたてのパンを持ってきてくれた。ララはほとんど空腹を感じなかったが、祖母を喜ばせたい一心で食べた。その夜、雪が降り出した。寝床にもぐりこむと、ララはジュリアンが恋しくてたまらなかった。彼と最後に愛し合ってからずいぶんたっている……長すぎるほどのときが。抱きしめる彼の腕をもう一度感じられるようになるだろうか？　あの甘く力強いキスを受け、愛の営みにひたれるようになるだろうか？

そうなることをララは神に祈った。

ジュリアンは自分の弱さがふがいなかった。食事の量が少ないと文句を言ったせいか、ようやく栄養のある食べ物が出るようになった。体力を取り戻そうとする男には病人食だけでは不十分なのだ。

寝床に起き上がるのがやっとの状態を脱し、実直なジーバーズに支えられてまっすぐ立てるようになると、ジュリアンは危なっかしく最初の一歩を踏みだした。毎日少しずつ訓練するうちに、助けがなくても歩けるようになった。ララが出ていってから一週間後には、ケントに馬で向かう用意ができたと宣言した。気まぐれな花嫁を取り戻し、ロンドンに連れ帰って伯爵夫人として貴族のみなに紹介すると。

だがまだ、意志ほど体の準備はできていなかった。馬に乗ろうとしたところ、傷口が開いてしまい、少なくともあと三週間は乗馬を禁止すると医者から言い渡された。これで逆戻りしたが、ジュリアンに乗り越えられないものは何もない。残念ながら、我慢だけはあまり持ち合わせがなかった。

雪が降り出した。本格的な雪だ。ケントに向かう道は閉ざされ、交通も遮断されたためにジュリアンの出発も先へ延びた。雪になる前に自分の家に戻れたのはせめてもの慰めだった。ロンドもいっしょについてきていた。

ジュリアンはララが恋しかった。恋しくてならなかった。あのしなやかな体を抱きしめ、みずみずしい唇にキスし、愛し合ってははじけ散る彼女の体を感じなくなってから永遠のときが流れたかのようだ。ララはどんな思いで出ていったのだろう？　自分がいったい何を言い、何をしたために、彼女は祖父母のところに逃げ帰ってしまったのか。どんなに記憶をたぐっても答えは出てこなかった。

ララのことではいくつも愚かなふるまいをしたが、それが過去のものになるのをジュリアンは願った。わたしがどれほど愛しているか、彼女にはわからないのだろうか？　彼の心の盾を突き崩した女性は彼女だけだと気づいていないのか？　ダイアナをようやく眠りにつかせたと言ったつもりが、その言葉は彼女に届いていなかったのかもしれない。ならば繰り返し言うつもりだ。何度でも、ララが信じてくれるまで。

ジュリアンが回復に向かいかけているとき、ランドール卿が訪ねてきた。政府の諜報員《ちょうほういん》としてはもうご用ずみだと、卿はずばりと言った。スコルピオンの正体を知る人間が多すぎるのだ。ジュリアンとしても、スコルピオンを引退することに未練はなかった。あまりにも長いあいだ、危険ととなり合わせに生きてきた。今の望みは、妻とともにゆっくりと平和なときを楽しむことだけだった。

続く数週間、ララはほとんどの時間を馬車のなかで過ごした。火鉢で自分の食事をつくったり、ラモナやピエトロと楽しく語り合ったりした。荒れた天気のせいで、ロマの小さな集団は戸外でいっしょに過ごす喜びを奪われていたが、ララの暗い気分にはそれでちょうどよかった。

二週間。三週間。四週間。ときはゆるやかに過ぎていった。やがて絶望が、ララを包み込んだ。この悪天候では旅などできないし、ジュリアンもまだ完全に傷が癒えていないのだと、ラモナはそれとなく言ってきかせた。けれどもララにはわかっていた。ジュリアンが彼女を見つけ出したいと思ったら、何物も彼をとめることはできないと。それに、ララの行き先がひとつしかないことを知っているはずだから、居場所を探す手間もかからないはずだ。ジュリアンはわたしを見限ったのでは？　今度ばかりはわたしもやりすぎてしまったのだろうか？

ジュリアンは自分の書斎を歩きまわり、ロンドは椅子にくつろいでそんな彼を見ていた。「座ってくれよ、ドラゴ」ロンドは以前からの習慣で、ジュリアンをロマの名前で呼んだ。「見ているだけで、おいら疲れるよ。うろうろしたってこの天気は変わりやしないよ」

「うろうろしてもむだだとわかっているよ。だが、それでも少しは気がまぎれる。ラのことが心配だ。最後に彼女を見たときは元気そうではなかった。この前の試練がつらすぎたのではないかな。だからまともに頭が働かなくなっている。彼女が急に旅立った理由としてわたしに考えられるのはそのくらいだ」

あるいは、彼女がわたしを愛していないからか。今まで一度も愛したことはなかったのかもしれない。ジュリアンは心のなかで嘆いた。しかし、そんなふうに考えるのを自分に許さなかった。それならそれで、彼女は面と向かって言うべきだ。

「きみは馬に乗れるようになったか？　ロンド」ジュリアンはふいにきいた。「そうじゃなければ、天気が回復するまでここにいればいい」

「真冬に馬に乗っていきたいかっていうことなら、おいらの答えはいいえだな」ロンドは答えた。「あんたの家は居心地いいね、ジュリアン。もしかまわなければ、ここでもう少し静養させてもらいたいんだけどな」

「もちろん、そうしたければかまわない。きみが心地よく泊まっていられるようにファージンゲールに言っておこう。わたしはあすの朝いちばんに発つつもりだ」

ジュリアンは決然とした顔をして書斎から大股《おおまた》で出ていった。天気がよかろうが悪かろうが、ララを見つけ出し、彼女がどうなっているのか、この目でたしかめるのだ。そして、二度と彼のもとを去らないと約束するまで愛し合おう。

翌朝、日の出とともにジュリアンは出発した。夜のあいだに気温はぐんと下がり、粉雪が舞っていた。だが、彼はものともしなかった。ララのところに早くたどり着けば、それだけ早く彼女に会うことができる。

20

ララがロンドンの父親の邸宅を離れてから四週間が過ぎた。ジュリアンはほんとうに離婚の手続きを取ったのではないかと、ララは恐れるようになった。だとしたらつらすぎる。もう二度と立ち直れないだろう。けれども自業自得だ。ロンドンにいて、愛のない結婚でもいいからジュリアンといっしょに暮らそうと思えばできたはずだ。ジュリアンが結婚の解消をほのめかしたこともない。それほど気高い男性なのだ。だからといってララを愛してくれるわけではない。ジュリアンの愛もなく結婚を続けるという選択肢はララにはなかった。

誰《だれ》も愛を強いてはいけないのだ。愛は、思いがけないときに忍び寄るものだから。

ふと、別の考えが浮かんだ。ジュリアンが回復していないとしたらどうだろう？　何か予測のつかない事態になり、たとえば感染などで体が衰弱したのではないか。でも、ジュリアンの回復が思わしくないなら、父親が知らせてくれるはずだ。とはいえ、この数週間の道の状態を思えば、使いの者がここまでたどり着けるかどうかもわからない。ましてこの野営地を見つけるのは大変だ。

ララは決然と顔を引きしめた。もう一日たりと、ジュリアンの身に何があったのか知らずに過ごすわけにはいかない。できれば彼のほうから来てほしかった。けれども、こちらから彼のところへ行けないほど、ララの気位は高くない。彼が困っているならなおのことだ。

決心がつくと、ララはマントを探し、凍えるような空気のなかに出た。五センチは積もった雪のなかを、祖父の馬車まで行くと、扉を叩《たた》いた。すぐに返事があった。

「ララ、こんな夜遅く何をしているんだい？」ラモナがきいた。「体の具合でも悪いのか？　さあ、なかに入って温まりなさい」

ララは赤々と火が燃える火鉢まで行き、両手をかざした。

「お座り、ひよっこ」ピエトロが促す。「何か悩み事があるようだな。わしらに話したいのかい？」

「わたしがばかだったわ、おじいさん」ララは悲痛な思いで言った。「ジュリアンが回復するというたしかな保証もなく、あの人を置いてくるなんて。たしかにわたしが発ったときは具合がよさそうだったわ。すぐに回復しそうな感じだった。でも、見ただけではわからないときもあるわ。傷がまた悪化していたらどうしよう。わたしが出ていったために治りが遅くなっているとしたら？」

ラモナはピエトロとわけ知り顔でまなざしを交わし合った。「ジュリアンはよくなるよ、ひよっこ。わたしにはわかる。だけど、おまえは結婚のことで決心がついたようだね。ロンドンに戻りたいんだろう?」

「おばあさんはいつもわたしの考えがわかっているのね。ええ、ロンドンに戻るつもりよ。ただ、あそこまで行くのに手を貸してもらわないといけないけど」

「わしが連れていこう」ピエトロが言った。「天気がよくなったらすぐに」

「そんなに長く待てないわ」ララは訴えた。「数週間ぶりにお天気はよくなっているから、これ以上遅らせる理由はないわ。あすの朝には発ちたいの」

「おまえのお腹には赤子がいる」ピエトロは念を押すように言った。

「わたしは健康よ。短い旅ならなんの害もないわ」

ピエトロは指示を求めてラモナを見た。

ラモナはひとしきり、燃え盛る火鉢のなかをのぞきこんでから、まぶたを閉じた。体はじっと動かない。急に目を開けたかと思うと、彼女はほほ笑んだ。

「おまえの望みどおり、ピエトロといっしょにあす発てばいいさ。すべてうまく行くよ」

「ほんとうか?」ピエトロは納得しかねる様子できいた。

「わたしがそうじゃないと言いましたかね?」ラモナがやんわりとたしなめた。

ピエトロは一瞬、妻を見つめ、うなずいた。

「暖かい格好で行くんだよ、孫娘や」ピエトロが注意した。「あすの朝いちばんに発とう」

ララは祖父と祖母の両方に何度もキスをした。「ありがとう！　ありがとう！」感謝の言葉があふれ出る。「あすの朝、おじいさんの用意ができたらすぐ発てるようにしておくわ」

「しっかり寝ておくんだぞ」ピエトロが助言した。

身を刺す風のなか、ララは自分の馬車に急いだ。こんなに幸せな気分になったのは久しぶりだった。馬車のなかであれこれ考えながら待つのではなく、少しは前向きな何かができるのだ。

ララは服を脱ぎ、夜着をまとって寝床にもぐりこんだ。もうつわりはおさまり、食事も楽しめるようになってきた。まだお腹はふくらんでいないけれど、小さな心臓がいっしょに鼓動するのが感じられる気がする。

そんな喜ばしい考えとともにララは目を閉じ、眠りのなかに引きこまれていった。

翌朝、天気はたいして回復する兆しもなかったが、雪であれ、身を切るような寒風であれ、ララを引き止めるものは何もなかった。暖かい格好をと、毛織のペチコート、厚手のストッキング、ブーツにいちばん分厚いドレスを身につけ、仕上げに毛友のマントをまとう。ピエトロが二頭の馬を引いて現われたころには、用意はすっかりできていた。

ピエトロの手を借りてララは馬に乗った。そこへラモナが食べ物の袋を手に駆け寄り、その袋をピエトロが自分の鞍嚢《あんのう》に詰めこんだ。

「天気が持てば、日暮れ前にはロンドンに着けるだろうよ」ピエトロはそう言って、ラモナにしばしの別れを告げた。「わしらの孫娘が無事、亭主の手に渡るまで戻らないから、そのつもりでな」

「ありがとう、おばあさん、わたしのためにいろいろしてくれて」ララは言った。

「おばあさんたちがスコットランドに向かう前にまたここにこられるかもしれないわ」

「神さまがついていますように」ラモナは言い、手を振ってふたりを送り出した。

その日の前半は何事もなく過ぎた。ところが馬を休め、ラモナが用意したお昼をふたりで食べたころには雲が低く垂れこめ、恐ろしい勢いで雪が降り始めた。

「そろそろ吹雪をしのぐ場所を探さないといけなくなるな」ピエトロが空を見上げて言った。「この天気じゃ、夜までにはロンドンに着けないだろう。暗く足元のよくない道を馬で行くのは冒険が過ぎる。おまえの健康を損ねてもいけないからな、ひよっこ」

ララは不本意ながら、祖父の言うとおりだと思った。「どうすればいいかしら？」

「ここからそう遠くないところに宿がある。今夜はそこに泊まろう」

ララはその宿をよく覚えていた。〈スリー・フェザーズ・イン〉にはジュリアンと泊まったことがある。彼がララをロンドンから引き離そうとしていたときだ。あのときのことはララにとっていとしい思い出となっていた。

〈スリー・フェザーズ・イン〉にたどり着くころには、ララは寒さと疲れに襲われていた。地吹雪で道はほとんど見えず、宿の明かりも濃く白いもやを通してかすかに見える程度だ。ふたりは宿の構内に入り、ピエトロが手伝ってララを馬から下ろした。

「馬の世話をする人を見つけてくるから、おまえはなかで待っていなさい」

ララは言われなくてもそうしていただろう。ロンドンまでの旅を軽く考えていたが、思ったよりも体に負担だった。祖父が休むことにしてくれてありがたかった。彼女の判断に任されていたら、無理をして先を急ぐうちに鞍《くら》から落ちていたところだ。

ララは休憩室の暖炉のそばでぬくもった。部屋はがら空きだ。こんな夜に外に出る勇気のある旅人はめったにいないのだろう。ほどなくピエトロが現われて、部屋の手配をする声がララのところまで聞こえてきた。

「今夜、お部屋は選り取りみどりですよ」宿の主人が話している。「この天気じゃ商売上がったりでして」

「孫娘の部屋をひとつと、わしの分をひとつ頼むよ」ピエトロが言った。

「はい、うちの若いのを上にやって火をおこしておきましょう。お客さんとお孫さんの部屋が暖かくなるようにね。食事をなさりたいですか？」

「ああ、熱くて腹にたまるものを。こっちの暖炉の前でいただこう。温ワインを飲みながら待たせてもらうよ」

宿の主人が使用人に向かって矢継ぎ早に指示するあいだに、ピエトロがララのそばに来た。「もうすぐ温かい食事にありつけるぞ、ひよっこ」ピエトロは言った。「おまえもくたくたのようだな」

「あまりお腹は空いていないのよ、おじいさん。すぐに寝床に行くほうがいいわ」

「食べさせもしないでおまえを寝床に行かせたら、ラモナが許してくれんよ。今、おまえはふたり分食べなきゃならないんだからな。それに、今火をおこしているところだから部屋が暖まるまでしばらくかかるだろう」

冷え冷えとした部屋で着替えをしたくないので、ララは温ワインを飲みながら時間をつぶした。そのあいだに食事が用意された。運ばれてきた料理はあまりにも食欲をそそり、ララは驚くほどの勢いでかぶりついた。やはり空腹だったのだと気づかされながら、ミートパイのおいしい一切れをかみしめた。食事の締めくくりは、シナモンとレーズンがたっぷりのアップルタルトだった。ララはお腹を満たして椅子《いす》にもたれ、ため息をついた。

ピエトロがにやりとした。「腹は空いてないのかと思ったがね」

「わたしもそう思っていたけれど、お料理のにおいで食欲が戻ったの。もうわたしたちのお部屋は暖まっているかしら?」

「上に行きなさい、孫娘や。わしは暖炉のそばにもう少し座ってワインを飲んでしまうよ。おまえの部屋は階段を上がって右側の一番手前だ。わしの部屋はそのひとつ先にある。ドアに錠をかけないでおきなさい。わしがあとで様子を見にいくからな」

ララは祖父の頰《ほお》にキスをした。「お休みなさい、おじいさん」

ジュリアンは自分の悪運を呪《のろ》った。そのせいでララから引き離されているのだ。ロマの野営地になんとしても今晩のうちにたどり着くつもりが、天気が寄ってたかって邪魔をした。刺すような雪が容赦なく吹き荒れ、積もった雪で道もろくに見えない。いらだたしさに歯ぎしりをしながらジュリアンは思った。今夜、これ以上進めば、手足どころか命まで危うくなりそうだ。

ここはよく通る道なので、前方のどこかに〈スリー・フェザーズ・イン〉の大きな建物があるのは知っていた。ララとあそこに泊まったのを思い出し、ジュリアンの口はひとりでにほころんだ。今となれば、はるか昔の出来事のように思える。あれからほんとうにいろいろなことがあった。

遠くでまたたく〈スリー・フェザーズ・イン〉の明かりが見えるころには、ジュリアンの爪先《つまさき》も指もかじかんでいた。明かりがなければ、宿がそこにあるとも知らずに通り過ぎていたかもしれない。それほど激しく雪は降りしきっていた。

宿の構内に乗り入れ、馬を裏手の厩舎《きゅうしゃ》まで連れていく。誰も見当たらないので、自分で馬の世話をした。そのとき、厩舎のなかにはほかに二頭しかいないことに気づいた。

ジュリアンは宿のなかに入り、雪をケープから振り落とした。宿の主人に挨拶《あいさつ》したあと、休憩室で燃え盛る暖炉までまっすぐ行くと、炎に手をかざし、頭巾《ずきん》を後ろに押しやった。部屋の隅で何か動くものが目に入り、少しそのほうを向く。ピエトロの姿を見たときは口もきけないくらいだった。ふたりの男はひとしきり、互いを見つめた。ようやくジュリアンは声が出せるようになった。

「ピエトロ！　こんな夜にここでいったい何をしているんです？　人間はおろか、獣さえ出歩かない夜ですよ」

「同じことをお尋ねしようとしていたところですよ、閣下」

「わたしは妻を引き取りにあなたの野営地に向かうところでしたが、このひどい天気でやむなく、一晩の宿を取ることにしたんです。ララはどうしていますか？　説明も何もなく、彼女はわたしを置いていきました」彼の瞳《ひとみ》が強い光を放つ。「ララに会ったら、とくと話をするつもりです」

ピエトロは奇妙な目をした。「これは信じられん」

ジュリアンは眉《まゆ》を寄せた。何か聞き逃したことがあるのだろうか？　「これとは何です？」ふと、恐ろしい考えが浮かび、心配そうにきく。「ララはあなたの野営地にいるんでしょう？」

「実はおりませんのじゃ」ピエトロは答えた。

恐怖がジュリアンの胸を襲った。「何ですって？　ララがどこに行けるというんですか？　ああ、大変なことだ。妻が行方不明になった！　ララはあなたやラモナといっしょにいるとばかり思っていたので、さほど心配はしていなかったが。こうなると、どうしたらいいのかもわからない」

ジュリアンはあたりをうろつき始めた。

ピエトロはかわいそうになって言った。「ララの居場所ならわかりますよ」

ジュリアンはくるりと振り向いた。その顔は不安にこわばっている。「言ってくれ！　わたしの妻はどこにいる？」

「上の階に。右側のいちばん手前の部屋。ドアの錠はかかっておりません」

ジュリアンは言葉を失った。声もなく口を動かしたあと、言葉があふれ出た。「ララがここに？　こんな天気に？　どうかしてしまったのか？」

「あなたを愛するあまりでしょうな」ピエトロは含み笑いしながら答えた。「ラモナはきっとわかっておったんでしょう。あなたとララがこういう形で会うと。でなければ、この天気のなか、ララを行かせたりはしなかった。わしの女房は賢い女だ」

「たしかに」ジュリアンは認めた。「しかし、こんな天気の日に旅などしてはいけない。よくなるまで待てないほどララが行きたい場所とはどこなんです？」

「その答えはあなたならおわかりになるはずだ」ピエトロはたしなめた。「ララはロンドンのあなたのもとへ行こうとしておったんですよ。あの子はずっと落ち着きがなく、あなたが治り切らないうちに出ていったことを後悔していた。あなたの容態がまた悪化したんじゃないかと恐れてね。だが、この天気でわしらも先へ進めなくなり、どこかでしのがなくてはならなくなった」そこでまた含み笑いする。「運命とは不思議なやり方で人を引き合わせるものですな」

「運命にせよ、愛にせよ」ジュリアンは小声でつぶやいた。

「ご自分の女房のところへ行きなされ、ジュリアン。宿の主人にはわしから説明して、何もかも手配しておきましょう」

「ええ」ジュリアンはかすれ声で答え、階段を上り始めた。

ララの部屋の前まで行くと、取っ手をまわした。ドアは音もなく開き、ジュリアンはそっとなかに入った。ナイトテーブルの上にはろうそくが一本ともり、その明かりで充分、寝台にいるララの姿が見分けられる。ぐっすり休んでいるようだ。ジュリアンは背後のドアを閉め、寝台に近づいた。身をかがめ、なめらかな額にキスをする。ララはため息をついたが、目は覚まさない。そんな彼女を見つめながら、ジュリアンの胸には愛が満ちあふれた。眠っているララは無邪気な子供のようで、この世になんの心配もなさそうに見える。

ララを幸せにすることに残り一生を捧《ささ》げたい。彼女を守り、子供を授け、永遠に愛したい。だが、ジュリアンは経験からわかっていた。大切なものは簡単には手に入らないと。

ララを起こすのはあまりに不憫《ふびん》だと、ジュリアンは寝顔をながめながら思った。さりとて、彼女から離れるつもりもない。それに、この寝台は拒むに拒めないほど寝心地がよさそうだ。ジュリアンは口元に笑みを浮かべながら、服を脱ぎ始めた。

ララの夢はとても生々しかった。抱きしめるジュリアンの腕が肌に感じられるほどだ。その髪と肌から松林のにおいまでしてくる。まるで、凍りつく外の寒さをおびて入ってきたばかりのように。ララはため息をつき、さらに身を寄せて、彼の冷えた体を自分のぬくもりで包みこもうとした。

それにしてもなぜ、彼の肌はこんなに冷たいの？

ララは目を開け、夢ではないとわかって驚いた。生身のジュリアンがこの寝床にいる。彼女は緊張し、それから名を呼んだ。

「ジュリアン。来てくれたのね」

「どうして来ないと思った？　天気が味方をしてくれれば、もっと早く来ていたところだ」

ララは彼の胸に両手を押し当てた。「すっかり冷え切っているわ」

「ひどい寒さのなか、馬を走らせてきたのでね。わたしに会えてうれしいかい？」

重たい沈黙があった。「なぜここに来たの？　わたしが勧めたように離婚の手続きをしたの？」

「きみはほんとうにそうしたいのか？　話してくれ。なぜわたしに相談もなくロンドンを去った？　あのつらい試練で心がぐらついたのか？」

「わたしの心には一点の曇りもないわ。わたしが疑問なのはあなたの心なの。もっとはっきり言えば、わたしに対するあなたの気持ちよ」

「わたしたちは一心同体だと、どうしたら納得してくれるんだ？　きみを愛しているのはたしかだよ」

大きなため息がもれた。「それが……たしかではなかったのよ」

「では、きみを納得させよう」

ジュリアンは片肘《かたひじ》をついて身を起こした。一筋の月光が、彼の張りつめた表情を浮かび上がらせる。ララを強く求める気持ちがそこにくっきりと現われていた。ララは目を閉じ、彼のキスを待った。唇が触れ合うと、喜びが突き上げた。上等なワインのごとく甘美で心酔わせる喜びが。最初は優しいキスだった。しばらく彼は羽のように優しくララの唇をかんでいた。けれどもその状態は長く続かなかった。

舌先で唇をなぞり、ますます情熱的なキスを始めた。やがてララの体から力が抜け、骨までとろけた。彼のキスは深くなった。焦がれるように、まさに魂の奥まで入りこもうとするように。ララは彼のなかに溶けこみたかった。彼を自分の芯《しん》のなかへ吸い寄せたい。ジュリアンは唇をななめに重ね、彼女の顎《あご》を傾がせて口を開けさせようとする。ララは熱心に従った。今度は頬のなめらかな線に舌を這《は》わせて、いたずらっぽくもてあそんだ。ララの体に熱気とうるおいがあふれた。

彼女は両手をジュリアンの胴にさまよわせ、かろうじて癒えた傷に優しく触れた。彼は頭を起こし、こちらを見下ろした。熱い息がララの額や頬、唇に吹きかかる。

「ほんとうにわたしを愛しているの？　ジュリアン」ララはささやいた。「道義心からここにいるんじゃないのね?」

「わたしがここにいるのは、きみがわたしの妻だから。きみを愛しているからだ」

「このわたしを愛しているの? ダイアナはどうなったの?」

「ダイアナはもういない」ジュリアンはきっぱりと言った。「ダイアナはわたしの過去、きみはわたしの未来だよ」

「でも、あの倉庫であなたは言ったわ――」

「何を言ったのかはっきりわからないが、自分が言うつもりだったことはわかる。明らかにきみはわたしの言葉を誤解して、間違った結論を出したんだな。きみはわたしから何を聞いた?」

ジュリアンが倉庫に駆けこみ、ジャッカルに撃たれた日のことをララは思い返した。あのときの彼の言葉はまだ頭のなかに生々しく残っている。

「あなたはこう言ったのよ。わたしたちの結婚のことはすまなかったと。愚かな考えからそれが続くと思っていた。ダイアナのことが忘れられない。それから言ったわ」

その言葉はララの喉《のど》を締めつけた。「わたしに対する気持ちは愛ではなかったと」

ジュリアンは眉間《みけん》に深くしわを寄せた。「きみに対する気持ちを言いたかったことは覚えている。きみのこと……わたしたちのことをどう思っているか……しかし、そういう言葉を口にした記憶がないんだ。わたしが言いたかったのはこうだよ。わたしたちの結婚を最初から受け入れようとしなくてすまなかった。愚かな考えから、きみを愛することはないと思っていた。わたしのやり方が間違っていたことをきみに教えられた。きみに対する気持ちは前も今も変わらない。それは永久に続く愛だと」

「ああ、ジュリアン」ララは喜びにあふれた声をあげた。「たまらないほどあなたを愛しているわ」

「わたしを許してくれ。もっと前から言うべきだったよ。どれほどきみを愛しているか」

「わたしがどうしても知りたかったのはそれよ、ジュリアン。あなたの口からその言葉を聞かなくてはならなかったの。このところ……わたしはとても心が弱いから」

「わたしの奔放なロマ娘が弱い？　まさか！　今、ここにいること以外、何もかも忘れよう。残りの一生をわたしたちはともに生きるんだ。きょうがその始まりだよ。きみと愛し合うことで第一歩を踏み出したい」

ジュリアンはふたたびキスをした。そしてまた、もう一度。ララの口にも鼻にも顎にも。彼女は喜びに震えた。彼はもどかしげにララの夜着を引っぱった。「両腕を上げて。きみのすべてが見たい」ララが腕をさっと持ち上げると、彼は夜着を頭から脱がせた。「このほうがずっといい」

ジュリアンの息が胸のふくらみにかかる。胸の先にはざらつく指の腹が感じられる。

その頂を彼が口に含むと、ララはおののきながら息を吸いこんだ。ベルベットのようなつぼみが口のなかへ深く吸いこまれる。流れるような動作で彼がもう一方の胸に口を移し、優しくかんでは舌で慰めた。ララはすすり泣きの声をもらし、のけぞった。ふいにジュリアンが頭をもたげ、彼女の目をのぞきこみ、みだらなまでの笑みを浮かべた。

ジュリアンは柔らかな内ももに口を押し当て、歯を立てながらゆっくりと上に向かった。ララの胸は不規則に上下している。彼の口が女の塚をおおった。ララの腰が突き上げられ、背中が弓なりになる。彼女はすすり泣き、ジュリアンの髪に指を絡ませ、さらに引き寄せようとした。彼は喜んで応じた。なめらかなひだのなかへ舌を深くすべりこませ、奥に隠れた小さな果実を味わう。ララは何も考えられなくなり、乱れた。むさぼるように吸い、くまなくまさぐる舌と口が彼女を否応なく解放へと駆り立てる。体のすみずみまで稲妻が走り、目もくらむばかりの光がまぶたの裏で炸裂《さくれつ》する。ララの全身が高まる波にのまれ、ついに瀬戸際までのぼりつめて内側から砕け散った。あふれ出る声が大きく響く。引きつるような震えが押し寄せ、彼の口が魔法をかけている敏感な場所に全身の感覚が集中した。

やがてゆっくりとわれに返り、ララは目を開いた。上からのぞきこんでいるジュリアンの硬い体は汗にまみれていた。ララはほほ笑みかけた。「わたしの番よ」そう言って彼を押しやり、仰向けにする。

彼の震えが伝わり、ララは女としての充足感から何でもできそうな気がした。このたくましく力強い男性が自分の下でおののいていると思うと、それだけでめくるめくような喜びがわく。彼の情熱は、強いお酒以上にララを酔わせた。

口元に笑みを漂わせながら、ララは彼の体に添ってわが身を下へずらした。彼の欲望を両手でとらえると、鋭く息を吸いこむ音が聞こえた。彼女は両手のなかのものを口に運び、太い先端にキスをした。ジュリアンが喉の奥から苦悶《くもん》と喜びが入り混じった声をもらす。彼はララの髪へ指をさし入れ体のなかで満ちる情熱をきつく抑えこもうとした。ララはその感覚を楽しみ、彼の塩辛い味を堪能しながら口のなかに含んだ。深く……さらに深く……。

彼のこわばりが感じられた。低いうめき声をあげ、ジュリアンは彼女のウエストをつかんでぐいと持ち上げた。「もういい。きみのなかにどうしても入りたい」

ララは心から応じ、彼の太い欲望に向けて腰をくねらせた。ララの太もものあいだから熱いしずくがあふれ出す。胸の先を彼の歯がつまむと、ララは声をあげた。今は懸命に、愛し合うもの同士にしかわからないあの場所へたどり着こうとしていた。

ジュリアンはララの奥深くまでするりと入ってきた。ララがかすかに身をよじり、いっそう深く彼を取りこむとジュリアンが激しく荒々しく動き始めた。ララは腰を傾け、彼が突いてくる動きに合わせた。彼が与えてくれるものを何もかも、いや、それ以上を求め、欲していた。

急に彼がふたりの体を反転させ、ララの上になった。ララの両手が震えながら彼の肩を離れ、引きしまった背中から硬いお尻《しり》へと行く。ジュリアンが身をこわばらせるのを感じ、ララは盛り上がった筋肉に指を食いこませた。ジュリアンは彼女の脚を持ち上げ、自分の腰に巻きつけると、わが身を前に突き立てた。ララは両脚をきつく締めつけた。

「おいで、愛する人《マイ・ラブ》。今すぐ、わたしのもとへ」

彼の言葉に鼓舞され、ララは頂上を飛び越えた。細い体が忘我に継ぐ忘我の波に揺さぶられた。そして嵐《あらし》の岸辺に高波が打ち寄せるように荒れ狂い、すばらしく満ち足りた気分で砕け散った。

ジュリアンは彼女の口を自分の口でふさぎ、歓喜の声をのみほした。ララの身体が強く引きつり、怒張した彼自身を鞘《さや》が圧迫する。もう、これ以上は耐えられない。彼は身をこわばらせ、ララの上でのけぞった。その身体は強くたくましく、汗にぬれている。雄叫びとともに、彼は本能に身を任せた。腰をまわしながら彼女のなかへ深く激しく押し入る。そして強烈な絶頂を迎えた。

自分の種をほとばしらせる寸前にジュリアンは理屈に合わないことを思った。彼とララはもはや、別々のふたつの生き物ではなくなったと。ほかのどの女性にも感じたことのなかった情熱と、自分にあるとは思いもしなかった愛が結びつき、ふたりは身も心もひとつになったのだ。

果てたあと、ジュリアンはララの上に身を沈めた。満たされ、力尽きていた。それでもなんとか体を動かし、片側に転がった。ふたりの体は今もしっかりと結ばれていた。

「きみを愛している」ジュリアンはささやいた。「もう二度と疑わないでくれ」

「わたしも愛しているわ、ジュリアン。疑ったりしてごめんなさい」

「きみを傷つけるようなことは金輪際言わないよ」

「もうそのことは忘れたわ。きょうという日が、わたしたちの結婚の真の始まりよ」

ジュリアンは彼女の首に頰ずりした。「いい言葉だ。わたしは政府の職を退き、残る一生をきみとこの結婚に捧げるつもりだよ。それと、子供たちにも。神が息子か娘を授けてくださるならだが」

ララが急に身を固くした。今度は何を言って彼女を困らせたのかとジュリアンは思った。

「あなたは子供がほしいの？　ジュリアン」

重苦しい間《ま》が空いた。「ダイアナが亡くなったあと、ひところは思ったものだ。妻も子供ももうほしくないと。人生はあまりにもはかない。ダイアナとまだ見ぬわが子を失って、わたしはつぶれてしまいそうだった。大切な女性と、自分が身ごもらせた子を死なせてしまったのだから。その責任を思うとたまらなかった。二度と結婚はしない、子供もつくらないと心に誓った。そこへ現われたのがきみだった」

「わたしの質問にまだ答えていないわ。あなたは子供がほしいの？」

ララを抱く彼の腕に力がこもった。「きみに子供を授けたいよ、ララ。何人でも、きみが望むだけ。どの子もきみと同じくらい、かけがえのない存在になるだろう」

ララの体におののきが走る。出産を恐れているのだろうか。「なんであれ、きみに痛い思いはさせたくないんだ、かわいい人《スウィーティング》。産むのが怖いのなら、どうしても跡取りをもうけてほしいとは言わないよ。もとのようにシンジンの息子が跡取りになればいいことだ」

ララの震えがちなため息が彼の頬をかすめた。「弟さんのご子息をあなたの跡取りに指名する必要はないわ。ああ、ジュリアン、わたしはすでにあなたの跡取り息子を宿しているのよ」

ジュリアンはしばらくララの言葉がのみこめなかった。やっと理解すると、言い知れぬ喜びが胸に突き上げた。「きみは身ごもっているのか！」

「ええ、そろそろ四カ月になるわ」

ジュリアンは身震いした。ほんとうにもう少しで妻と子を失うところだったのだ。そう気づいて胸が激しく鼓動する。「すると、身重の体できみは誘拐されたわけだ！」彼は叫んだ。抑えた感情で声が震えている。「わたしの子を宿しながら、あの恐ろしい試練をくぐり抜けたとは。ああ、どうやって耐えられたんだ？ 妊娠のことをなぜスコットランドで言ってくれなかった？」

「はっきりしてから言いたかったのよ。それに、わたしとの子供をあなたがどう感じるのかわからなかったから」

ジュリアンは探るような目をした。「ロンドンを離れる前に言ってくれてもよかったはずだ」

「怒らないで、ジュリアン。あなたに黙っていたことをラモナに叱《しか》られたわ。でも、あなたにはわたし自身を求めてほしかったの」

「きみは追いかける値打ちのない女性だとわたしが判断していたらどうなった？ 離婚の手続きを始めていたら？ それでも子供のことをわたしに話していたかな？」

「さっきも言ったけれど、この子はあなたの息子なのよ、ジュリアン。わたしが宿しているのはあなたの跡取りだとラモナが言っていたから」そこでララは目を伏せた。

「正直に答えると、そんな先のことまで考えていなかった。あなたが追ってきてくれることをひたすら願い、祈っていたわ。離婚したあとで話すかどうか、そういう決心もしなくていいように」

ララの最初の言葉しかジュリアンの耳には入っていなかった。「きみはわたしの跡取りを宿しているって？　息子を？　たしかなのか？」

ララは謎《なぞ》めいた笑みを浮かべた。「ラモナが間違うことはめったにないの。でも、万が一、間違っていたとしても、わたしたちの子供のひとりは必ず男の子になるわ」

「息子でも娘でもかまわない。わたしは同じようにその子を愛すよ」無念そうにため息をつき、ジュリアンは彼女から身を引こうとした。「母親になる女性は体を休ませないといけないいな」

ララの両腕が彼に巻きつく。「わたしは疲れていないわ。それに、あなたは今もわたしのなかで硬くなっている。もう一度わたしと愛し合って、ジュリアン、お願い」

「わたしたちには残り一生分の時間があるんだよ」

「今夜からね」ララはからかうように言い、誘惑するように腰をくねらせた。

彼の体のすみずみまでが急に活気づいた。ジュリアンは張りつめ、ふくらみ、ララの心地いい鞘のなかできつくとらえられるのを感じた。彼女は熱くぬれ、しきりに求めている。彼は硬く太くなり、いつでも用意ができている。今夜、ふたりはともに星に手が届いた。

二日後、晴れ間がのぞいたので、ララとジュリアンはふたりだけの楽園となった部屋を出た。ピエトロに別れを告げ、ララが旅のできる体ではなくなる前に野営地を訪れると約束した。

「この宿のことは一生忘れないわ」〈スリー・フェザーズ・イン〉を馬であとにしながら、ララは名残惜しげに言った。「ご主人は変に思ったでしょうね。わたしたちが二日間、一歩も部屋を出なかったから」

ジュリアンはいたずらな笑みをララに向けた。「わたしはきみから片時も目を離さないつもりだったよ。ピエトロが主人に言っておいたそうだ。ふたりは新婚なので食事もお湯も同じ部屋に用意するようにとね」

「父に早く会いたい気持ちがなければ、あと一日二日のんびりしたらどうかと提案していたかもしれないわ」

「ふたりだけの時間はこれからもたっぷりあるよ、いとしい人、必ずそうなるようにする。今やわたしの人生の中心は、きみと、そしてわが子たちだからね」

その日の午後遅く、ふたりはロンドンにたどり着いた。空はどんよりとした灰色をしており、弱々しい日光が雲間からやっともれている。だが、ララにとってはうららかな美しい一日だった。

「まず、わたしの父に会いに行ってもいいかしら?」ララは期待をこめてきいた。

「きっとわたしのことを心配しているわ」

「そうだね。発つ前にお父上と話をしたとき、きみをロンドンまで連れて戻ると言っておいたんだ。ほんとうに疲れすぎてはいないね? まずひと休みしたほうがいいのではないかな」

「わたしは身重だけど、ジュリアン、病気ではないわ。大丈夫よ」

いくらもたたないうちにふたりはスタンホープ邸の玄関ドアの前で馬をとめ、ドアを叩いた。ジーバーズがすぐに開けた。

「レディ・ララ! お帰りなさいまし。父君は書斎にいらっしゃいます。お嬢さまに早くお会いになりたいでしょう」

「ありがとう、ジーバーズ。ジュリアンといっしょに知らせにいくわ」

ララはノックもせずに書斎に飛びこんだ。「お父さま、ただいま!」

スタンホープははじかれたように立ち上がり、両腕を広げた。ララはそのなかに駆けこみ、父親の腕に包まれた。「ララ! ああ、よかった。おまえのことが心配でならなかったよ」

「わたしは何ともないわ、お父さま」

「マンスフィールドと仲直りしたのかね?」

ララはジュリアンに笑顔を向けた。「ええ、そうよ。実はわたしたち、幸せいっぱいなの。結局、わたしがジュリアンの言葉を誤解していたのね。お父さまの言うことを聞くべきだったわ。ジュリアンはわたしを愛してくれているのよ、お父さま」

スタンホープの顔が輝く。「だから言ったじゃないか。マンスフィールド、娘とのことが何もかも丸くおさまってよかったな。諜報員《ちょうほういん》としての仕事も終わったことだし、身を落ち着けてわたしに孫のひとりやふたり、授けてはくれないか」

ララとジュリアンは意味ありげなまなざしを交わした。それからララはくすくす笑い出した。「もう子供ができたのよ、お父さま。わたしはジュリアンの跡取りを宿しているの」

スタンホープの口があんぐりと開いた。「跡取りを? ああ、わかったぞ。おまえのおばあさんがすでに予言ずみなのだな。おまえとジュリアンの子供は息子だと」

ララはほほ笑まずにいられなかった。自分の腹部に片手を置く。「ええ、おばあさんが言うには、この子は男の子ですって。おばあさんが間違うことはめったにないのよ」

ジュリアンがララの背後に来て両腕をまわし、引き寄せた。「息子でも娘でもかまわない。両方つくる時間はありますからね」彼女の頭頂にキスをする。「さて、よろしければ、これからララをわが家に連れていきます」

「わが家」ララはそっと繰り返した。「ええ、そうね。わが家に行きましょう」

手に手を取り、ふたりはスタンホープ邸をあとにした。末長く続く日々、その一日目を飾るために。

エピローグ

スコットランド、一七七〇年

雲ひとつない空に日が高くのぼり、さわやかな風に乗って、野の花のにおいが漂ってくる。山並みとヒースがおおう野原を背に、グレンモア城はいにしえの番人のごときたたずまいを見せていた。城の内郭では子供たちの笑い声やおとなたちの話し声が響いている。キルトに縁なし帽の氏族民に混じって、イングランドの客人たちの姿もある。一族が集まっているのは、氏族長クリスティ・マクドナルドの誕生日を祝うためだ。

内郭に出された長テーブルに、ララはやまうずらのローストがのった大皿を置き、肉料理のとなりにパンのかごを配しているクリスティと笑みを交わした。

「この食べ物の山なら、軍隊でもまかなえそうね」ララは冗談まじりに言った。

クリスティはおかしそうに目をくるりとさせた。「ハイランド人の食べっぷりを見たことがある?」

ジュリアンがぶらぶらとふたりのそばにやってきた。肩には小さな娘をのせている。

「チャーリーを見かけなかったかい?」ジュリアンはきいた。

「うちの坊やなら、いとこの女の子のひとりに愛想をふりまいているところかもしれないわ」ララは言った。「ほんとうに隅に置けない子なんだから。第二のシンジンになるんじゃないかしら」

ジュリアンは天を仰いだ。「どうか、それだけは」

「シンジンは心を入れ替えたのよ」クリスティがふたりに念を押した。「夫としても父親としても、これ以上は望めないほどだわ」

「下ろして、パパ」ジュリアンの肩にのった小さな女の子が甲高い声でわめいた。

「リジーと遊びたい」

「エマのリジーは愛くるしいお嬢ちゃんね」クリスティが言う。「リジーのお兄ちゃんのトレバーは、うちのナイアルとお宅のチャーリーに勝るとも劣らないやんちゃ坊主だし。この分だとゴーディはどうなるのかしら。まだ幼いからおいたはできないけれど」

ジュリアンはセレナを肩から下ろした。セレナの名はララの母親にちなんでつけられた。その子が走り出す前に、ララはひと言注意した。「ドレスをきれいにしておかなくちゃだめよ、セレナ。きょうはすでに一回、お着替えをしているんですからね」

セレナはしかめ面をした。「リジーはきれいなときなんてないよ」

「セレナの言うとおりだわ」クリスティはくすくすと笑った。「リジーもセレナもそしてうちのアルシアも、手に負えないおてんばさんね。シンジンが言うには、アルシアはあの人が初めて会ったときのわたしを思い出させるんですって。あら、噂《うわさ》をすればで、シンジンが来たわ。バグパイプのことで相談しなくては。ロリーとギャビンが、誕生ケーキが運ばれてくるときにバグパイプを演奏させたいそうなの。でも、バグパイプの演奏は法で禁じられてるのよ」

「わたしなら気にしないね」ジュリアンは言った。「キルトも違法だが、氏族民はみな、シンジンまでが身につけている」

「それでも念のため、禁止令のことをシンジンに言っておいたほうがよさそうだわ。ちょっと失礼」

「スコットランドに戻れてよかったわ」クリスティが遠ざかると、ララはジュリアンに言った。「里帰りしたような感じがして。父とアマンダおばさまもいっしょに来てくれてうれしいわ」

ジュリアンはにやりとした。「アマンダおばを説得してハイランドまで旅させるのはかなり大変だったよ。おばの考えでは、ハイランド人は野蛮人だからね。でも、ひとつところで子供たち全員に会えるのなら、この田舎まで不快な旅をする甲斐《かい》があると納得したんだ」

「おばさまも今は楽しそうね」ジュリアンの昔気質のおばがエマ、ルディと熱心に話しこんでいるほうを指してララは言った。「覚えているかしら。エマがルディと結婚したとき、あなたはひどい怒りようだったわ。ルディが改心してよき夫になるはずがないと思ったのね」

ジュリアンはうなずいた。「わたしが間違っていたよ。あの男に対してあまりにも点が辛すぎた。ありがたいことに、きみが考えを正してくれたが。実際、ルディはりっぱな夫になってみせた」彼は手をさしだした。「散歩しよう。大勢の目の届かないところできみにキスしたくてたまらなくなったよ」

ララはいたずらっぽくほほ笑み、夫の手に自分の手を置いた。「わたしは身重ですからね、閣下。お行儀に気をつけて」

「きみは輝いているよ」ジュリアンは妻の手を引いてその場から離れながら言った。「美しいのはいつものことだが、わたしの子を身ごもっているときはことのほかうるわしい。だが、これで最後にしよう。出産は楽な仕事じゃない。子供をあまりたくさん産みすぎると、体に障るかもしれない」

この瞬間ほどジュリアンに愛情を感じたことはないとララは思った。もっとも、いつのときも狂おしいほど彼を愛しているのだが。

「こうしてみなを勢ぞろいさせるために、シンジンは手を尽くしてきたよ」ジュリアンは話題をもとに戻して言った。「そのためには、クリスティの誕生日はまたとない機会だった。これは最高の親族会になるだろう。エマとルディ、その子たちも加わってくれてよかったよ」

「ええ。ラモナとピエトロも近くで野営していることだし、文句のつけようがないわ。めいっ子、おいっ子たちが知り合えるのもいいことね。シンジンとクリスティはロンドンに来てもあまり長くは滞在してくれないし。うちの子たちは親戚《しんせき》の顔もよくわからないくらいだったわ」

手をつなぎながらふたりは入り江を見下ろす崖《がけ》まで歩いた。そこでジュリアンはララに両腕をまわし、彼女の大きなお腹が許すかぎり抱き寄せてキスをした。

「やれやれ」キスをひとまず終えてジュリアンは言った。「一日中、こうしたかったよ。また愛し合えるときまで待ち切れないくらいだ」

「わたしもよ」ララは瞳《ひとみ》をきらめかせた。「妊娠でいちばんつらいのは、思うように近くに寄れない数週間だわ」

ジュリアンは思わせぶりな笑みを浮かべた。「心配しないで。産後の体が回復したらすぐに、埋め合わせをするよ」

彼はまた唇を重ねた。長く激しいキスが続きララはあまりの彼の熱意に笑いがこみ上げるほどだった。「一日中、ここに立ってあなたとキスしていたいところだけど、ジュリアン、わたしがいないとクリスティが困るわ」

「そうだな」ジュリアンはため息をつき、ララの体を城のほうへ向けた。「また宴に加わるとするか」

戻ってみると、混乱のきわみだった。子供たちは小さなつむじ風となって走りまわり、子供たちを落ち着かせようとおとなたちは大わらわだ。子供たちの元気いっぱいのいたずらに、ジュリアンもララも声をあげて笑った。

「見てごらん」ジュリアンは感嘆して言った。「これほど姿のいいひなの群はこの世のどこにもいないよ。シンジンのナイアルは父親譲りの黒髪、アルシアはあの年頃《としごろ》だったときの母親とそっくりの赤毛で手のつけられないはねっ返りだ。ゴーディ坊やもすでにクリスティとシンジンをふりまわしている」

「エマとルディのところのふたり組も愛らしいわ」ララが言った。「それに、いとこたちに負けないほどいたずら好きね」

「うちのふたりもいたずら好きだというのかい？　かわいい人《スウィーティング》」からかうようにジュリアンが言う。「チャーリーは五歳にしてはとてもしっかりしている。伯爵位を継ぐことがすでにわかっているんだ」

ジュリアンの目が自分の娘を捜し出した。ララもあのくらいのときはセレナのようだったのだろう。あふれんばかりの黒い巻き毛で、まなじりの上がった黒い瞳に、魅力的な笑みをたたえた自由奔放なロマ娘《こ》。生き生きとしたわが娘は結婚して落ち着くまでに、数え切れないほどの男の心を盗むのではないか。そんな心配はあるものの、今はただゆっくりとひなが育つのを楽しみたかった。

彼は視線をララにとめた。三人目の子供はまた男の子だとラモナは予言している。さっきララにも話したように、これが最後の子になるだろう。ララの人生を子供以上のもので満たしてやりたいからだ。シンジンも同じ考えらしく、このくらいの大家族で充分満足だと言っている。

彼の強いまなざしに気づいたのか、ララがほほ笑みかけた。「何を考えているの？」

「わたしはこの世でいちばん運がよくて……幸せな男だと思っていたところだよ。神が与えてくれたものを肩肘《かたひじ》張らずに楽しむすべをきみが教えてくれた。名誉も義務もけっこうだが、夢はそれでできているんじゃない。きみと子供たちがわたしの夢なんだ、わたしの命、わたしの未来だよ、ララ」

ララは顔を輝かせ、彼の唇にキスをした。「それは、あなたがそういう人でいてくれるごほうびよ。女性が望みようもないほどのよき夫であり、よき父親でいてくれるから。あなたはいつもわたしを喜ばせてくれるわ、ジュリアン」

「決してそれをやめないよ」

彼がやめることはなかった。

訳者あとがき

歴史ロマンスの大ベテラン、コニー・メイスンによる初のハイランドもの『偽りの一夜は罪の味（A Taste of Sin）』は、もうお楽しみいただけましたでしょうか？

今回お届けする『偽りの誓いに心乱れて（A Breath of Scandal）』はその続編に当たりますが、三年後の設定で、ストーリーも独立しています。前回のヒーローであるシンジンの兄、マンスフィールド伯爵ジュリアン・ソーントンが主役を飾っています。「罪な閣下《ロード・シン》」として名を馳《は》せた放蕩《ほうとう》貴族の弟とは似ても似つかない堅物紳士の彼ですが、実は十年前から英国政府の諜報員《ちょうほういん》としてひそかに活動しています。ところが五年前、彼が追っている密輸組織の黒幕のしわざで大切ないいなずけを失ってしまいました。それからの五年間、ジュリアンはこの敵をとらえ、彼女の仇《かたき》を討つことだけを考えて生きてきました。

そして今、敵の正体を暴く一歩手前で逆にとらえられ、決死の脱出をはかります。流れついたスコットランドの浜で彼を見つけるのが、ロマの血を引く美しい娘、ララ、この物語のヒロインです。ララは瀕死《ひんし》の男性をロマの野営地で介抱し、敵の一味が捜しに来たときは自分の夫だと言ってかくまいます。ここのロマの人々の目から見れば、ふたりはもう夫婦です。みなのいる前で三度、夫だと宣言し、相手の男性もそうだと答えれば、ロマのしきたりではそれだけで結婚が成立するのですから。ジュリアンはララのエキゾチックな魅力にどうしようもなく惹《ひ》かれていきます。ララもこの謎《なぞ》めく男性に運命を感じ、身も心も捧《ささ》げます。けれども彼は体が回復したら、ロンドンに戻って捜査を続けなければなりません。彼女もイングランド貴族である父親のもとに行くことになっています。ふたりの別れは避けられない定めと思われたのですが……。

このあとも、コニー・メイスンらしい疾風怒濤《どとう》の展開でぐいぐいと読者を引っぱり、幸せに満ちた結末へ連れていってくれます。過去の罪悪感に苦しむ気高いヒーローと、いちずに彼を愛するヒロインの熱く危険な恋の物語。

ジュリアンの留守中、妹のエマにも好きな人ができました。ところが、あんな男はだめだと言ってジュリアンは交際すら許そうとしません。そこでエマは思い切った行動に出て、ふたりの兄を唖然《あぜん》とさせます。

シンジンはといえば、マクドナルド一族の氏族長である妻のクリスティや子供たちとスコットランドで幸せに暮らしています。あの役立たずの遊び人――本書でもさんざん過去をからかわれています――もクリスティのおかげですっかり心を入れ替え、頼もしいハイランド領主となりました。今回は、危険のただなかにいる兄を助けようと奮闘します。クリスティも自分の教訓を優しくララに話してきかせ、ジュリアンとの結婚を応援します。

なお、本書では「gypsy」を「ロマ」と訳しました。「ロマ」はロマニー語で「人間」という意味の複数形、単数形は「ロム」ですが、ここではすべて「ロマ」と統一いたしました。「ジプシー」は「エジプト人」がなまったもので、蔑称《べっしょう》とする考え方もあるそうです。ちなみに、非ロマを意味する「ガッジョ」は「田舎者」という意味です。

ともかくも、細かいことは抜きにして、いつもながらのコニー・メイスン劇場をお楽しみいただけましたら幸いです。

◉訳者紹介　中村　藤美（なかむら　ふじみ）
英米文学翻訳家。北九州大学外国語学部米英学科卒業。主な訳書に『放蕩者に魅せられて』（ラベンダーブックス）、『偽りの一夜は罪の味』（扶桑社）など。その他、別名でロマンス小説多数翻訳。

偽りの誓いに心乱れて
発行日　2011年1月10日　第1刷

著　者　コニー・メイスン
訳　者　中村 藤美

発行者　久保田榮一
発行所　株式会社 扶桑社
〒105-8070　東京都港区海岸1-15-1
TEL.(03)5403-8870(編集)　TEL.(03)5403-8859(販売)
http://www.fusosha.co.jp/

印刷・製本　株式会社 廣済堂
万一、乱丁落丁(本の頁の抜け落ちや順序の間違い)のある場合は
扶桑社販売宛にお送りください。送料は小社負担にてお取り替えいたします。

ISBN978-4-594-06344-3　C0197
Printed in Japan(検印省略)
定価はカバーに表示してあります。